Pour l'amour d'un

WHISKEY

Les Whiskey : Les Dark Knights du Ranch Rédemption

MELISSA FOSTER

Cela peut paraître cliché de dire que je suis en quelque sorte l'encre des stylos que mes personnages utilisent, mais pour moi, cela a toujours été vrai, et j'espère que cela ne changera jamais. J'ai commencé à écrire l'histoire de Sullivan " Sully " Tate en 2013 et je suis tombée amoureuse de sa force tranquille, mais j'ai dû mettre le manuscrit de côté parce que je ne savais pas qui était sa sœur aînée et que je n'avais pas encore rencontré le héros qui lui conviendrait. Les choses ont changé en 2020. En écrivant SEARCHING FOR LOVE et HOT FOR LOVE (The Bradens & Montgomerys), j'ai rencontré Jordan Lawler, qui cherchait sa petite sœur depuis de nombreuses années, et Callahan "Cowboy" Whiskey, un cow-boy et biker farouchement loyal et surprotecteur dont le cœur appartenait à sa famille, à son club de motards et au Ranch Rédemption, et j'ai su que j'avais trouvé les personnes qui étaient destinées à faire partie de la vie de Sully. Le cœur de Cowboy était aussi fermé que celui de Sully, et je crois qu'il avait besoin d'elle autant qu'elle avait besoin de lui. Je suis ravie de donner enfin à Sully et Cowboy leur bonheur éternel et de donner à Jordan la fin qu'elle mérite tant. J'espère que vous les aimerez tous autant que moi.

Si vous souhaitez lire un récit détaillé de l'évasion de Sully de la Free Rebellion, lisez LIBÉRER SULLY, le court préquel de cette histoire.

Veuillez noter que j'ai pris des libertés fictives en écrivant l'histoire de Sully et Callahan. Dans le monde réel, leur histoire aurait pu prendre beaucoup plus de temps, mais je crois aux liens spirituels et au fait de savoir quand on a rencontré la bonne personne. Je suis persuadée qu'ensemble, Sully et Callahan surmonteront toutes les tempêtes qui se présenteront à eux.

Tous mes livres sont écrits pour être lus de manière indépendante, mais ils peuvent également être appréciés dans le cadre d'une série plus large. Si vous souhaitez lire l'histoire de Jordan, procurez-vous THEN CAME LOVE, une fantastique histoire d'amour interdit et un roman de la série Braden & Montgomery.

Si c'est votre première découverte de l'univers des Whiskey, quand vous aurez fini de lire l'histoire de Cowboy et Sully, vous pourrez revenir en arrière et lire l'histoire de Billie et Dare dans AIME-MOI SI TU L'OSES et ensuite profiter de mes autres séries sur les Dark Knights, Les Whiskey : les Dark Knights de Peaceful Harbor et Les Wicked : les Dark Knights de Bayside.

Les Whiskey, les Wicked, les Braden & les Montgomery ne sont que trois des séries de ma collection de romances familiales *Love in Bloom*. Les personnages de chaque série font des apparitions dans les livres suivants, de sorte que vous ne manquerez jamais les fiançailles, les mariages ou les naissances. Une liste complète des titres de toutes les séries est incluse à la fin de ce livre, ainsi que des avant-goûts des publications à venir.

Téléchargez les premiers tomes de mes séries en eBooks
www.MelissaFoster.com/free-ebooks

Pour en savoir plus sur la collection complète Love in Bloom
www.MelissaFoster.com/amour-sublime

Téléchargez les informations sur mes séries, les arbres généalo-

gique et le planning de mes futures publications
www.MelissaFoster.com/reader-goodies

N'oubliez pas de vous abonner à ma newsletter pour ne
manquer aucune future sortie
www.MelissaFoster.com/Francaise-news

Chapitre Un

CALLAHAN "COWBOY" WHISKEY enleva son Stetson et se passa l'avant-bras sur le front, plissant les yeux face au soleil de fin d'après-midi alors qu'il regardait la propriété qui appartenait à sa famille depuis des générations. Son cœur avait toujours appartenu au Ranch Rédemption, où l'on sauvait des chevaux *et* des gens, en donnant une seconde chance aux anciens détenus, aux toxicomanes en voie de guérison et à d'autres âmes perdues. Le ranch disposait de logements et d'une équipe thérapeutique complète dirigée par la mère de Cowboy, une psychologue diplômée. Son père gérait le ranch tandis que Cowboy et trois de ses frères et sœurs travaillaient et vivaient sur la propriété. Ce dernier était aussi profondément attaché à cette terre qu'à sa famille et au club de bikers des Dark Knights. Son père avait fondé la section locale des Dark Knights bien avant sa naissance et celle de ses quatre frères et sœurs. Rendre service à la communauté faisait partie de leur vie depuis aussi longtemps qu'il s'en souvenait.

Aujourd'hui, le ranch grouillait d'activités pour le coup d'envoi de la campagne antidrogue *Ride Clean* menée par les Dark Knights. Chaque automne, le club donnait le coup d'envoi de l'événement en organisant une randonnée et un rallye à moto, suivis d'une journée de détente et de collecte de fonds au ranch. Des familles étaient venues de plusieurs villes voisines pour participer aux festivités. Les enfants pouvaient apprendre à s'occuper des chevaux et profiter des ateliers, du paintball, des promenades à cheval et à poney, ainsi que des promenades en charrette. Cet après-midi, Cowboy supervisait les promenades à cheval dans le corral inférieur avec Simone Davidson. Cette dernière était arrivée au ranch il y avait presque deux ans de cela, après avoir terminé sa cure de désintoxication. Elle s'était épanouie dans leur programme et était restée employée tout en suivant des cours pour devenir conseillère en addictologie.

Trois enfants riant à gorge déployée passèrent à côté de Cowboy alors que son téléphone portable résonnait de la sonnerie de son père. Il remit son chapeau et s'éloigna du corral pour répondre.

— Oui ?

— Rassemble les Knights. Réunion d'urgence dans la maison principale.

Le ton bourru de son père ne laissait aucune place aux questions. Lorsqu'ils assistaient à des événements, les alertes étaient transmises personnellement plutôt que d'avoir quarante téléphones qui retentissaient en même temps.

— Très bien.

Cowboy rangea son téléphone, se demandant ce qui se passait et se dirigea vers Simone.

— Oh-oh, le grand bonhomme n'a pas l'air content.

L'épaisse chevelure auburn de Simone encadrait son joli visage et son sourire éclatant. Ses bras étant couverts par sa chemise en flanelle, la seule trace visible de tout ce qu'elle avait traversé était la cicatrice qui courait sur le côté gauche de son visage.

— Si ça prend toute la journée, je vais réussir à te faire sourire.

C'est peu probable. Surtout maintenant.

— J'ai besoin que tu prennes le relais. Mon père a besoin d'aide pour quelque chose.

Ils avaient une règle stricte selon laquelle les affaires du club ne concernaient que les membres du club. Pour la protection de leur famille, même les épouses n'étaient pas au courant de ces affaires.

Le sourire de Simone disparut sous le ton de son interlocuteur.

— Tout va bien ?

— Oui. Je vais envoyer quelqu'un pour t'aider. Je prends Sunshine.

— Ça ne ferait pas de mal de laisser ce nom s'imposer à toi un peu, lui dit-elle alors qu'il montait le palomino au tempérament doux qu'ils avaient sauvé il y avait quelques années de cela.

Il la salua en partant, scrutant la foule à la recherche de gilets de cuir noir avec des écussons Dark Knights dans le dos, comme celui qu'il portait. Tous les membres du club et leurs familles participaient à l'organisation de l'événement, mais il y avait beaucoup de bénévoles pour les remplacer en cas d'absence.

Cowboy passa devant les granges et les manèges, avertissant discrètement les membres de la réunion. À son tour, chaque homme avertit d'autres membres. Ils étaient rompus à la discrétion. Il le fallait. Un trop grand nombre de Dark Knights marchant délibérément dans la même direction aurait attiré l'attention. Au lieu de cela, ils agissaient avec jovialité, s'approchant l'un de l'autre et tapant dans le dos de leurs compagnons, comme deux gars qui se taquinent. Ils prenaient ensuite des chemins séparés vers la maison principale, en prenant soin de ne pas rester trop près l'un de l'autre.

Alors que Cowboy faisait le tour du terrain, il aperçut son jeune frère, Dare, qui s'occupait des promenades à poney et ressentit une bouffée de gratitude qui lui était familière, comme c'était souvent le cas ces derniers temps lorsqu'il l'apercevait. Ce dernier était un vrai casse-cou depuis qu'il était enfant et Cowboy essayait toujours de le contenir. Plusieurs mois auparavant, un terrible accident avait failli coûter la vie à Dare et à sa fiancée, Billie Mancini. C'était la chose la plus terrifiante que Cowboy ait jamais vécue. Cela avait suffisamment secoué son frère pour qu'il se mette à changer ses habitudes de casse-cou. Cela ne voulait pas dire qu'il avait cessé de faire des folies. Cela signifiait simplement qu'il en ferait un peu moins.

Dare souleva Gus Moore, âgé de quatre ans, d'un poney et le porta jusqu'à son père, Ezra. Dare et Ezra étaient tous deux des Dark Knights et des thérapeutes au ranch. Alors que Cowboy se dirigeait vers eux, il aperçut sa sœur Sasha, thérapeute en rééducation équine, qui se dirigeait vers eux.

Ezra leva les yeux et Sasha repoussa ses longs cheveux blonds sur son épaule, affichant un sourire coquin. *C'est quoi ce délire, Sasha ?* Il y avait des règles interdisant aux employés de sortir ensemble et elle savait qu'il ne fallait pas flirter avec un collègue. Surtout Ezra. Il avait déjà eu assez de problèmes avec son ex pour ne pas avoir envie de se retrouver avec une autre femme. Heureusement, celui-ci rompit leur lien, comme Cowboy l'avait prévu. Il se mit en tête d'avoir une discussion avec sa sœur et d'étouffer l'affaire dans l'œuf avant qu'elle n'ait une chance de causer des problèmes.

— Hé, Cowboy !

Gus fit un signe de la main tout excité, ses boucles sombres rebondissant autour de son visage tandis qu'il se tortillait dans les bras d'Ezra.

— Moi aussi, j'ai fait du cheval !

— C'est super, mon pote, répondit Cowboy.

Gus se mit à parler à toute vitesse et Cowboy lança un regard implorant à Sasha en lui adressant un hochement de tête sec. Ayant grandi autour du club, elle était habituée à leurs besoins impromptus de discussions privées et elle avait affiné sa capacité à lire leurs signaux silencieux.

Elle tendit la main à Gus.

— Gusto, si on jouait dans la maison gonflable et qu'on allait ensuite chercher un des délicieux poneys au chocolat de Birdie ?

Leur sœur cadette, Birdie, était copropriétaire d'une chocolaterie dans une ville voisine, et elle participait à l'événement en vendant des chocolats pour récolter des fonds pour la campagne antidrogue du club.

— Oh yeah !!!! Au revoir, papa. Je vais avec *Mon Chou* !

Gus avait le béguin pour Sasha et il avait remarqué que Dare utilisait l'expression *"Mon Chou"* lorsqu'il s'adressait à ses amies.

Les gars gloussèrent lorsque Sasha emporta Gus mais l'amusement fut de courte durée. Ils reportèrent rapidement leur attention sur Cowboy.

Ce dernier était parfaitement conscient des familles qui se pressaient autour d'eux et veillait à n'alarmer personne.

— Notre père a besoin d'aide pour transporter quelques affaires de la maison principale. Je vais chercher Doc et les gars au terrain de paintball.

Doc était leur frère aîné et le vétérinaire du ranch.

— Je vais dire à maman que nous allons l'aider, déclara

Dare d'un ton décontracté.

Leur mère préviendrait les femmes et les petites amies des autres membres du club et s'assurerait qu'aucune attention ne soit portée au rassemblement du club.

Dix minutes plus tard, Cowboy se trouvait au milieu des Dark Knights, dans la plus grande salle de réunion de la maison principale. Tous les regards étaient tournés vers son père, qui se tenait à l'avant de la salle. Tommy "Tiny" Whiskey était un homme imposant d'un mètre quatre-vingt-dix et de cent cinquante kilos. Il portait un bandana noir et or – les couleurs des Dark Knights – autour du front, ainsi qu'un gilet de cuir orné d'écussons de club, sans lequel il était rare de le voir. Tiny ne prenait pas de grands airs pour qui que ce soit, et c'était l'homme le plus dur et le plus juste que Cowboy ait connu. C'était un leader fort qui était respecté par tous les hommes présents dans cette pièce et par presque tous les habitants des trois villes pour ses efforts novateurs en vue d'aider les autres. Il était aussi intrépide et féroce qu'un grizzly et l'une des armes les plus mortelles dont disposait le club.

— Nous avons un problème, annonça Tiny d'un ton sévère. Une jeune fille s'est échappée d'une secte en Virginie Occidentale et a été recueillie par un routier qui se dirigeait vers nous. Ils ont besoin d'un refuge pour elle pendant que les tests ADN sont effectués et qu'ils comprennent ce qui se passe. Elle s'appelle Sullivan Tate et se fait appeler Sully. Elle a une vingtaine d'années et j'ai entendu dire qu'elle était coriace mais effrayée. Elle a refusé d'aller voir un médecin ou la police de peur d'être ramenée à la secte. Nous l'emmenons au ranch ce soir après la tombée de la nuit, où elle pourra suivre une thérapie et être examinée par l'un de nos médecins. Cette fille a besoin d'une protection *totale*. *Personne* ne doit savoir qu'elle est ici jusqu'à ce que je reçoive un message disant qu'elle est en sécurité. Pas même vos femmes, car vous pourriez mettre en danger toute notre famille et même tout le monde dans ce ranch. Hazard, il faut que cela ne soit *pas consigné* dans les dossiers.

Hector "Hazard" Martinez était officier de police. Comme Cowboy et la plupart des autres hommes présents dans cette pièce, il se faisait appeler par son nom de route.

— Compte sur moi, répondit Hazard.

— Cowboy, c'est toi qui prends les rênes, précisa son père. Je veux que tu la surveilles en permanence. Pas d'exception. Hyde, tu prends la relève de Cowboy jusqu'à ce que nous soyons sûrs qu'elle est en sécurité.

— Oui, monsieur, acquiescèrent Hyde et Cowboy à l'unisson.

Cowboy n'avait aucun doute sur la raison pour laquelle il avait été choisi pour veiller sur la jeune fille. Tous les Dark Knights étaient protecteurs mais lui était particulièrement connu pour être très responsable, surprotéger tous ceux qui faisaient partie de son cercle et ne pas se laisser facilement distraire par un joli visage.

Son père leur expliqua que la jeune fille était restée chez le routier et sa femme pendant trois semaines et qu'elle n'avait pas osé sortir de la maison. Il leur expliqua ce qu'il savait de la secte radicale et contestataire Free Rebellion et de leur établissement. Il ajouta qu'ils étaient censés avoir des relations avec des flics ripoux et d'autres personnes de pouvoir, ces salauds.

— J'ai alerté nos autres chapitres pour qu'ils gardent un œil sur cette affaire et il semble que la fille ait une bonne raison d'être effrayée. Selon Biggs, le bruit court que la secte est à sa recherche.

Les Dark Knights avaient plusieurs chapitres à travers les

États-Unis, avec des contacts auprès d'informateurs dans diverses opérations clandestines, et le frère de Tiny, Biggs, dirigeait celui de Peaceful Harbor, dans le Maryland.

— Le routier qui l'a ramassée et sa femme vont se réfugier dans une maison sécurisée mais je veux que l'on surveille leur maison à distance, au cas où quelqu'un ferait le lien entre les deux. Quelques membres se sont portés volontaires pour surveiller la maison. Si vous voyez quelqu'un fouiner dans les parages, nous devons le savoir.

Quand ils hochèrent la tête, son père dit :

— Quand l'événement d'aujourd'hui sera terminé, ramenez vos familles à la maison, puis j'ai besoin que tout le monde revienne et reste dans les parages. Nous avons besoin d'une sécurité supplémentaire autour du ranch dans un avenir proche. Et rappelez-vous, quand vous sortirez de cette pièce, tout se passera comme d'habitude.

Son père exposa le plan qui consistait à utiliser des camions-leurres lorsqu'ils iraient chercher la jeune fille et à délimiter autour du ranch des frontières qui seraient surveillées vingt-quatre heures sur vingt-quatre et sept jours sur sept par les membres du club au cas où les médias auraient eu vent de son évasion et de l'endroit où Sully séjournait. Manny Mancini, le père de Billie et le vice-président du club, était en train d'établir un programme de sécurité. Les yeux sérieux de son père se posèrent sur Cowboy lorsqu'il déclara :

— Sully sera logé dans le chalet 6.

Un choix stratégique, sans aucun doute. C'était la seule maison que Cowboy pouvait voir de chez lui.

— Qu'allons-nous dire au personnel et aux résidents sur son identité et ses origines ?

— Elle est ici pour guérir. Personne n'a besoin d'en savoir

plus.

Après la réunion, Cowboy sortit avec ses frères, leur cousin Rebel, Ezra et leur copain Hyde.

— Mince, cette pauvre fille.

La mâchoire de Doc se contracta et il secoua la tête. La douleur dans ses yeux était palpable. Il était le grand penseur de la famille et, à l'inverse, un charmeur avec les femmes quand il le voulait. Mais ses relations ressemblaient à des séjours prolongés dans un motel, ne durant jamais plus de deux ou trois mois.

— Elle doit être sacrément courageuse pour s'être échappée d'une foutue secte.

— Courageuse et forte, acquiesça Dare.

— C'est une sacrée prise de recul, dit Ezra, comme s'il en avait besoin.

Il était venu au ranch pour la première fois il y avait des années de cela, alors qu'il n'était qu'un adolescent en difficulté. Après avoir suivi l'un de leurs programmes, il y avait fait un stage pendant qu'il était à l'université et à l'école supérieure. Maintenant, il était l'un de leurs thérapeutes. Il avait suivi les traces de son père et était devenu un Dark Knight. Comme les autres membres et les employés du ranch, Ezra était devenu un membre de la famille.

— Sans déconner, acquiesça Rebel.

— Pendant que nous nous demandons quelle fille va atterrir dans notre lit ce soir, cette pauvre fille a peur pour sa vie.

Hyde était arrivé au ranch il y avait quelques années en tant qu'ex-détenu combatif et avait suivi le programme avec Dare comme thérapeute. Depuis, il était devenu un excellent employé du ranch et un ami de confiance.

— C'est un peu comme toutes les filles qui finissent dans

ton lit, plaisanta Rebel alors qu'ils franchissaient les portes et sortaient, faisant ce qu'on leur avait dit : retourner aux affaires comme d'habitude.

Les gars gloussèrent, mais ces sons étaient plus forts, alourdis par leur nouvelle réalité alors qu'ils passaient des affaires du club à des animateurs de campagne optimistes.

Quelque chose avait dérangé Cowboy pendant la réunion et il n'avait pas changé de vitesse aussi facilement. Alors que les gars se tiraient la bourre et commençaient à se séparer, il sortit son portefeuille et en retira l'avis de recherche qu'on leur avait donné lors d'une réunion du club il y avait quelques mois. Cassandra "Casey" Lawler avait disparu depuis plus de vingt ans. Ses parents et elle étaient en route pour aller chercher sa sœur aînée dans un camp en Virginie Occidentale lorsque leur voiture avait heurté un arbre. Les autorités avaient trouvé ses parents morts et Casey avait disparu depuis. Sa sœur avait engagé un détective privé au cours de l'été pour enquêter sur l'affaire et la photo de la petite fille avait fait le tour des médias sociaux depuis lors.

Cowboy étudia l'image de la petite fille de quatre ans aux yeux bleus qui s'était glissée dans sa peau la première fois qu'il avait vu le tract. Elle portait une chemise en flanelle, des jambières avec des taches de terre aux genoux et des petites bottes de chantier brunes. Ses cheveux bruns dorés étaient emmêlés et crépus, comme si elle avait couru toute la journée. Il n'avait jamais vu un enfant de quatre ans avec des nerfs d'acier mais ses yeux bleus de bébé avec des cils foncés incroyablement longs disaient : *Attention, tout le monde, j'arrive.* Il examina la photo d'une jeune femme avec ces mêmes yeux brillants et durs et sentit la pression dans sa poitrine qu'il avait eue à chaque fois qu'il avait regardé le prospectus.

— Dare, où vas-tu ? demanda Doc, détournant l'attention de Cowboy de l'image.

— Vers la seule personne qui peut me faire sourire.

Dare fit un signe de tête en direction de Billie, qui discutait avec Birdie près de la table où elle vendait du chocolat. Il jeta un coup d'œil à Cowboy.

— Mec, ça va ?

Non, ça ne va pas du tout. Cowboy acquiesça.

— Tu ferais mieux d'enlever ce regard de ton visage ou tu vas faire fuir les femmes du coin, dit Doc d'un ton taquin.

Elles lui reprochaient toujours d'être trop sérieux.

— D'accord.

Cowboy redressa les épaules, se racla la gorge et se caressa la barbe en se forçant à sourire.

— Mieux ?

Dare sourit.

— Maintenant, on dirait que tu as un problème de caleçon.

— C'est peut-être le cas, dit Cowboy en riant.

— Connard.

— Tu sais que tu m'aimes.

Dare se dirigea vers Billie.

Cowboy regarda à nouveau le tract, les tripes serrées.

— Tu étudies ce truc depuis des semaines, remarqua Doc.

Il rencontra le regard sérieux de son frère.

— Je n'arrive pas à me défaire du sentiment qu'elle est là, quelque part. Elle a disparu en Virginie Occidentale, et cette fille, Sully, s'est échappée d'une secte dans le même état. Quelles sont les chances qu'il s'agisse de la même personne ?

Doc fronça les sourcils.

— Mec, cette petite fille a disparu depuis plus de vingt ans. Il y a de fortes chances qu'elle ne respire plus.

Cowboy serra les dents contre la colère viscérale et surprenante qui montait en lui.

— Si Sasha ou Birdie avaient disparu, je ne perdrais *jamais* espoir.

— Si c'était notre sœur, je ne le ferais pas non plus, rétorqua Doc avec sévérité.

— C'est la sœur de *quelqu'un*, et ils la recherchent.

Doc leva le menton.

— Pourquoi es-tu si énervé ?

— Je ne sais pas, bon sang.

Chaque fois qu'il regardait cette affichette, elle le rongeait comme jamais auparavant.

— Désolé, mec. C'est juste que…

— Je sais que tu t'inquiètes pour cette fille et pour la sœur qui la cherche, mais parfois, quand quelqu'un est parti, on ne peut plus rien faire.

Cowboy ne pouvait pas avaler cette pilule, mais il s'est retenu parce que, il y avait des années, Doc était tombé amoureux de la fille d'un politicien qui avait fait un stage au ranch pendant l'été et ça ne s'était pas bien terminé. Cowboy savait que les textos et les appels de Doc étaient restés sans réponse et il ne voulait pas rouvrir cette boîte de Pandore. Son frère n'était plus le même depuis, et c'est pourquoi ils avaient mis en place des règles interdisant de sortir avec des collègues de travail.

— Oui, je crois que tu as raison. Il est temps de faire comme si nous n'étions pas face à un compte à rebours.

Alors que le regard de Cowboy balayait la foule de familles heureuses et d'enfants insouciants, il se demandait quel genre d'enfer la jeune fille qui se dirigeait vers eux avait traversé.

Chapitre Deux

SULLY SAVAIT QUAND compter ses bénédictions et quand craindre la main qui la nourrissait. Chester Finch, un homme corpulent au cœur chaleureux, aux cheveux bruns ébouriffés et à la cigarette presque constamment accrochée à ses lèvres, et sa femme Carol, agréablement ronde et perpétuellement gentille, étaient sans aucun doute des bénédictions. Ils avaient eu la gentillesse de la laisser rester avec eux ces dernières semaines sans poser beaucoup de questions et sans la pousser à consulter un médecin ou à aller à la police. Elle aurait donné n'importe quoi pour pouvoir rester avec eux plus longtemps mais elle avait eu tellement peur de quitter leur maison. Elle les gênait en les obligeant à garder son existence secrète et lorsqu'elle avait finalement accepté d'aller au ranch, ils avaient appris que la secte la recherchait. Elle avait peut-être *déjà* mis Chester et Carol en danger.

Alors que le clair de lune entrait par les fenêtres de leur modeste salon, Chester faisait les cent pas près de la cheminée dans son jean et sa chemise à boutons, et Carol, dans une jolie robe d'automne, l'observait avec inquiétude. La peur et les regrets s'accrochaient à Sully comme une seconde peau. Ils lui avaient ouvert leur maison, s'étaient occupés d'elle, et maintenant, à cause d'elle, ils devaient laisser leur vie derrière eux et s'installer dans une maison sécurisée. Si seulement elle n'était pas montée dans le camion de Chester, ils n'auraient pas été obligés de quitter leur maison.

Si je n'étais pas montée dans son camion, les hommes de Rebel Joe m'auraient probablement trouvée.

Elle ferma les yeux contre les vagues de chagrin et de gratitude qui s'entrechoquaient, se souvenant de la nuit où elle s'était échappée et où elle avait fait signe à Chester pour qu'il l'emmène dans son camion. Elle avait été terrifiée à l'idée qu'il puisse connaître Rebel Joe, le chef de la Free Rebellion. On lui avait dit que tout le monde dans un rayon de cent soixante kilomètres le connaissait et lui était fidèle. Mais Chester était sa seule issue et elle avait puisé son courage dans le fait que son meilleur ami, Ansel Rhodes, lui avait appris à se battre et, surtout, à faire comme si elle n'avait pas peur, même quand tout en elle hurlait de peur.

Elle puisait dans cette force maintenant, alors qu'elle attendait d'être emmenée au ranch de la deuxième chance où Chester et Carol avaient juré qu'elle serait en sécurité. Depuis des semaines, ils chantaient les louanges du Ranch Rédemption et de la famille qui en était propriétaire, les Whiskey, ainsi que du club de bikers des Dark Knights, qui, selon eux, la protégerait.

Un grondement de moteur mit ses nerfs en ébullition. Elle se tourna pour regarder par la fenêtre au moment où les phares apparaissaient dans la longue allée.

Carol s'assit à côté d'elle sur le canapé et lui tapota la main d'une manière rassurante.

— Tout va bien se passer, chérie. Les Whiskey sont des gens bien. Tu seras en sécurité avec eux.

— Et Chester et toi ? Vous devez quitter votre maison et vous ne pouvez même pas dire à votre famille ou à vos amis où vous allez.

— Ne t'inquiète pas pour nous, dit Chester. Prends soin de toi, ma chérie. Tu es enfin libre et tu as beaucoup de choses à vivre.

— Mais…

— Pas de mais, insista Carol. Nous allons nous en sortir. Notre déménagement n'est que temporaire, jusqu'à ce que les autorités soient sûres que personne ne te cherche. Nous voulons que tu aies une belle vie et c'est à cela que tu devrais penser. Un nouvel avenir radieux.

Sully n'avait rien d'autre à son nom qu'un sac de voyage volé avec quelques objets aussi volés à l'étalage lorsqu'elle s'était échappée, des articles de toilette et d'autres nécessités que les Finch lui avaient donnés, et quatorze dollars – et dans quelques minutes, elle allait quitter les deux seules personnes qu'elle connaissait à l'extérieur de la secte. Elle ne se sentait pas encore *libre* et elle n'avait pas besoin d'une belle vie. Elle avait juste besoin de sa *propre* vie et elle n'avait aucune idée de ce à quoi cela pouvait ressembler ou ressemblerait. Dans toute sa préparation, elle n'avait jamais pensé à s'éloigner du complexe. Maintenant qu'elle y était confrontée, elle n'était pas sûre de pouvoir mener une vie sans dépendre des autres, mais elle était prête à se battre pour avoir une chance de le découvrir.

On frappa à la porte et son cœur s'emballa. Carol lui tapota à nouveau la main et se leva, suivant Chester jusqu'à la porte. Sully savait comment on lui avait appris à se comporter avec les étrangers mais elle s'était promis que si elle était un jour libérée du règne de Rebel Joe, elle ne tiendrait plus jamais sa langue et n'irait plus jamais à l'encontre de ce qu'*elle* croyait devoir faire.

Elle se leva sur des jambes tremblantes mais elle ne put voir l'homme à l'air bourru à qui Chester parlait à la porte d'entrée. Une minute plus tard, un homme de forte corpulence, portant une longue barbe grise et un bandana noué autour de la tête, vêtu d'un gilet de cuir noir par-dessus un tee-shirt, des tatouages anciens couvrant ses bras, entra en compagnie d'une jolie blonde aux cheveux courts et dégradés. Ils semblaient avoir la cinquantaine et étaient suivis d'un homme barbu plus jeune portant un chapeau de cow-boy, un gilet de cuir noir et un T-shirt similaires. Une chaîne reliait le passant de la ceinture du jeune homme à la poche avant de son jean. Il était aussi grand que son aîné, ses épaules étaient aussi larges, mais alors que le ventre de l'aîné pendait au-dessus de sa ceinture, celui du jeune homme paraissait aussi dur et plat que du béton.

Sa barbe était brun clair et bien taillée, et il avait des muscles à profusion, sans la moindre trace de tatouage. Il était aussi beau et puissant qu'un orage d'été. Sully n'avait jamais vu un homme qui lui ressemblait mais elle avait côtoyé suffisamment d'hommes arrogants qui utilisaient leur taille pour intimider qu'elle retint son souffle, l'estomac noué par l'inquiétude, alors qu'elle essayait de trouver un moyen de ne pas se retrouver avec eux.

Le plus jeune fut le premier à entrer dans le salon. Son regard entra en collision avec le sien, lui coupant le souffle et provoquant des palpitations dans sa poitrine, comme si des papillons s'y étaient perchés et que leur confrontation visuelle les avait effrayés pour qu'ils prennent vie. Elle n'avait jamais rien ressenti de tel et elle ne pouvait pas détourner le regard. Mais elle n'avait pas peur – pas de *lui*, en tout cas – même si la peur sous-jacente de l'inconnu persistait. Elle ne savait pas comment définir ce qu'elle ressentait pour cet homme qui faisait battre son cœur comme il ne l'avait jamais fait. La mère d'Ansel, Gaia, qui était ce qui ressemblait le plus à une figure maternelle et dont la voix murmurait dans son esprit : *Ne jamais juger une personne sur sa seule apparence. La bonté et le mal vivent dans leurs yeux, leurs actions et leurs inactions.*

Le type enleva son chapeau de cow-boy et le porta à sa poitrine, révélant des cheveux châtain clair d'une teinte plus foncée que sa barbe. Il hocha la tête une fois en remettant son chapeau, la compassion dans ses yeux et le sourire chaleureux qui ourlait ses lèvres étant des baumes inattendus pour les nerfs de la jeune femme.

— Laissez-moi vous présenter Sully.

Carol les conduisit dans le salon.

— Sully, voici Wynona et Tiny Whiskey, ainsi que leur fils Callahan. Ils dirigent le Ranch Rédemption.

Wynona fit un pas en avant.

— Bonjour, Sully. Je suis ravie de vous rencontrer.

Elle avait des yeux amicaux et une voix apaisante.

— Tu peux m'appeler Wynnie.

— Bonjour, dit-elle doucement.

— Nous sommes ravis que tu séjournes chez nous. Je suis sûre que c'est déstabilisant d'aller dans un nouvel endroit mais nous avons un beau chalet tout préparé pour toi, dit Wynnie.

— Avec qui vais-je le partager ? Demanda-t-elle.

— Personne. Il est tout à toi, lui précisa Wynnie.

— Nous avons supposé que tu voudrais de l'intimité et un endroit que tu considérerais comme ta maison pendant tout le temps que tu passerais avec nous, dit Tiny d'une voix bourrue mais rassurante.

La moitié du visage de Tiny était cachée derrière sa barbe et sa moustache. Ses yeux étaient sérieux mais pas froids comme ceux de Rebel Joe. Était-il le chef ? La personne qu'elle devait *remercier* pour la mise à disposition de la maison ? Elle jeta un coup d'œil à Callahan, debout derrière ses parents, les muscles de sa mâchoire se contractant. Était-il un fils obéissant ou un serpent silencieux ? Peu importe. Son corps *n'*était *pas* une monnaie d'échange. Elle avait les nerfs en pelote.

— Qu'attendez-vous en échange de l'utilisation du chalet ?

— Nous n'attendons rien, chérie, dit Wynnie avec douceur. Nous sommes là pour t'aider, et le chalet est à toi aussi long-temps que tu en auras besoin.

Sully serra les lèvres, voulant la croire mais sachant qu'il ne fallait pas prendre les gens au pied de la lettre.

— Nous savons que tu crains que des membres de la Free Rebellion ne te recherchent, alors nous avons mis en place une sécurité supplémentaire autour de notre ranch, dit Tiny. Ne t'inquiète pas, ma belle, personne ne viendra te chercher.

Son esprit s'emballa. Elle avait toujours pensé que les membres de la secte représentaient la plus grande menace. Maintenant, elle se demandait si elle ne devait pas craindre ces gens et d'autres dans leur ranch.

— Tiny et moi devons parler avec Chester et Carol un mo-ment, puis nous te ramènerons au ranch. As-tu préparé tes affaires ? demanda Wynnie.

Sully jeta un coup d'œil à son sac de sport près du canapé.

— Oui.

— D'accord. Nous n'en avons que pour quelques minutes.

Wynnie prit la main de Tiny et ils allèrent avec Chester et Carol dans la cuisine.

Le simple fait de lui tendre la main était si différent de ce à quoi Sully était habituée qu'elle se retrouva à les suivre du regard alors qu'elle s'asseyait sur le canapé, trop consciente de la présence de Callahan qui se profilait à l'autre bout de la pièce. Elle n'avait pas besoin de regarder pour savoir qu'il l'observait. Elle le sentait dans chaque cellule de son corps. Après avoir passé sa vie à être observée et à voir ses moindres faits et gestes analysés, elle en avait assez. Elle voulait se lever et exiger qu'il regarde ailleurs. Mais elle analysait elle-même les moindres gestes, respirations et paroles de sa famille et pensait qu'elle pourrait en apprendre davantage en l'observant.

Callahan fit un pas vers elle et son pouls s'accéléra, les souvenirs des menaces chuchotées par Rebel Joe et ses subalternes autoritaires la frappant de plein fouet. Elle refusa de s'effacer devant qui que ce soit et leva le menton, croisant le regard de Callahan.

Il enleva son chapeau et s'agenouilla à côté du canapé, les mettant ainsi face à face. De près, il était encore plus imposant, son torse était incroyablement plus volumineux. Sa mâchoire était carrée, son nez droit et ses pommettes anguleuses, comme s'il avait été taillé dans la pierre. Mais il y avait quelque chose de miséricordieux dans ses yeux, quelque chose qui l'attirait et la retenait, lui donnant envie de lui faire confiance, et *ça* c'était terrifiant.

— Bonjour, ma belle. Je suis Callahan, mais tout le monde m'appelle Cowboy. Je vais t'aider à te familiariser avec le ranch. Ça va ?

Sa voix était profonde, grave et enjôleuse.

Pour le moment, aussi bien qu'une souris prise au piège. Elle acquiesça.

— Je sais que mon père a l'air effrayant et que tu ne me connais pas, ni ma famille, mais nous aidons les gens dans le coin depuis que je suis enfant.

— Pourquoi aidez-vous les gens ?

La question pouvait paraître étrange mais elle s'en moquait. Elle avait vécu derrière ce mur de secret, piochant dans le peu d'informations qu'elle pouvait rassembler pour comprendre les motivations des gens et elle n'allait plus jamais être maintenue dans l'ignorance si elle pouvait y remédier.

— C'est une bonne question. La réponse rapide et sincère est que c'est la bonne chose à faire.

Il lui fallut toute son énergie pour lutter contre l'habitude d'accepter des réponses superficielles afin d'éviter de s'attirer des ennuis.

— J'ai besoin de plus de détails si je dois t'accompagner.

— Je suppose que tu en as besoin. Mon père a été élevé dans l'idée que les hommes étaient censés protéger tout le monde et tout ce qui les entoure. Mais pour lui, protéger n'était pas suffisant. Tu vois, sous cet extérieur rugueux se cache un cœur de la taille de la lune. Il est intervenu pour mettre fin à d'horribles méfaits, et ayant été jugé sur son apparence toute sa vie, il sait que les gens ne sont pas toujours ce qu'ils semblent être. Parfois, de bonnes personnes font de mauvaises choses, et d'autres fois, de bonnes personnes sont prises dans les filets de mauvaises personnes et ne savent pas comment s'en sortir. Il a découvert qu'avec une aide appropriée, ceux qui voulaient changer de vie pouvaient le faire. Il s'est donc donné pour mission, ainsi qu'aux Dark Knights, de faire la différence et d'aider ceux qu'il pouvait.

Elle essaya d'assimiler tout ce qu'il avait dit mais il lui manquait quelque chose.

— Et les femmes ?

Ses sourcils s'inclinèrent.

— Qu'en est-il d'elles ?

— Vous avez dit que les hommes étaient des protecteurs

mais vous n'avez jamais dit comment votre famille considérait les femmes.

— Je ne sais pas comment les hommes et les femmes étaient perçus là d'où tu viens, mais je suppose que c'était un peu comme la façon dont mon grand-père voyait les femmes, comme si elles avaient leur place et que cette place était *en dessous* des hommes.

Un frisson lui parcourut l'échine. Elle enroula ses doigts autour des bords du coussin du canapé.

— C'est à peu près comme ça.

— Je suis désolée de l'apprendre. Mais rassure-toi, ce n'est pas comme ça que nous faisons les choses au ranch ou dans notre club de bikers, déclara-t-il avec sincérité. Mon père est la preuve que nous ne sommes pas le fruit des personnes qui nous ont élevés. Les femmes sont le cœur et l'âme de notre ranch, et ma mère est le centre de notre monde. Elle fait taire mon père aussi souvent qu'elle l'aime et elle n'a pas peur de faire taire n'importe quel autre homme.

— Est-ce qu'il y a des punitions pour ça ?

Gaia lui avait dit que la vie était différente en dehors de l'enceinte et elle l'avait constaté par elle-même en vivant avec Chester et Carol. Mais Gaia lui avait aussi expliqué que chaque foyer était différent et que, parfois, ce que l'on voyait n'était pas ce qui se passait derrière les portes closes.

— Pour avoir dit ce qu'elle pensait ? Bien sûr que non.

Il grimaça.

— Mais je suppose que se faire engueuler par ma mère est une forme de punition pour mon père s'il a dit quelque chose de stupide.

Elle sentit un sourire se dessiner sur son visage.

— Je ne sais pas ce que tu as vécu, Sully, mais dans notre

monde, les femmes sont nos égales. Elles ont des voix et des opinions qui sont souvent bien plus fortes que les nôtres. Nous pouvons nous chamailler mais cela n'a rien à voir avec le sexe et tout à voir avec des esprits têtus. En tant qu'hommes, nous protégeons peut-être physiquement les femmes de notre vie mais nous ne croyons pas à tort que nous sommes meilleurs ou plus forts qu'elles et je sais que mes sœurs et les femmes de notre ranch en témoigneraient.

Ses paroles étaient sérieuses et sincères, et elle voulait leur faire confiance, mais elle avait besoin de plus.

— Et les enfants ? Comment sont-ils traités ?

Son regard s'adoucit.

— Je n'ai pas d'enfants mais je peux te dire qu'un de nos thérapeutes et son fils de quatre ans vivent au ranch, et que le petit Gus a tout le monde dans sa poche. Ma mère te dira que les enfants ont souvent des idées précieuses que nous, les adultes, avons oubliées depuis longtemps. Cela dit, nous avons des chevaux, du matériel et des véhicules partout dans le ranch. Cela peut être un endroit dangereux si les enfants ne sont pas prudents, ce qui signifie que nous devons leur apprendre à se protéger et à veiller sur eux. Mais nous pensons tous que les enfants sont faits pour être curieux, se salir et défier l'autorité afin d'apprendre et de grandir et, espérons-le, de se retrouver du bon côté de la loi.

Elle sentit en elle la lueur de quelque chose de brillant et de nouveau mais elle avait peur de s'y fier.

Tiny et Wynnie sortirent de la cuisine avec les Finch et Cowboy fit un signe de tête rassurant à Sully, posa son chapeau sur sa tête et se leva.

— Bon, mon cœur, dit Wynnie, son regard se déplaçant entre Sully et Cowboy. Je pense que nous sommes prêts à retourner au ranch.

Sully ne pouvait pas déterminer à qui elle parlait, mais ses nerfs étaient à vif, car de toute façon, c'était le moment ou jamais. Elle quittait Carol et Chester.

— Nous attendrons dans le salon pendant que tu leur diras au revoir.

Wynnie prit à nouveau la main de Tiny et ils se dirigèrent vers le salon. Tiny fit un signe de tête à Cowboy, qui se dirigea vers l'entrée du salon et baissa le menton, comme s'il leur donnait de l'intimité et qu'il ne pouvait pas les entendre.

Cowboy s'inclinait peut-être devant son père mais sa présence était tout aussi autoritaire que celle de Tiny, et Sully eut l'impression qu'il n'avait pas besoin de *voir* ni même d'*entendre* pour savoir ce qui se passait autour de lui.

— Tu vas nous manquer, ma chérie, mais tu vas avoir une vie merveilleuse et nous sommes très fiers de toi.

Carol la prit dans ses bras.

— Tu es une bénédiction, Sullivan Tate, et tu auras toujours ta place dans notre foyer.

Sully força sa voix à surmonter la boule dans sa gorge.

— Merci.

Elle regarda Chester et son cœur souffrit encore plus, se souvenant de la nuit où il l'avait ramassée sur le bord de la route. Il avait dit qu'il conduisait depuis des jours et cela s'était vu à la barbe naissante sur ses joues et aux valises qu'il avait sous les yeux. Il lui avait demandé ce qu'elle fuyait et elle avait menti. *Je ne fuis pas. Ma mère est malade.* Il n'avait pas gobé le mensonge et il avait dit qu'il avait vu des filles plus fortes qu'elle *fuir des choses*, qu'il n'y avait *pas de honte à fuir*. Elle avait ravalé sa peur et avait dit : *Ouais, eh bien, je ne m'enfuis pas.* Mais dans sa tête, elle avait ajouté : *Je m'en vais.*

Après cela, il l'avait sauvée à plus d'un titre mais elle ne pouvait pas y penser alors qu'elle était sur le point de quitter le seul endroit où elle aurait toujours voulu rester.

— Merci à toi de t'être occupé de moi et de m'avoir recueillie.

— Comme je te l'ai dit le premier soir de notre rencontre, j'ai une petite-fille d'à peu près ton âge, et je ne pouvais pas plus te laisser te débrouiller seule que de tourner le dos à notre Theresa.

Il la prit dans ses bras et lui embrassa le sommet du crâne.

— Rappelle-toi ce que je t'ai dit à propos du vol, compris ?

Il lui avait fait la leçon quand il avait découvert qu'elle avait volé le sac de sport et tout ce qu'il contenait.

— Oui, monsieur.

Chester se moqua et secoua la tête.

— Qu'est-ce que je t'ai dit à *ce sujet* ?

— Désolée.

Il lui demandait toujours de l'appeler par son nom mais elle était trop nerveuse pour réfléchir correctement. Au complexe, elle était devenue experte dans l'art de ne pas montrer ses émotions mais après quelques semaines avec Carol et Chester, il était plus difficile de les retenir et elle luttait pour les étouffer.

Cowboy la regarda lui demandant silencieusement : *Prête ?*

Elle acquiesça et attrapa son sac mais il le ramassa et lui fit signe de marcher devant lui, se retournant vers Carol et Chester pour leur dire :

— Nous prendrons bien soin d'elle.

Sully suivit Tiny et Wynnie jusqu'au camion à double cabine du Ranch Rédemption. Cowboy mit son sac sur le siège arrière et se dirigea vers sa moto, où il rangea son chapeau dans un compartiment et mit un casque. Alors qu'ils s'éloignaient, avec le rugissement de la moto de Cowboy derrière elle et rien d'autre que l'obscurité et le vaste inconnu devant elle, Sully espérait vraiment qu'il avait dit la vérité.

Chapitre Trois

Le camion s'engagea sur l'autoroute et deux motos semblèrent sortir de nulle part, se plaçant devant le camion. Une minute plus tard, deux autres arrivèrent sur leur gauche et deux autres sur leur droite. Le cœur de Sully s'emballa tandis qu'elle regardait d'un côté à l'autre.

— C'est bon, ma belle, dit Wynnie d'un ton rassurant. J'aurais dû te prévenir. Ce sont nos amis, des collègues des Dark Knights. Tiny est le président du club de bikers et ils nous escortent chaque fois que nous amenons des gens au ranch. C'est une preuve de solidarité, pour te faire savoir, ainsi qu'à tous ceux qui nous entourent, que les Dark Knights soutiennent la personne qui se trouve dans notre camion.

— Mais cela ne va-t-il pas attirer l'attention sur moi ou mettre les Finch en danger ?

— La communauté est habituée à ce que les Dark Knights nous escortent lorsque nous allons chercher des patients et les Finch ont déjà été pris en charge pour aller dans leur planque, expliqua-t-elle. Nous avons pris des précautions supplémentaires en raison de ta situation. Les membres du club nous suivent généralement jusqu'à la maison ou l'établissement lorsque nous venons chercher les patients mais ils ne l'avaient pas fait jusqu'à présent, à une trentaine de kilomètres des Finch. Nous avons également prévu deux véhicules-leurres, qui seront escortés jusqu'au ranch par d'autres membres du club. Personne ne sait qui est à bord des camions. Ils savent juste que quelqu'un vient au ranch.

— Ne t'inquiète pas, dit Tiny d'un ton bourru. Ce n'est pas notre premier rodéo. Nous faisons cela depuis plus de trente ans. Nous savons comment assurer ta protection.

Leur façon de travailler ensemble lui rappelait un peu trop celle de Rebel Joe et de ses hommes, ce qui rendait Sully encore plus nerveuse. Mais elle se rappela que Chester et Carol l'avaient protégée et qu'ils sacrifiaient leur vie pour rester dans une maison sécurisée. Ils n'avaient aucune raison de faire autre chose que de l'aider à rester en sécurité. Elle regarda par la vitre arrière, éprouvant un minimum de soulagement à la vue de Cowboy qui menait toujours le peloton de motos derrière eux.

D'après l'horloge du camion de Tiny, il était presque dix heures lorsqu'ils entrèrent dans la propriété du ranch. Le portail principal était constitué d'une poutre en bois avec un *RR* en fer au centre. Le premier *R* était à l'envers. Elle se souvenait avoir vu ce même symbole sur la boucle de ceinture de Cowboy. Deux hommes redoutables portant des gilets de cuir noir se tenaient devant les motos qui bloquaient le portail. Tiny arrêta le camion et ils s'approchèrent de sa fenêtre. Deux paires d'yeux sombres se fixèrent sur *elle*. Les deux hommes avaient des cheveux bruns courts et une barbe naissante. L'un d'eux avait des piercings aux oreilles, au septum et à la narine, et des tatouages sur le cou et les bras, ce qui le rendait plus intimidant que l'autre, qui avait l'air un peu familier et n'avait pas de tatouages ou de piercings visibles.

— Tout va bien ? demanda Tiny.

— Tout est calme, sauf cette grande gueule, dit celui qui ne portait pas de piercings.

L'autre gars sourit.

— Considère-moi comme ton spectacle permanent.

— Maux de tête assurés, c'est plutôt ça, dit le type à l'air familier.

Wynnie se retourna sur son siège.

— Sully, ces rigolos sont nos autres fils. Seeley est vétérinaire et tout le monde l'appelle Doc.

— Bienvenue au ranch, déclara Doc, celui qui n'avait pas de piercings.

Pas étonnant qu'il ait l'air familier. Il n'était pas aussi grand que Cowboy mais leurs traits étaient similaires et leurs cheveux étaient presque de la même couleur et à peu près de la même longueur, tandis que ceux de l'autre gars étaient plus foncés et plus courts.

— Je m'appelle Devlin mais tu peux m'appeler Dare, ajouta le type avec les tatouages et les piercings.

— Bonjour.

Sully était contente qu'ils aient l'air gentil.

— Dare est l'un de nos thérapeutes, expliqua Wynnie. Il est spécialisé dans l'aide aux adolescents. Tu rencontreras sa fiancée, nos filles et le reste du personnel demain.

— Nous allons emmener Sully dans son chalet, annonça Tiny aux hommes. Vous, les garçons, fermez bien les portes.

Dare et Doc acquiescèrent et retournèrent à leurs motos. Ils s'arrêtèrent sur le côté de la route. Une fois la barrière ouverte, Tiny la franchit et Sully regarda Cowboy et seulement quelques autres motos les suivre. Elle fut surprise de constater qu'elle n'avait même pas remarqué où étaient passées les autres motos et ne savait pas si elle était trop nerveuse ou si elle se sentait un peu plus en sécurité. Ils roulèrent sur un long chemin, passant devant des pâturages, des granges et un certain nombre de chalets. La propriété semblait s'étendre à l'infini et elle était soulagée de voir qu'elle n'avait rien à voir avec la propriété non entretenue qui se composait principalement de caravanes en panne pratiquement les unes sur les autres.

Tiny s'arrêta devant un joli chalet en rondins avec un toit vert et une véranda d'un côté. Il coupa le moteur.

— Bienvenue à la maison.

— C'est ici que vous vivez ? demanda Sully.

— Non, ma belle. C'est là que tu vas vivre, précisa Wynnie.

Étonnée, elle tendit la main vers la porte et fut surprise de voir Cowboy l'ouvrir et lui tendre la main pour l'aider à sortir. Le casque qu'il avait porté pendant le trajet avait disparu au profit de son chapeau de cow-boy.

— Merci.

Elle sortit sans prendre sa main et se rendit compte que les autres bikers ne les avaient pas suivis au chalet. Elle se retourna pour prendre son sac de voyage, mais Cowboy le tenait déjà.

— Je peux le porter.

— Ce n'est pas un problème.

Elle savait que rien n'était gratuit dans ce monde et craignait déjà ce qu'elle devrait à sa famille pour l'utilisation des lieux. Elle n'avait pas besoin de lui devoir quelque chose en plus.

— Je préfère le porter.

Il acquiesça sèchement, le muscle de sa mâchoire se crispant à nouveau alors qu'il lui tendit le sac, et se dirigea vers le porche grillagé, tenant la porte ouverte pour que tout le monde puisse passer. La véranda était aussi belle que la maison, avec deux chaises à bascule vertes et une petite table en bois entre elles.

C'était assez accueillant pour s'y installer avec son carnet de croquis.

Tiny et Wynnie se tenaient à l'écart tandis que Cowboy déverrouillait la porte et la poussait.

— Voilà, c'est à toi.

Il lui tendit la clé et elle enroula ses doigts autour d'elle, le cœur battant.

— Qui d'autre a des clés ?

— Juste Tiny et moi, chérie, indiqua Wynnie. Nous gardons un jeu supplémentaire pour chaque chalet dans notre coffre-fort verrouillé, en cas d'urgence. Mais c'est ta maison tant que tu es ici et personne n'entrera à l'intérieur à moins que tu ne l'invites.

Sully jeta un coup d'œil à l'intérieur et faillit perdre le souffle devant le charmant agencement ouvert avec des murs en bois clair et des planchers assortis. À sa gauche, un canapé beige faisait face à un poêle en fer surmonté d'un foyer en pierre et à un meuble d'angle sur lequel était posée une télévision. Elle n'avait jamais regardé la télévision. À droite du poêle se trouvait une chambre. *Est-ce vraiment réel ?* C'était comme un rêve devenu réalité, mais le seul rêve qui s'était jamais réalisé pour elle était celui pour lequel elle s'était battue et qu'elle s'était donnée à elle-même.

Son échappatoire.

— Tu peux entrer et visiter, dit Cowboy.

Son cœur battait la chamade lorsqu'elle entra et fut immédiatement enveloppée par une odeur chaude, si différente des odeurs pestilentielles de l'enceinte qu'elle n'arrivait pas à la situer. Sur le mur à sa gauche, il y avait une rangée de patères et une lampe de poche suspendue à l'une d'elles. Elle accrocha la clé à un crochet et jeta un coup d'œil dans la salle de bains située à côté. Elle était d'une propreté étincelante, avec une baignoire et une douche séparée. Des serviettes moelleuses étaient suspendues à un support à côté d'une étagère sur laquelle se trouvait une boîte de mouchoirs, et le papier hygiénique avait l'air d'être du genre à ne pas se déchirer quand elle l'utilisait, comme l'avait fait celui des Finch.

Elle s'avança dans la maison, faisant courir ses doigts le long du dossier du canapé jusqu'à la cuisine confortable, prenant connaissance du micro-onde, du grille-pain et de la cafetière. Elle se sentait comblée d'avoir autant de choses à portée de main. Les Finch avaient tous ces appareils, mais ils ne lui avaient pas été donnés pour un usage exclusif, comme ici, et elle avait fait attention à ne pas demander plus que ce qu'ils lui avaient offert.

Sur la petite table de la cuisine se trouvaient un téléphone portable et une chemise blanche brillante sur laquelle était imprimé BIENVENUE AU RANCH RÉDEMPTION, au-dessus d'une photo de la propriété avec ses magnifiques clôtures et granges sous un ciel bleu limpide. L'image était si belle qu'elle lui donnait de l'espoir.

— Dans le téléphone, il y a mon numéro et celui de Cowboy programmé au cas où tu aurais besoin de quoi que ce soit, dit Wynnie.

Cela n'a *rien* à voir avec la Free Rebelion. Elle n'avait jamais eu son propre espace, et encore moins accès à un téléphone. Elle voulait tellement croire que les Whiskey étaient *vraiment* là pour l'aider que la gratitude avait fait passer sa peur au second plan. Elle traversa le salon et jeta un coup d'œil dans la chambre. Le lit avait un édredon coloré et une belle tête de lit cintrée, mais il était aussi grand que celui de Rebel Joe, manifestement fait pour plus d'une personne. Elle déglutit difficilement et se tourna vers eux.

— Je sais que vous avez dit que vous n'attendiez rien en retour mais je sais aussi que rien n'est jamais gratuit, et je n'ai que quatorze dollars. Je ne peux pas payer pour tout ça.

— Pour rien au monde, nous ne prendrions ton argent, répondit Cowboy.

L'inquiétude lui piqua la peau et elle lutta à nouveau pour ne pas se laisser envahir par ses soucis. Elle était son *propre* protecteur et elle ne se laisserait pas tomber après avoir fait tout ce chemin. Elle se redressa, croisant leurs regards.

— Je ne paierai pas de mon corps.

En l'espace de quelques secondes, elle perçut de l'empathie dans les yeux de Wynnie, de la colère dans ceux de Cowboy et un mélange des deux dans ceux de Tiny. Avant qu'elle n'ait pu prononcer un mot, Wynnie dit :

— Oh, chérie, nous ne sommes pas comme ça.

— Quand nous te disons qu'il n'y a pas de contraintes, c'est *exactement* ce que nous voulons dire, précisa Tiny avec fermeté.

— Et il n'y aura *jamais* de moment où ton corps fera partie d'un marché conclu sur cette propriété, la rassura Cowboy. Tu as ma parole sur ce point.

Sa véhémence soulignait la sincérité de ses yeux, ce qui provoqua une vague d'émotions nouvelles.

— Je vous remercie. Je n'ai pas beaucoup d'argent mais je veux gagner ma vie. Je peux cuisiner et faire le ménage, je peux coudre ou je peux essayer n'importe quel autre emploi que vous avez et pour lequel je pourrais être qualifiée.

— Il est tard, ma belle, dit gentiment Wynnie. Pourquoi ne pas te laisser t'installer et nous pourrons en reparler demain.

— D'accord. Merci.

— Il y a de la nourriture dans le réfrigérateur si tu as faim ce soir, précisa Wynnie. Nous essayons normalement de prendre les repas en groupe avec les autres résidents et le personnel, que tu rencontreras demain. Cowboy va t'aider à t'acclimater au ranch et il passera dans la matinée pour te faire visiter et t'amener à la maison principale pour le petit déjeuner.

Elle jeta un coup d'œil à Cowboy, essayant d'ignorer l'inquiétude qui lui montait à la poitrine.

— À quelle heure dois-je être prête ?

— Sept heures et demie, ça te va ?

Elle était debout depuis des heures.

— Très bien.

— Sept heures et demie, alors, dit-il en hochant la tête.

Après qu'ils se soient quittés aussi chaleureusement qu'ils l'avaient accueillie, elle ferma la porte derrière eux et réalisa qu'elle était vraiment seule pour la première fois de sa vie. Il n'y avait pas d'intimité au complexe et Carol n'avait pas travaillé en dehors de chez elle, si bien qu'ils avaient passé toute la journée ensemble. Elle avait été seule dans sa chambre chez les Finch mais jamais dans leur maison.

Elle avait rêvé de solitude pendant si longtemps qu'elle n'arrivait pas à croire qu'elle l'avait enfin.

Un filet de peur lui piqua la peau.

Elle ferma les yeux, se rappelant qu'elle était en sécurité. Des gens surveillaient le portail et le reste de la propriété. Rebel Joe ne pouvait pas l'atteindre à cet endroit. Personne ne le pouvait. Les portes étaient verrouillées et les Whiskey semblaient être des gens honnêtes.

Ce fut dans cette optique qu'elle déballa son sac de voyage. En rangeant ses vêtements, elle se souvint de la panique qu'elle avait ressentie la nuit de son évasion.

Elle ferma les yeux un instant, se rappelant qu'elle était en sécurité, et lorsqu'elle les ouvrit et regarda la chambre confortable, elle remercia une fois de plus sa bonne étoile pour Chester et Carol, puis alla ranger les articles de toilette qu'ils lui avaient donnés.

Quand elle eut fini, elle était trop anxieuse pour dormir, alors elle regarda le dossier du Ranch Rédemption qui se trouvait sur la table. Elle lut la lettre de bienvenue et de nombreuses informations sur le refuge pour chevaux et les services thérapeutiques qu'il proposait. Elle parcourut les photos et les détails sur les thérapeutes et le personnel du ranch et trouva les informations sur Cowboy. Rien qu'en regardant sa photo, son pouls s'accéléra. Elle feuilleta donc la liste des personnes et en retira un plan de la propriété.

Il avait été difficile de voir les bâtiments qu'ils avaient croisés dans l'obscurité mais il y en avait beaucoup plus sur la carte que ce qu'elle se souvenait avoir vu. Elle voulut faire un tour et jeta un coup d'œil à la porte d'entrée mais un frisson de peur la retint. Ses doigts se recroquevillèrent en poings. Combien de nuits avait-elle passées à regarder par la fenêtre, souhaitant se promener sous les étoiles ? *C'était pour cela* qu'elle s'était échappée : pour avoir la liberté d'être seule. Pour être maître de ses désirs et de ses besoins.

Refusant de laisser la peur dominer sa vie plus longtemps, elle saisit la lampe de poche sur le crochet et embarqua la clé mais alors qu'elle s'approcha de la poignée de la porte, la panique envahit sa poitrine.

Elle secoua la main, essayant de se débarrasser de la peur, mais celle-ci s'accrocha à elle. Elle prit une grande inspiration, se disant qu'elle allait commencer doucement et s'asseoir sous le porche pour prendre l'air. Elle ouvrit la porte et sortit, tirant la porte derrière elle. Au moment où elle lâcha la poignée, la porte de la véranda s'ouvrit, et le visage de Cowboy apparut au grand jour alors qu'il s'avançait sur la véranda.

Merde, merde. Avait-il menti en disant que son corps ne faisait pas partie de l'accord ?

— Tout va bien, ma belle ?

Son estomac se tordit.

— Je suis juste… Désolée, j'ai pensé que je pouvais…

Elle chercha la poignée de la porte à tâtons, laissant tomber la carte.

— *Attends.*

Il leva les mains en signe de reddition.

— Ne crains rien, je ne suis pas là pour te faire du mal.

— Alors pourquoi *es*-tu là ?

— Au cas où tu aurais besoin de quelque chose.

— De quoi *pourrais*-je avoir besoin ? J'ai un chalet pour moi seule.

Elle n'avait pas l'intention de s'en prendre à lui mais elle vivait depuis si longtemps aux ordres de Rebel Joe qu'il était difficile de s'en défaire, même si son instinct lui soufflait qu'il était honnête.

Il garda ses distances, les mains toujours levées.

— Je ne sais pas Je ne voulais pas que tu te sentes seule ou effrayée. Je ne sais pas ce que tu as vécu mais le fait qu'on doive te protéger des gens que tu as fuis me dit que ça n'a pas dû être facile.

— Mais tu as dit que j'étais *en sécurité*. Que personne ne pouvait m'atteindre.

Et je t'ai cru, alors pourquoi suis-je si combative ? Elle ne chercha pas bien loin la réponse. Avoir la foi, c'était nouveau, et c'était aussi effrayant.

— Ils ne peuvent rien faire, la rassura-t-il. Je ne m'inquiète pas que quelqu'un puisse t'atteindre. Je suis ici parce que je m'inquiète pour toi. Je veux être sûr que tu te sentes en sécurité et que tu aies tout ce dont tu as besoin.

L'honnêteté dans ses yeux lui indiquait qui il était et ses actes le confirmaient. Elle le *crut* mais elle croisa quand même les bras sur sa poitrine, se protégeant contre la peur d'avoir la foi et les autres émotions contradictoires qui la traversaient.

— Mais tu me connais à peine.

— Je n'ai pas besoin de bien te connaître pour m'inquiéter pour toi. Cela s'appelle de la compassion.

Ses pensées trébuchèrent et elle s'en voulut un peu de se battre avec lui alors qu'il voulait manifestement l'aider.

COWBOY NE CONNAISSAIT PEUT-ÊTRE PAS Sullivan Tate mais il reconnaissait ce visage, même si ses cheveux pendaient devant un côté du visage. Les joues potelées de l'enfance avaient laissé place à des pommettes hautes, un nez légèrement retroussé et des lèvres auxquelles il ne se permettait pas de penser. Mais c'étaient ses yeux, avec leurs cils sombres et incroyablement longs, qui le taraudaient au plus profond de lui-même. Ils étaient plus vieux et plus sages et avaient un côté indestructible enfoui sous on ne sait trop quoi. Dès qu'il avait vu ces yeux le regarder de l'autre côté du salon des Finch, il avait su à qui ils appartenaient, et cela avait déclenché un désir viscéral de prendre soin d'elle. Il devait croire qu'il y avait une raison pour laquelle cette jeune femme avait atterri dans son ranch et il ferait tout ce qu'il fallait pour gagner sa confiance et la garder en sécurité.

Ses parents l'avaient mis au courant de ce qu'ils avaient appris chez les Finch. Sully ne leur avait pas révélé grand-chose sur la secte, si ce n'est qu'elle y avait grandi et qu'elle s'en était échappé toute seule. Cowboy se posait des questions à ce sujet et pensait à ce que les Finch avaient dit d'autre à ses parents. Ils avaient indiqué que Sully avait été trop effrayée pour quitter la maison, même pour se promener dans le jardin, ce qui lui en disait long. Il aimerait bien mettre la main sur les salauds qui l'avaient maltraitée, mais pour l'instant, il était plus inquiet de savoir où la jeune femme qui avait trop peur d'être retrouvée pour se promener dans un jardin se rendait toute seule en terrain inconnu.

Il avait assez d'expérience avec les chevaux et les gens mal soignés pour savoir quand il fallait agir avec légèreté et il parla doucement.

— Je vais baisser mes mains, d'accord ?

Elle acquiesça et il les baissa.

— Pouvons-nous parler une seconde ? demanda-t-il.

Elle acquiesça à nouveau.

— Tu n'es pas prisonnière ici, Sully, et je ne suis pas là à attendre une occasion de te faire du mal. C'est mon travail d'être ici pour toi, mais j'espère qu'en apprenant à me connaître, tu verras que je suis plutôt un bon gars et tu comprendras pourquoi ils m'ont demandé d'être ici pour toi.

— Je suis désolée si je me suis montrée impolie.

— Tu ne devrais jamais t'excuser pour tes sentiments. C'est la seule chose que tu as qui t'appartienne vraiment. Tu n'as pas été impolie. Tu as fait preuve de prudence, et à juste titre. Il te faudra du temps pour croire que nous sommes ce que nous prétendons être, et c'est très bien ainsi. Quelque chose ne va pas avec le chalet ou tu as eu du mal à t'y installer ?

— Le chalet est très bien. J'étais juste agitée.

— Je comprends. Ça doit être difficile de s'installer dans un nouvel endroit quand on ne connaît pas les gens ou le paysage. Où allais-tu ?

— J'allais m'asseoir ici et prendre l'air.

— Cela m'aide toujours à redescendre d'un cran.

Il ramassa la carte qu'elle avait laissée tomber et la lui tendit, tout en gardant un ton léger.

— Tu es sûre que tu n'en as pas marre de nos visages et que tu ne planifies pas ton évasion ?

Elle *faillit* sourire et secoua la tête.

— Je pensais aller me promener mais je ne savais pas trop où aller. Je ne sais même pas où je suis.

— Alors estime-toi chanceuse, parce que je connais le ranch comme ma poche. Laissez-moi te montrer.

Elle souleva la carte et il tint l'autre côté, pointant du doigt chaque point de repère à mesure qu'il parlait.

— C'est l'entrée principale, là où nous sommes entrés et nous avons suivi cette route jusqu'à celle-ci, qui mène à ton chalet. Ici. Tu vois comment la route tourne après ta maison ?

Elle acquiesça.

— Si tu la suis jusqu'en haut de la colline, tu arriveras chez moi.

Il désigna la lumière au-delà des arbres. Revenant à la carte, il ajouta :

— C'est la maison principale où les thérapeutes travaillent et où nous nous réunissons pour les repas. Il y a une salle de loisirs avec des livres, une télévision, des puzzles et des jeux. C'est un endroit agréable pour passer du temps et parler avec d'autres personnes, et il y a aussi une salle de cinéma dans la maison principale.

— Est-ce que tout le monde peut utiliser la salle de détente ?

— Oui. C'est pour cela qu'elle est là. La salle de cinéma aussi. Notre cuisinier et responsable des résidents, Dwight, y habite. Si tu veux quelque chose de spécial, il peut te le préparer.

— Je n'ai besoin de rien de spécial.

— Nous verrons cela.

Il lui fit un clin d'œil.

— Et juste après la maison principale, juste ici, il y a le terrain de paintball.

— C'est quoi le paintball ?

— C'est le meilleur sport en dehors de tout ce qui se fait à cheval.

Il lui expliqua ce qu'était le paintball et lui indiqua qu'elle était la bienvenue pour participer à leurs parties de paintball.

— Je ne pense pas que je veuille tirer sur des gens.

— Ce n'est pas ça. Tout est fait pour s'amuser. Même le petit Gus joue, bien que nous ne le frappions pas avec des billes de peinture. Mais je comprends ton hésitation.

Il montra à nouveau la carte.

— Voici les écuries principales pour les chevaux en bonne santé, et voici les écuries de rééducation pour les chevaux qui n'ont pas eu cette chance et qui ont besoin de plus d'aide. Voici la maison de mes parents, celle de Dare et de sa fiancée, Billie. Doc vit dans cette maison et ma sœur Sasha est ici. Tu la rencontreras avec Billie demain.

— C'est donc une sorte de complexe où tout le monde vit et travaille ?

— On peut le voir comme ça, mais pour nous, c'est un ranch, et tous ceux qui travaillent ici ne vivent pas ici. Il n'est pas obligatoire que nos employés vivent ici ou que les membres de ma famille travaillent pour le ranch ou vivent sur la propriété. Nous avons tous choisi de le faire, à l'exception de ma plus jeune sœur, Birdie. Elle vit dans une ville voisine appelée Allure et elle possède une chocolaterie avec notre tante Marie et notre amie Carly.

— Une chocolaterie ?

— Oui. Tu aimes le chocolat ?

Elle acquiesça et ses yeux s'illuminèrent.

— Nous n'en avions pas souvent et je ne suis jamais allée dans une chocolaterie.

— Je t'y emmènerai un jour. Mais je dois te prévenir, Birdie te parlera sans arrêt.

Cela lui valut un sourire sincère.

— Tu veux mettre à l'épreuve tes talents de navigatrice et aller te promener ?

Elle le regarda un long moment avant de dire :

— D'accord.

— Tu veux prendre un sweat ou une veste ?

Il ne faisait pas particulièrement froid mais Sully était grande et élancée, vêtue d'un jean ample et d'une grande chemise en velours côtelé crème. Elle avait l'air de pouvoir s'envoler à la moindre brise, malgré ses boots lourdes en cuir, usées et éraflées.

— Non, j'aime sentir l'air frais.

Il ajouta mentalement cette information aux autres qu'il avait recueillies, comme sa détermination à être forte et le fait qu'elle n'avait pas versé une larme lorsqu'elle avait quitté Carol et Chester, alors que la tristesse et la peur avaient pratiquement suinté de ses pores. Il se demandait depuis combien de temps elle retenait ses sentiments et ce qui se passerait quand le barrage se briserait.

Chapitre Quatre

COWBOY VERROUILLA sa porte d'entrée et suivit Sully hors du porche. Comme il commençait tout juste à gagner sa confiance, il resta en retrait, marchant quelques pas derrière elle pour qu'elle n'ait pas l'impression qu'il lui tournait autour. Mais elle le regarda par-dessus son épaule, l'air mal à l'aise. Même dans l'obscurité, il pouvait voir des ombres se dessiner dans ses yeux.

Il leva à nouveau les mains.

— Fais comme si je n'étais pas là. Je veux juste être près de toi au cas où tu te perdrais.

— Je n'aime pas qu'on m'observe. Cela te dérangerait-il de marcher à côté de moi ?

Il conserva cette information dérangeante pour la disséquer plus tard.

— Bien sûr, mais pour que les choses soient claires, je ne te surveille pas. Je me mets simplement à disposition au cas où tu aurais besoin de quelque chose.

— Tu n'as pas mieux à faire ? demanda-t-elle tandis qu'il s'installait à côté d'elle.

— Quoi de mieux qu'une promenade au clair de lune avec

une nouvelle amie ? Y a-t-il quelque chose en particulier que tu aimerais voir ?

Ses yeux s'écarquillèrent de curiosité.

— *Tout* ce qu'il y a à voir.

Il rit.

— C'est beaucoup de marche pour une seule nuit. Et si nous allions dans un pâturage, et que je te présentais quelques-uns de mes amis à quatre pattes ?

Lorsqu'elle acquiesça, ils marchèrent le long de la route dans un silence confortable. Il était difficile de croire qu'il y a quelques heures à peine, l'endroit était rempli de familles et d'activités pour la collecte de fonds, et qu'à présent, il pouvait pratiquement entendre les battements de son propre cœur. Il jeta un coup d'œil à Sully, regardant autour de lui, prenant tout en compte.

— Tu as déjà fait des promenades nocturnes ?

— Seulement dans mes rêves.

Le soupçon de nostalgie dans sa voix lui donna envie de revenir sur ce qu'il avait dit sur le fait que c'était beaucoup de marche pour une seule nuit et de la laisser marcher jusqu'à ce qu'elle soit trop fatiguée pour faire un pas de plus.

— C'est dommage. Le ciel, la nuit ont beaucoup à offrir.

Elle resta silencieuse pendant quelques minutes avant de dire :

— Nous n'avions pas le droit de quitter nos chambres la nuit mais j'ai quand même pu voir les étoiles. J'avais l'habitude de m'asseoir à ma fenêtre le soir et de regarder le ciel. Elles étaient comme des étincelles d'espoir à des millions de kilo-mètres, me rappelant que le monde était bien plus grand que le complexe. Je restais là à rêver de ce que ce serait de se promener la nuit ou de dormir sous les étoiles et de sentir l'air sur ma peau quand je m'endormais.

Cela l'énervait qu'elle n'ait pas eu ces libertés et il était encore plus curieux de savoir pourquoi elle ne s'était pas promenée dans les jardins des Finch, mais il ne pouvait pas lui demander sans qu'elle ait l'impression qu'on parlait d'elle dans son dos.

— Ça n'a pas dû être facile de vivre avec ce genre de contraintes.

— Quand j'étais petite, je me sentais en sécurité à l'intérieur. Comme si rien de mal ne pouvait arriver si j'étais entre quatre murs. J'avais toujours peur que quelqu'un m'arrache à la communauté, ce qui est idiot car mon oncle Richard et Rebel Joe ne laisseraient jamais cela se produire. Mais en grandissant, j'ai commencé à me sentir piégée.

— Rebel Joe ?

— C'est le chef de Free Rebellion.

Cowboy mémorisa le nom de ce type, se demandant s'il lui avait déjà fait du mal, et à la mention de son oncle, il se demanda s'il s'était trompé en disant que Sully était la fille du tract.

— Tu as vécu avec ton oncle ?

— Mm-hm. Mais il est tombé malade et est décédé il y a quelques années.

— Je suis désolé de l'apprendre.

Où étaient ses parents ? Avait-elle une autre famille ? Pourquoi n'était-elle pas autorisée à sortir la nuit ? Il avait tellement de questions mais elle lui *parlait* enfin au lieu de l'*éviter*. Il ne voulait donc pas déclencher accidentellement des sentiments bouleversants qui pourraient la faire se taire.

Elle haussa les épaules.

— Merci. Et toi, à quoi penses-tu ? Tu passes beaucoup de temps dehors la nuit ?

— Bien sûr. Je préfère être dehors, de jour comme de nuit. Par ici, ma belle.

Il lui fit signe de tourner sur la route principale et ils se dirigèrent vers les pâturages. Sully ralentit le pas, les yeux écarquillés par la vue de l'un des sites préférés de Cowboy. Au-delà des granges, des pâturages et des grands arbres, de majestueux sommets montagneux se détachaient sur le ciel étoilé.

— Waouh, commenta-t-elle, émerveillée. On a l'impression qu'on pourrait grimper jusqu'aux étoiles et les toucher.

Il aurait aimé qu'elle puisse le faire. Il avait l'étrange désir de lui montrer tout ce que le monde avait de beau à offrir.

— Il n'y a rien de comparable. J'en ai le souffle coupé jour et nuit.

— Tu as beaucoup de chance.

Elle inclina son visage vers le ciel et ses cheveux tombèrent sur son visage, un sourire illuminant tout son être.

— Si je vivais ici, je ne ferais rien d'autre que de regarder cette vue.

Elle le regarda, les yeux brillants d'émerveillement.

Bon sang, elle lui faisait oublier cette vue montagneuse. Il n'avait jamais rien vu d'aussi authentique ni d'aussi beau.

— Ma belle, tu vis ici pour l'instant, alors tu peux faire ça.

Ses yeux étincelants s'illuminèrent encore plus.

— Tu veux t'asseoir dans l'herbe un moment et profiter de la vue ?

— Oui, absolument, mais pouvons-nous d'abord voir les chevaux ? Je n'ai jamais vu de chevaux de près, et je ne sais pas pourquoi, mais j'ai l'impression que si je ne les vois pas maintenant, je n'en aurai peut-être jamais l'occasion.

Pas besoin d'être thérapeute pour comprendre cet état d'esprit du maintenant ou jamais. Il en avait été témoin un million de fois. Que ce soit avec une personne ou un animal qui avait été blessé ou été victime de négligence émotionnelle et physique, leurs instincts restaient identiques. Quand la peur subsistait mais que la confiance naissait tout de même, s'en suivait une envie vorace de ce maintenant ou jamais vis vis de toute forme de gentillesse, par peur qu'on vous le retire à tout moment.

— Bien sûr que oui et tu auras encore beaucoup d'autres occasions pendant que tu es ici.

Il la conduisit jusqu'à la clôture qui entourait le pâturage.

Elle plissa les yeux dans l'obscurité.

— Où sont les chevaux ?

— Il est difficile de les voir avec un œil non exercé.

Il se pencha plus près d'elle et lui montra le pâturage.

— Tu les vois là-bas, près de l'arbre ?

— Oui ! Je les vois, se réjouit-elle. J'aime qu'ils soient si libres.

— Tu es plus libre qu'eux. Ils sont confinés au pâturage.

— Je suis confinée au ranch.

Il détestait ça.

— Seulement temporairement, jusqu'à ce que nous soyons sûrs que personne de la secte ne traque le camion de Chester ou n'ait eu vent de l'endroit où tu pourrais être. Une fois que nous aurons la certitude que tu es en sécurité, tu seras libre de parcourir le monde, mais les chevaux seront toujours confinés dans les granges et les pâturages ou avec un humain tenant les rênes.

— C'est triste.

— Pas de jugement hâtif. La plupart des chevaux nous arrivent après avoir été maltraités ou négligés et n'auraient probablement pas survécu si nous n'étions pas intervenus pour les soigner et leur donner l'amour qu'ils méritent. Lorsqu'ils sont ici, ils sont traités avec amour et on leur promet une bonne vie. Ils ne passeront jamais un jour sans nourriture, sans abri ou sans gentillesse.

— Mais ne seraient-ils pas plus heureux en liberté ?

— La plupart des chevaux que nous accueillons ont été abandonnés et laissés en liberté. Ils sont affamés, souvent blessés de leur propre fait, et ils endurent toutes sortes de choses auxquelles on ne veut pas penser.

— Je n'ai jamais pensé à tout cela.

— Si je n'avais pas le droit d'errer librement la nuit, je penserais probablement que la liberté totale me semblerait être la seule et unique solution. Mais le monde est vaste, Sully, et il est toujours bon de savoir que l'on a des options si l'on veut s'en éloigner.

Elle regarda à nouveau les chevaux.

— As-tu déjà eu envie de te cacher ?

— Je pense que tout le monde l'a fait à un moment ou à un autre de sa vie.

— Où es-tu allé quand tu voulais le faire ?

— Je montais sur un cheval et je chevauchais pendant des heures. Pour moi, la liberté, c'est ça. Enfin, ça et faire de la moto. Il n'y a rien de tel que de regarder un bout de route ouverte. Tu veux voir les chevaux de près ?

Elle acquiesça avec enthousiasme.

— Quand je les appellerai, ils accourront, mais ne t'inquiète pas. Ils ne vont pas sauter la clôture ou la traverser. Ils sont juste excités de nous voir, d'accord ?

Elle hocha la tête. Il siffla fort et longtemps, et un spectacle dont il ne se lasserait jamais émergea de l'obscurité. Plusieurs chevaux galopaient vers eux, leurs corps puissants les poussant vers l'avant, crinières et queues emportées par le vent.

Sully trébucha en arrière, les yeux écarquillés.

— Tout va bien.

Il lui tendit la main et leurs regards se croisèrent pendant ce qui lui sembla être une dizaine de secondes, durant lesquelles elle avait l'air de chercher à savoir si elle pouvait lui faire confiance, mais qui ne duraient en réalité que deux secondes, avant qu'elle ne glisse sa main dans la sienne et ne la serre fort. Il voulait la rassurer en lui disant qu'elle était en sécurité avec lui et qu'il ne laisserait rien lui arriver mais il avait toujours été convaincu que les actions d'un homme parlaient d'elles-mêmes.

Les chevaux ralentirent à leur approche et lorsqu'ils passèrent leurs grosses têtes par-dessus la clôture, avides d'affection, Sully recula encore d'un pas, serrant sa main si fort que ses ongles s'y enfoncèrent.

— Ce n'est pas grave, la rassura-t-il. Ils veulent juste de l'amour.

Sunshine poussa son museau contre sa poitrine.

— Hé, ma petite puce, je t'ai manqué ?

Il la caressa de sa main libre, déposant un baiser sur son front, et caressa les autres qui se frayaient un chemin jusqu'à lui.

— Ils sont si *grands*.

— Ce sont des beautés, n'est-ce pas ?

Il tendit à nouveau la main à Sunshine, lui grattant la mâchoire.

— Voici Sunshine. Elle est adorable.

— Tu l'as sauvée ?

— Oui, il y a quelques années. Elle et deux autres étaient dans un état épouvantable quand nous les avons sauvées de l'abattoir. J'aime toutes mes demoiselles et tous mes messieurs mais Sunshine a une place spéciale dans mon cœur.

— Pourquoi ?

— Je ne sais pas exactement. Il y a quelque chose dans la façon dont elle m'a toujours regardé, comme si j'étais censé faire partie de sa vie. Veux-tu la caresser ?

Elle resserra sa prise sur sa main.

— J'ai peur.

— Je vais t'aider, à moins que tu ne préfères pas.

Elle s'approcha et il détacha leurs mains, posant la sienne sur le bas de son dos.

— Tu vois comme ses oreilles sont dressées et tournées vers l'avant ? Cela signifie qu'elle est consciente de ta présence, qu'elle s'intéresse à toi. Si ses oreilles étaient rabattues ou aplaties, il faudrait garder ses distances.

— D'accord, dit-elle un peu tremblante.

Il prit sa main droite dans la sienne.

— Nous allons la laisser sentir ta main mais ne t'inquiète pas. Elle ne mordra pas. C'est très facile, il suffit de lui offrir ta paume.

Il retourna sa main, l'approchant du cheval. Sunshine la renifla et enfonça son nez dans la paume.

Les yeux de Sully se tournèrent vers les siens.

— Elle t'aime bien. Viens ici.

Il la guida jusqu'à la clôture devant lui pour qu'elle puisse caresser l'encolure de Sunshine et la sentit se crisper. Il retira sa main de son dos, espérant soulager son inconfort, qu'il pensait dû à leur proximité plutôt qu'au cheval, mais resta suffisamment près pour intervenir si elle avait peur.

— Elle est douce, murmura Sully. Et elle semble forte.

— Elle est forte. Sa vie en est la preuve. Lorsque nous l'avons ramenée à la maison, nous avons eu des hauts et des bas pendant un certain temps. J'avais l'habitude de m'asseoir avec elle la nuit dans la grange de rééducation et de lui parler, d'essayer de l'inciter à se battre pour rester en vie.

— Que lui as-tu dit ?

Il aimait sa curiosité.

— Je lui ai dit ce que je dis à tous nos chevaux depuis que je suis tout petit et que je m'assois avec eux avec mon père. Je lui ai dit que j'étais désolé de la façon dont elle avait été maltraitée et qu'une belle vie l'attendait, mais qu'elle devrait se battre pour l'obtenir.

La tension autour de ses yeux et de sa bouche diminua.

— Tu penses que ça a aidé ?

Elle continua de caresser Sunshine.

— Oui, je le pense. Les chevaux ont besoin d'amour et de réconfort, tout comme les humains. C'est incroyable ce que le fait d'être entouré des bonnes personnes et d'un bon environnement peut faire pour eux.

— Mais comment peut-on leur promettre une bonne vie ? Les informations contenues dans le dossier d'accueil indiquent que vous réintroduisez beaucoup de chevaux. Comment pouvez-vous être sûrs qu'ils ne seront pas maltraités ?

— Nous tenons notre promesse en vérifiant minutieusement les candidats à l'adoption. Nous nous rendons sur place pour nous assurer que leurs autres animaux sont bien soignés et qu'ils disposent d'installations suffisantes pour s'occuper du cheval. Nous parlons à leurs vétérinaires, à leurs voisins et à la police locale, et nous nous assurons qu'ils n'ont jamais été condamnés pour mauvais traitements infligés à des animaux. Une fois qu'un cheval a été adopté, nous assurons non seulement le suivi par des visites programmées, mais nous conservons également le droit pour notre personnel – ou nos associés si les adoptants ne sont pas de la région – de faire des visites de postadoption.

— Vous vous souciez vraiment d'eux.

— Ces chevaux sont toute ma vie. Je ne laisserai jamais rien leur arriver, pas plus qu'à n'importe qui dans ce ranch.

Elle semblait réfléchir à tout cela, les sourcils froncés.

— Des chevaux sont-ils revenus au ranch ?

— Pas encore, dit-il fièrement.

Alors qu'ils caressaient les chevaux, il pouvait sentir les défenses de la jeune femme s'abaisser. Les chevaux avaient cet effet sur certaines personnes et il espérait qu'il avait aussi un effet calmant sur elle. Au bout d'un moment, ils s'assirent dans l'herbe pour qu'elle puisse profiter de la vue. Aucun des deux ne prononça un mot pendant un long moment. Cowboy avait toujours été à l'aise avec le silence mais il avait constaté que la plupart des gens avaient besoin de remplir cet espace, comme pour éviter d'écouter leurs propres pensées. Sully semblait aussi satisfaite du silence que lui, et c'est ce qu'il appréciait chez elle.

Lorsqu'ils retournèrent enfin à son chalet, il avait toujours envie d'en savoir plus sur les promenades qu'elle n'avait pas faites et ne put s'empêcher de poser une question qui pouvait mener à la réponse.

— Tu t'es beaucoup promenée avec Carol et Chester ?

Elle secoua la tête, faisant retomber ses cheveux devant son visage. Il eut l'impression qu'il s'agissait d'un geste stratégique, comme lorsque les chevaux se détournent des personnes dont l'énergie est trop intense, aussi n'insista-t-il pas davantage, laissant le silence s'installer à nouveau autour d'eux.

Ils se dirigeaient vers la route qui menait à sa maison lorsqu'elle dit :

— Je voulais me promener, le prenant au dépourvu. Les Finch m'ont proposé de m'accompagner, mais je ne me sentais pas assez en sécurité.

— Je suis content que tu te sois sentie assez en sécurité pour marcher avec moi ce soir, mais pour être honnête, j'ai été surpris que tu acceptes d'y aller.

— Moi aussi.

Elle leva les yeux vers lui, un œil toujours couvert, son petit sourire à peine visible.

— Merci de m'avoir fait confiance.

— Tu devrais remercier les Finch. J'ai confiance en eux et je ne pense pas qu'ils me mettraient en danger.

— Et moi qui pensais avoir réussi à m'attirer tes bonnes grâces.

Elle rit doucement et c'était un son si tendre et si heureux qu'il se promit d'en gagner d'autres.

SULLY POUVAIT COMPTER sur les doigts d'une main le nombre de situations où elle n'avait pas ressenti un certain niveau de peur. Elle ne s'attendait pas à ce que ce soir soit l'une d'entre elles. Elle n'était pas complètement sur ses gardes mais elle avait l'impression de pouvoir faire confiance à Cowboy, parce qu'elle n'avait pas eu peur du tout depuis sa première visite sous le porche. Il était facile à vivre et elle aimait son humour doux, mais le nom de Cowboy ne lui disait rien qui vaille. Elle avait l'impression qu'il pouvait s'agir du nom de n'importe qui, comme d'appeler un cuisinier *Cook*, et il n'avait pas l'air d'être n'importe qui.

— Je suis désolée que ta famille ait dû se donner tout ce mal pour moi. Mais je suis reconnaissante d'être en sécurité.

— Ce n'est pas un problème du tout.

Elle était loin d'en être persuadée. Il y avait eu beaucoup d'hommes à moto pour les escorter et ils avaient pris des précautions supplémentaires avec des gens qui surveillaient le ranch. Ces hommes devaient avoir une vie et une famille à s'occuper mais elle était curieuse à *son sujet*.

— Qu'est-ce que tu fais d'autre ici que d'emmener des filles perdues se promener ?

— Tu veux dire que tu n'as pas lu tout ce qui me concerne dans le dossier de bienvenue ?

Il y avait une pointe de malice dans sa voix.

— J'ai dû rater cette page.

— Bon sang. Je pensais que ma photo arrêtait les femmes dans leur élan.

Elle sourit, secouant la tête, appréciant la légèreté.

Il lui donna un coup de coude.

— Je plaisante.

— Non, c'est faux. Il est difficile de passer à côté de toi. Tu fais probablement tourner beaucoup de têtes.

— Je ne vais pas mentir. Chaque fois que je passe devant la grange, les chevaux femelles essaient d'attirer mon attention.

Elle rit doucement.

— Je parie qu'elles n'ont pas besoin d'essayer trop fort. Tu as l'air de les aimer vraiment.

— Ils sont mon cœur et mon âme, et pour répondre à ta question, ils sont aussi mon travail. Je m'occupe des chevaux et de leur entraînement une fois qu'ils ont été sauvés, je supervise l'entretien de la propriété et je dirige les employés du ranch. Mais promener les filles perdues est devenu ma tâche préférée.

Elle rougit, ne sachant que penser de cela.

— On t'a toujours appelé Cow-boy ?

— Pratiquement depuis que je suis gamin. Mais une fois que je suis devenu un Dark Knight, j'ai choisi ce nom comme nom de route, qui est comme un surnom. Nous en avons tous. C'est comme un badge d'honneur.

— Je vois. C'est ce qui le rend spécial. Mais ça me fait bizarre de t'appeler Cowboy. C'est un peu générique, et Callahan est un si joli nom. Il est fort et inhabituel. Il te va bien. Non pas que Cowboy soit un mauvais surnom.

— Je n'y ai jamais pensé de cette façon. Tu peux m'appeler Callahan si tu veux.

— Vraiment ?

Pourquoi cela la rendait-elle si heureuse ?

— Bien sûr. Pourquoi pas ?

— C'est bien. *Callahan.* J'aime ça.

Elle était un peu déçue car elle espérait qu'ils pourraient marcher et parler plus longtemps. Elle posa encore une question furtivement.

— Tu as toujours vécu ici ?

— Je suis né et j'ai grandi ici.

— Tu n'es jamais allé à l'école ou ailleurs ?

— Non. J'ai appris tout ce que je devais savoir ici. Je travaille au ranch depuis que j'ai l'âge d'enfiler seul mes bottes, et c'est tout ce que j'ai toujours voulu faire. Enfin, ça et devenir un Dark Knight.

— C'est quoi ?

— Être un Dark Knight, c'est savoir que tu donnerais ta vie pour en sauver une autre. C'est avoir quarante frères qui vous soutiendront toujours et veilleront sur votre famille quoi qu'il arrive, et savoir que tu ferais la même chose pour eux. Nous avons des réunions obligatoires du club tous les mardis soirs, à l'église, pour montrer notre engagement les uns envers les autres et envers le club. J'adore tout cela. C'est la meilleure sensation au monde, juste après celle d'être sur un cheval avec rien d'autre que le vent dans le dos.

Il était si passionné qu'elle espérait un jour trouver quelque chose qui la passionnerait autant. Mais elle avait le sentiment que la liberté absorberait toujours sa passion.

— Cela semble trop beau pour être vrai mais ce que je voulais dire, ça fait quoi de savoir exactement qui on est et ce qu'on veut faire de sa vie ?

— Oh, je n'y ai jamais beaucoup réfléchi, dit-il alors qu'ils arrivaient au chalet.

Il tint la porte moustiquaire ouverte et la suivit sur les marches.

Elle sortit la clé de sa poche.

— Ce n'est pas grave. Je suis désolée d'avoir demandé.

— Ne le sois pas. C'est une excellente question et je te répondrai dès que j'aurai trouvé la réponse.

— Ne t'inquiète pas. Merci à toi de t'être promené avec moi. J'ai vraiment apprécié. J'étais tellement à cran quand j'ai quitté les Finch, et je me sens mieux maintenant.

— J'en suis ravi. Moi aussi, j'ai apprécié notre promenade. Je serai ici ce soir au cas où tu aurais besoin de quelque chose.

— *Ici ?*

— Oui. Juste là, pour être exact.

Il désigna un fauteuil à bascule.

Elle fut surprise de se sentir un peu soulagée de ne pas être seule.

— Je vais te chercher une couverture.

— Ça va aller.

— Non, ce n'est pas correct. Donne-moi une minute.

Elle se précipita à l'intérieur, reconnaissante qu'il ne l'ait pas suivie. Elle se sentait en sécurité avec lui mais elle savait que le fait d'être enfermée pouvait changer les choses. Elle attrapa la couverture supplémentaire qu'elle avait vue dans le placard de la chambre et la lui apporta.

— Merci.

Il jeta la couverture sur la chaise.

— Envoie-moi un texto si tu as besoin de quoi que ce soit.

Elle tripota l'ourlet de sa chemise, détestant être si en retard sur son époque.

— Je ne voulais rien dire avant, mais je n'ai jamais utilisé de téléphone portable.

— Pas de problème. Je vais te montrer comment faire, dit-il sans le moindre jugement, ni la moindre surprise. Je vais attendre ici pendant que tu prends ton téléphone.

Elle le récupéra et ils restèrent sous le porche pendant qu'il lui montrait comment l'allumer et l'éteindre et l'aidait à trouver et à ajouter des contacts – comme si elle avait le numéro de n'importe qui à ajouter – à passer un appel, à envoyer un SMS et à le mettre en mode silencieux.

— Vas-y, essaie, envoie-moi un SMS.

Elle accéda aux messages.

— Qu'est-ce que ça doit dire ?

— Tu devrais évidemment me dire que je suis le meilleur guide de randonnée de la planète et que mes chevaux sont magnifiques. Tu peux ajouter quelque chose à propos de mon charmant esprit si tu veux.

Elle ne pouvait s'empêcher de sourire en cherchant chaque lettre sur le minuscule clavier. Cela lui prit une éternité et elle ne savait pas pourquoi quelqu'un envoyait un texto au lieu d'appeler, mais elle finit par envoyer la chose qui comptait le plus. *Merci de m'avoir fait me sentir en sécurité. Sully*

Son téléphone bipa et lorsqu'il lut son message, les muscles de sa mâchoire se contractèrent à nouveau, mais lorsqu'il leva les yeux, son regard était pensif.

— De rien.

Il soutint son regard si longtemps que les papillons qu'elle croyait disparus revinrent à la vie.

— Tu n'as pas besoin de mettre ton nom en signature. Il est programmé dans le téléphone et apparaît sur le téléphone de l'autre personne lorsque tu envoies un message ou que tu appelles.

Ses lèvres se retroussèrent.

— Mais je saurais que c'est toi, même si ce n'était pas le cas.

— *Oh !*

Est-ce que c'est une bonne chose ? J'avais l'impression que c'était une bonne chose. Ou peut-être que c'était parce que personne d'autre ne s'inquiétait de sa sécurité, ce qui n'était peut-être pas une bonne chose. Pourquoi son cœur s'emballait-il ? Repoussant cette pensée angoissante, elle répondit :

— Merci encore. Je vais juste…

Elle fit un signe vers la porte.

— Bonne nuit.

— Fais de beaux rêves.

Elle entra, ferma la porte à clé et s'y adossa, fermant les yeux et essayant de calmer son cœur qui battait la chamade. Pourquoi était-elle nerveuse ? Elle n'avait pas peur. En fait, elle se sentait plus en sécurité qu'elle ne l'avait jamais été. Elle ne savait pas pourquoi elle avait l'impression que son cœur allait bondir hors de sa poitrine. Elle avait pourtant l'impression que cela avait quelque chose à voir avec le fait qu'elle ne voulait pas que la nuit se termine, ce qui était fou et exaltant. Ils étaient en train de devenir amis mais elle n'avait jamais ressenti cela en présence d'Ansel.

Ni avec personne d'autre, d'ailleurs.

Et encore, elle n'avait jamais connu quelqu'un comme le gentil géant qui veillait sous son porche.

Chapitre Cinq

COWBOY FINIT DE SELLER Sunshine et passa la main sur son épais manteau.

— Comment va ma fille ? Prête à faire sourire quelqu'un ?

Sunshine se blottit contre son torse.

Il n'avait jamais été aussi impatient de voir une femme qu'il ne l'était de voir Sully. Il l'avait entendue bouger dans le chalet par intermittence tout au long de la nuit et avait hésité à lui envoyer un message pour s'assurer qu'elle allait bien. Il avait voulu l'aider à se sentir à l'aise mais il avait le sentiment que cela ne ferait que la mettre mal à l'aise. Plus il pensait aux aperçus de sa vie qu'elle lui avait donnés hier soir, plus le nom qu'il avait mémorisé lui semblait être le début d'une liste de personnes à abattre. Ce satané Rebel Joe était-il celui qui refusait de la laisser se promener la nuit ? Ou était-ce son oncle ? Où étaient ses parents ? Que s'était-il passé d'autre pour qu'elle ait envie de s'enfuir ?

Ses questions n'en finissaient pas.

Les enfouissant profondément, il monta sur Sunshine et se dirigea vers la maison de Sully. La plupart des chalets avaient deux ou trois chambres. Ses parents avaient eu l'intelligence de lui donner une chambre individuelle, plutôt qu'une maison avec un colocataire, étant donné le nombre de nuits qu'elle avait passées éveillée.

Alors qu'il s'approchait de sa demeure, il aperçut Sully assise dans un rayon de soleil traversant le rideau d'arbres, le visage tourné vers le soleil. La majorité de ses cheveux étaient détachés mais une fine tresse descendait de chaque côté de sa tête. Elle avait l'air si paisible qu'il était sur le point de tirer sur les rênes pour l'empêcher d'aller plus loin mais elle se retourna et ses yeux s'illuminèrent sur lui ou sur le soleil, il n'en était pas sûr, mais cela n'avait pas d'importance. Son sourire était le paradis sur terre. Mais cette lumière s'estompa au fur et à mesure que l'incertitude s'installait et elle se leva en relevant les manches de sa chemise gris clair à manches longues. Elle devait mesurer un mètre soixante-dix ou un mètre quatre-vingt et le bas de son jean s'arrêtait à une dizaine de centimètres de ses bottes en cuir. Elle avait fière allure mais il ne savait pas si le jean trop court était intentionnel ou non. Étant donné qu'elle était arrivée avec un seul petit sac de voyage, il avait l'impression qu'elle aurait besoin de vêtements. Il ne voulait pas la mettre dans l'embarras en lui posant la question, alors il se mit en tête d'y prêter attention.

— Bonjour, ma belle. Tes cheveux sont jolis.

Elle rougit et toucha une de ses tresses.

— Tu n'as pas besoin d'arrêter de prendre le soleil pour moi.

Il descendit de sa monture et s'approcha d'elle en compagnie de Sunshine.

— Ce n'est pas grave. Je t'attendais.

Elle l'observa attentivement mais pas avec la peur qu'elle avait exprimé en arrivant. Son regard était plus doux, tout comme son ton.

— Tu as amené Sunshine.

— J'ai pensé que tu voudrais la monter jusqu'à la maison principale.

Ses yeux s'écarquillèrent.

— Je ne suis jamais montée à cheval.

— Je m'en doutais un peu puisque tu as dit que tu ne les avais jamais vus de près. Elle est très douce. Viens lui dire bonjour.

Elle se dirigea vers le cheval et se tint à côté de lui, lui tendant la main, paume en l'air, ses yeux passant de lui au cheval. Il posa sa main sur le bas de son dos pour la rassurer et elle le regarda avec reconnaissance.

— Je veux juste m'assurer que tu te sens en sécurité.

— Je sais.

Sunshine toucha son nez dans la paume de Sully. Sully lui sourit.

— Elle n'oublie jamais un visage amical.

— Je peux encore la caresser ?

— Bien sûr. Elle aime se faire câliner. N'est-ce pas, ma fille ?

Sunshine hennit doucement et se blottit de nouveau contre lui.

— C'est si gentil, dit Sully en caressant le cou de Sunshine.

— C'est l'une des façons dont les chevaux font des câlins. Parfois, ils posent leur tête sur ton épaule. Tu veux essayer de monter à cheval avec moi ?

— *Oui*, j'aimerais beaucoup, mais est-ce que ça irait si on le faisait un autre jour ? Je suis un peu nerveuse.

— Tout va bien. Nous allons l'accompagner jusqu'à la maison.

— Dois-je apporter quelque chose pour le petit-déjeuner ?

— Juste la clé de ton chalet et ton beau sourire.

Ses joues rosirent à nouveau.

— Tu as bien dormi ?

Elle acquiesça.

— Et toi ?

— Probablement aussi bien que toi.

Il lui fit un clin d'œil.

Elle se mordit la lèvre inférieure.

— Je n'ai jamais été une très grande dormeuse.

— Peut-être que ça va changer maintenant que tu es là.

— Je l'espère. J'ai ma clé si tu es prête à partir.

— D'accord.

Alors qu'il se tournait vers la route, elle ajouta :

— La carte indique un sentier à travers les bois qui mène à un champ près de la maison principale. On peut aller par là ou c'est trop dur pour Sunshine ?

— C'est un sentier de promenade. Il est dégagé. Elle s'en sortira très bien.

Ils traversèrent la route et se dirigèrent vers le sentier à travers les bois.

— Je suppose que tes compétences en matière de navigation sont solides après tout.

— Je me lève tôt. J'ai eu beaucoup de temps pour étudier les informations contenues dans le dossier et la carte. J'ai lu des informations sur les types de patients qui viennent ici pour obtenir de l'aide et sur le fait que la plupart d'entre eux vivent et travaillent ici dans le cadre de leur thérapie.

— C'est exact. Nous avons constaté que le fait d'avoir un but à atteindre aide à tous les types de guérison, et c'est ce que leur apporte le fait de travailler au ranch. Cela leur donne une raison de se concentrer, d'exceller et d'être fiers, et le fait de vivre sur place offre de nombreux avantages. Ils ont accès à leurs thérapeutes et peuvent se concentrer sur leur guérison au lieu de s'inquiéter des maux de tête causés par la vie quotidienne.

Ils suivirent le sentier en contournant un rocher.

— Et la raison pour laquelle nous essayons de manger ensemble, c'est pour nous soutenir. Beaucoup de personnes qui viennent ici ont perdu le contact avec leur famille. Le fait d'être entouré d'autres personnes qui ont également vécu des circonstances bouleversantes, où elles ne seront pas jugées ou traitées différemment, les aide. Nous devenons souvent la seule famille qui leur reste, et lorsqu'ils quittent le centre pour construire leur vie, ils savent qu'ils ne seront plus jamais seuls. Ils nous auront toujours à leurs côtés. Ainsi, lorsqu'ils traversent des périodes difficiles, par exemple s'ils sont seuls pendant les vacances, ils savent qu'ils peuvent revenir et passer ces vacances avec nous, ce qui n'entrave pas leur rétablissement.

— C'est assez incroyable. Ta famille a l'air incroyable.

— Ce n'est pas seulement notre famille. Ce sont les autres thérapeutes et toutes les autres personnes qui travaillent ici, ainsi que nos mécènes qui font des dons au ranch et permettent à nos programmes d'exister.

— Et est-ce que tous les thérapeutes font leur thérapie dans le bâtiment principal et travaillent ensuite avec les chevaux ?

— Ils travaillent avec les chevaux ou autour du ranch, et ils suivent tous une thérapie dans la maison principale, à l'exception des patients de Dare. Il organise des séances de thérapie à l'extérieur, travaillant côte à côte avec eux pendant qu'ils discutent.

— Les autres thérapeutes font-ils cela ?

— Non. Les autres travaillent dans leur bureau. Dare est un thérapeute brillant. Il a aidé beaucoup de gens mais il ne se débrouillerait pas bien enfermé dans un bureau. Il a trop d'énergie et il travaille surtout avec des adolescents ainsi que les patients difficiles. D'après ce qu'il dit, il est plus facile de les faire parler lorsqu'ils se concentrent sur autre chose.

Alors qu'ils suivaient le chemin qui traversait un ensemble d'arbres, elle déclara :

— C'est logique. J'ai aidé à enseigner à certains des petits enfants de la communauté et c'était toujours plus facile s'ils ne se rendaient pas compte qu'on leur enseignait.

— Donc, il y avait une école à l'intérieur ?

— Oui, et la mère de mon meilleur ami Ansel, Gaia, veillait à ce que lui et moi ne manquions jamais une seule journée. Je n'ai pas de diplôme, mais Gaia m'a dit que je pourrais passer un examen et en obtenir un si jamais je quittais notre camp.

— Elle a raison. Tu peux obtenir ton diplôme de fin d'études. Ça a dû être dur de quitter ton meilleur ami.

— Oui, dit-elle doucement alors qu'ils sortaient de la forêt et arrivaient sur le terrain.

— Il te manque ?

Elle acquiesça et cligna rapidement des yeux, comme si elle essayait de ne pas pleurer.

Il refoula les émotions qui l'assaillaient.

— Je suis sûr que tu lui manques aussi. Je suis désolé de t'avoir bouleversée.

— Ce n'est pas le cas. Il était comme un frère pour moi. Nous avons grandi ensemble et nous parlions de tout. Je vois encore son visage le jour où je suis parti. Il a fait une crise quand il est né, et je ne sais pas vraiment ce qui s'est passé, mais un côté de sa bouche est paralysé, et il a des difficultés avec sa main. Mais il a le plus beau sourire de travers et le jour où je suis partie, ses cheveux bruns hirsutes cachaient *presque* les larmes dans ses yeux.

— Oh, bon sang. Le pauvre a l'air d'avoir eu le cœur brisé.

— C'était dur de le quitter mais j'ai fait semblant de ne pas remarquer ses larmes. Il a toujours été plus émotif que moi et il détestait cela presque autant que sa main. J'aurais donné n'importe quoi pour voir cet adorable sourire une fois de plus mais je ne pouvais pas rester là.

Cowboy serra la mâchoire pour ne pas demander pourquoi elle ne pouvait pas rester dans l'enceinte parce qu'il ne pouvait pas garantir qu'il ne perdrait pas la tête si la réponse ressemblait aux hypothèses qui lui traversaient l'esprit.

Lorsqu'ils sortirent des bois, elle pointa du doigt l'imposant bâtiment de pierre, de bois et de verre.

— *C'est* la maison principale ?

— Oui, c'est ça.

— C'est énorme. Tout ici est si beau et si bien entretenu.

— Nous prenons soin des choses que nous aimons. Cette propriété est dans ma famille depuis des générations et j'espère qu'elle le restera encore longtemps.

— Je peux aider à l'entretenir. Je suis plus forte que j'en ai l'air et, comme je l'ai dit hier soir, je veux gagner ma vie.

La plupart des gens qui ont vécu quelque chose de traumatisant seraient simplement reconnaissants d'avoir un endroit sûr où rester, mais il était clair que Sully n'était pas comme la plupart des gens.

— Nous avons tout le temps de nous en occuper. Je vais mettre Sunshine dans un enclos de l'autre côté du bâtiment. Je reviens dans une minute.

— D'accord.

Il accompagna Sunshine jusqu'à l'enclos et lorsqu'il revint, Sully se tenait debout, le visage de nouveau tourné vers le soleil, comme si elle en était affamée. Il avait l'impression que la jolie jeune femme n'avait pas eu accès à beaucoup de choses.

— Le temps passé à l'extérieur était-il limité pendant la journée ?

— Pas vraiment, mais nous avions des horaires stricts que nous devions respecter.

— Étiez-vous parfois libre de faire ce que vous vouliez ?

Elle secoua la tête, haussa une épaule et baissa les yeux.

Bande d'enfoirés. Ses mains se recroquevillèrent en poings, se préparant à un combat qu'il ne pouvait pas avoir. Il lui prit le menton entre l'index et le pouce, lui soulevant le visage pour qu'il puisse voir ses yeux.

— Je veux que tu me rendes un service. Fais une liste de toutes les choses que tu voulais faire et que tu n'as pas pu faire.

Elle fronça les sourcils.

— Pourquoi ?

— Parce que je vais m'assurer que tu puisses faire chacune d'entre elles.

Elle le fixa avec incrédulité et, s'il la cernait bien, avec un peu de méfiance.

Il passa son pouce sur sa mâchoire, souhaitant pouvoir faire disparaître cette méfiance.

— Je ne suis pas *comme eux*, Sully. Je ne vais pas te demander quoi que ce soit, ni te prendre quoi que ce soit, ni prétendre être quelqu'un que je ne suis pas pour mon profit personnel. Je veux juste que tu sois heureuse et que tu aies accès à toutes les choses que tu veux et que tu mérites.

Elle déglutit difficilement.

— Si c'est vrai, je n'ai jamais rencontré quelqu'un comme toi.

— Il y a beaucoup de bonnes personnes dans ce monde et je

suis sur le point de te présenter quelques-unes des meilleures. Cela risque d'être un peu bruyant mais je serai à tes côtés. Pour ta gouverne, seuls les Dark Knights et ma mère savent d'où tu viens et comment tu es sortie. Aucun des autres résidents ou du personnel n'est au courant. Mes sœurs et la fiancée de Dare ne le savent pas non plus. C'est ton affaire à toi et nous ne prenons aucun risque que cela se sache.

Le soulagement envahit ses traits.

— Merci. Que dois-je dire si quelqu'un me le demande ?

— Ce que tu veux. Mais les gens d'ici savent qu'il ne faut pas fouiller dans le passé des autres, alors ne sois pas surprise si personne ne pose de questions pointues. Il est plus probable qu'ils te traitent comme s'ils te connaissaient depuis toujours et que ce ne soit qu'un jour comme les autres au ranch.

— D'accord.

Ils se dirigèrent vers l'intérieur. Le vestibule menait directement à une salle de loisirs à deux étages avec plusieurs canapés, des chaises, des tables de jeux, des étagères et une cheminée en pierre. Un deuxième étage faisait le tour de la pièce, et le brouhaha de la foule du petit-déjeuner flottait depuis la salle à manger à leur droite. Cowboy aperçut ses parents et Simone au buffet. Dare et Billie étaient assis avec Sasha et Doc à l'une des énormes tables de style campagnard, aux côtés de Hyde et de quelques autres employés du ranch et d'hommes et de femmes suivant actuellement leur programme. Mighty, le labrador noir de Doc, se promenait dans la pièce.

Cowboy sentit Sully se crisper à côté de lui et il posa sa main sur son dos, lui accordant toute son attention.

— Respire.

Ses yeux semblaient dire *J'essaie*. Pour la distraire de ses soucis, il lui dit :

— Voici la salle de détente. Les résidences du personnel et les chambres de nos jeunes patients se trouvent au deuxième niveau. Au bout du couloir, à notre gauche, se trouvent les salles de réunion et les bureaux, et à notre droite, après la salle de petit-déjeuner bruyante, se trouvent la cuisine, la salle de cinéma et d'autres bureaux et salles de réunion.

— C'est magnifique ici, et ça sent délicieusement bon, murmura-t-elle.

— Dwight est un excellent cuisinier. Es-tu prête à rencontrer tout le monde ?

— Pas vraiment, murmure-t-elle. Mais il faut bien.

— Nous pouvons prendre une minute si tu en as besoin. Tu veux retourner dehors ?

Elle secoua la tête.

— Ça va aller.

Il se rapprocha et baissa la voix.

— Tu t'es extirpée toute seule d'une mauvaise situation avec un groupe suffisamment puissant pour que tu aies besoin d'être protégée. J'ai l'impression qu'il n'y a rien que tu ne puisses gérer.

Elle plissa ses longs cils et redressa les épaules comme si elle se préparait à la bataille.

— Tu as raison. Je voulais une vie normale et c'est ici que ça commence.

— Bravo, ma belle. Quelques cow-boys à la langue bien pendue, ça devrait être une promenade de santé.

Le brouhaha se calma lorsqu'ils entrèrent dans la salle à manger et tous les regards se tournèrent vers Sully. Elle se rapprocha de Cowboy. Son regard passa sur leurs visages curieux, mais Hyde et Taz, un Australien fou et l'homme de ranch le plus rapide qu'il ait jamais connu, étaient en train de la dévorer des yeux. Ces deux-là étaient connus pour partager des femmes et Cowboy ne laisserait pas Sully s'approcher de leurs antres.

Ses mains se crispèrent tandis que la colère *grondait* dans sa tête.

Il n'avait jamais eu une réaction aussi viscérale envers quelqu'un qu'il venait à peine de rencontrer. Ce n'était pas juste et ce n'était certainement pas rationnel, mais il ne pouvait pas plus l'arrêter qu'il ne pouvait s'empêcher de lancer des regards menaçants dans leur direction. C'est alors qu'il remarqua l'expression interrogative de Dare, ce qui l'amena à se contrôler, et *bon sang*. Ils n'étaient pas en train de dévorer Sully du regard. Ils la regardaient avec chaleur et inquiétude. Qu'est-ce qui n'allait pas chez lui ? Ces hommes étaient ses frères. Ils étaient à la réunion du club. Ils savaient ce qu'elle avait traversé et ils ne lui manqueraient jamais de respect, pas plus que lui.

Je suis un sacré idiot.

Il se racla la gorge.

— Hé, tout le monde. Voici Sully. Elle va rester avec nous pendant un moment.

Il y eut une série de *salutations* et de *remerciements*, puis ils retombèrent dans leur habituel badinage bruyant du matin. Sully s'était tellement rapprochée de Cowboy qu'il décida d'éviter les présentations individuelles pour l'instant.

— Pourquoi ne pas manger un peu ?

Ils se dirigèrent vers le buffet où ses parents prenaient leur petit-déjeuner. Sa mère tendit une assiette à Sully.

— Bonjour, Sully. Comment vas-tu, ma chérie ?

— Bien, merci, répondit Sully tandis que Mighty bondissait vers eux pour les saluer.

— Merveilleux. Bon appétit et nous discuterons après, dit sa mère.

— D'accord, merci.

Elle tendit la main pour caresser Mighty qui mit son nez dans son entrejambe.

— *Mighty*, grogna Cowboy et le chien recula. Désolé, c'est l'un des chiens de Doc.

— Ce n'est pas grave. J'aime bien les chiens.

— Bonjour, ma petite dame, lança Tiny en remplissant son assiette. Le chalet t'a plu hier soir ?

— Oui, monsieur, répondit-elle.

— Nous nous appelons par nos prénoms ici. Tu peux m'appeler Tiny.

Il regarda Mighty tandis que le chien recommençait à la renifler et, d'un ton plus bourru, il dit :

— Doc, viens chercher ton ami, en se dirigeant vers une table.

Doc se leva.

— Je n'ai pas besoin d'un coéquipier. Mais il faut reconnaître qu'il a bon goût.

Il fit un signe de tête à Sully et appela son chien. Mighty s'approcha de lui en trottinant.

— Désolé, Sully. Je ferais mieux d'aller chercher de la nourriture avant que Cowboy ne mange tout.

— Vas-y, ma belle, remplis ton assiette.

Cowboy recula pendant qu'elle parcourait le buffet.

Sa mère se rapprocha de lui et lui parla doucement.

— Ça va, chéri ? Tu as l'air un peu tendu.

— Je m'inquiète juste pour elle avec tous ces gens. On aurait peut-être dû venir plus tard.

— C'est utile pour elle d'être entourée de gens bien et de voir que nous sommes plus que de simples travailleurs.

— Mais elle ne *connaît* personne.

— Elle le fera. Arrête, mon chéri, et fais confiance au programme.

— Oui, mais il y a autre chose qui me tracasse.

Il chuchota.

— Elle ressemble beaucoup aux photos de la petite fille disparue. Mais elle a dit qu'elle vivait avec son oncle, donc ce n'est pas possible. Ça ne me dit rien qui vaille.

— Je vois des similitudes mais elles ne sont pas frappantes. Je sais que tu veux lui offrir quelque chose de mieux, une famille sur laquelle elle peut compter, mais ne te fais pas d'illusions sur ce genre de miracle.

— Ce n'est pas le cas.

— Je voulais te demander si tu avais confirmé la soirée cinéma avec les scouts.

Il organisait des événements pour les scouts plusieurs fois par an.

— Oui. J'ai envoyé un message à Maya avec la date.

Maya Martinez était leur chef de bureau.

— C'est du bon travail. Je te laisse prendre ton petit-déjeuner.

Sa mère se dirigea vers une table et il se dirigea vers le buffet et commença à empiler de la nourriture dans son assiette. Alors que Sully s'éloignait avec à peine un peu de nourriture dans la sienne, il dit :

— Attends, ma belle. Tu n'as pris que de quoi picorer.

Il lui prit l'assiette et commença à y mettre plus de nourriture.

— *Callahan*, se plaignit Sully.

— Ça ne sert à rien de se battre contre lui, l'avertit Simone. Bonjour, je m'appelle Simone et je travaille avec Cowboy. Il me faisait la même chose. Il a manifestement mangé trop de Wheaties quand il était enfant, et maintenant il est obligé de nourrir tous ces muscles. Il pense que tout le monde a besoin de manger autant. Il s'est donné pour mission de veiller à ce que nous soyons gavés au maximum. A ce stade, je pense que cela fait partie de son langage d'amour.

Sully les regarda curieusement l'un et l'autre, un sourire se dessinant sur ses lèvres.

— Hé, Cowboy, dit Hyde en s'approchant de l'espace café. J'ai mangé tout mon petit-déjeuner. C'est toi qui m'aimes *le plus* ?

Cowboy lui jeta un regard noir et des rires retentirent. Il fronça les sourcils en direction de Simone.

— Le langage de l'amour ? C'est ce qu'ils t'apprennent à l'école des conseillers ? Va prendre ton petit-déjeuner avant qu'il ne refroidisse.

— Peut-être que j'aime la nourriture froide.

Simone se pencha plus près de Sully, parlant d'une manière conspiratrice.

— Tu peux glisser le biscuit supplémentaire à Mighty sous la table.

SULLY riait doucement lorsque Simone s'éloigna. Elle aimait bien cette fille aux cheveux auburn, et elle pouvait voir que Callahan l'aimait aussi, à son expression légèrement amusée, alors qu'il lui tendait une assiette contenant plus de nourriture qu'elle ne pourrait en manger en une journée.

— Salut, Mon Chou ! Je prendrai un muffin !

Un petit garçon aux cheveux bouclés se précipita dans la salle à manger, suivi d'un homme brun à la peau profondément bronzée et d'une petite brune portant un short de sport moulant et un sweat-shirt court.

— Bonjour, Gusto ! cria une jolie blonde depuis l'une des tables.

— Cowboy !

Le petit garçon s'élança vers eux et les adultes qui l'avaient suivi se dirigèrent vers Tiny.

— Tu n'as pas encore mangé tous les muffins aux myrtilles, n'est-ce pas ? La dernière fois, j'ai dû manger le muffin au maïs. C'était *dégueulasse*.

— Pas encore, petit homme, dit Callahan. Tu en veux un ?

Le petit garçon hocha la tête avec insistance, ses boucles rebondissant autour de son visage, tandis que Callahan lui tendait l'un des trois muffins qu'il avait dans son assiette.

— Merci !

Le petit garçon tourna ses yeux bruns scintillants vers Sully.

— Bonjour, je m'appelle Gus. Comment tu t'appelles ? Tu aimes les muffins ?

Son empressement lui serra le cœur. Depuis qu'elle avait quitté le camp, elle avait été prise d'une telle frénésie émotionnelle qu'elle n'avait pas pris le temps de réaliser à quel point les enfants qui y vivaient lui manquaient, jusqu'à ce jour. Elle s'accroupit pour le regarder dans les yeux.

— Bonjour, je m'appelle Sully et j'aime les muffins.

— Tiens.

Il lui tendit son muffin.

— Merci, mais j'en ai déjà un. Tu vois ?

Elle lui montra le muffin qui se trouvait dans son assiette.

— D'accord ! Gus s'éloigna en criant « Mighty » !

La petite brune se précipita avec le brun avec qui elle était entrée. Elle saisit le bras de Callahan.

— Hé, il faut que tu passes à la boutique. J'ai rencontré la femme parfaite pour toi.

Callahan et l'homme brun échangèrent un regard que Sully ne put déchiffrer et Callahan dit :

— Birdie…

— *Écoute…*

— Bonjour Sully, je suis Ezra, le père de la mini-tornade, dit l'homme brun, détournant son attention de Callahan et de la brune, dont elle comprit qu'il s'agissait de sa sœur.

— Bonjour, je suis ravie de te rencontrer. Gus est adorable.

— Merci. Il me maintient sur le qui-vive.

Ezra sourit.

— Je suis thérapeute ici, et Gus et moi vivons dans la propriété, alors je suis sûr qu'on se reverra. Je ferais mieux d'aller le chercher avant qu'il n'énerve Mighty, mais je voulais me présenter.

— Je suis contente que tu l'aies fait.

Alors qu'il s'éloignait, Callahan lança :

— Birdie, *arrête*.

— Quelle façon de remercier ton entremetteuse personnelle, dit Birdie en levant les yeux au ciel.

— Birdie, voici Sully. Sully vient d'arriver, expliqua-t-il. Sully, voici ma sœur Birdie. Celle dont j'ai dit qu'elle te parlerait sans arrêt.

— C'est bien vrai, dit joyeusement Birdie.

Elle avait l'air beaucoup plus jeune que Callahan, et la différence entre leurs personnalités était le jour et la nuit.

— Bonjour, je suis ravie de te rencontrer.

Elle regarda l'assiette de Sully.

— Laisse-moi deviner. Mon frère a mis cette nourriture dans ton assiette.

— *Birdie*, l'avertit-il.

— Tu lui as donné assez de nourriture pour trois personnes. Ce n'est pas étonnant que tu sois célibataire. Tu ne peux pas faire ça quand je t'arrange le coup. Les femmes aiment avoir le contrôle de leur corps.

— *Hors de question* que tu m'arranges un coup.

— C'est ce qu'on va voir !

Birdie prit un morceau de saucisse dans son assiette et en mangea une bouchée, puis pointa le morceau restant vers Sully.

— J'adore tes cheveux et j'ai hâte d'apprendre à te connaître mais je dois aller à un cours de yoga. Je suis juste venue chercher de quoi manger en chemin.

Elle prit un biscuit et une autre saucisse dans l'assiette de Callahan et se dépêcha de sortir.

Sully toucha ses cheveux. Elle était un peu gênée par ses cheveux depuis qu'elle avait quitté la secte. Elle avait toujours souhaité pouvoir les couper mais elle n'en avait pas eu le droit, et maintenant, ils lui semblaient être une chaîne qui la rattachait à son passé. Mais elle avait pris une longue douche chaude ce matin et avait utilisé un shampoing à la lavande à l'odeur incroyable qui rendait ses cheveux moins crépus, et non seulement Callahan l'avait remarqué, mais Birdie aussi ? Elle n'hésitera plus à utiliser à nouveau ce shampooing.

— C'est une vraie tornade, non ?

— Elle est un peu comme ça, dit-il en secouant la tête. Bienvenue dans le chaos. Allons nous asseoir.

Il y avait tellement de gens et ils semblaient tous parler en même temps. Elle était nerveuse à l'idée de s'asseoir avec des inconnus. Callahan balayait les tables du regard et elle espérait qu'il cherchait deux sièges vides l'un près de l'autre, comme elle le faisait.

— Sully, cria une jolie fille aux longs cheveux noirs de l'autre côté de la salle, en se levant à côté de Dare, qui était en train d'avaler de la nourriture à la pelle.

— Je suis Billie, la meilleure moitié de Dare. J'ai fini de manger alors tu peux t'asseoir à côté de Sasha.

La jolie blonde à côté d'elle, qui avait appelé Gus, lui fit un signe de la main.

Sasha. L'autre sœur de Callahan. Sully le regarda et acquiesça. Alors qu'ils se dirigeaient vers la table, elle remarqua qu'il fixait Dare.

Ce dernier pencha la tête.

— Vraiment, mec ?

Les yeux de Callahan se plissèrent.

Dare poussa un juron et se leva.

— Je suppose que j'ai fini aussi.

Les gars, qui étaient autour de lui, rirent tandis que Dare et Billie portaient leurs plats vers la cuisine. Sully fut soulagée de savoir qu'elle serait assise avec Callahan mais elle se sentait mal pour Dare.

— Bonjour, je suis la sœur de Cowboy, Sasha.

Elle sourit à Sully, tout comme les hommes et les femmes assis autour d'elle.

— Je m'occupe de notre écurie de rééducation et je soigne nos chevaux pour qu'ils retrouvent la santé.

— Bonjour, je suis Sully.

Callahan lui tira une chaise et, en s'asseyant, elle réalisa que personne n'avait jamais fait cela pour elle auparavant.

Il posa son assiette sur la table à côté d'elle.

— Tu veux du café ?

— Non, merci.

— De l'eau ? Du jus de fruit ?

— Du jus de fruit, ce serait bien, mais je peux aller le chercher.

Elle allait se lever mais il lui posa la main sur l'épaule.

— C'est moi qui m'en occupe.

Elle voulut lui dire qu'elle irait le chercher elle-même mais tout le monde les regardait. La déception qu'elle éprouvait à l'égard *d'elle-même* lui fit perdre le sourire et elle céda.

— D'accord, merci.

Alors qu'il s'éloignait, Sasha lui demanda à voix basse :

— Tu vas bien ?

— Oui. C'est juste que… je n'ai pas besoin de me faire servir.

Elle ne savait pas exactement pourquoi il était si important pour elle de faire les choses par elle-même, mais c'était le cas.

— Alors lève-toi et dis-lui, insista Sasha avec fermeté. Il ne peut pas lire dans tes pensées et il pense qu'il t'aide.

Sully se souvint de ce que Callahan avait dit à propos de l'importance de l'opinion des femmes et espéra qu'il disait la vérité tandis qu'elle se levait. Elle essaya d'ignorer ses nerfs à vif et les yeux qu'elle sentait l'observer pour aller vers lui. Il était en train de remplir un verre de jus d'orange.

— Callahan ?

— Oh, salut, ma belle.

— Je peux me servir moi-même, merci.

Il fronça les sourcils.

— Ce n'est que du jus.

— Je sais que pour toi et probablement tout le monde ici, ce n'est que du jus. Mais pour moi, c'est…

Elle chercha le mot juste.

— Cela fait partie de ma libération et de mon indépendance. J'apprécie vraiment ta gentillesse, mais je dois le faire, même si tu penses que c'est idiot.

— Je ne pense pas que ce soit idiot. Je te respecte énormément pour ça. Les verres sont là-bas.

Il fit un signe de tête vers le plateau de verres propres.

Le soulagement la gagna et alors qu'il s'éloignait avec le jus qu'il avait versé, Sasha la félicita, les pouces en l'air. Sully était fière. D'aussi loin qu'elle se souvienne, elle avait toujours eu besoin du respect des hommes qu'elle avait connus toute sa vie et ne l'avait jamais gagné, à l'exception d'Ansel. Elle avait réussi à gagner le respect de Callahan Whiskey en une phrase éprouvante pour les nerfs. Il ne pouvait pas savoir l'ampleur du cadeau qu'il venait de lui faire.

Attendez. Ce n'est pas vrai.

Le cadeau que je viens de m'offrir, corrigea-t-elle. Elle se versa un verre de jus de fruit et retourna à la table en ayant l'impression qu'il n'y avait rien qu'elle ne puisse gérer.

Chapitre Six

APRÈS UN PETIT DÉJEUNER bruyant et accablant, mais néanmoins agréable, au cours duquel Sully eut une conversation agréable avec Sasha et fut présentée à plus de personnes qu'elle ne pouvait s'en souvenir, Callahan lui fit visiter le reste de la maison principale et la laissa pour rencontrer Wynnie dans son bureau. Mais cette dernière avait été appelée pour parler à un autre thérapeute, laissant Sully seule avec ses pensées.

Et elle en avait beaucoup trop.

Que se passera-t-il ensuite ? Et s'ils décident de ne pas me laisser rester ? Où vais-je aller ? Ces questions étaient en tête de liste. Les Whiskey avaient déjà fait plus que ce qu'elle aurait pu espérer. Carol et Chester avaient dit que Wynnie pouvait l'aider mais qu'elle devait être honnête sur ce qu'elle avait vécu. Cela rendait Sully encore plus nerveuse, et en plus, elle ne savait pas de quel type d'aide elle avait besoin. Comment peut-on commencer une nouvelle vie sans rien à son nom ?

Elle s'assit sur le canapé, se torturant les mains, son cœur et son esprit s'emballant en regardant autour d'elle dans le bureau ensoleillé. Plusieurs photos de Callahan et de ses frères et sœurs décoraient les murs gris-bleu. Il n'y en avait que quelques-unes sur lesquelles Callahan ne portait pas de chapeau de cow-boy mais il était facile à repérer parmi ses frères et sœurs. Non seulement ses cheveux étaient plus clairs que ceux de ses frères, mais même lorsqu'il était petit, ses traits et son comportement lui étaient propres. Doc était plus grand et plus mince. Quant à Dare, il avait une espièglerie indéniable, tandis que le langage corporel et l'expression sérieuse de Callahan lui donnaient l'air d'essayer de tenir le fort sur toutes les photos, à l'exception de celles où il était sur un cheval. Sur ces dernières, il souriait et semblait à l'aise.

Elle étudia une photo de Callahan et Birdie sur un cheval. Elle était assise en face de lui, et il avait l'air d'avoir quatorze ou quinze ans, alors que Birdie ne devait pas avoir plus de six ou sept ans. Il l'entourait d'un bras et elle avait le visage tourné vers le haut, le regardant comme s'il était son héros. Sully repensa à sa courte conversation avec Birdie avant le petit déjeuner et s'interrogea sur la vie privée de Callahan. Il était beau et gentil. Il y avait sûrement beaucoup de femmes qui lui couraient après. Alors pourquoi Birdie ressentait-elle le besoin de le caser ?

Un nœud inconnu se forma dans son estomac et elle détourna son regard de la photo, son attention se portant sur une photo de Wynnie assise derrière Tiny sur une moto. Sully alla voir de plus près le couple derrière le Ranch Rédemption. Ils étaient beaucoup plus jeunes sur la photo, à peu près de l'âge de Sully. Même à l'époque, Tiny avait une allure imposante dans son T-shirt sombre et son gilet de cuir noir. Ses cheveux et sa barbe étaient longs, touffus et foncés. Il avait une main sur le guidon, l'autre sur la jambe de Wynnie. Les cheveux blonds de cette dernière pendaient bien au-delà de ses épaules. Elle portait une veste en jean, un jean et des bottes de cow-girl. L'expression de Tiny était aussi sérieuse que celle de Callahan la plupart du temps, comme s'ils portaient les problèmes de tout le monde sur leurs épaules, tandis que la jeune femme souriait de manière éclatante. On aurait dit un nuage et sa doublure argentée.

— Désolée d'avoir été si longue, s'excusa Wynnie en entrant dans le bureau.

Sully se retourna.

— Désolée, je regardais juste les photos.

— Oh, chérie, tu n'as pas besoin de t'excuser. C'est pour cela que ces photos sont là.

Elle jeta un coup d'œil pensif à cette photo.

— Elle a été prise peu de temps après que Tiny et moi nous nous soyons rencontrés.

— Vous vous êtes rencontrés ici ? demanda Sully, remarquant que Wynnie était habillée de la même façon que sa cadette sur la photo, avec un joli chemisier bleu, un jean et des bottes.

— Pas au ranch, mais à Hope Valley, au bar *Roadhouse*, qui appartient maintenant aux parents de Billie. Je venais d'obtenir mon diplôme universitaire et je fêtais l'événement avec ma sœur et mes amis, quand est entré ce grand gaillard aux longs cheveux noirs et aux yeux qui m'ont fait l'effet d'un éclair. Il s'est approché de moi et m'a dit :

— Salut, chérie. Je suis Tiny Whiskey et je serai le dernier homme avec qui tu sortiras.

— C'est un peu effrayant, s'exclama Sully avec prudence.

— C'est exactement ce que j'ai dit. Mais ensuite, il m'a expliqué que ce qu'il voulait dire, c'était que si je sortais une fois avec lui – *une fois* – je ne voudrais plus jamais sortir avec quelqu'un d'autre. Et si j'acceptais de sortir avec lui, s'il se trompait sur mes sentiments, il ne m'ennuierait plus jamais.

— On dirait qu'il avait vraiment confiance en lui.

— Oh oui et à juste titre, il s'est avéré qu'il l'était. J'étais curieuse et follement attirée par lui, alors j'ai accepté de sortir avec lui. Je lui ai donc dit qu'il devait rencontrer mon père et que nous devions aller dans un endroit public. C'était l'été et il est venu me chercher sur sa moto. Je te jure, Sully, quand j'ai grimpé à l'arrière de cette moto et que j'ai passé mes bras autour de lui, j'ai eu deux pensées. La première, c'est que nous étions comme un puzzle qui s'emboîtait parfaitement.

— Je ne peux pas imaginer avoir une telle certitude aussi rapidement. Quelle a été votre deuxième pensée ?

— J'ai espéré ne pas mourir.

Elle rit.

— Sur la moto ou par sa main ?

— Oh, chérie, c'était une blague, et pas une bonne. Je suis désolée. J'étais nerveuse à l'idée de faire de la moto parce que je n'en avais jamais fait avant, mais je n'ai jamais eu peur que Tiny me fasse du mal physiquement. En revanche, j'ai eu un peu peur de ce que ce serait de *sortir* avec lui. Il était beaucoup plus rude que les autres jeunes hommes avec lesquels j'étais sortie, et comme tu l'as vu, il est bourru et dit les choses telles qu'elles sont. Mais cette nuit-là, j'ai appris qu'il avait du cœur. J'étais sortie avec beaucoup de jeunes hommes à l'université, mais aucun ne m'avait traitée aussi bien que Tiny. Avec lui, je me sentais comme une reine. Ce n'est pas qu'il avait beaucoup d'argent ou qu'il m'achetait des cadeaux. Il n'en avait pas besoin. Son amour était plus précieux que tout ce que l'argent pouvait acheter.

Sully avait passé toute sa vie d'adulte sans pleurer. Pourquoi cette histoire lui donnait-elle des frissons ?

— C'est magnifique.

— C'est vrai, n'est-ce pas ? Je ne peux pas imaginer ma vie

sans lui.

— Et vous êtes ensemble depuis toutes ces années ?

— En effet, mon père possédait ce ranch à l'époque. Ce n'était qu'un refuge pour chevaux à l'époque, et quand Tiny a découvert que je restais dans la région et que j'allais faire des études supérieures à l'automne, il a trouvé un emploi dans le ranch et m'a passé la bague au doigt quelques mois plus tard.

— C'était rapide.

— C'était le cas et je ne le regrette pas. Ne te méprends pas. Nous nous disputons comme n'importe quel couple sain, mais les relations amoureuses reposent sur la communication, le compromis et la compréhension. Je ne veux pas imaginer un jour où je ne me réveillerai pas avec ce gros homme tatoué à mes côtés. Quand je pense à tout ce que nous avons accompli en tant qu'équipe et à toutes les personnes que nous avons aidées, je suis époustouflée.

—Je n'ai jamais connu quelqu'un qui était amoureux comme ça.

Elle pensa aux Finch et elle était sûre qu'ils s'aimaient, mais leur amour était différent de ce que Wynnie avait décrit. Elle ne les avait pas vus se tenir la main ou s'embrasser du tout.

— Maintenant, c'est le cas. Tu nous connais et tu as rencontré Dare et Billie. Ils s'aiment depuis qu'ils sont enfants. Leurs cœurs têtus ont mis une éternité à s'en rendre compte, mais le véritable amour trouve toujours son chemin.

Elle désigna le canapé.

— Tu veux t'asseoir et bavarder ?

— Bien sûr.

Sully s'assit, ses questions la taraudant.

— J'apprécie vraiment que vous me laissiez rester ici, mais j'aimerais gagner ma vie d'une manière ou d'une autre.

— Je comprends à quel point c'est important pour toi et nous en parlerons.

Elle prit un cahier et un stylo et s'assit dans un fauteuil.

— Mais d'abord, j'aimerais t'expliquer ce que je fais ici et en quoi je peux t'aider, et voir ce que tu en penses.

Elle expliqua ensuite qu'elle était psychologue diplômée, que tout ce que Sully dirait resterait confidentiel et qu'elle aidait les gens à surmonter des expériences traumatisantes depuis trente ans. Elle expliqua que la thérapie était différente pour chacun et que certaines personnes la rencontraient tous les jours, d'autres moins souvent. Elle suggéra qu'elles se rencontrent tous les jours jusqu'à ce qu'elles comprennent toutes les deux ce qu'elle avait vécu et comment Wynnie pouvait l'aider au mieux.

— Je n'étais pas sûre du type d'aide que vous proposiez mais je n'avais pas réalisé que la thérapie en faisait partie.

— La thérapie peut aider à se sentir comme si l'on avait échappé aux sables mouvants et trouvé la terre ferme, mais c'est un travail difficile. Elle peut déterrer des sentiments et des expériences que tu aurais pu enfouir à cause de ce que tu ressentais en y réfléchissant.

— Alors pourquoi les déterrer ?

— Parce que le fait d'enterrer quelque chose en nous permet à cette chose de s'envenimer comme une blessure qui ne guérit jamais. Même si tu n'en as pas conscience, tu luttes inconsciemment pour la tenir à distance et tu en as peur. Les choses que nous enterrons refont toujours surface et nous ne comprenons souvent pas *ce qui* se passe. J'ai vu des blessures passées ruiner des relations et des vies entières. C'est pourquoi, je recommande de faire face à ces choses avec un professionnel, afin que tu puisses travailler sur tes sentiments et apprendre à aller de l'avant sans nourrir des peurs ou des émotions mal placées. Est-ce que cela t'intéresse ?

Sully enfonça ses mains dans ses cuisses.

— Ça a l'air angoissant mais je pense tout le temps à tout ce que j'ai vécu. Trouver un moyen de ne pas le faire serait une bénédiction.

— Une grande partie de la réussite d'une thérapie est de vouloir qu'elle fonctionne, alors je suis sûre que nous y arriverons. Ce ne sera pas facile et il y aura peut-être des jours où tu voudras te glisser dans ton lit et ne plus en sortir, mais tu n'es plus seule dans cette situation, et nous y arriverons ensemble.

Si seulement elle savait que ramper dans son lit effrayait aussi Sully. D'aussi loin qu'elle se souvienne, elle a toujours fait des cauchemars récurrents et cela l'a toujours perturbée.

— Avant de commencer, comment ça se passe avec Cow-boy ? Es-tu à l'aise avec lui ?

La chaleur se répandit dans sa poitrine.

— Oui, je le suis. Quitter les Finch était effrayant et j'avais peur de l'endroit où j'allais et de l'identité des gens. Mais nous avons discuté hier soir et je n'ai plus cette impression. Il a l'air honnête et gentil et il m'a parlé du travail que vous faites ici. J'espère que vous pourrez m'aider à trouver ma voie, moi aussi.

— Je suis heureuse de l'entendre. Si jamais tu te sens mal à l'aise avec lui ou avec quelqu'un d'autre, tu me le dis, d'accord ? Et ne t'inquiète pas. Tout ce que tu me diras ne sortira pas de cette pièce.

Elle acquiesça.

— D'accord. Je le ferai.

— J'aimerais commencer par apprendre à te connaître. Je me suis rendue compte que je ne sais même pas quel âge tu as, ni quand est ton anniversaire.

— J'ai vingt-cinq ans et mon anniversaire est le treize janvier.

— Super. As-tu grandi dans l'enceinte de la Free Rebellion ?

— Oui.

— Et ta famille ? Ils vivaient là aussi ?

— Seulement mon oncle, mais il est mort il y a quelques années.

— Je suis désolée de l'apprendre. Comment s'appelait-il ?

— Richard Tate.

— Et tes parents ? Où vivent-ils ?

— Je ne les ai jamais rencontrés. Mon oncle ne savait pas qui était mon père et il a dit que ma mère n'avait pas les moyens de m'élever et qu'elle lui avait demandé de le faire.

— Quel âge avais-tu quand tu es allée vivre chez ton oncle ?

— Je ne sais pas. Je ne me souviens pas avoir vécu avec ma mère.

— Connais-tu son nom ou l'endroit où elle habite ?

— Elle s'appelle Allison. Je sais qu'elle vivait dans l'Ouest mais je ne sais pas trop où.

— Je vois. C'est un bon début.

Elle nota quelque chose dans le carnet.

— Tu as eu un bon aperçu de notre groupe bruyant ce matin au petit déjeuner et je sais que nous pouvons être très difficiles à assimiler. Comment cela s'est-il passé pour toi ? Est-ce que c'était oppressant ou est-ce que c'était similaire à la façon dont les repas étaient gérés là où tu vivais ?

— C'était un peu accablant mais tout le monde était très gentil. Ce n'était pas du tout comme là où j'ai grandi. Les repas n'étaient jamais comme ça.

— En quoi étaient-ils différents ?

Déterminée à être honnête, elle répondit :

— En tous points, jusqu'à la personne qui préparait le petit-déjeuner.

Callahan l'avait présentée à Dwight, le cuisinier et directeur de l'établissement.

— Nos heures de repas étaient plus calmes, les hommes ne cuisinaient pas, ne faisaient pas la vaisselle et ne plaisantaient pas avec les femmes comme on le fait ici.

— Que ressentais-tu à ce sujet lorsque tu vivais là-bas ?

— Je m'en accommodais, je crois. De toute façon, je n'avais pas grand-chose à dire.

— J'aimerais en savoir plus sur ce qu'était ta vie. Avais-tu ta propre chambre dans ta maison ? Des amis ?

— Je n'ai jamais vécu dans une vraie maison. Mon oncle et moi vivions dans un vieux camping-car. Quand j'ai eu dix ans, j'ai emménagé dans l'un des dortoirs pour filles, qui se trouvaient dans des caravanes plus grandes, et nous dormions toutes dans une grande pièce.

— Combien de filles y séjournaient ?

— Toutes les filles de dix ans et plus. Nous avions des lits de camp et nous partagions les commodes.

Wynnie écrivit quelque chose.

— Qu'est-ce que tu en as pensé ?

— Du bon et du mauvais. J'aimais être entourée d'autres filles mais je n'ai jamais eu l'impression d'être à ma place.

— De quelle façon ?

De toutes les façons.

— Je ne sais pas. Elles étaient toujours si dociles, comme si elles étaient nées en sachant comment se comporter.

— Qu'est-ce que ça veut dire pour toi, se comporter ?

— Écouter et faire ce qu'on vous dit. Il m'a fallu beaucoup de temps pour apprendre à le faire, et j'ai été souvent punie. Je ne pouvais pas m'empêcher de faire des bêtises et je ne comprenais pas pourquoi les autres filles ne se battaient pas contre certaines règles.

— Quel genre de règles ?

— Nous n'étions pas censées répliquer, ni nous salir, ni faire quoi que ce soit de trop bruyant, et nous avions toujours des horaires à respecter. Je n'étais pas douée pour retenir mes opinions.

— On dirait que tu étais une enfant au caractère bien trempé. Il n'y a rien de mal à cela. *Voulais*-tu être comme eux et suivre les règles ?

Sully déglutit difficilement, s'efforçant de dire la vérité.

— Non. Mais je savais que je devais le faire.

— Pourquoi ?

— Parce que j'étais souvent punie, même avant d'emménager dans les dortoirs, et la seule façon de ne pas être punie était de ne pas enfreindre les règles. Mais c'était une leçon difficile à apprendre pour moi.

— Les personnes fortes ne se laissent pas facilement réduire au silence et elles ne devraient pas l'être. Tu te souviens de l'âge que tu avais quand tu as appris à te conformer ?

Elle haussa les épaules.

— Probablement un an après que j'ai emménagé dans les dortoirs.

Wynnie nota quelque chose.

— Comment as-tu été punie ?

Les souvenirs l'assaillirent et elle eut du mal à répondre. Elle passa mentalement en revue les punitions et laissa de côté les pires d'entre elles.

— Si je refusais de faire une corvée, je recevais une gifle ou on me criait dessus. Puis si je pleurais ou parlais, on me donnait une fessée ou on me bannissait des activités et on me faisait faire des corvées supplémentaires pendant des heures.

La colère qu'elle avait dû cacher pendant toutes ces années lui brûlait l'estomac. Elle pressa ses mains contre ses cuisses, essayant de ne pas laisser transparaître cette colère.

— Je suis désolée, ma chérie. Cela a dû être très difficile. Je suis curieuse de savoir qui te punissait. C'était ton oncle ?

— Pas toujours. Nous avions des chefs de groupe pour les tâches et c'est eux qui nous punissaient.

— Je vois, et les chefs de groupe étaient-ils des hommes et des femmes ?

— Les deux mais les femmes punissaient différemment des hommes.

— Comment cela ?

— Les femmes nous donnaient généralement des tâches supplémentaires. Les hommes étaient plus physiques.

Ses sourcils se plissèrent mais son regard s'adoucit.

— Les hommes t'ont-ils déjà touchée sexuellement en guise de punition ?

Elle sentait encore les mains rugueuses de Rebel Joe sur elle, le poids de son corps qui la pressait. La bile lui monta à la gorge et elle s'efforça de déglutir.

— Non. Ce n'est pas une punition.

Ses mains se recroquevillèrent en poings et elle les plaça sous ses cuisses, se préparant à la conversation qui, elle en était sûre, allait suivre.

— C'est bien. Nous y reviendrons, dit Wynnie avec douceur.

Cela lui procura un soupçon de soulagement mais elle savait que cela ne faisait que retarder l'inévitable.

— Penses-tu qu'ils avaient raison d'utiliser des punitions

physiques ?

— *Non.* Je voulais les frapper à mon tour.

Un sourire douloureux se dessina et Wynnie tendit la main pour la lui tapoter.

— J'espère que tu réalises à quel point tu es forte pour ne pas avoir perdu ton esprit combatif alors que tu souffrais de cette situation.

— C'est ma combativité qui m'a valu les punitions.

— C'est grâce à elle que tu as pu te sauver et t'échapper et cette même férocité t'aidera à surmonter le traumatisme que tu as subi et à apprendre à y faire face, afin que tu puisses aller de l'avant et te construire une vie que *tu* maîtrises parfaitement. Une vie où *tu* décides qui et ce que tu laisses entrer dans ton cercle intime.

Un "Je le veux tellement" jaillit comme s'il avait été piégé pendant des années.

— Tu es *déjà* sur le bon chemin et tu prends ces décisions. Tu t'en rends compte ?

Elle acquiesça mais cette prise de conscience fit couler des larmes qu'elle refusait de laisser couler. Elle se concentra sur un point du sol, souhaitant que le sentiment disparaisse.

— Si c'est trop difficile, nous pouvons faire une pause, proposa Wynnie avec compassion.

— *C'est* difficile mais je sais que je dois en parler à quelqu'un pour que vous compreniez pourquoi je ne veux pas y retourner.

— Ma chérie, tu n'as pas à dire à qui que ce soit ce que tu ne veux pas, et nous veillerons toujours à ce que tu n'y retournes jamais.

Ne pleure pas, ne pleure pas, ne pleure pas.

— Merci.

Elles parlèrent de sa scolarité et de ses journées. Puis Sully lui parla d'Ansel et de la façon dont il lui manquait.

— C'était ton petit ami ? demanda Wynnie.

— Non, ce n'était pas comme ça entre nous.

— As-tu déjà eu un petit ami ou une petite amie ?

Sully secoua la tête.

— Je n'avais pas le droit.

— Aurais-tu voulu en avoir un si tu en avais eu le droit ? Y avait-il un garçon ou une fille qui t'intéressait de cette façon ?

— Non.

Tout ce que je voulais, c'était sortir.

— Les autres filles de ton âge avaient-elles des petits amis ou des petites amies ?

— Oui, des petits amis. Il n'était pas permis d'être avec des filles.

— Pourquoi les autres filles avaient-elles le droit d'avoir un petit ami et pas toi ?

Sully baissa les yeux, ressentant une pointe de honte qu'elle savait injustifiée, mais elle était toujours là.

— Parce que j'appartenais à Rebel Joe, et que certaines des autres filles n'en faisaient pas partie.

— Certaines d'entre elles ? Ça veut dire qu'il y en avait d'autres qui lui appartenaient ?

— Oui, plusieurs.

— Et elles avaient ton âge ?

— Certaines étaient plus jeunes, d'autres plus âgées.

Sa poitrine brûlait de dégoût.

— Je vois, et qu'est-ce que ça veut dire de lui appartenir ?

Elle se força à croiser le regard de Wynnie.

— Cela signifie que personne d'autre ne pouvait me toucher.

— Mais lui le pouvait ?

Elle acquiesça, écœurée par son aveu.

— Te souviens-tu de l'âge que tu avais quand tu es devenue sienne ?

— Il m'a réclamée quand j'avais dix ans, mais il ne m'a pas touchée… *de cette façon*… jusqu'à ce que j'aie seize ans.

— Il a attendu longtemps. Sais-tu si c'était typique pour lui ? Ou y avait-il des raisons pour lesquelles il a attendu plus longtemps pour être avec toi ?

— Il a attendu avec chacune d'entre nous. Il y avait des rumeurs selon lesquelles seize ans était l'âge du consentement, mais je ne sais pas si c'est vrai.

Elle inscrivit quelque chose sur son bloc-notes.

— Quel âge a Rebel Joe ?

— Je ne suis pas sûre, peut-être la quarantaine.

Wynnie avait l'air de s'en inquiéter autant que Sully.

— As-tu des enfants ?

— Non. La mère d'Ansel est sage-femme et elle nous a secrètement fait des piqûres contraceptives, à moi et à quelques autres filles, pour que nous ne tombions pas enceinte.

— La mère d'Ansel a l'air d'un ange gardien. Comment s'appelle-t-elle ?

Les larmes menaçaient à nouveau de couler. *Non, non.*

— Gaia. Elle était comme une mère pour moi. Mon oncle m'aimait, il me prenait parfois dans ses bras et me racontait des histoires quand j'étais petite, mais Gaia me traitait comme elle traitait Ansel et sa sœur, Emina. Elle nous prenait *toujours* dans ses bras et nous disait que nous étions formidables. C'est elle qui m'a appris à éviter les ennuis.

— Elle a l'air merveilleuse. Comment Rebel Joe a-t-il réagi lorsque tu n'es pas tombée enceinte ?

— Il buvait plus et disait des choses méchantes. Parfois, il était plus brutal quand nous couchions ensemble. Mais il a eu beaucoup de filles et la plupart d'entre elles sont tombées enceintes.

— Chérie, je dois te poser une question difficile, et tu n'es pas obligée de répondre si cela te met mal à l'aise, mais cela m'aidera à comprendre ce que tu as vécu. Voulais-tu être avec lui ou as-tu été forcée ?

La honte l'engloutit comme une onde de choc.

— Je ne voulais pas être avec lui mais c'est ce qu'on attendait de moi. S'il vous réclame, c'est à vous de le servir, alors j'y suis allée de mon plein gré pour éviter d'être punie.

Wynnie posa son cahier et vint s'asseoir à côté d'elle sur le canapé. Elle prit la main de Sully et la tint entre les deux siennes.

— Sully, quand tu ne *veux* pas être avec quelqu'un et que tu le fais pour éviter une punition, c'est être forcée, et c'est une forme de viol. Cet homme n'avait pas le droit de te toucher.

Entendre ce qu'elle avait toujours su être vrai de la bouche de quelqu'un d'autre que Gaia et Ansel provoqua une poussée d'émotions et de larmes qu'elle ne voulait pas laisser couler. Elle détourna le regard, luttant contre elles avec tout ce qu'elle avait, mais quelques-unes se libérèrent. Elle les essuya avec colère et Wynnie lui tendit des mouchoirs en papier qui se trouvaient sur la table basse.

— J'ai tellement honte d'avoir été trop faible pour refuser.

— Tu n'es *pas* faible, Sully. Tu es incroyablement forte et incroyablement intelligente pour avoir su à un si jeune âge ce que tu devais faire pour survivre et te sortir de là pour de bon.

Il fallut à Sully tout ce qu'elle avait pour faire entrer l'air dans ses poumons et croiser son regard.

— Merci.

Elle essuya ses yeux, essayant de reprendre le contrôle.

— Ce que tu as vécu n'est pas de ta faute et tu peux porter plainte contre lui et tous ceux qui t'ont fait du mal. Ils seront punis pour ce qu'ils ont fait.

— Mais ce serait ma parole contre la leur, et s'ils ne vont pas en prison, ils s'en prendront à moi.

— D'après ce que tu viens de me dire, je pense qu'il n'y a aucune chance que cela se produise. Porter plainte empêcherait aussi ces hommes de faire du mal à d'autres filles et aiderait à sortir les autres filles de là. Cela te donnerait aussi un certain contrôle, tu n'aurais plus à vivre dans la crainte qu'ils te retrouvent.

Elles en parlèrent pendant un long moment et Sully savait que c'était la bonne chose à faire, mais elle ne voulait plus jamais les revoir. Malgré les garanties de Wynnie, elle craignait toujours que le fait de s'en prendre à eux ne les conduise à elle, et *c'était* terrifiant.

— Je peux y réfléchir ?

— Oui, bien sûr. Je pense que nous avons assez parlé pour aujourd'hui, mais j'aimerais te suggérer la possibilité de voir un médecin. Tu as eu des visites médicales et dentaires régulières dans l'enceinte du camp ?

— Oui. Gaia s'occupait des examens médicaux et l'un des membres était dentiste.

— C'est bien. Je sais que tu ne voulais pas voir un médecin avec les Finch parce que tu avais peur que la Free Rebellion l'apprenne. C'est bien ça ?

— Oui. Joe a des relations avec beaucoup de gens, y compris la police.

— Je vois. Eh bien, nous avons un médecin qui travaille

pour nous, et je pense que ce serait une très bonne idée si tu la laissais t'examiner et faire des analyses de sang. C'est quelqu'un en qui nous avons confiance et elle gardera tes informations confidentielles. Le corps des jeunes femmes subit de nombreux changements. Nous voulons nous assurer que tu es en bonne santé et elle peut te dire si tu souhaites continuer à utiliser une méthode contraceptive et répondre à toutes tes questions. Est-ce que ça irait ?

— Oui, si tu lui fais confiance.

— C'est le cas. Je pense aussi que nous devrions faire un test ADN. Sais-tu ce que c'est ?

— En quelque sorte.

— C'est un test qui peut aider à déterminer qui est ta famille. Cela pourrait nous conduire à ta mère et à tout autre membre de ta famille que tu pourrais avoir.

La peur picota la peau de Sully.

— Et si Rebel Joe découvre que vous la cherchez ?

— Ce *ne* sera *pas* le cas. Les Dark Knights mèneront l'enquête et ils travaillent en toute discrétion depuis des décennies. Ils sont doués en la matière.

— Tu ne comprends pas, dit-elle anxieusement. S'il découvre où je suis, il viendra me chercher.

— Ça n'arrivera pas. Nous ne mettrons jamais en danger ta sécurité. Il est impossible que quiconque puisse accéder à notre propriété sans que nous le sachions. Nous avons des hommes qui couvrent le périmètre et nous disposons également de caméras de sécurité. Nous sommes alertés si quelqu'un entre sur nos terres.

Elle voulait tellement la croire.

— Voudrais-tu retrouver ta mère ? Pour voir si tu as une famille ?

— Je ne sais pas. Elle ne voulait pas de moi.

— Je pensais que tu avais dit qu'elle ne pouvait pas se permettre de t'élever.

— Oui c'est vrai.

— Chérie, ce sont deux choses très différentes. Si elle n'a pas les moyens d'élever un bébé, c'est très différent de ne pas vouloir son enfant. Sa situation aurait pu changer au fil des années et il se pourrait même que tu aies des frères et sœurs. Ne serait-il pas agréable de le savoir ? La famille peut être une grande source de soutien.

Son ventre se noua.

— Comment sauras-tu si c'est une bonne ou une mauvaise personne ?

— Laisse-moi t'expliquer comment cela fonctionnerait. Nous commencerions par un test ADN, et j'espère que cela nous aidera à déterminer qui est ta famille et où elle se trouve. À partir de là, nous effectuerons une enquête complète sur tes antécédents et découvrirons tout sur ta mère et tout autre membre de ta famille, y compris s'ils ont un casier judiciaire ou des antécédents de maltraitance ou de négligence. Nous faisons également appel à un détective privé pour découvrir ce qu'ils font dans la vie, les lieux qu'ils fréquentent et avec qui ils traînent.

— Et si elle me renvoie ?

— Tu es une adulte, Sully, ce qui signifie que toutes les décisions te concernant, y compris qui est informé des résultats ADN et où tu te trouves, t'appartiennent et n'appartiennent *qu'à toi*. Personne ne peut t'envoyer nulle part.

Sully la regarda avec incrédulité, stupéfaite et silencieuse. Était-elle vraiment passée de l'absence de contrôle à tout avoir ?

Chapitre Sept

COWBOY ENTRA dans la maison principale pour parler avec sa mère et rencontrer Sully en fin d'après-midi dimanche et faillit percuter Doc en sortant.

— Désolé mec.

— Ça va ? La rumeur dit que tu as un poil sur les nerfs aujourd'hui.

— Je vais *bien*.

Il était loin d'être bien, et oui, il avait été un peu colérique parce qu'il ne pouvait pas s'empêcher de penser à Sully, imaginant le pire pour ce qu'elle avait vécu. Il s'inquiétait de la façon dont s'était déroulée sa première séance de thérapie et de savoir si elle avait accepté de consulter un médecin. Le fait qu'il doive la laisser seule pour aller à l'église mardi soir n'aidait pas. Il savait qu'elle serait en sécurité grâce à la sécurité supplémentaire qu'ils avaient mise en place, mais sécurité et confort étaient deux choses très différentes. Il avait besoin de trouver quelqu'un pour la surveiller pendant qu'il était à l'église, mais ce devait être la bonne personne. Quelqu'un en qui il avait confiance pour ne pas la mettre mal à l'aise ou pour fouiller dans ses antécédents.

— Tu n'as pas l'air bien. Y a-t-il quelque chose que je puisse faire ?

Ouais, aide-moi à trouver ces enculés qui ont gardé Sully piégée comme un animal pour que je puisse découvrir ce qu'ils lui ont fait d'autre et les mettre en pièces.

— Non. J'ai juste beaucoup de choses en tête.

— Ok. Veux-tu prendre une bière avec Sasha et moi après le dîner ?

Il repensa à la façon dont Sasha et Sully s'étaient bien entendus au petit-déjeuner. Sasha était empathique et savait qu'il ne fallait pas poser beaucoup de questions aux personnes qui venaient au ranch. Elle était peut-être exactement ce dont Sully avait besoin lorsqu'il était à l'église.

— Pas ce soir. Je veux rester près de Sully au cas où elle aurait besoin de quelque chose.

— Un autre soir, alors.

Doc sortit et Cowboy se dirigea vers le bureau de sa mère. Elle était sur le point de mettre fin à un appel lorsqu'il entra.

— Où est Sully ?

— Salut, chéri, c'est agréable de te voir aussi.

— Désolé maman. Je m'inquiète juste pour elle. Où est-elle ?

— Ton père l'a conduite jusqu'à son chalet.

Bon sang.

— Je pensais que ton message disait que j'étais censé la rencontrer ici.

— Je t'ai dit de venir ici pour que je puisse d'abord te parler.

— Quelque chose ne va pas ? Qu'as-tu découvert ?

Sa mère lui tapota la joue.

— Oh, mon doux protecteur, tu sais que je ne peux rien te dire de notre discussion.

Il serra les dents.

— Maman, ils ne la laissaient même pas se promener la nuit. J'ai besoin de savoir ce qu'elle a vécu, parce que cette horrible merde dans ma tête me donne envie de tuer quelqu'un.

— Je suis désolé, chérie, mais si Sully veut partager son passé avec toi ou avec quelqu'un d'autre, c'est à elle de décider. Peut-être devrions-nous nous asseoir et parler de ce qui se passe dans *ta* tête.

— Non. Tout ira bien, mais elle *s'est échappée*. Tu sais très bien que ça veut dire que de mauvaises choses se sont produites.

Sa mère ne hocha pas la tête, ne broncha ni ne changea son expression d'aucune façon.

— Dis-moi au moins si elle a vu le médecin.

Elle lui lança un *Tu sais que je ne peux pas résister à ce regard*.

— Je te suggère de faire une promenade avant de la voir. Elle n'a pas besoin de te voir en colère.

— Oui je sais. Ne t'inquiète pas. Je ne lui rendrais jamais la tâche plus difficile. Tu vois une raison de ne pas demander à Sasha d'être là pour elle pendant que je suis à l'église mardi soir ?

— Non. Elles s'entendaient bien au petit-déjeuner. Elle pourrait apprécier.

— D'accord. De quoi voulais-tu me parler ?

— Je sais que cette mission que ton père t'a confiée est l'affaire des Dark Knights, mais tu es toujours mon garçon, et je sais à quel point tu portes les fardeaux des autres comme les tiens. Je voulais m'assurer que tu étais d'accord pour veiller sur elle.

— Oui je le suis. C'est une bonne personne et tu sais que je ferai ce qu'il faut pour elle.

— Je sais que tu le feras, chéri.

— D'accord, eh bien, je vais chez elle.

Il se dirigea vers la porte, puis revint sur ses pas.

— Y a-t-il quelque chose que je puisse faire ou dire pour lui faciliter les choses ?

— Sois simplement un ami et traite-la comme tu traites tes chevaux et tous ceux qui viennent ici.

Diriger avec admiration, pas avec pitié. C'était ainsi qu'ils agissaient tous ici.

Avec un signe de tête, il sortit de son bureau et se dirigea vers la maison de Sully. Il la trouva assise sur les marches de la véranda, accroupie sur un cahier. Ses longs cheveux tombaient sur une épaule et son visage était pincé par la concentration.

— Tu travailles sur cette liste que je t'ai demandée ?

Elle ferma le cahier et tandis que leurs regards se croisèrent, un sourire illumina ses joues.

— Je ne pensais pas que tu prenais ça au sérieux.

— J'étais très sérieux. Ça ne te dérange si je m'assois ?

Elle secoua la tête et s'approcha, lui laissant de la place sur la marche à côté d'elle.

Il s'assit, impatient de lui demander comment s'était passée sa journée, mais il ne voulait pas risquer de perdre ce sourire.

— Est-ce que tu tiens un journal ?

— Non. Je dessine juste.

— Vraiment ? Puis-je voir ?

— Ce n'est pas très bon.

— Et si tu me laissais juger de ça ?

Elle baissa les yeux sur le cahier, comme si elle y réfléchissait.

— Tu promets de ne pas rire ?

— Juré.

Elle lui tendit le cahier, ces beaux yeux bleus le regardèrent attentivement alors qu'il l'ouvrait et admirèrent un croquis impeccable d'une petite fille virevoltant dans l'herbe. Les volants en dentelle de sa robe et ses longs cheveux se soulevaient avec ses tourbillons, son visage levé vers le ciel. Le niveau de détail était si fin qu'il pouvait pratiquement sentir la brise chaude soulever ses cheveux et la joie monter de la page.

— C'est phénoménal. Où as-tu appris à dessiner comme ça ?

— Simplement en m'entraînant, je suppose. Je dessine depuis aussi longtemps que je me souvienne. Tu penses vraiment que c'est bien ?

— Est-ce que tu plaisantes ? demanda-t-il incrédule. Tu es vraiment talentueuse, Sully. C'est toi quand tu étais petite ?

Elle secoua la tête.

— Qui est-ce ?

— Juste quelqu'un que j'ai inventé dans ma tête.

— Alors tu as une grande imagination. Tu en as dessiné davantage d'elle ?

— Euh oui, mais j'ai dû laisser mes vieux cahiers derrière moi lorsque j'ai quitté la communauté. Carol m'a donné celui-ci. Mais j'ai dessiné ça. Elle tendit la main et tourna la page, révélant une photo *de lui* chevauchant Sunshine.

C'était comme se regarder dans un miroir, mais en mieux, car il était fabriqué par ses mains.

— Tu as dessiné ça de mémoire ?

Elle acquiesça.

— Bon sang, Sully. Tu as même bien compris les marquages de Sunshine. Aurais-tu une mémoire photographique ? Il n'espérait certainement pas qu'elle ait vécu quelque chose comme l'horrible merde qu'il imaginait.

— *Non.*

Elle rit doucement.

— Ils ne sont pas si bons.

— Si, ils le sont. Je n'ai jamais connu quelqu'un qui puisse dessiner comme ça. Tu pourrais illustrer des livres pour enfants. Bon sang, n'importe quel livre.

— Non, je ne pourrais pas.

— Peut-être que nous en débattrons lors de notre promenade ce soir.

Elle parut surprise.

— Ça ne te dérangerait pas de marcher à nouveau avec moi ?

— C'est une épreuve mais je pense que je peux la gérer.

Il lui donna un coup d'épaule et elle sourit.

— Je descends parler avec Sasha avant le dîner. Tu veux venir avec moi voir les chevaux en rééducation ?

— J'aimerais ça. Laisse-moi juste mettre ça à l'intérieur et récupérer ma clé.

Il se leva pour lui ouvrir la porte.

En passant, elle dit :

— Tu es un vrai gentleman. Tu n'es pas obligé de me tenir les portes ou de retirer ma chaise. Je ne suis pas habituée à ça.

— Bienvenue dans le monde des Whiskey, ma belle, où les ranchers durs à cuire conduisent des motos et traitent bien les femmes.

Elle rougit et rentra à l'intérieur. Bon sang, il aimait bien ce rougissement. Il ne se souvenait pas de la dernière fois qu'il avait vu une femme rougir. Cela amplifiait la douceur de Sully, la rendant encore plus attachante.

Lorsqu'elle sortit, ils se dirigèrent vers la grange. Cowboy salua quelques gars sur le chemin.

— C'est Hyde et Taz, c'est ça ? demanda-t-elle.

— Oui, et le gamin avec eux, c'est Kenny. Il est au lycée. Il a suivi notre programme avec Dare, et maintenant il travaille deux jours par semaine après l'école et les week-ends. Il apprend à faire du motocross avec Billie.

— C'est quoi le motocross ?

— C'est un sport de course de motos tout-terrain. Les motos sont petites, comme des vélos modifiés. Nous avons un circuit derrière chez Dare et il s'apprête à en construire un autre pour que Billie puisse commencer à apprendre à d'autres enfants à piloter. Elle était pilote professionnelle à l'époque.

— C'est impressionnant. Pourquoi a-t-elle arrêté ?

— Dare et elle, ainsi que leur meilleur ami depuis l'enfance, Eddie, étaient les plus grands casse-cous qui existent. Ils ont perdu Eddie à cause d'une cascade qui a mal tourné sur une moto-cross, il y a plusieurs années. Cela a vraiment perturbé Billie et Dare pendant longtemps.

— Oh mon Dieu, c'est horrible. Pas étonnant qu'elle ait arrêté. Ils ont tous les deux l'air si sûr d'eux et si imperturbable.

— Ils le sont, parce qu'ils sont ensemble maintenant. Mais il leur a fallu beaucoup de temps pour en arriver là.

Il fit un signe de tête en direction de la grange.

— Je dois t'avertir que les chevaux en rééducation ne ressemblent pas du tout à Sunshine et aux autres chevaux que tu as vus hier soir. Certains d'entre eux sont gravement émaciés et d'autres se remettent de blessures et d'opérations. Ils peuvent être renfermés et timides.

— Vu ce que tu as dit hier soir, j'ai supposé qu'ils étaient en mauvais état.

— Cela peut être choquant et difficile à regarder. Je veux juste que tu sois préparée, et si c'est trop pour toi, nous partirons.

— Ce ne sera pas le cas. J'ai déjà vu de mauvaises choses.

Bon sang. Bien sûr que tu en as vu. Il s'arrêta juste avant l'entrée de la grange.

— Je suis désolé. Je n'ai pas réfléchi. Peut-être qu'on ne devrait pas entrer. Je ne veux pas te rappeler de mauvais souvenirs.

— Callahan, j'apprécie que tu essaies de me protéger mais je peux supporter de voir de mauvaises choses. Je n'ai peut-être pas grand-chose à mon nom mais j'ai confiance en moi et j'essaie de m'y accrocher. J'apprécierais donc que tu me traites comme tu l'as fait ce matin quand tu as dit que je pouvais supporter n'importe quoi.

— Je suis sûr que tu en es capable. C'est juste que c'est différent. Voir des animaux souffrir est déchirant.

— Je sais que c'est le cas. Nous avions des animaux dans l'enceinte. Pas des chevaux, mais nous avions des chiens, et j'ai vu deux d'entre eux mourir. Des vaches, des chèvres et des poulets dont nous nous occupions juste pour qu'ils soient abattus et utilisés pour la nourriture. Je *comprends*. Mais cet endroit est à l'opposé de celui d'où je viens. Vous aidez les animaux et les gens à guérir, et j'aime ça. Je veux en voir la preuve et j'ai besoin de les voir quand ils souffrent, pour comprendre comment ils guérissent.

— *Merde*, Sully. Je suis désolée. J'ai tendance à être un peu trop protecteur. J'essaierai de me contrôler.

— C'est tout ce que je demande. Je surprotège mon indépendance en ce moment parce que je ne veux pas être perçue comme la fille qui ne peut pas se débrouiller toute seule, alors je suppose que nous apprenons tous les deux.

Oui, c'est vrai. On lui avait probablement dit des centaines de fois d'arrêter d'être surprotecteur, mais c'était l'une des rares fois où il avait vraiment écouté.

— J'essaierai de m'en souvenir à partir de maintenant. Et si je dérape, tu me donnes une claque sur la tête.

Elle sourit.

Ils entrèrent dans la grange et furent accueillis par les odeurs familières de cuir, de chevaux et une pointe d'*espoir*. Sasha travaillait avec une jument noire qu'ils avaient sauvée il y avait environ un mois. Ses cheveux étaient attachés en queue de cheval et elle portait un jean, un T-shirt rose et, comme toujours, ses bottes de cow-girl marron. Il lui donna un coup de menton.

— Hé, Sash. Comment ça se passe ?

— Bonjour, vous deux. Je viens de terminer le massage de Kelly pour son anxiété.

— Est-ce que ça marche ? demanda Sully.

— Très certainement, répondit Sasha. Tout comme avec les gens, le toucher humain peut guérir ou blesser.

L'ombre de quelque chose, *un mauvais souvenir*, passa sur le visage de Sully.

— Qu'est-ce qui lui est arrivé ?

— Son propriétaire était un bâtard égoïste qui mangeait comme un roi et affamait ses chevaux.

Sasha passa sa main sur l'encolure du cheval.

— Mais Kelly va très bien, à part son anxiété, et nous nous en occupons. Elle va s'en sortir.

— Le propriétaire a-t-il eu des ennuis ? demanda Sully.

— En effet, il a été condamné à dix-huit mois de prison et à une amende de 10 000 euros.

— Dix-huit mois de prison et des amendes qui n'étaient pas suffisantes, rétorqua Cowboy.

— Au moins, il a été puni, dit Sully. Je peux voir les autres chevaux ?

— Bien sûr. Je dois mettre Kelly dans son box de toute

façon.

Alors que Sasha l'emmenait, Cowboy dit :

— Certains chevaux peuvent être nerveux, et ceux qui ont des poignées rouges peuvent être agressifs, alors ne t'approche pas trop.

Sasha les rejoignit et ils traversèrent l'étable.

— Toutes les stalles sont en métal ? demanda Sully. Je ne sais pas pourquoi je pensais qu'elles étaient en bois.

— La plupart sont en bois, dit Sasha. Les lattes métalliques nous permettent de voir tout le corps du cheval. Pour les chevaux qui sont habitués à des espaces ouverts, cela les aide à se sentir moins confinés.

Pendant qu'elles se promenaient dans l'étable, Sasha raconta à Sully l'histoire de chacun des chevaux et ce qu'ils avaient vécu. Sully posa des questions pour savoir depuis combien de temps chaque cheval était là et comment s'était déroulée leur thérapie. Certains d'entre eux étaient attirés par elle, et lorsqu'elle les caressait, l'air de paix qui l'envahissait était un spectacle en soi.

— Voici Thistle, dit Sasha lorsqu'elles atteignirent la stalle d'une jument alezane. Elle nous est arrivée il y a environ deux mois avec des lésions aux ligaments et aux tendons.

— Comment réparez-vous cela ? demanda Sully, ses yeux ne quittant pas le cheval.

— Cela dépend de l'étendue des dégâts, mais en général, c'est un long processus de repos, de glaçage et d'anti-inflammatoires. Il faut environ trois mois pour que le tissu cicatriciel se forme et encore plusieurs mois avant qu'il n'atteigne sa force maximale.

Elle continua à lui parler de la rééducation de Thistle tandis qu'elles se dirigeaient vers le box suivant, où était allongée une jument récemment sauvée.

— C'est Beauty, et dans le box suivant se trouve sa sœur, Belle. Comme tu peux le voir à leur triste état, elles ont été gravement négligées par leur propriétaire.

La douleur monta dans les yeux de Sully.

— On peut voir ses côtes. Est-elle trop faible pour se tenir debout ?

— Non, elle peut se tenir debout, mais je pense qu'elle manque de *volonté*.

— Elle ne connaît que la douleur et la négligence et elle ne fait pas confiance aux gens, ajouta Cowboy.

Sully s'accroupit pour regarder à travers les barreaux.

— La pauvre. C'est pour ça qu'elle s'est détournée quand on s'est approché ?

— Oui, confirma Cowboy.

— En général, nous parvenons assez rapidement à établir un lien avec un cheval négligé, mais alors que sa sœur a interagi avec nous, Beauty ne réagit volontairement avec personne, ajouta Sasha.

Sully se leva.

— Qu'est-ce qui va lui arriver si elle n'interagit jamais avec les gens ?

— Nous ne laisserons pas cela se produire. Nous ne l'abandonnerons pas, dit Sasha. Il faudra juste un peu de temps pour savoir à quoi ou à qui elle répondra.

Doc entra dans la grange par les portes arrière.

— Hé, désolé de vous interrompre. Sasha, Cowboy. Vous avez une seconde ?

Cowboy mit sa main sur le bas du dos de Sully.

— Nous n'en avons que pour une minute, d'accord ?

— Prenez votre temps. Ça va aller.

Alors qu'ils allaient parler avec Doc, Sasha dit :

— Elle est coriace, hein ? Elle a vraiment pris position avec ce jus de fruit ce matin. Qu'est-ce qu'elle raconte ? Maman a dit qu'elle s'était sortie d'une mauvaise situation.

Cowboy se contenta d'une réponse simple.

— N'est-ce pas le cas de la plupart des gens qui viennent ici ?

— Oui, je suppose.

Elle laissa tomber et tandis que Doc les informait sur un cheval qui avait été opéré ce matin-là, Cowboy jeta un coup d'œil à Sully. Elle était accroupie devant le box de Beauty, en train de parler au cheval. Il reporta son attention sur Doc, qui se demandait maintenant comment se passait l'entraînement d'un autre cheval qu'ils avaient rééduqué.

— Elle réagit bien, dit Cowboy. Hyde prend le relais jusqu'à ce que j'aie plus de temps dans la journée mais je pense qu'elle sera prête à être replacée dans quelques semaines.

— Cool, dit Doc. Je dois rentrer mais je vous verrai au dîner.

Après le départ de Doc, Cowboy se tourna vers Sasha.

— Tu penses pouvoir me rendre service mardi soir et te mettre à la disposition de Sully pendant que je suis à l'église ? Tu pourrais passer la voir ou voir si elle veut passer du temps avec toi ?

— Bien sûr, mais pourquoi la surveilles-tu de si près ? Est-ce qu'elle risque de se suicider ou quelque chose comme ça ?

— Non. Elle est simplement nouvelle et tu sais ce que c'est. Sortir d'une situation difficile affecte les gens différemment. Je veux qu'elle sache qu'elle n'est pas seule.

Il jeta un nouveau coup d'œil à Sully et n'en crut pas ses yeux. Elle se tenait devant le box de Beauty, son front touchant l'arête du nez de Beauty et caressant la joue du cheval.

— Bon sang, tu as vu ça ?

Sasha suivit son regard.

— Bon sang, c'est bien ça. Est-ce qu'elle murmure à l'oreille des chevaux ?

— Je me demande la même chose.

Ils se dirigèrent lentement vers Sully, afin de ne pas effrayer le cheval, et alors qu'ils s'approchaient, ils l'entendirent parler à Beauty.

— Tu es une fille forte, une survivante, et tu t'en sors très bien. Je suis très fière de toi. Tu vas retrouver la santé et courir avec ta sœur en un rien de temps.

Cowboy et Sasha échangèrent un regard incrédule.

— Tu lui as dit que les chevaux réagissaient mieux à l'admiration qu'à la pitié ? murmura-t-elle.

— Non. *Mais c'est aussi une survivante. Elle le sait.*

Tandis que cette pensée lui traversait l'esprit, il réalisa qu'il s'était trompé, reconnaissant la force de Sully qui lui avait fait remarquer cette erreur dès le départ. Il se promit de ne plus jamais agir ainsi.

Chapitre Huit

LUNDI SOIR, SULLY était assise dans son chalet, dessinant les endroits que Callahan lui avait montrés lors de leur promenade de la nuit dernière. Comme le parcours d'escalade que son père avait construit pour Dare, Billie et Eddie quand ils étaient enfants, et le terrain de paintball que Callahan et ses frères avaient aidé son père à construire et que Sasha et lui avaient récemment agrandi. Elle ne pouvait pas imaginer avoir un père qui se donnait autant de mal pour ses enfants. Callahan et elle avaient fini par s'asseoir avec Beauty après leur promenade. Il lui avait raconté des histoires sur les chevaux qu'ils avaient sauvés au fil des ans. Elle aimait sa passion pour les animaux et elle aimait passer du temps avec lui. Il n'y avait pas d'attentes ni de faux-semblants. C'était comme avec Ansel, mais en mieux, car Callahan avait quelque chose de profond et d'introspectif. Il ne se contentait pas d'écouter ce qu'elle disait. Elle pouvait voir à ses expressions faciales et à son langage corporel qu'il réfléchissait à ses réponses. Il était engagé et intéressant comme aucun autre homme ne l'avait jamais été, et puis il y avait ce courant envoûtant entre eux qui semblait s'intensifier à chaque conversation.

Alors qu'elle esquissait une image de Callahan assis avec elle dans le box de Beauty hier soir, elle se souvint de la connexion instantanée qu'elle avait ressentie avec le cheval hier après-midi. Elle comprenait l'envie de mettre tout le monde à l'écart après avoir été maltraitée. Si elle avait pu survivre seule, elle aurait probablement fait la même chose après avoir échappé à la Free Rebellion. Quand elle l'avait dit à Callahan, sa mâchoire avait tiqué et il avait dit qu'il était content qu'elle ne l'ait pas fait. Elle aussi était contente.

Elle commençait à mieux comprendre ce qu'était le ranch, notamment comment le fait d'y travailler pouvait donner un but à quelqu'un et comment le fait de prendre ses repas avec tout le monde créait un lien familial. Elle était fière de s'être rapprochée de Beauty alors que personne d'autre n'avait pu le faire. Sasha l'avait invitée à revenir à tout moment, à condition que Callahan ou elle-même soient là pour superviser. La salle à manger était tout aussi bruyante aujourd'hui qu'hier, mais cette fois-ci, ce n'était pas écrasant. C'était intéressant et amusant de voir tout le monde interagir. Callahan l'avait incitée à jouer aux dames dans la salle de loisirs après le dîner. Il la poussait à sortir de sa zone de confort et elle l'appréciait car cela signifiait qu'il avait écouté ce qu'elle avait dit hier, à savoir qu'il ne la chouchoutait pas. Elle n'était pas habituée à ce que les gens l'écoutent et répondent à ses besoins. Cela la rassurait quant à sa capacité à s'ouvrir.

Elle termina son dessin et commença à travailler sur la liste qu'il lui avait demandée. Elle ne pensait pas avoir beaucoup de choses à y mettre, mais une fois qu'elle eut commencé à les écrire, elle pensa à toutes sortes de choses qu'elle n'avait pas pu faire dans l'enceinte.

Rire, pleurer, crier et parler quand je veux, aussi fort que je veux.

Dormir à la belle étoile.

Danser.

Décider où, quand et quoi manger.

Me faire des amis avec lesquels je m'intègre.

Gagner de l'argent.

Couper mes cheveux.

Aller à la bibliothèque et choisir mes propres livres.

Acheter mes propres vêtements.

Marcher sur une plage.

Nager la nuit.

Regarder la télévision.

Regarder un film.

Faire du vélo.

Conduire une voiture.

Mâcher du chewing-gum.

Porter un short.

En pensant à hier, elle ajouta :

Aidez un cheval à guérir. Apprendre à monter à cheval. Jouer à d'autres jeux avec Callahan.

Un coup frappé à la porte la fit sursauter. Elle posa son cahier et jeta un coup d'œil par la fenêtre. Son estomac se retourna à la vue de Callahan, chapeau à la main, vêtu d'une chemise en flanelle par-dessus un tee-shirt. Pourquoi ses mains transpiraient-elles ? Elle les essuya sur son jean et respira calmement avant d'ouvrir la porte.

Un lent sourire se dessina jusqu'à ses yeux.

— Hé, celle qui murmure à l'oreille des chevaux. Tu en as marre de moi ?

— Pas encore.

Elle aimait bien sa voix et son regard. Personne ne l'avait jamais regardée comme il le faisait. Ce n'était pas lubrique, comme Rebel Joe, ni rebutant, comme les autres hommes de l'enceinte. C'était comme s'il la voyait vraiment et qu'il la trouvait attirante d'une manière non menaçante, ce qui la rendait nerveuse d'une autre manière. Elle aimait cette nervosité qui provoquait des papillons dans son estomac.

— Tu es occupée ?

— Je travaillais sur une liste pour un type que je connais.

— Il était temps.

Il lui fit un clin d'œil.

— Tu veux partager ?

Elle ne put s'empêcher de sourire.

— Pas encore.

— C'est vrai. Alors pourquoi ne pas tenir compagnie à un cow-boy solitaire lors d'une promenade ?

— Ça dépend, dit-elle en plaisantant. Où vas-tu ?

— Où tu voudras.

Il ne pouvait pas savoir à quel point le fait d'avoir le choix la ravissait, mais elle était curieuse de le connaître, ainsi que sa vie.

— As-tu des endroits préférés que tu pourrais me montrer ?

— Seulement une douzaine ou une vingtaine.

Excitée à l'idée de voir ce qu'il trouvait spécial, elle dit :

— D'accord, je vais y aller.

— Veux-tu voir un endroit en plein air ou une promenade dans les bois te convient-elle ?

— Tu choisis.

— Alors, c'est la forêt.

Il jeta son chapeau sur une chaise.

— Prends ta lampe de poche, ma belle.

Elle prit sa clé et sa lampe de poche et referma la porte derrière elle. Il regarda sa chemise à manches longues.

— Tu vas avoir assez chaud ?

— Oui, oui. J'aime avoir un peu froid.

Il agita la poignée de la porte, vérifiant la serrure comme il l'avait fait la nuit dernière, et elle lui tendit la lampe de poche.

— Pourquoi ? demanda-t-il alors qu'ils quittaient le porche et se dirigeaient vers l'allée qui, selon lui, menait à sa cabane.

— Je me sens vivante.

Il la regarda, l'air grave.

— Contrairement à… ?

La route bifurqua sur la droite mais il posa une main sur son dos, la guidant à travers l'herbe vers les bois.

Son contact était devenu un réconfort bienvenu.

— Je ne sais pas. Je me sens engourdie, je suppose.

Elle sentit un changement dans l'énergie qui l'entourait, la tension montait à cause de sa réponse, mais elle n'avait pas peur. C'était comme lorsque la température chutait et que les nuages devenaient gris, mais qu'ils se déplaçaient si vite qu'elle savait que l'orage ne la toucherait pas.

Il alluma la lampe de poche et l'orienta vers la lisière du bois.

— Nous allons marcher entre ces deux arbres. Il n'y a pas de sentier ici, mais il mènera à un sentier à une cinquantaine de mètres plus loin.

Sa voix était calme, profonde et apaisante. Il marcha à côté d'elle, pointant la lampe de poche vers le sol devant elle.

— Attention à cette bûche, ma belle.

Elle l'enjamba et alors qu'il lui tendait une branche pour qu'elle passe dessous, il lui dit :

— Tu t'es toujours sentie éteinte ?

— Aussi loin que je me souvienne.

— Je suppose que cela rend les sourires que j'ai gagnés encore plus précieux.

Il pointa la lampe de poche vers un sentier devant lui.

— Nous allons suivre ce sentier à gauche.

Il dit cela d'un ton neutre, comme s'il ne venait pas de lui couper le souffle avec son commentaire sur ses sourires.

— Je n'aime pas que tu te sentes éteinte, ma belle. Il y a un milliard de raisons de ressentir quelque chose et je ne vois qu'une seule raison pour laquelle une personne voudrait cesser de ressentir. J'espère ne pas te faire ressentir cela.

Elle se demandait quelle était cette raison mais elle avait l'impression qu'elle n'était pas loin de la vérité.

— Tu n'as pas à le faire. Hâte de voir ça. Où allons-nous ?

— Tu voulais voir l'un de mes endroits préférés et il n'y a rien de plus significatif que ça.

Ils s'engagèrent sur le sentier et elle entendit le bruit de l'eau avant qu'il n'éclaire un ruisseau sur leur droite.

— Nous allons suivre ce ruisseau jusqu'au lac.

— Il y a un lac ?

Elle était excitée alors qu'ils s'engageaient sur le sentier.

— Bien sûr qu'il y en a un. C'était le sentier préféré de mon grand-père. Il m'a tout appris sur les chevaux et l'élevage et comment lire une boussole pour que je sache toujours où je vais.

Il s'arrêta et tira la chaîne attachée à sa ceinture, sortant une boussole en argent de sa poche et la lui montrant. Elle était usée par le temps et un W était gravé au dos.

— C'était la sienne. Je la porte tous les jours depuis qu'il me l'a donnée.

— Ton bien le plus précieux.

Il acquiesça d'un hochement de tête sec.

— C'est magnifique. Comment fonctionne-t-elle ?

— Elle détecte les champs magnétiques naturels de la terre et y réagit. Peu importe où tu te trouves, l'aiguille, qui est en fait un aimant, pointera toujours vers le Nord.

Il lui montra comment lire la boussole et, après qu'elle eut tourné en rond pour l'essayer, il la remit dans sa poche.

— Merci de m'avoir montré comment l'utiliser.

— Avec plaisir, ma belle. Mon grand-père m'a fait entrer chez les scouts quand j'étais petit, et grâce à eux, nous avons fait toutes sortes de choses ensemble.

— Qu'est-ce que les scouts ? demande-t-elle alors qu'ils dévalaient une grande colline.

— C'est un groupe qui enseigne aux enfants les techniques de survie et de commandement, le sport, l'art et l'artisanat, mais aussi l'esprit d'équipe. On fait beaucoup de travaux d'intérêt général et de bénévolat et on prête serment d'aider les autres.

Il leva trois doigts et les agita.

Son cœur trébucha tandis que défilait devant elle le souvenir du jour où elle s'était échappée et où elle avait dit au revoir à Ansel. Il avait levé trois doigts, le signe de " je t'aime ".

— Pourquoi as-tu levé trois doigts ?

— C'est ce qu'on fait quand on récite le serment.

— Ansel et moi avions l'habitude de le faire.

Callahan fronça les sourcils.

— A-t-il jamais été scout ?

— Non. Il est né sur place. C'était notre façon de dire "Je t'aime" ou "*Ami, je t'aime pour toujours*". Parle-moi des scouts et de ton grand-père. J'aime entendre parler des choses que tu as faites.

— Eh bien, grâce aux scouts, j'ai appris des techniques de plein air, et mon grand-père et moi venions ici pour nous entraîner. Nous avons construit des abris, campé, traqué des animaux. Il m'a appris à vivre de la terre. C'était vraiment génial.

— Il a l'air merveilleux.

— Attention.

Il lui prit le bras et la guida autour d'un rocher.

— C'est très raide ici, alors je vais m'accrocher à toi pour que tu ne tombes pas.

— Merci.

Sa main était grande, chaude et distrayante comme le toucher d'un homme ne l'avait jamais été. Elle força ses pensées à revenir à leur conversation.

— Ton grand-père vit-il aussi ici ?

— Plus maintenant. Il est décédé, il y a longtemps. Il me manque tous les jours. C'était un homme bon mais il était dur. Il croyait au travail acharné et aux réponses directes. Il a toujours fait passer les animaux et la famille en premier.

— Ça te ressemble.

— Qu'est-ce que tu sais de moi ?, dit-il en riant doucement.

— Seulement ce que tu m'as montré. Depuis combien de temps es-tu chez les scouts ?

— Je suis toujours en contact avec eux. J'organise des événements pour les enfants ici au ranch. En fait, j'ai un camping et une soirée cinéma qui auront lieu dans quelques semaines.

— Vraiment ? J'adore travailler avec les enfants. Dans l'enceinte, j'aidais les plus jeunes à faire leurs devoirs et je leur apprenais toutes sortes de choses. Ils sont comme de petites éponges, ils absorbent tout, des câlins aux leçons. Ils me manquent.

— Peut-être que tu pourrais m'aider pour la soirée cinéma.

— J'*adorerais* ça.

— Super. J'espère que nous aurons le feu vert d'ici là, et que tu pourras interagir avec le public en toute sécurité.

Au moment où il prononçait ces mots, la réalité s'imposa à elle, la stoppant net.

— Qu'est-ce qui ne va pas ?

La lumière de la lune se fraya un chemin sur son beau visage, illuminant son expression sérieuse.

— Je me suis tellement laissé emporter par ton histoire que j'ai oublié pendant une seconde qu'ils me cherchaient peut-être.

Il lui prit la main et la serra doucement.

— Et comment t'es-tu sentie pendant cette seconde ?

— Pleine d'espoir. Heureuse. Pas du tout engourdie. Je veux vivre cette seconde !

Il rit et la serra dans ses bras. Ce n'était qu'une étreinte rapide et naturelle, mais pendant ces quelques secondes, elle s'était sentie bien d'une manière qu'elle n'osait pas définir. Ses joues s'échauffèrent et elle fut reconnaissante de l'obscurité tandis qu'ils continuaient à descendre la colline.

Ils arrivèrent à une pente raide et le bruit de l'eau se fit plus fort. Il sauta à terre et se tourna vers elle.

— Je vais t'aider à descendre.

— Merci.

Elle posa sa main sur son épaule et il l'attrapa par les hanches. Son contact provoqua une série de picotements et de chaleur dans son cœur tandis qu'il la soulevait au-dessus des gros rochers. Rebel Joe l'avait touchée des centaines de fois mais elle n'avait jamais rien ressenti de tel.

Alors qu'il la mettait sur ses pieds, sa mâchoire se crispa et elle se demanda s'il avait lui aussi ressenti quelque chose.

— Regarde ça, dit-il, la tirant de ses pensées.

Il dirigea la lumière vers le ruisseau, éclairant l'endroit où le terrain s'abaissait et où de gros rochers formaient une chute d'eau.

— Je n'ai jamais vu de cascade. Comment la laideur peut-elle exister dans un monde aussi beau ?

— Je ne sais pas, ma belle. C'est assez raide ici.

Il lui tendit la main et elle la prit. Son expression redevint sérieuse.

— J'aimerais pouvoir effacer tout ce que tu as vécu de mauvais.

— J'aimerais avoir un grand-père comme le tien, dit-elle alors qu'ils descendaient la colline.

— Comment était le tien ?

— Je n'ai connu que mon oncle. Mais j'ai vu le médecin aujourd'hui et elle a fait un test ADN. Ils ont dit que cela pourrait aider à retrouver ma mère et toute autre famille que je pourrais avoir.

— C'est une bonne chose, Sully.

— Je pense que oui. J'aurais aimé avoir quelqu'un comme ton grand-père pour m'apprendre à vivre de la terre et à lire une boussole. Peut-être que ma première tentative d'évasion aurait alors fonctionné.

— Combien de fois as-tu essayé de t'échapper ? demanda-t-il d'un ton bourru, comme si l'idée le contrariait.

— Deux fois avant de réussir à m'échapper. La première fois, c'était la nuit. Je me suis perdue dans les bois et ils m'ont retrouvée quelques heures plus tard. La deuxième fois, je me suis cachée à l'arrière d'un de leurs camions alors que je pensais qu'ils allaient en ville. Mais je me suis trompée de camion, ils se sont arrêtés pour charger du bois à l'arrière et ils m'ont trouvée.

— Que s'est-il passé quand ils t'ont trouvé ?

— J'ai été punie.

Il cessa de marcher, ses yeux sombres se plantant dans les siens.

— *Comment ?*

Elle ne savait pas pourquoi elle lui racontait tout cela, mais elle ne pouvait pas faire comme si rien ne s'était passé. Pas avec lui, en tout cas. Elle ne le voulait pas et elle l'avait gardé pendant tant d'années que cela la rongeait. Comme une blessure qui ne guérit jamais. *Wynnie avait raison.*

— La première fois, j'ai reçu un coup de ceinture et ils m'ont fait dormir dans la boîte pendant quelques semaines me donnant à peine à manger. La deuxième fois, j'ai reçu la marque.

— C'est quoi cette *putain* de boîte ?

— Une boîte en métal avec des barreaux sur le devant.

Sa poitrine se souleva et ses narines se dilatèrent.

— Et la *marque* ?

Elle déglutit difficilement, se souvenant de la douleur fulgurante de la marque au contact de sa peau.

— Une brûlure.

Ses mains se recroquevillèrent en poings.

— Quel âge avais-tu lorsque tu as tenté de t'échapper ?

— La première fois, c'était juste avant mes seize ans, et la seconde, deux ans plus tard.

Son cœur battait la chamade et elle sentait d'autres questions l'assaillir, comme la nuit dernière. Il y avait trop de tension, comme un fantôme entre eux qu'elle voulait tuer.

— Quoi ? Contente-toi de *poser ta question.*

— Qu'est-ce qu'ils t'ont fait d'autre ? grogna-t-il.

Elle ne voulait pas qu'il la regarde différemment, mais en même temps, son passé faisait partie d'elle. Elle pouvait échapper à l'emprise de la Free Rebellion mais elle ne pouvait pas échapper aux choses qu'elle avait vécues. Avant qu'elle ne puisse se dégonfler, elle dit :

— Probablement toutes les choses auxquelles tu penses et qu'ils ont faites.

Sa mâchoire se serra, sa poitrine se gonfla et les veines de son cou se dilatèrent, le faisant paraître incroyablement plus grand, mais elle n'eut pas peur de lui quand il grogna :

— Combien d'hommes ?

Elle tremblait, non pas de peur, mais parce que la vérité lui faisait l'effet d'un nœud coulant et qu'elle avait du mal à respirer.

— Beaucoup d'entre eux m'ont fait du mal, dit-elle à voix basse. Surtout sous la direction de Rebel Joe. Mais seul Joe m'a touchée *comme ça*.

— Est-ce qu'*il* t'a fait mal quand il t'a touchée ?

La douleur dans ses yeux rivalisait avec la colère qui crispait ses traits.

Des larmes chaudes inondèrent ses joues alors qu'elle lui disait ce qu'elle n'avait même pas dit à Wynnie.

— Gaia m'a dit de le laisser faire ce qu'il voulait et de ne pas me défendre. Mais j'avais seize ans la première fois, et ça m'a fait tellement mal que j'ai essayé de m'enfuir. Il m'a maintenue au sol et c'était assez horrible. Par la suite, il n'a plus eu besoin de le faire, parce que me retenir me faisait plus mal que l'acte lui-même, qui me laissait parfois des bleus. Tant que je ne me débattais pas, il faisait ce qu'il voulait.

Les narines de Callahan se dilataient, sa poitrine se soulevait au rythme de ses respirations lourdes alors qu'il l'attirait dans ses bras puissants, l'enveloppant de son corps, son toucher protecteur et non blessant. Son cœur battait fort et vite contre sa joue, ses larmes mouillaient sa chemise alors qu'il grommelait "Plus jamais ça" et il embrassa le sommet de sa tête.

— Plus jamais, putain.

Elle ferma les yeux, respirant l'endroit le plus sûr, *l'être* le plus sûr qu'elle ait jamais connu.

Chapitre Neuf

CALLAHAN LA TINT longtemps, entouré de l'odeur de la terre humide et du bruit du ruisseau qui ruisselle, le corps tendu, les muscles fléchis. Une main était appuyée de manière protectrice sur son dos, l'autre frottait doucement sa nuque. C'était le contact le plus doux et le plus aimable que Sully ait jamais connu. Alors que ses larmes s'apaisaient et que la tension qui avait été sa compagne constante depuis aussi longtemps qu'elle s'en souvenait commençait à diminuer, elle ne voulait pas bouger de la sécurité de ses bras. Mais elle ne voulait pas non plus de pitié, et même si elle avait peur qu'il la regarde différemment maintenant qu'il connaissait la vérité, elle se força à sortir de ses bras et à croiser son regard.

Il *la* regardait différemment, mais il n'y avait ni pitié, ni jugement, ni honte, seulement un mélange d'admiration et d'empathie. Sa main glissa le long de son bras et il attrapa ses doigts.

— Dieu merci, tu t'en es sortie. Tu devrais porter plainte contre ces salauds.

— J'y pense.

— Sully, dit-il sérieusement. Tu peux les empêcher de faire

du mal à d'autres personnes et nous te protégerons. *Je* te protégerai.

— Je le crois. J'en parle avec ta mère. C'est juste effrayant. Je n'arrive toujours pas à croire que je me suis échappée. Parfois, je fais des cauchemars où ils me retrouvent, et quand je me réveille, il me faut une minute pour réaliser que ce n'était pas réel.

Il la serra à nouveau dans ses bras pour la rassurer.

— Ils ne t'approcheront plus jamais. C'est une promesse.

Elle le crut. Elle ne savait pas si c'était naïf ou non, mais elle avait le sentiment qu'il la protégerait au péril de sa vie.

— Merci de t'en soucier.

— Ne me remercie pas. Mets ces enfoirés derrière les barreaux, là où ils doivent être. Serait-ce trop difficile pour toi de me dire comment tu as réussi à t'enfuir ?

— Non. S'échapper est la seule chose dont il *ne m'est pas* difficile de parler.

— Tu es toujours d'attaque pour voir le lac ou tu veux rentrer ?

Elle essaya de détendre l'atmosphère et d'atténuer le nuage que sa confession avait laissé sur eux.

— Laisse-moi y réfléchir.

Elle pencha la tête et se tapa le menton.

— Est-ce que je veux être dehors, là où il y a des chutes d'eau naturelles et de l'air frais et un cow-boy protecteur qui me gardera en sécurité ou est-ce que je veux être piégée dans un chalet, seule avec mes pensées ?

Il sourit en quelque sorte, mais son sourire était alourdi par tout ce qu'elle avait dit.

— Alors, ce sera le lac.

Alors qu'ils suivaient le ruisseau en bas de la colline, elle lui raconta la nuit où elle s'était échappée.

— Chaque mois, Rebel Joe et l'un de ses bras droits faisaient trois heures de route jusqu'à Graveston pour se ravitailler. Parfois, ils laissaient l'un d'entre nous les accompagner, pour nous faire plaisir si nous étions sages. Nous n'étions pas autorisés à parler à qui que ce soit, mais cela nous permettait de sortir de l'enceinte. Je n'avais pas été autorisée à partir depuis la dernière fois que j'ai essayé de m'échapper, il y a de cela plusieurs années.

— *Bon sang.* En gros, ils t'ont emprisonnée et t'ont fait miroiter une sortie restreinte comme une carotte.

Il l'aida à franchir une autre chute de pierres et elle mémorisa la cascade pour pouvoir la dessiner plus tard.

— Je suppose, mais tout ce que j'ai vu, c'est ma dernière chance de liberté.

Callahan se figea.

— Comment ça, ta *dernière* chance ?

— La mère d'Ansel, Gaia, m'avait secrètement donné des contraceptifs et elle m'a dit que Joe allait m'emmener voir une sorte de médecin pour me *soigner* afin que je puisse tomber enceinte. Je savais que si j'avais un bébé avec lui, je ne sortirais jamais de là. Il y a quelques années, une fille est *morte* en accouchant, et une fois que tu as eu son bébé, il te surveille de plus près. J'avais tout prévu pour m'échapper. Je devais juste aller aux toilettes du Mega Mart. Je ne veux même pas penser à ce que Joe aurait fait s'il m'avait attrapée.

Sa mâchoire se crispa.

— Quel est le nom de famille de ce connard ?

— Je n'en sais rien. Il fait changer les noms des nouveaux arrivants, alors Joe n'est probablement pas son vrai nom.

Le lac apparut, le clair de lune ondulant sur l'eau comme

des diamants. C'était si beau qu'elle voulait s'en approcher.

— On peut s'asseoir au bord de l'eau ?

— Bien sûr.

Ils se frayèrent un chemin sur des rochers et de la terre et s'assirent au bord de l'eau.

— Que s'est-il passé à Graveston ?

— J'ai tellement répété mon plan dans ma tête sur le chemin que lorsque nous sommes sortis du camion, je me suis figée. Je me souviens avoir pensé à *la boîte*, à *la marque* et aux jeudis soirs.

— Qu'est-ce qui se passait le jeudi soir ?

Sa poitrine se contracta et elle fixa l'eau.

— C'est le soir où Rebel Joe allait au Nigel's, un bar à Bucksboro. Il en revenait toujours ivre.

Les souvenirs de ces nuits de sueur et de l'odeur de l'alcool lui retournèrent l'estomac.

— Ces nuits étaient les pires.

— *Putain de merde*, lâcha-t-il. J'aimerais mettre la main sur ce connard.

— C'était l'enfer, dit-elle en croisant son regard. Mais je suis loin de lui maintenant et je dois me concentrer là-dessus. Je me suis trop battue pour en arriver là pour le laisser me voler quoi que ce soit d'autre, y compris trop de mes pensées.

— Tu as raison. Je suis désolé d'avoir réagi mais l'idée qu'un homme puisse te traiter de la sorte me met hors de moi.

— Tu ne sais pas ce que ça représente pour moi, de savoir que tu t'intéresses à moi. Mais c'est une pente glissante pour moi et je dois rester forte, comme je l'ai fait cette nuit-là. J'étais tellement inquiète de ce qu'ils feraient à Ansel s'ils trouvaient les quatorze dollars qu'il m'avait donnés, que je me suis forcée à me ressaisir.

— Tu n'avais pas le droit d'avoir de l'argent ?

Elle secoua la tête.

— Je n'ai aucune idée de la façon dont Ansel l'a obtenu. Pour Joe, l'argent créait un environnement trop compétitif et favorisait la capacité du gouvernement à contrôler les gens. Quoi qu'il en soit, j'ai dit que je devais aller aux toilettes, parce que c'est là que j'allais m'échapper, mais ils voulaient d'abord obtenir des munitions, qu'ils ont récupérées à l'arrière d'un magasin d'articles de pêche, quelques portes plus loin. J'étais trop nerveuse pour attendre, alors j'ai fait comme si je devais vraiment y aller, et il m'a finalement laissée, mais il a envoyé Hoyt, son bras droit, avec moi.

— Hoyt t'a-t-il déjà fait du mal ?

Elle dessina le bord d'un rocher qui émergeait de la terre.

— Oui. Rebel Joe l'a obligé à me marquer au fer rouge.

Callahan jura, tournant le visage dans l'autre sens, mais sa colère transparaissait dans ses épaules qui se soulevaient et ses mains qui se crispaient.

— Hoyt ne voulait pas, ajouta-t-elle. Ça se voyait.

— Mais il *l'a fait*, grogna-t-il en lui faisant à nouveau face. Tout homme assez faible pour faire du mal à une femme ne mérite pas de marcher sur cette terre.

Il expira et inspira à nouveau, comme s'il essayait de se calmer.

— Continue.

— Je ne voulais pas te contrarier. Tu es sûr de vouloir que je te raconte le reste ?

— Oui, désolé. Je veux juste mettre la main sur ces enculés. S'il vous plaît, continue.

— Une femme et un enfant se lavaient les mains dans les toilettes, alors je suis allée dans une cabine et j'ai attendu qu'ils partent. J'étais si nerveuse mais dès qu'ils sont partis, j'ai couru hors de la cabine et j'ai ouvert la fenêtre des toilettes pour qu'ils pensent que j'étais sortie par là. Ensuite, je suis allée dans la troisième cabine et j'ai grimpé sur les toilettes, que j'avais vérifiées des années auparavant. C'était très difficile mais je me suis hissée sur la cloison métallique entre les deux cabines et j'ai utilisé une main pour me stabiliser et l'autre pour soulever la dalle du plafond. J'avais tellement peur que quelqu'un entre et me voie. Je crois que j'ai retenu ma respiration pendant tout ce temps. Une fois la dalle enlevée, j'ai cherché la barre métallique que j'avais trouvée la dernière fois que j'étais là.

Elle ouvrit et referma sa main.

— Je sens encore le métal froid couper ma main lorsque je me suis relevée. Je devais faire attention à marcher sur le métal et non sur les carreaux, et quand j'ai essayé de remettre le carreau en place, il a atterri de travers, et des morceaux se sont détachés et sont tombés dans les toilettes. Une dame et son enfant sont entrés dans les toilettes et l'enfant s'est précipité dans la cabine en dessous de moi, mais la femme lui a dit qu'elle était sale et a tiré la chasse d'eau. Elle l'a emmené dans une autre cabine et j'ai réussi à remettre le carrelage en place et j'ai rampé à travers les barres métalliques jusqu'à l'autre bout du bâtiment.

— Bon sang. Comment as-tu su qu'il fallait faire ça ?

— J'avais vérifié quelques mois avant d'essayer de m'échapper la deuxième fois. J'allais m'échapper par là et j'aurais dû partir ce jour-là. Mais je ne voulais pas partir sans dire au revoir à Ansel, et puis j'ai été frustrée d'attendre d'être choisie pour aller en ville à nouveau, et j'ai abandonné mon plan et je me suis cachée dans le camion.

— Bon sang, Sully. Tu as dû vivre dans un état de peur permanent.

— J'ai eu de bons moments avec Ansel, sa mère et sa sœur. J'ai eu très peur mais c'était plus comme un état constant d'attente d'une ouverture pour sortir.

La douleur dans ses yeux était à nouveau palpable.

— Comme un combattant toujours prêt à se battre.

— Oui. Je sais que ça paraît incroyable, et ce jour-là, dans des combles du Mega Mart, j'étais terrifiée. Il faisait chaud et sombre, et je portais une jupe. Je me suis coupé les genoux en me précipitant le long des barres métalliques. Je devais tenir les bords rugueux avec mes doigts, ce qui me faisait très mal. À un moment donné, un morceau de métal s'est enfoncé dans mon genou, j'ai dû le retirer et utiliser ma jupe pour arrêter l'hémorragie.

Elle mit la main sur son cœur qui s'emballa.

— Mon cœur bat aussi fort aujourd'hui qu'à l'époque.

Il recouvrit sa main de la sienne.

— Tu veux arrêter ?

— *Non.* C'est ma victoire et c'est la seule que j'ai. Je veux finir de te le raconter, à moins que tu ne préfères que je ne le fasse pas.

— Je veux savoir. Je ne voulais pas rendre les choses plus difficiles pour toi.

— Tu rends tout meilleur, Callahan, pas pire, dit-elle honnêtement. J'étais trop loin des toilettes pour entendre quoi que ce soit, mais un peu plus tard, j'ai entendu mon nom annoncé par haut-parleur. Ils m'ont dit de me rendre au service clientèle. Je crois que je n'ai jamais eu aussi peur de toute ma vie. Je m'attendais à ce que Rebel Joe explose le plafond. Je me tenais en équilibre sur des barres métalliques qui me rongeaient la peau mais je devais m'éloigner. J'ai alors rampé le long des barres vers l'arrière du magasin, là où le plafond carrelé se terminait et où les chevrons étaient exposés à l'entrepôt. J'ai vu des travailleurs en bas et je me suis éloignée du bord pour ne pas être vue. J'ai entendu mon nom plusieurs fois et j'ai su que Rebel Joe était probablement en train de raconter à tout le monde que sa fille avait disparu. C'est comme ça qu'il appelait toutes les filles du complexe, même si c'était lui qui nous *utilisait.*

— *Bon sang*, Sully.

Sa mâchoire se resserra.

— C'est comme ça. C'est ce qu'on attendait de moi.

— Je *déteste* ça, putain.

— Moi aussi.

Leurs regards se croisèrent et il posa sa main sur la sienne, la serrant de manière rassurante. C'était rassurant et cela lui permit de finir de lui raconter sa fuite.

— J'ai attendu dans les combles, j'avais peur de bouger ou de respirer, et le temps qui s'écoulait entre le moment où j'entendais mon nom dans le haut-parleur devenait de plus en plus long, jusqu'à ce qu'il s'arrête enfin. Je suis restée là pendant des heures. Le magasin a fini par fermer et les lumières se sont éteintes. Je savais que Rebel Joe n'appellerait pas la police parce qu'il ne voulait pas qu'elle vienne dans l'enceinte. Mais je ne savais pas s'il se cachait dans le magasin, alors j'ai continué à attendre et à écouter les bruits. J'espérais qu'ils penseraient que j'étais sortie par la fenêtre mais j'avais tellement peur. J'étais affamée, je tremblais et j'avais mal partout. Je ne sais pas combien de temps j'ai attendu après la fermeture du magasin mais il s'est probablement écoulé deux heures avant que je trouve enfin le courage de m'approcher du bord et de jeter un coup d'œil dans l'entrepôt. J'ai entendu des voitures à l'extérieur et j'ai attendu qu'elles soient parties. Ensuite, je me suis donnée une bonne dose d'encouragement et je me suis assurée une dernière fois que la voie était libre avant de me suspendre au bord du métal et de tomber sur une pile de boîtes en dessous de moi.

— *Bon sang*, Sully. J'ai peur pour toi rien qu'en écoutant ton histoire. Tu devais être pétrifiée.

— J'avais tellement peur d'être prise, je le jure, que j'avais l'impression que le silence haletait autour de moi. Mais je ne pouvais pas me permettre de rester figée par la peur, et c'est ce que je me suis littéralement dit. J'ai couru à travers le magasin et j'ai pris un sac de voyage, des vêtements et de la nourriture, puis j'ai enlevé mes vêtements ensanglantés. Je suis ensuite retournée aux toilettes pour sortir par la fenêtre afin de ne pas déclencher d'alarme. J'ai fait passer le sac de voyage par la fenêtre et je l'ai laissé tomber dans une benne à ordures en contrebas. En sortant, mes cheveux se sont accrochés. J'ai une trace à l'endroit où ils ont été arrachés. Ils commencent à peine à repousser.

Elle tendit la main et toucha la petite tache de cheveux.

Callahan se rapprocha, ses doigts épais suivant les siens, ses yeux compatissants aussi attirants que le cœur qu'il cachait dans sa poitrine large et musclée.

IL FALLUT TOUT ce que Cowboy avait pour tenir à distance sa rage envers les salauds qui avaient mis la main sur Sully. En la regardant droit dans ses beaux yeux, ses doigts effleurant les siens, il savait qu'il n'y avait rien qu'il ne ferait pas pour la protéger.

— Tu es une guerrière, et c'est ta blessure de guerre. Ça va repousser.

— Je me sentais plus comme une poule mouillée que comme un guerrier.

— Tu n'es pas une poule mouillée, trésor. Tu es incroyable et tellement courageuse. Tu devrais être fière de prendre ta vie en main.

— Je le suis, mais j'ai encore un long chemin à parcourir. Je m'en veux d'avoir menti à Chester quand il est venu me chercher la nuit de mon évasion. J'avais tellement peur qu'il connaisse Rebel Joe que je lui ai dit que ma mère était malade et que je devais aller la voir dans la ville la plus proche. Heureusement, il a vu clair dans mon jeu car quand je me suis endormie, il a roulé aussi loin que possible de la Virginie Occidentale. Quelques heures plus tard, il a quitté l'autoroute et s'est arrêté près d'une rivière pour se reposer. Je suis allée au bord de l'eau et j'étais si fière de moi et si heureuse de m'être échappée que je me suis allongée dans l'herbe et j'ai regardé le soleil qui se levait. Mais j'étais très fatiguée et j'ai fini par fermer les yeux. Un peu plus tard, une ombre a tout obscurci, et quand j'ai ouvert les yeux, il y avait deux types qui me regardaient. Un grand gaillard et un gros chauve avec des tatouages. Le grand a dit :

— Regardez ce que nous avons là.

Le chauve a répliqué :

— N'est-elle pas jolie ?

Tous les muscles de son corps se tendirent. Il serra la mâchoire pour ne pas perdre la boule.

— Qu'est-ce que tu as fait ?

— Je me suis levée d'un bond et je me suis excusée. Je marchais à reculons, espérant atteindre le camion, mais le grand a dit que la rive était *leur* endroit, et le chauve m'a attrapé le bras. Je lui ai donné un coup de pied dans l'aine et j'ai couru en criant à l'aide, mais l'autre type m'a attrapé la cheville et je suis tombée la tête la première dans la terre.

Elle baissa les yeux, la voix tremblante.

— Et puis le chauve était sur moi, il a déchiré mon jean et m'a traitée de tous les noms, disant que j'allais payer pour lui avoir donné un coup de pied.

Elle déglutit difficilement.

— L'autre est resté là à rire, puis il y a eu des coups de feu, et le chauve s'est levé.

— *Chester ?* demanda-t-il d'un ton bourru.

Elle acquiesça.

— Il était en haut de la colline, une arme pointée sur eux. J'ai sprinté vers lui et l'un d'eux a dit qu'ils ne faisaient que s'amuser. Chester m'a dit de monter dans le camion, et alors que je courais vers le camion, je l'ai entendu dire :

— Vous appelez ça s'amuser ? Je vais vous montrer ce que c'est que s'amuser. Puis il y a eu un autre coup de feu.

— *Bon Dieu.* Ce n'était pas juste, putain. Tu as traversé tellement de choses.

Elle baissa les yeux sur ses genoux.

— C'est pour ça que je me sens coupable que les Finch aient dû quitter leur maison. Je leur dois la vie à plus d'un titre.

— Tu ne devrais pas te sentir coupable. Ils sont simplement heureux que tu sois en sécurité. Bon sang, je suis content que tu sois en sécurité. Nous le sommes tous. On peut poursuivre ces connards si tu peux les identifier.

— Je ne peux pas et je veux juste passer à autre chose.

Elle s'appuya sur ses paumes et regarda la lune en soupirant.

— Ça fait du bien de se sortir tout ça de la tête. Merci de m'avoir écoutée.

— Sully, tu peux tout me dire.

Elle le regarda et un petit sourire se dessina.

— J'ai l'impression que je *peux* tout te dire, ce qui est bizarre, parce que je ne pensais pas que je ferais un jour confiance à un autre homme. Mais maintenant, j'ai besoin que tu me dises quelque chose.

— N'importe quoi. De quoi as-tu besoin ?

— Veux-tu me raconter une de tes histoires de ruisseau ou une histoire sur ce lac ? Je ne veux plus penser à ce que j'ai vécu. Ça me touche beaucoup et je veux juste être heureuse.

Bon sang, ça le tuait.

— Bien sûr, ma belle.

Il regarda l'eau pendant un moment, essayant de trouver une histoire.

— Quand mes frères et moi étions plus jeunes, nous venions ici et nous nous faisions les andouilles. C'était toujours amusant. Mon père a accroché une corde à cet arbre.

Il désigna le grand arbre situé à une quinzaine de mètres.

— On faisait des sauts périlleux et des batailles dans l'eau.

— C'est assez profond pour ça ?

— Au milieu, oui.

— Tu t'es toujours bien entendu avec tes frères et sœurs ?

— La plupart du temps mais je suis sûr que Dare pense que je suis un gros emmerdeur.

— Pourquoi ?

— Parce qu'il aime repousser les limites et avant que Billie et lui ne se mettent ensemble, il ne prenait pas toujours les meilleures décisions.

— Comment ça ?

— L'été après le lycée, il a embrassé Billie alors qu'Eddie était à la même fête et j'ai dû intervenir et les séparer avant qu'ils n'aient tous le cœur brisé.

— Mince alors.

— C'était le bon mot. Mince. Puis il est parti à l'université, et l'été suivant sa première année, il buvait trop. Je l'ai donc empêché plus d'une fois de faire des erreurs stupides.

— Quel genre d'erreurs ?

— Comme sortir avec deux femmes ici, au bord de l'eau, alors qu'il était trop dans la merde pour connaître leur nom.

Elle l'étudia un instant.

— Alors, tu ne protèges pas seulement les gens qui viennent au ranch ? Tu protèges des filles que tu ne connais même pas ?

— En règle générale, oui. Si quelqu'un a des problèmes ou est sur le point d'en avoir, j'essaierai d'intervenir. Mais dans cette circonstance, je le protégeais, lui *et* elles. Dare n'est pas un mauvais garçon et il n'est plus comme ça. Il est aussi loyal que possible et il ferait n'importe quoi pour Billie.

— On dirait qu'il a vraiment changé.

— Ou il a enfin obtenu ce qu'il a toujours voulu. Il a toujours été un type bien. Je pense qu'il était tellement amoureux de Billie à l'époque, qu'il ne savait pas quoi faire de tous ses sentiments quand elle sortait avec quelqu'un d'autre, alors il a fini par avoir des ennuis au bord du ruisseau.

Elle resta silencieuse un long moment, les yeux rivés sur son doigt qui parcourait le sol à côté d'elle.

— Et toi, qu'est-ce que tu as fait ? Tu as aussi amené des filles ici ?

Il y avait en elle une innocence qui contrastait avec sa force que cela lui donnait envie de la protéger de bien d'autres façons que physiquement. Il voulait l'aider à comprendre comment la vie fonctionnait vraiment et lui montrer que tous les hommes n'étaient pas des porcs indignes.

— Non et je ne drague pas les femmes si je suis ivre. En fait, je ne me souviens pas de la dernière fois où j'ai été ivre. En général, je m'occupe de mes copains et de mes sœurs, et honnêtement, je suis trop responsable pour ça de toute façon. Je ne prends pas ce genre de risques, et j'aime être en pleine possession de mes moyens quand je reçois une dame.

Ses joues rosirent et ses yeux restèrent fixés sur une touffe d'herbe qu'elle tripotait.

— Qu'est-ce que ça veut dire ?

Il ne voulait pas l'embarrasser mais il voulait qu'elle comprenne qu'il était différent et qu'elle entende vraiment ce qu'il avait à dire. Il lui souleva le menton pour voir ses yeux.

— Cela signifie que je traite les femmes avec respect. Elles ne sont pas des jouets pour moi. Ce sont des cadeaux. Et quand je suis avec une femme, je ne pense qu'à elle. Je ne pense qu'à lui donner du plaisir et la seule façon d'y parvenir est d'écouter ce qu'elle dit, de ressentir ses réactions et de déchiffrer son langage corporel. Je ne veux pas qu'une femme qui a été avec moi regarde en arrière et pense que c'était une erreur. Je veux qu'elles se disent : *Bon sang, c'est le meilleur que je n'aie jamais eu.*

Ses lèvres s'écartèrent puis se refermèrent. Elle baissa les yeux et un sourire timide apparut avant de relever le regard.

— Je ne sais même pas ce que ça veut dire, mais ça a l'air sympa.

Il irait probablement droit en enfer pour avoir espéré être celui qui lui montrerait un jour mais il ne voulait surtout pas qu'un autre homme la touche.

— Tu as dû adorer grandir ici. Comment c'était de grandir *libre* ?

Il releva un genou et s'appuya sur son avant-bras.

— Il me semble injuste de te le dire après ce que tu as vécu.

— Non. Cela m'aidera. Je ne sais que ce que Gaia m'a dit

sur la vie en dehors de l'enceinte. Je veux vraiment savoir comment c'était, et ça me rend heureuse de penser à un autre type d'enfance et de vie.

— Dans ce cas, c'était presque parfait. Quand j'étais petit, je me levais à l'aube pour suivre mon grand-père et mon père dans le ranch avant d'aller à l'école. Je les rejoignais dans la cuisine avant que quiconque ne soit réveillé. Ils prenaient du café et moi du lait au chocolat.

Il rit à ce souvenir.

— Ensuite, nous mettions nos bottes et nos chapeaux et nous sortions pour parcourir la propriété au lever du soleil. J'adorais ce moment avec eux. Il n'y a rien de tel que de regarder le lever du soleil avec quelqu'un dont on est proche.

— Je n'ai jamais assisté à un lever de soleil. J'ai dû me lever pour préparer le petit-déjeuner avec quelques autres filles avant que tout le monde ne se lève mais nous étions à l'intérieur.

— Alors regarde le lever du soleil, c'est mieux que ce soit sur ta liste, parce que je vais certainement faire en sorte que ça arrive.

Elle sourit.

— Je l'ajouterai. J'aimerais en savoir plus sur ton enfance.

— D'accord. La vie au ranch n'est pas facile mais elle est gratifiante. Mes frères et sœurs et moi avons travaillé dur même quand nous étions enfants. Nous faisions des corvées avant et après l'école, puis nous courions avec nos amis et nous nous amusions, et après le dîner, nous faisions encore des corvées et des devoirs. Mais pour moi, les corvées n'ont jamais été un travail. J'aimais tout faire pour les chevaux, même nettoyer les stalles.

— Tes frères et sœurs aimaient ça ?

— Tu as rencontré Birdie. Tu crois qu'elle apprécierait de

ramasser du crottin de cheval à la pelle ?

Elle rit.

— Non.

— Elle a six ans de moins que moi, donc quand j'avais quinze ans, elle en avait neuf, et elle me suppliait de l'aider dans ses corvées.

— Tu l'as fait ?

— Qu'est-ce que tu crois ? C'était une petite fille mignonne, qui se promenait avec des bottes de cow-girl et qui me parlait sans arrêt. Oui, je l'ai fait. Je n'aurais probablement pas dû, mais elle s'en est bien sortie. Ma famille a toujours été proche et nous allions à tous les festivals et célébrations de la ville. Nos parents organisaient des événements ici pour le ranch et le club de motards. Le club a également ses propres événements et rassemblements auxquels nous participions. Nous y allons toujours, bien sûr, et nous organisons toujours de grands dîners de fête avec tous ceux qui sont au ranch à ce moment-là, tout ce qu'il faut.

— Ça a l'air merveilleux.

— Vous célébriez les fêtes ?

— Pas vraiment. Rebel Joe ne croyait pas à la religion, ni à quoi que ce soit que les gens en dehors de l'enceinte du ranch puissent faire en tant que groupe. Mais Ansel et moi, nous nous donnions un petit quelque chose pour nos anniversaires.

— C'est quand ton anniversaire ?

— Le treize janvier, dit-elle en souriant. Quand est le tien ?

— Le dix-sept avril. Ansel n'aurait-il pas pu t'aider à t'enfuir ? Partir avec toi au milieu de la nuit ou quelque chose comme ça ?

Elle secoua la tête.

— Il a une petite sœur, Emina. Elle a onze ans et il ne

l'abandonnerait jamais.

Il faut sortir cette petite fille de là.

— Et sa mère, Gaia, est d'accord pour que sa fille finisse entre les mains de ce type ?

— Non. Elle veut partir mais elle ne peut pas. Son mari est l'un des bras droits de Joe et elle s'occupe de toutes les autres femmes. Mais je ne veux pas penser à tout ça en ce moment. Peut-on ne plus en parler ?

Elle commença à délier ses bottes.

— Oui, bien sûr. J'en suis désolé.

Il la regarda enlever ses bottes.

— Qu'est-ce que *tu* fais ?

Elle enleva ses chaussettes, les yeux brillants d'excitation.

— Je veux sentir l'eau.

— Elle est glacée, ma belle. Crois-moi, tu n'as pas envie d'y aller.

— Je veux juste y mettre mes orteils.

Elle roula son jean au-dessus de ses chevilles et se mit debout.

— Tu vas avoir un choc.

Il retira ses bottes et ses chaussettes.

— Qu'est-ce que tu fais ?

Il retroussa son jean et se leva à côté d'elle.

— Je dois être prêt au cas où tu te jettes à l'eau.

— Je ne suis pas un animal sauvage.

Elle rit. Dès qu'elle toucha l'eau avec ses orteils, elle poussa un cri et recula d'un bond.

— Viens avec moi !

Elle lui saisit la main, l'entraînant dans l'eau, et elle couina à nouveau, dansant sur la pointe des pieds, aussi excitée qu'un poulain faisant sa première course.

— *Brr !*

Il gloussa.

— Je t'avais dit qu'il faisait froid.

— Tu n'as pas peur d'un peu d'eau froide, n'est-ce pas ?

Elle lui lança de l'eau, éclaboussant son jean, et sursauta, les yeux écarquillés, comme si elle n'avait pas voulu le faire. Une seconde plus tard, elle éclata de rire et recommença.

— Tu vas en baver, Tate !

Il lui tendit la main, tous deux rirent lorsqu'elle s'élança hors de sa portée, s'élançant dans l'eau peu profonde en couinant et en l'éclaboussant. Il lui attrapa la main et la fit tourner. La joie qui émanait d'elle était incommensurable et il ne voulait pas l'étouffer. Il la fit alors tourner à nouveau et l'attira dans ses bras, glissant dans une danse lente. Leurs regards se croisèrent, leur amusement fut réduit au silence par les étincelles de désir qui crépitaient entre eux. Elle respirait difficilement, ses joues roses et radieuses au clair de lune. Il lutta contre l'envie de poser ses lèvres sur les siennes et de goûter à la femme la plus remarquable qu'il ait jamais connue en se concentrant sur la façon dont elle se sentait incroyablement bien dans ses bras.

Elle posa sa joue sur son torse, se balançant avec lui.

— Je t'ai dit que je n'étais pas un animal sauvage, dit-elle doucement.

— Tu es bien plus dangereux qu'un animal sauvage, ma belle.

Elle le regarda à travers ses longs cils épais et le monde sembla s'arrêter autour d'eux. Puis, dans un éclat de rire, elle se dégagea, écarta les bras et tourna sur elle-même, le visage tourné vers la lune, ses longs cheveux blond flottant derrière elle comme une cape, et ses adorables pieds nus dansant dans l'eau glacée.

Il avait de gros ennuis.

IL ÉTAIT TARD lorsqu'ils prirent enfin le chemin du retour. Cowboy enleva sa chemise de flanelle et la mit sur elle. Elle regarda les manches, qui avaient avalé ses mains, et ils rirent tous les deux quand il les roula. Elle porta son épaule à son nez et la renifla.

— C'est propre, ma belle. Je le jure.

— Ça sent bon. Ça sent comme toi.

— C'est bon à entendre. Birdie m'a donné du gel douche, il y a quelque temps. Je l'aime bien mais tu sais comment ces choses-là peuvent changer d'une personne à l'autre.

Il finit de rouler ses manches et de redresser son col. Elle était adorable et belle.

— Ça sent le bonheur.

Il haussa un sourcil.

— Sérieusement. Sens-le toi-même.

Elle tourna son épaule vers lui.

Il se pencha, inhalant le doux parfum de *Sully*. Grosse erreur.

— Tout ce que je sens, c'est toi, ma belle.

— Qu'est-ce que je sens ?

— Les ennuis qui attendent d'arriver. Allons-y.

Elle gloussa pendant qu'ils marchaient et c'était un son qu'il voulait entendre plus souvent. Ils parlèrent tout le long du chemin jusqu'à sa cabine et quand il la raccompagna jusqu'à la porte, elle dit :

— Je me suis beaucoup amusée ce soir.

— Moi aussi. Prends un bain chaud avant de te coucher. Ça pourrait t'aider à dormir.

— Tu rentres chez toi ?

— Non. Je dois m'occuper de quelque chose et je reviendrai ensuite. Je serai là si tu as besoin de quoi que ce soit. Mais garde cette porte fermée à clé, tu entends ?

— Je le ferai. Je laisserai une couverture et un oreiller sur la chaise pour toi.

— Ça ira très bien. Maintenant, rentre là-dedans et réchauffe-toi avant d'attraper un rhume.

— Oh, Callahan, tu t'inquiètes toujours pour moi, dit-elle en entrant. Bonne nuit.

Il attendit d'entendre la porte se verrouiller avant de se hisser jusqu'à la maison de ses parents, chaque pas lui rappelant les mots de Sully et la douleur dans sa voix. *J'ai été frappée avec une ceinture et ils m'ont fait dormir dans la boîte pendant quelques semaines et m'ont à peine donné de la nourriture. La deuxième fois, j'ai reçu la marque.* Lorsqu'il arriva chez ses parents, il avait les idées plus claires et frappa à leur porte. Comme ils ne répondaient pas, il utilisa sa clé et entra en trombe, le cœur battant la chamade. Il se dirigea vers la chambre principale au moment où Tiny en sortait, en sous-vêtements et avec un tee-shirt.

— Où est ton pantalon ? demanda Cow-boy avec une grimace.

— Tu as de la chance que j'aie mis des sous-vêtements.

— Il faut qu'on aille en Virginie Occidentale et qu'on attrape ces connards de la secte.

Il faisait les cent pas, les mains crispées, la voix de plus en plus forte.

— Ils lui ont fait des choses horribles et je ne laisserai pas passer ça. Je veux détruire chacun d'entre eux et les faire souffrir.

— Calme-toi, Cowboy.

— Non, je *ne* vais *pas* me calmer. Tu ne sais pas ce qu'elle a enduré. Bon sang, papa. Si tu ne veux pas que les gars y aillent, alors j'y vais tout seul. J'appellerai Biggs pour qu'il mette son chapitre dans le coup.

— D'accord, fiston. Je te comprends. Reprends ton souffle et parlons-en.

— Je *ne peux pas* respirer, putain ! Je ne sais pas comment cette gentille fille…

Il pointa la direction de la cabine de Sully.

– … est encore saine d'esprit après ce qu'elle a traversé, et il y en a d'autres comme elle dans cette enceinte. Et tu sais quoi d'autre ? Ils obligent les nouveaux arrivants à changer leur putain de nom. Qui fait ça ? Les gens qui ont quelque chose à cacher, voilà qui. Je sais qu'elle vivait avec un oncle. Mais était-il vraiment son oncle ?

Il sortit son portefeuille et en sortit le prospectus, qu'il lança en direction de son père.

— *C'est* elle. C'est Sully. Regarde les yeux de cette petite fille. Je le sens dans mes tripes et ça me rend malade de penser qu'elle a été là tout ce temps. Alors, tu es avec moi ou pas ?

— Absolument, mais nous devons faire des recherches et élaborer un plan. Les résultats des tests ADN devraient bientôt arriver mais s'ils volent des enfants et abusent de jeunes filles, alors ça dépasse largement le cadre de notre club. Il faut les mettre derrière les barreaux…

— Après qu'on les a défoncés, râla Cowboy.

— *Fils*, utilise ta tête. Si on y va prêts à les faire tomber, il faut qu'on sache qu'ils ne vont pas se relever, sinon ces filles risquent d'être encore plus en danger.

— Fais-moi confiance. Si je mets la main sur eux, ils ne se relèveront *pas*.

— En prison, on ne peut aider personne, avertit-il. Je vais parler à Manny et le préparer pour la réunion. Je vais aussi appeler Biggs pour voir s'il peut envoyer quelques-uns de ses gars en reconnaissance. Nous ferons le tour de la question et élaborerons une stratégie à l'église demain soir.

Sa mère sortit de la chambre en peignoir, les cheveux ébouriffés.

— Qu'est-ce qui vous a mis dans tous vos états ?

Elle regarda Cowboy.

— Pourquoi es-tu tout mouillé ?

— J'ai emmené Sully au lac.

Elle fronça les sourcils.

— C'est *elle* qui t'a mis dans cet état ?

— C'est cette putain de secte. *Sais*-tu ce qu'ils lui ont fait ? demanda-t-il.

— Tu sais que je ne peux pas répondre à cette question, chéri.

— C'est vrai. Les *foutues* règles. Ces connards suivent leurs propres règles et je veux les faire taire.

— Fais attention à ce que tu dis à ta mère, lança son père.

Il se mordit la langue :

— *Désolé*. Demain soir, alors ?

— Tu as ma parole. Je vais passer quelques coups de fil et préparer les choses.

D'un signe de tête, Cowboy se dirigea vers la porte.

— Chéri, dit doucement sa mère.

— Oui ?

Il se retourna pour croiser son regard.

— Sois prudent, Cowboy. Elle est vulnérable et elle pourrait prendre la gratitude pour autre chose.

— Tu crois *vraiment* que je la laisserais faire cette erreur ?

— Non. Je sais que tu ne le ferais pas. Mais tu es très énervé. Peut-être devrions-nous nommer quelqu'un d'autre pour garder un œil sur Sully.

— Je vais me calmer, siffla-t-il. Et si ça peut te rassurer, tu peux demander à dix autres gars de la surveiller, mais je serai *toujours* à ses côtés tous les soirs, comme je le ferais pour n'importe quelle autre personne sur laquelle je suis censé veiller.

Chapitre Dix

— HIER, QUAND NOUS avons parlé de ta relation avec ton oncle, tu as dit qu'il t'avait dit que c'était un honneur d'être avec Rebel Joe. Tu as mentionné que d'autres filles ressentaient la même chose. Mais ce n'est pas ton cas, déclara Wynnie mardi après-midi lors de leur séance. J'aimerais parler de ta relation avec Rebel Joe.

Les pensées de Sully retournèrent à sa promenade avec Callahan la nuit dernière. Quand elle lui avait parlé de Rebel Joe, elle avait senti qu'il voulait poser plus de questions, mais il ne l'avait pas fait, et elle avait été surprise de voir qu'une partie d'elle avait voulu qu'il le fasse. C'était si bon de courir dans l'eau et de rire avec lui. Lorsqu'il l'avait entraînée dans une danse lente, le reste du monde s'était évanoui et, pendant ces quelques instants, elle s'était sentie comme une fille normale dansant avec un homme qui l'attirait, et c'était formidable. Mais elle n'était pas une fille ordinaire et Callahan n'était pas un homme ordinaire. Il était spécial. Il était attentionné, prévenant et protecteur d'une manière qu'elle appréciait au lieu de craindre.

— Sully ?

— *Hmm ?* Je suis désolée. Je réfléchissais.

— À propos de Rebel Joe ou tu penses à quelque chose d'autre ?

— À propos de lui, dit-elle, ne voulant pas révéler à sa mère ce qui ressemblait à des moments privés avec Callahan.

— À quoi penses-tu quand tu penses à lui ?

— À quel point je suis contente d'être loin de cet homme, dit-elle avec dépit.

— As-tu toujours ressenti cela ?

— Non. Quand j'étais jeune, tout ce que je savais de lui, c'était qu'il était le chef du groupe et que seules les filles spéciales étaient autorisées à entrer dans sa cabane. Je déteste l'admettre, mais avant d'emménager dans les dortoirs, je voulais être l'une de ces filles.

— Il n'y a pas de quoi avoir honte. On t'a préparée à devenir l'une de ses filles spéciales, on t'a lavé le cerveau pour te faire croire que c'était une place de choix, pour ainsi dire. Que croyais-tu qu'il se passait là-dedans ?

Elle réfléchit un instant.

— Je ne pense pas y avoir jamais vraiment réfléchi. Je savais juste que je n'avais pas le droit d'y aller.

— On dirait que c'est ton esprit de compétition qui ressort. Est-ce que ça a changé après que tu aies emménagé dans les dortoirs ?

— Oui. Quand j'ai emménagé là-bas, j'ai entendu des rumeurs sur ce qui s'y passait, et à partir de là, j'ai eu peur.

— Cela a dû être effrayant pour toi, de savoir que tu finirais dans le lit d'un adulte.

Elle acquiesça, se souvenant des maux d'estomac qu'elle avait eus tous les jours.

— Comment as-tu géré ça ?

— Je ne l'ai pas fait. Je veux dire, j'ai essayé de dire que je ne voulais pas être revendiquée, mais j'ai juste été punie et on m'a rappelé que c'était un honneur d'être choisie, et finalement j'ai appris à me taire, ce que je ne ferai *plus jamais*.

— Je suis heureuse de l'entendre. Certaines personnes qui sortent de situations où elles ont été forcées de réprimer leurs sentiments ont du mal à apprendre à dire ce qu'elles pensent. C'est bien que tu n'aies pas peur de le faire.

— J'essayais de m'échapper depuis l'âge de quinze ans.

Elle lui raconta ses deux tentatives infructueuses et comment elle avait fini par s'en sortir.

— Si Gaia n'avait pas été là pour moi, j'aurais probablement fini par avoir des enfants, comme les autres filles. Elle m'a aidée à sortir et m'a encouragée à lui parler en privé de ce que je ressentais et de la colère que j'éprouvais à être là et avec lui. C'est probablement la raison pour laquelle je n'ai plus peur de dire ce que je pense maintenant.

— Il n'est pas étonnant que tu sois aussi avancée que tu l'es. On dirait que même à dix ans, tu savais que quelque chose n'allait pas.

— Je pense que je le savais déjà avant, et c'est pourquoi je détestais tant devoir suivre les règles.

— Oui, tu en as parlé. Comment Rebel Joe te traitait-il en dehors de sa caravane ?

— Quand j'étais petite ou en tant qu'adulte ?

— Les deux.

— Quand j'étais plus jeune, il m'accordait une attention particulière et faisait semblant de s'intéresser à ce que je faisais. Et une fois que j'ai été dans son lit, il me traitait comme si j'étais sa propriété. Il me disait clairement à qui j'appartenais et ce qu'on attendait de moi, et s'il pensait que je regardais un autre homme trop longtemps, ou si je mettais trop de temps à venir le voir quand il m'envoyait chercher, il m'engueulait.

— Comment était-il quand vous étiez intimes ?

— Qu'entends-tu par là ?

— Était-il gentil ? Est-ce qu'il t'a dit des choses gentilles ? Est-ce qu'il t'a touchée gentiment ou brutalement ?

— Il n'était ni gentil ni méchant. Il faisait ce qu'il voulait, puis il se retournait et s'endormait, et je devais attendre qu'il me dise que je pouvais partir.

— Combien de temps tu attendais ?

— Parfois, c'était juste après, et d'autres fois, ça pouvait être deux jours plus tard.

Wynnie hocha la tête.

— Est-ce que c'était agréable ?

— *Non.* Je faisais mon devoir. Je n'aimais pas ce qu'il sentait, ce qu'il ressentait ou qu'il me touche.

Son regard se radoucit.

— Sully, est-ce que Gaia ou quelqu'un d'autre t'a déjà dit que le sexe pouvait être très différent de cela ?

— Oui, Gaia me l'a souvent dit. Elle n'a rejoint la Free Rebellion que lorsqu'elle avait une vingtaine d'années, elle avait donc eu des relations et des expériences normales avant d'arriver là-bas. Sans Ansel et elle, je détesterais probablement tous les hommes.

— Sais-tu pourquoi elle s'est jointe à eux ?

— Elle est venue avec son petit ami et ils ont fini par se marier. Elle m'a dit qu'elle ne savait pas à quel point les choses allaient mal avant d'avoir Ansel, et qu'à ce moment-là, il était trop tard pour s'en sortir. Elle ne pouvait pas partir sans le laisser derrière elle.

— C'est dommage. Qu'est-ce qu'elle t'a dit sur l'intimité ?

— Elle a dit que lorsqu'on aime quelqu'un, être près de lui

peut être agréable et même excitant et que lorsqu'un homme vous aime vraiment, il ne voudra pas être avec quelqu'un d'autre. Mais elle a aussi expliqué que même en dehors de la communauté, beaucoup de gens avaient des relations avec plus d'un homme ou plus d'une femme, mais que c'était leur *choix*, pas quelque chose que quelqu'un doit faire.

— Elle a raison sur tous ces points et je suis heureuse qu'elle ait partagé cela avec toi. Lorsque qu'on est avec quelqu'un avec qui on a envie d'être, l'intimité sexuelle peut être une expérience merveilleuse qui vous rapproche.

Sully ne pouvait pas imaginer ce que cela pouvait être mais elle ne pouvait pas non plus s'empêcher de penser à Callahan et à ce qu'il avait dit dimanche soir à propos des moments qu'il passait avec une femme. Elle avait voulu lui demander ce qu'il entendait par *la meilleure relation qu'elles aient jamais eue. La meilleure quoi ?* Elle ne se souvenait pas d'une seule chose agréable à propos du sexe, des baisers ou de tout autre chose. Mais la façon dont il avait parlé du fait qu'il se concentrait uniquement sur le plaisir d'une femme lui donnait envie de savoir ce que c'était que d'être dans ses bras.

— Comment vois-tu l'intimité ? demanda Wynnie, comme si elle avait lu dans les pensées de Sully. L'idée d'embrasser, de toucher ou de faire l'amour t'effraie-t-elle ?

— L'idée de faire ces choses ne me fait pas peur. Les faire avec Rebel Joe ou tout autre homme avec qui je ne veux pas être me rend malade mais je ne me permettrai plus jamais d'être dans cette position.

— Ton esprit combatif est une chose merveilleuse.

Ils parlèrent longtemps et lorsque Callahan vint la chercher, ses muscles se contractant contre ses manches de chemise et son jean se resserrant sur ses cuisses épaisses, ces papillons revinrent à la vie. Pourquoi remarquait-elle ces choses ? Elle n'avait jamais remarqué autant de choses chez les hommes avant lui.

Il posa une main sur le bas de son dos alors qu'ils quittaient le bâtiment.

— Tout s'est bien passé ?

— Mm-hm. J'aime bien parler avec ta mère.

— C'est bien. J'en suis ravi. Écoute, je dois faire quelques courses en ville, et j'ai pensé que tu aimerais passer du temps avec Sasha à l'écurie de rééducation pendant mon absence. Est-ce que ça te convient ?

— C'est très bien. J'aimerais passer du temps avec Beauty. Tu crois que ça dérangera Sasha ?

Elle avait appris à mieux connaître Sasha pendant les repas et elle l'aimait beaucoup.

— Avoir une personne qui murmure à l'oreille des chevaux dans les parages pendant un certain temps ?

— Pas du tout. Je lui ai déjà demandé. As-tu besoin de quelque chose en ville ? J'ai remarqué que tu n'avais qu'un seul sac de voyage. Nous avons encore quelques journées chaudes devant nous, et les nuits vont devenir plus froides. Tu as besoin de shorts, de chemises ? Tu as une veste ? Je peux aller te chercher quelques trucs.

— Ça ira. Vous en avez déjà tous fait assez.

— Sully, ce n'est pas un souci.

— C'est important, mais ça va, vraiment. Je n'ai jamais eu de short, alors ce n'est pas comme si ça me manquait d'en porter.

Les shorts étaient sur sa liste mais elle ne voulait pas qu'il dépense son argent durement gagné pour elle.

— Dans la communauté, toutes les filles s'habillaient avec des jupes et des hauts similaires. Nous n'avions pas le droit de porter des shorts ou de montrer notre personnalité.

Sa mâchoire se resserra et, alors qu'ils passaient devant l'un des pâturages, il dit :

— J'ai une réunion de mon club ce soir après le dîner.

— Je m'en souviens.

Elle y pensait depuis qu'il l'avait mentionné lorsqu'il lui avait parlé du club. Elle n'allait pas le voir ce soir. Elle voulait lui demander s'il passerait après sa réunion pour marcher avec elle, mais elle avait entendu Dare et Doc parler au petit déjeuner d'aller au Roadhouse après la réunion et de taquiner Hyde sur le fait de draguer des femmes. Elle se demanda si Callahan passerait la soirée à se concentrer uniquement sur une femme et essaya d'ignorer les nœuds qui se formaient dans son estomac à cette idée.

— J'ai demandé à Sasha de prendre de tes nouvelles au cas où tu aurais besoin de quelque chose, et nous aurons des hommes qui surveilleront ta maison.

— Merci. Ça va aller.

Sasha sortit de la grange, toute mignonne avec son chapeau de cow-girl, sa chemise à manches longues, son short et ses bottes marron.

— Hé, les gars. Je crois que Beauty t'attendait, Sully.

— J'ai hâte de la voir, répondit-elle.

— Je vais juste prendre un seau. Je reviens tout de suite.

Alors que Sasha passait sur le côté de la grange, Callahan lui demanda :

— Ça va aller ?

— Bien sûr.

Il secoua la tête en souriant.

— Je n'aurais pas dû demander. Désolé.

— C'est bon.

— Tu as toujours ton téléphone ?

— Oui.

Il lui avait envoyé un message après leur promenade hier soir, et quand le téléphone avait vibré sur la table de la cuisine, elle avait failli sursauter. Elle n'oublierait jamais la façon dont le fait de voir son nom sur l'écran l'avait rendue étourdie, ni la façon dont les quatre mots simples qu'il lui avait envoyés – *Fais de beaux rêves* – l'avaient fait se sentir bien dans tous les sens du terme. Lorsqu'il était venu la chercher pour le petit-déjeuner, il lui avait suggéré d'apporter le téléphone. Cela lui faisait bizarre de le porter dans sa poche mais il avait dit qu'elle devait l'avoir au cas où elle aurait besoin de le joindre. Maintenant, elle se rendait compte qu'il avait parlé de son absence.

Sasha arriva sur le côté de la grange avec un seau.

— Tu es encore là ?

— Je m'en vais.

Il soutint le regard de Sully.

— Envoie un message si tu as besoin de quoi que ce soit.

— Je le ferai.

Elle savait qu'elle n'aurait pas besoin de le contacter mais cela la rendait heureuse de savoir qu'elle pouvait le faire.

— Elle va *bien*, Cowboy. Sors d'ici et laisse-la s'amuser.

Sasha passa son bras dans celui de Sully, l'entraînant dans la grange.

— Dommage que tu ne puisses pas murmurer à l'oreille de Cowboy. Tu pourrais peut-être lui faire lâcher un peu les rênes.

Sully jeta un coup d'œil à Callahan par-dessus son épaule, le surprenant au moment où il se retournait pour partir. Il lui fit un clin d'œil et elle soupira intérieurement. Elle ne savait pas à quoi pensait Sasha. Elle aimait ce cow-boy au grand cœur et responsable tel qu'il était.

LORSQUE COWBOY eut terminé ses courses pour le ranch, il se dirigea vers le magasin d'art et d'artisanat pour trouver des carnets de croquis et des crayons de couleur et ressortit vingt minutes plus tard avec des carnet de croquis en cuir faits à la main avec une pochette pour les crayons de couleur, plusieurs carnets de croquis et une boîte d'art de luxe en bois avec des crayons de couleur, des aquarelles, des pastels, des pinceaux et tous les accessoires nécessaires. Sully s'en était assez passé. Bon sang, il lui offrirait le monde s'il le pouvait.

Il quitta Hope Valley et se rendit à la chocolaterie de Birdie à Allure, une ville voisine aux routes pavées de briques, aux réverbères à l'ancienne et aux devantures en briques surmontées de clôtures en fer ornées. En passant devant la boutique de Karma, qui appartenait à l'une des amies de Birdie, il pensa à s'arrêter pour acheter quelques vêtements à Sully. Mais il ne connaissait pas sa taille.

Son téléphone sonna pour un appel de son père et il le mit sur haut-parleur.

— Qu'est-ce qu'il y a ?

— J'ai parlé à Manny et je l'ai mis au courant pour ce soir et j'ai aussi parlé à Biggs. Bullet et Diesel sont en reconnaissance.

Bullet était le cousin de Cowboy et ce dernier avait grandi avec Diesel Black à Hope Valley. Ils vivaient tous deux à Peaceful Harbor, dans le Maryland, et ils étaient deux des hommes les plus durs que Cowboy connaissait.

— J'espère que nous aurons un rapport de leur part d'ici ce soir. J'ai aussi laissé un message à Reggie Steele, le détective privé qui a publié le flyer sur la fille disparue.

— Super, merci. J'ai parlé à Doc et Dare tout à l'heure et je les ai mis au courant.

Il avait pris soin de ne pas briser la confiance de Sully.

— Autre chose ? Je m'arrête juste devant la boutique de Birdie.

Il se gara sur le trottoir en face de Divine Intervention.

— Non, c'est bon. Dis à Bird de rendre visite à son père de temps en temps.

Birdie était toujours en mouvement et leur père essayait sans cesse de gagner un peu de temps avec elle.

— Elle était là samedi pour l'événement et dimanche matin pour le petit-déjeuner.

— Ce n'était pas une visite. C'était en coup de vent.

Cowboy s'esclaffa.

— Je le lui dirai. A ce soir.

Il se dirigea vers la chocolaterie, faisant tinter les cloches au-dessus de la porte. Il n'y avait rien d'aussi attirant que l'odeur des chocolats fraîchement préparés.

Sully lui vint à l'esprit et il essaya tant bien que mal de re-pousser les pensées de l'amour interdit, mais c'était comme s'il essayait de ne pas respirer.

— J'arrive tout de suite ! s'écria Quinn Finney en passant la porte de la cuisine avec un plateau de chocolats. Si ce n'est pas l'un de mes cow-boys préférés.

Quinn était l'une des meilleures amies de Birdie et son em-ployée. Elle était magnifique, avec une silhouette en sablier et de douces ondulations châtain encadrant son visage toujours parfaitement maquillé. Elle le regardait de haut en bas derrière ses lunettes à monture noire. Il était habitué à cela de sa part et de celle de beaucoup d'autres femmes, mais ce n'était pas son genre. Bien qu'il puisse se laisser aller de temps en temps avec certaines d'entre elles, il ne le ferait certainement pas avec une des meilleures amies de Birdie, et il avait toujours préféré la beauté naturelle à la perfection du maquillage. Une femme qui pouvait se salir dans et hors de la chambre à coucher sans se soucier de ses cheveux et de ses ongles. Sully s'immisça à nouveau dans ses pensées, le tentant pour la centième fois. Il ne pouvait nier qu'il voulait lui montrer à quel point tout pouvait être bon : les caresses, les baisers, les succions, les léchages, la baise. *Bon sang, qu'est-ce que je fais ?*

Il se racla la gorge pour essayer de s'éclaircir les idées.

— Comment ça se passe, Quinn ?

— Oh, tu sais. Ça va. Je ne t'ai pas vu au *Roadhouse* depuis quelques jours.

— J'ai été occupé. Où est Birdie ?

— En train d'aligner pour toi de belles femmes auxquelles tu ne prêteras aucune attention.

Il la suivit jusqu'au comptoir.

— Dis-moi que tu mens.

— Elle ment !

Birdie surgit de derrière le comptoir, un tournevis à la main. Ses cheveux étaient coiffés en un chignon désordonné et elle avait un crayon derrière l'oreille. Elle portait une chemise noire à manches longues sous un short large à grosses rayures bleues et rouges sur une jambe et jaunes et violettes sur l'autre, ainsi qu'un plastron en patchwork. Une ceinture à outils en cuir pendait à sa taille, avec un marteau accroché d'un côté et une énorme sucette en forme de cœur dépassant de l'autre.

— Qu'est-ce qu'il y a, Bird le Bricoleur ?

Birdie pointa le tournevis vers lui.

— Je répare les étagères.

— Tu as besoin d'aide ?

Elle posa une main sur sa hanche.

— *Non*, je n'ai pas besoin d'aide. Je suis parfaitement capable de…

Ses paroles se perdirent dans le bruit des étagères en bois qui s'écrasaient sur le sol.

Cowboy arqua un sourcil et Birdie leva les yeux au ciel.

Quinn gloussa et alla ranger les chocolats qu'elle portait dans la vitrine.

— Laisse-moi jeter un coup d'œil.

Il commença à contourner le comptoir mais Birdie leva la main.

— Arrête-toi là. Je suis copropriétaire maintenant. Je peux le faire.

— Les étagères peuvent être délicates. Pourquoi ne pas me laisser m'en occuper ?

— *Non.* C'est moi qui m'en occupe, insista Birdie.

— Cela fait *presque* deux heures qu'elle s'en occupe, renchérit Quinn.

— Tais-toi, espèce de parasite, dit Birdie d'un ton sec.

Il se rappela à quel point son soutien à l'indépendance de Sully était important pour elle.

— Fais comme tu veux. J'ai besoin de chocolats.

— Oh, oui ! Pour qui ? demanda Birdie.

Il n'était pas prêt à donner cette information à la petite Miss entremetteuse.

— Pour moi.

Les yeux de Birdie se plissèrent.

— N'essaie pas de me manipuler, grand frère.

— Quoi ? Un homme ne peut pas apprécier un peu de chocolat ?

— Pas un type qui ne s'est acheté du chocolat que deux fois

dans toute sa vie.

Il fronça les sourcils.

— Tu veux vendre du chocolat ou pas ?

— D'accord. Une boîte en forme de cœur ?

Elle sourit.

— Non.

Elle soupira.

— Tu impressionnerais plus avec un cœur.

— Je n'ai pas besoin de m'impressionner moi-même.

Et il n'avait pas besoin de troubler Sully avec une boîte en forme de cœur. Il était juste un bon gars. Il lui donnait quelque chose pour la faire sourire.

Birdie prit une petite boîte rectangulaire.

— Plus grande.

— Ah, *d'accord*. Maintenant, tu as les idées claires.

Elle prit une boîte plus grande.

Cowboy passa en revue le présentoir et choisit des chocolats.

— Quelques-uns de ceux-ci, et ceux-là, et ceux-là aussi.

— N'oublie pas les truffes. Les femmes adorent les truffes.

Il lui jeta un regard noir, choisit d'autres types de chocolats, puis revint sur ses pas, espérant qu'elle ne le remarquerait pas, et désigna les truffes.

— Et une poignée de chacune d'entre elles.

— Bons choix, dit-elle en refermant la boîte.

— Je peux mettre un ruban dessus ?

— Birdie, l'avertit-il.

— *S'il te plaît ?* Je te promets que ce ne sera pas trop. Je ne mettrai même pas de rouge. Juste un joli rose ?

Elle pressa ses mains l'une contre l'autre, lui faisant des yeux de chien battu.

— *Très bien.*

Elle remua les épaules.

— C'est tellement excitant.

— N'invente pas de conneries dans ta tête. C'est juste du chocolat.

— Tu ne peux pas contrôler ce qui se passe dans ma tête.

En faisant un nœud avec le ruban, elle ajouta :

— Tu sais ce que fait Sasha ce soir ?

— Elle va aller voir Sully pendant que je suis à l'église et voir si elle veut passer du temps avec moi. D'ailleurs, merci de me l'avoir rappelé. Je voulais acheter à Sully quelques vêtements, mais je ne connais pas sa taille. Je demanderai à Sasha de lui demander pendant qu'elle est avec elle.

Il sortit son téléphone de sa poche.

— Sully ?

Les yeux de Birdie s'illuminèrent.

— La nouvelle fille mignonne que j'ai rencontrée ?

— Oui, elle n'a pas apporté beaucoup de vêtements.

— Ne t'en fais pas pour Sasha, dit-elle en faisant le décompte de ses achats. Je connais bien les tailles. Je lui prendrai quelques affaires chez Karma et je passerai les voir pour une soirée entre filles.

Elle lui dit combien coûtaient les chocolats et il lui tendit sa carte de crédit.

— Je ne sais pas si Sully sera d'accord pour une soirée entre filles mais tu es sûre que ça ne te dérange pas d'aller lui chercher quelques vêtements ?

— Tu as oublié à qui tu parles ? demanda Quinn en passant devant elle avec le plateau vide. C'est la reine du shopping.

— C'est tout moi.

Birdie brandit la carte de crédit de Cowboy.

— Je vais la garder pour ses vêtements et la déposer plus

tard.

— Merci. J'apprécie ton aide. Elle a besoin de shorts, de jeans et de quelques vêtements à porter quand le temps changera. Mais ne lui achète rien de trop moulant. Je pense qu'elle ne serait pas à l'aise en montrant trop de décolletés ou de fesses, et n'achète rien de trop… *trucs* comme ça.

Il fit un signe de tête en direction de sa tenue.

Elle baissa les yeux sur son short.

— Qu'est-ce qui ne va pas avec ça ?

— C'est parfait pour toi mais elle est discrète. Je ne pense pas qu'elle veuille être tape-à-l'œil.

— Ce n'est pas une fille. C'est une *femme*. Je promets d'acheter des choses appropriées et qu'elle aimera.

Elle mit la boîte de chocolats dans un sac et le lui tendit.

— C'est aussi pour Sully ?

— Birdie, ne me fais pas regretter de t'avoir laissé m'aider.

Elle posa à nouveau sa main sur sa hanche.

— Pourquoi les mecs peuvent-ils parler entre eux de tout ce qu'ils font avec les femmes mais tu ne peux même pas dire à ta sœur si tu en aimes une ?

— Tout d'abord, je ne partage ces conneries avec personne, et ensuite, tu es ma petite sœur, ce qui est une raison suffisante pour ne pas les partager avec toi. Mais surtout, il n'y a rien à raconter. Je m'occupe juste d'elle.

— Alors pour qui sont les chocolats ?

— Pour moi.

Ce n'était pas un mensonge total. Cela lui fait plaisir de voir Sully sourire.

— Tu devrais passer voir papa bientôt. Tu lui manques.

— Non, merci. Il veut me faire la morale parce que Manny m'a vu embrasser un gars hier soir au *Roadhouse*.

— *Quoi ?* Qui ? exigea-t-il.

Elle croisa les bras et leva le menton.

— Tout d'abord, je ne partage ce genre de choses avec personne, et ensuite, tu es mon frère, ce qui est une raison suffisante pour ne pas le partager avec toi.

— Mon cul, oui.

Elle fit semblant de fermer ses lèvres et de jeter la clé.

— Tu sais que je verrai Manny à la réunion de ce soir.

— Foutu bon vieux réseau de garçons, marmonna-t-elle.

— Tu veux avouer ?

— Non. J'ai des étagères à réparer.

Elle lui tourna le dos.

— Fais attention avec les gars que tu ne connais pas, Birdie. On perdrait tous la tête s'il t'arrivait quelque chose.

Il vit ses épaules s'affaisser un peu.

— Et en ce qui concerne les étagères, j'admire ton effort, mais dis-moi si tu veux que je passe avant ou après l'église pour les réparer.

AVANT DE RETOURNER au ranch, Cowboy passa au *Roadhouse* pour parler à Manny. Il n'était pas là mais Billie était derrière le bar.

— Hé, mon grand. Qu'est-ce qui t'a mis de mauvaise humeur ?

Elle fit glisser un verre de bière vers un client.

— Qui Birdie embrassait-elle hier soir ?

— Tu sais que je ne peux pas te le dire. Ça briserait le code des filles.

Billie saisit un chiffon pour essuyer le bar.

— Mais je veille sur elle. Ne t'inquiète pas.

— Billie, tu sais comment elle est. Elle est forte mais elle fait confiance trop facilement.

Elle passa le chiffon sur son épaule et s'appuya des deux mains sur le bar, le regardant fixement.

— Et toi, tu te méfies de tout le monde jusqu'à ce qu'ils se montrent dignes.

— C'est plus sûr ainsi en ce qui concerne mes sœurs.

— Je comprends. Mais tu ne peux pas être partout où elle est. À un moment donné, il faut lui faire confiance pour qu'elle se débrouille toute seule.

— D'accord. Je m'assurerai que Doc s'occupe de tout quand je ne pourrai pas le faire.

Elle rit.

— Qu'est-ce qui *ne va pas* chez vous, les Whiskey ?

— Rien du tout, comme le prouve le fait que tu vas épouser le plus fou d'entre nous.

Il tapota le bar.

— Il faut que je rentre. À plus tard.

Il conduisit jusqu'au ranch, discuta avec les gars qui surveil-laient la porte et se dirigea directement vers l'étable de rééducation. En sortant du véhicule, il aperçut Sully et Sasha qui promenaient l'un des chevaux vers l'étable. La lueur du soleil bas donnait à Sully un aspect éthéré. Ses cheveux étaient noués sur le dessus de la tête, révélant son long cou fin, qu'il avait envie d'embrasser. Elle le remarqua et lui fit un signe de la main, un sourire illuminant son visage. Bon sang, si son stupide cœur ne battait pas un peu plus vite. Il leva le menton et se dirigea vers elle.

— Ça tombe bien, lança Sasha. Nous venons de terminer et

Sully a été géniale avec les chevaux. Ils sont vraiment attirés par elle.

Sully rayonnait de fierté.

— Ce n'est pas surprenant.

Il maintint le regard de Sully.

— Ils sentent les bonnes personnes.

Elle baissa les yeux un peu honteusement, mais seulement pour un moment, avant de les relever.

— J'ai beaucoup aimé passer du temps avec les chevaux et, Sasha, tu m'as beaucoup appris. Si jamais tu as besoin d'un coup de main, je serais ravie de t'aider.

— J'allais justement dire que tu es la bienvenue pour revenir et aider à tout moment. Pas seulement avec Beauty, mais comme tu l'as fait aujourd'hui, précisa Sasha. Passer du temps avec les chevaux les aide à réaliser qu'ils sont importants pour nous, et chaque petit geste compte. Même si tu apportes un livre et que tu lis près d'eux pendant qu'ils mangent, cela crée un lien.

— Pourquoi pas demain ?

— Ça me paraît très bien. Tu peux venir tous les jours si tu veux, proposa Sasha.

— J'adorerais ça.

Sully sourit à Cowboy.

— Maintenant, tu as l'air d'une femme qui a un but, lança Cowboy, ce qui lui valut un sourire encore plus grand.

— Je vais mettre Beauty dans sa stalle, indiqua Sasha. Merci pour ce bel après-midi, Sully. Je te verrai au dîner.

Alors que Sully et lui se dirigeaient vers son pick-up, elle s'exclama :

— Aujourd'hui, c'était incroyable.

Il lui ouvrit la porte et l'aida à monter.

— Je veux tout savoir.

Alors qu'il s'installait au volant et roulait vers son chalet, elle dit :

— Sasha est incroyable. Elle m'a tout appris sur les chevaux, pour que je comprenne ce qu'elle voulait dire quand elle parlait de leur museau, de leur queue, de leurs mors et de leurs sabots. Il y a tellement de choses à apprendre, comme la bonne façon de tenir la longe et l'endroit où il faut se tenir quand on les promène. J'ai adoré apprendre comment elle les aide. Elle m'apprend à les toiletter, ce qui, selon elle, est bon pour leur tonus musculaire et permet de tisser des liens avec eux.

Elle lui parla ensuite de chaque cheval et de ce qu'elle a fait avec eux. Son enthousiasme était communicatif.

— Sasha savait exactement quoi faire dans chaque situation. Si un cheval essayait de mordre ou refusait de marcher, elle ne bronchait même pas. Elle est aussi très patiente. J'ai dû lui poser un million de questions et elle a pris le temps de répondre à chacune d'entre elles. Et les chevaux…

Elle mit la main sur son cœur.

— Je les adore. Maintenant, je sais pourquoi tu t'assois dans l'étable avec ton père et les chevaux de sauvetage. Cela va te paraître étrange mais je me sens proche d'eux. Je sais ce que c'est que de ne pas faire confiance aux gens qui veulent aider. Je pense qu'ils le sentent et qu'ils savent qu'ils peuvent me faire confiance quand je leur dis que tout ira bien.

Cowboy se gara devant chez elle.

— Ce n'est pas du tout étrange. Les chevaux perçoivent les émotions humaines. Ils sentent ce qu'il y a dans nos cœurs.

— C'est vrai. C'est bon d'être près d'eux. C'est gratifiant. J'ai hâte de travailler avec eux demain, autant que j'ai hâte de faire nos promenades.

— Eh bien, bon sang, ma belle. Tu viens d'illuminer ma journée.

Elle rougit adorablement.

— Moi aussi, j'ai hâte de me promener. Je t'ai apporté un petit quelque chose.

Il passa la main derrière son siège et attrapa l'un des sacs, qu'il posa sur le siège entre eux.

Elle écarquilla les yeux.

— Qu'est-ce que c'est ?

— Jette un coup d'œil.

— Callahan, tu n'étais pas obligé de m'apporter quoi que ce soit.

— Je voulais le faire, et ne t'inquiète pas. Tu ne me dois rien du tout.

— Je n'allais pas te demander si c'était le cas. Je sais que tu n'es pas comme ça.

Elle jeta un coup d'œil dans le sac et en retira le porte-cahier en cuir. Ses sourcils se froncèrent tandis qu'elle passait sa main sur le cuir souple.

— C'est magnifique.

Comme toi.

Elle l'ouvrit, révélant le carnet de croquis et les crayons de couleur qu'il y avait mis, et le regarda avec incrédulité.

— Callahan… ?

— Tu es trop talentueuse pour dessiner dans des carnets, et comme ça tu peux l'emporter avec toi au cas où tu voudrais dessiner pendant que tu es sur le terrain ou au bord d'un lac ou autre.

— Je n'ai jamais eu quelque chose d'aussi beau.

— Tu mérites bien plus que ça.

Il déplaça le sac vide sur le sol et passa la main derrière lui, attrapant la boîte de matériel d'art en bois et la plaçant entre eux.

Les yeux de la jeune femme s'écarquillèrent à nouveau.

— J'ai pensé que tu voudrais essayer d'autres choses.

Il ouvrit la boîte et lui montra son contenu.

— Je parie que tu serais douée avec les pastels et les aquarelles.

Sa mâchoire se décrocha.

— Je ne peux pas accepter ça. C'est trop.

— Non, ce n'est pas trop. Je veux que tu l'aies.

— Mais ça a dû coûter cher et tu travailles dur pour gagner ton argent.

— Oui, et je le dépenserai comme je l'entends.

Il lui prit la main et essaya de la rassurer.

— Je sais que tu n'as pas l'habitude de recevoir des cadeaux, et honnêtement, je n'ai pas l'habitude de vouloir en acheter. Mais ça me fait plaisir de savoir que tu as des choses qui *te* rendent heureuse. Alors accepte-les, s'il te plaît.

— Tu es *sûr* ?

— Ma belle, je n'ai jamais été aussi certain de quoi que ce soit de toute ma vie.

Il lui serra la main.

— Il se pourrait que je t'aie acheté une dernière chose.

— *Callahan.*

Elle rit.

— Qu'est-ce qui te prend ?

— Peut-être que j'aime juste voir ton sourire.

Il alla chercher les friandises derrière le siège et lui tendit la boîte de *Divine Intervention*. Elle lui jeta un regard un peu gêné en détachant le ruban rose et en ouvrant la boîte, un sourire s'emparant de son visage.

— *Du chocolat ?* Il y en a tellement.

— J'ai peut-être un peu exagéré. Je n'étais pas sûr de ce que tu aimais.

— *Je* ne sais pas ce que j'aime. Tu veux bien en goûter un avec moi ?

Elle tint la boîte vers lui.

— Toi d'abord.

Ses yeux se posèrent sur les chocolats.

— Il y en a deux comme ça.

Elle lui tendit un chocolat et prit son jumeau.

Il lui fit un clin d'œil et ils mangèrent tous les deux leurs chocolats. Alors que la friandise fondait dans sa bouche, Sully ferma les yeux et leva le visage en gémissant. *Doux Jésus*, cette fille pourrait bien causer sa perte.

— C'est *tellement* bon. Essayons-en un autre.

Elle posa la boîte entre eux, trouva deux autres chocolats assortis et lui en tendit un. Elle mordit dans le sien.

— *Oh mon Dieu.* C'est divin. Il y a des bretzels dedans. Des *bretzels* ! Comment ont-ils pensé à ça ?

Il rit, et tandis qu'elle en choisit un autre, il sortit du véhicule et fit le tour pour l'aider à sortir. Il lui ouvrit la portière et elle l'entoura de ses bras.

— Merci.

Elle s'accrocha à lui et ses bras l'entourèrent.

— Ces sourires valent vraiment le coup, ma belle, répondit-il, essayant, tant bien que mal, de ne pas penser au bien-être qu'elle ressentait dans ses bras.

Chapitre Onze

SULLY S'ASSIT SUR son canapé, son magnifique carnet de croquis en cuir sur les genoux, pour dessiner Callahan au bord du lac. Elle passait plus de temps sur ses yeux, essayant de faire ressortir l'honnêteté et les émotions comme elles le faisaient toujours lorsqu'ils étaient ensemble. L'esquisser était facile car elle semblait toujours penser à lui. Elle aimait la façon dont ses yeux étaient plissés lorsqu'il était sérieux et la façon dont son rire rendait tout ce qui était en lui plus lumineux. Elle l'avait dessiné en train de sourire, et en esquissant ses lèvres, elle ressentit de nouveau ce sentiment de flottement dans sa poitrine.

Elle leva son crayon et reposa sa tête sur le dossier du canapé, se souvenant qu'il avait eu l'air de ne pas vouloir partir lorsqu'il l'avait déposée à son chalet après le dîner et lui avait dit d'envoyer un message si elle avait besoin de quoi que ce soit. Elle avait dit qu'elle le ferait, mais elle savait qu'elle ne le ferait pas. Elle regarda son téléphone sur la table basse, hésitant à lui envoyer un message. Mais qu'est-ce qu'elle dirait ? *Tu me manques ?* Comment était-il possible qu'il lui manque alors qu'elle venait à peine de le rencontrer ?

Un coup frappé à la porte la tira de ses pensées. Elle posa

son carnet de croquis sur la table, à côté des chocolats qu'elle avait grignotés, et alla regarder par la fenêtre. Sasha et Birdie étaient sous le porche. Elle avait oublié que Sasha passait et elle n'avait pas réalisé que Birdie était là aussi. Elle ouvrit la porte.

— Bonjour, s'écria Sasha. On s'est dit qu'on allait voir si tu voulais passer du temps avec nous.

— J'ai des vêtements pour toi !

Birdie brandit plusieurs sacs de courses.

— Et on va regarder une comédie romantique.

— Des vêtements ? *C'est quoi une comédie romantique ?*

— Cowboy voulait t'acheter quelques trucs mais il ne connaissait pas ta taille, et comme je peux deviner la taille d'une fille à l'autre bout de *l'État*, je me suis portée volontaire, dit Birdie. En plus, j'ai plus de goût que lui. On peut entrer ?

— Euh, bien sûr.

En entrant, Birdie regarda la tenue de Sully.

— Oh, non. C'est pire que ce que je pensais. Tu empruntes des vêtements à Cowboy ?

Sully baissa les yeux sur sa chemise en flanelle, ayant oublié qu'elle la portait.

— Il me l'a prêtée quand nous sommes allés au lac hier soir.

Elle referma la porte derrière eux.

— Il t'a montré le lac ? demanda Birdie.

Sasha lança à Birdie un regard que Sully ne put déchiffrer.

— C'était gentil de sa part.

— *Oui, c'est vrai*, dit Birdie d'une voix chantante. Je t'ai acheté des choses très mignonnes. Pourquoi je ne les étalerais pas sur ton lit pour que tu puisses les essayer ?

Elle se dirigea vers la chambre sans attendre de réponse.

— Désolée. Je sais qu'elle en fait des tonnes, dit Sasha à voix basse. Tu peux lui dire non.

— Ce n'est pas grave. J'aime qu'elle ne prétende pas être quelqu'un qu'elle n'est pas.

Sasha jeta un coup d'œil au carnet de croquis.

— Nom d'un chien, Sully, c'est toi qui as dessiné ça ?

— Oui. Ce n'est pas fini.

— C'est fantastique, s'exclama Sasha. Birdie, il faut que tu voies cette image de Cowboy qu'elle dessine.

Birdie sortit de la chambre pour aller voir.

— Waouh, tu as dessiné ça ?

— Euh… oui.

— Je peux à peine dessiner une silhouette, dit Birdie. Tu as presque réussi mais tu l'as dessiné en souriant, et c'est rare. Cowboy, c'est plutôt ça.

Elle se renfrogna, les sourcils pincés, et Sasha se mit à rire.

— Il est souvent comme ça, admit Sully. Mais je l'ai vu sourire un certain nombre de fois.

— Alors considère-toi comme chanceuse.

Le regard de Birdie se posa sur les chocolats.

— Oh, tu es une fille chanceuse. C'est lui qui te les a donnés ?

— Oui.

Elle remarqua que Birdie et Sasha échangeaient à nouveau un regard.

— Pourquoi ? Il n'a pas le droit ? Est-ce qu'il va avoir des problèmes ?

— *Non*, la rassure Sasha. Il en a tout à fait le droit. C'est juste qu'on ne l'a jamais vu offrir des chocolats à une femme.

— Mais on *adore* qu'il l'ait fait ! renchérit Birdie. Il était temps que Cowboy sorte la tête de l'étable.

— Il aime l'étable, dit Sully.

— Un peu trop, si tu veux mon avis, dit Birdie.

— Birdie ne peut pas comprendre notre amour des chevaux, dit Sasha. Mais nous sommes tous les deux contentes qu'il t'ait donné des chocolats. Cela veut dire qu'il t'aime bien et c'est bien pour vous deux.

Sully leur tendit la boîte.

— Vous en voulez ? Ils sont délicieux.

— Je sais. C'est moi qui les ai faits.

Birdie sourit.

— Pourquoi n'essaies-tu pas les vêtements ? Je meurs d'envie de voir ce que tu en penses, et ensuite nous pourrons mieux nous connaître.

— Ne sois pas si insistante, réprimanda Sasha.

— C'est comme demander à un chien de ne pas aboyer.

Birdie fit un signe vers la chambre.

— Va les essayer pour qu'on puisse voir comment ils te vont.

Elle aimait bien leurs plaisanteries légères.

— C'est gentil de ta part mais je n'ai vraiment pas besoin d'autres vêtements.

— Ne dis pas de bêtises. Toutes les femmes ont besoin de plus de vêtements, même lorsqu'elles ont une armoire pleine.

Birdie la fit tourner par les épaules et la poussa vers la chambre, puis la suivit à l'intérieur.

— Cowboy a dit que tu étais plus naturelle que tape-à-l'œil, alors j'ai choisi des hauts un peu bohème, un cardigan confortable, des débardeurs, quelques tee-shirts, des chemises à manches longues basiques, et quelques shorts et des jeans en denim.

Elle brandit une magnifique mini-robe blanche fluide à manches longues, ornée de fleurs rouges et feu.

— Mais je n'ai pas pu résister à l'envie de t'offrir cette mini-robe bohème. Elle est si féminine, et avec ta couleur de cheveux, tu vas en mettre plein la vue.

Elle la posa et prit un peignoir fin et coloré.

— Et tu as *besoin* de ce kimono. Il sera parfait sur un débardeur ou un T-shirt, et tu peux le porter avec un short ou un jean. Enfin, je ne savais pas si tu avais un sac à main, alors je t'ai acheté cet adorable sac en toile à bandoulière.

— J'adore ce kimono. Je devrais te laisser faire du shopping pour *moi*, dit Sasha.

Sully regarda avec incrédulité toutes les jolies tenues et les accessoires. Elle avait dû acheter tout le magasin.

— C'est magnifique, mais…

— Pas de mais, insista Birdie. Essaie-les.

— Laissons-lui de l'intimité.

Sasha fit sortir Birdie de la chambre.

— Prends ton temps, Sully.

— Sors et montre-nous chacune des tenues ! lança Birdie juste avant que Sasha ne referme la porte.

Sully prit l'un des hauts et s'assit sur le bord du lit, le serrant contre sa poitrine, aussi bouleversée que touchée que Cowboy ait *encore* pensé à elle et que Birdie se soit donné la peine de choisir tant de belles choses pour elle. Elle aimait les styles simples que Birdie avait choisis, et elle n'avait vu personne d'autre porter des robes boho ou des hauts en batik. Elle aimait tellement l'idée d'être différente qu'elle se sentait un peu coupable *et* gourmande, ce qui la rendait encore plus coupable.

— Allez, ma grande ! appela Birdie, tirant Sully de ses pensées.

Repoussant sa culpabilité, elle se déshabilla et essaya un short en jean avec des fleurs sur les poches arrière. Cela lui faisait bizarre d'avoir les jambes nues mais c'était libérateur et un peu rebelle, et elle aimait beaucoup cela. Elle enfila un haut en batik violet, rose et beige à col en V, dont les manches amples se rejoignaient au poignet, et se tourna vers le miroir. Son souffle se bloqua dans sa gorge. Elle avait l'air si différente.

Elle était *jolie*.

Elle rit un peu puis se couvrit rapidement la bouche.

— Je mange tous tes chocolats ! cria Birdie.

Et si elle se trouvait jolie, mais pas *elles* ? Il n'y avait qu'une seule façon de le savoir. Se ressaisissant, elle sortit de la chambre, un peu gênée.

— Waouh, mama mia, s'exclama Birdie. J'ai toujours le coup d'œil. Tu es très *sexy*.

— Avec des jambes comme ça, tu vas recevoir des chocolats toutes les semaines, dit Sasha.

Sully rougit et baissa les yeux sur ses jambes, se demandant si Callahan les trouverait belles aussi.

— Je n'ai pas l'habitude de porter des shorts.

— Tu as déménagé d'Alaska ? la taquina Birdie.

— Non, de Virginie Occidentale. Mais nous n'avions pas le droit de porter des shorts.

— Oh.

Birdie fronça le nez.

— Pourquoi ? C'était une question de religion ?

— Non. On n'avait pas le droit, c'est tout.

— Eh bien, tu as le droit ici, et ça te va très bien, dit Sasha. Comment tu sens-tu ?

Sully toucha l'ourlet du short.

— Il est très confortable et j'adore ce tee-shirt.

— *Yes.* Deux gagnants ! Essaie une autre tenue, insista Birdie.

Elle alla dans la chambre et essaya un débardeur, un jean et le kimono. Le jean lui donnait plus d'allure que celui qu'elle avait piqué au Mega Mart, et le kimono était super mignon et confortable. Lorsqu'elle sortit, Birdie siffla et elles s'extasièrent devant elle, ce qui lui fit tourner la tête.

Elles s'extasiaient sur son allure dans chaque tenue qu'elle essayait, renforçant sa confiance à chaque fois. Lorsqu'elle arriva à la dernière tenue, la robe, elle flottait sur un nuage. La robe pendait librement autour d'elle et ne lui arrivait qu'au milieu des cuisses, ce qui était bizarre, mais elle était si confortable qu'elle avait envie de vivre dedans.

En ouvrant la porte, Birdie dit :

— Allons-y ! C'est l'heure du défilé.

Se sentant audacieuse, Sully sortit de la chambre et tournoya.

— Qu'en penses-tu ?

— Je pense que je pourrais faire un malheur en tant que personal shopper, dit Birdie.

— Ça existe ? Un personal shopper ? Si c'est le cas, tu serais vraiment douée pour ça, confirma Sully.

— Elle l'est et tu as l'air de sortir d'un catalogue boho-chic, dit Sasha. Tu vas faire tourner *beaucoup* de têtes avec ça.

Il n'y avait qu'une seule tête qu'elle voulait faire tourner.

— Je n'ai pas besoin de faire tourner les têtes mais j'aime ce que je ressens.

— Comment ça ? demanda Sasha.

— *Jolie*, dit-elle honnêtement.

— Essaie *magnifique* et que tu le veuilles ou non, tu feras tourner les têtes, dit Birdie. Cowboy va perdre la tête.

— En mal ? demanda-t-elle avec précaution.

— Non, répondirent-elles à l'unisson.

— De la *meilleure* façon, dit Sasha.

Sully ne pouvait s'empêcher de sourire en retournant dans la chambre et en enfilant ses vêtements habituels, avec la chemise en flanelle de Cowboy par-dessus, aimant la sensation d'être enveloppée de son odeur. Elle regarda les tenues. Elle les aimait toutes et elle se mentirait à elle-même si elle disait qu'elle ne les *voulait* pas toutes, mais elle n'en avait pas *besoin*. Elle en choisirait une et demanderait à Wynnie si elle pouvait travailler à la cuisine pour gagner de l'argent afin de rembourser Birdie. Alors qu'elle essayait de choisir une tenue, le short l'attirait parce qu'elle aimait la façon dont elle se sentait dedans, mais il y avait aussi la robe, qui lui procurait une sensation tout à fait différente. *Cowboy va perdre la tête.*

Elle attrapa la robe et la suspendit dans le placard. Puis elle plia soigneusement le reste des vêtements et les emporta dans le salon.

— C'était très amusant. Merci d'avoir tout acheté. Je vais garder la robe mais je te rembourserai.

Elle tendit les autres vêtements à Birdie.

Birdie se leva d'un bond.

— Tu n'as aimé aucun de ces vêtements ?

— Tu plaisantes ? Je les ai tous aimés mais je n'ai pas besoin d'autant de vêtements et je n'ai pas l'argent pour les payer.

— Cowboy les a payés. C'est un cadeau et crois-moi, notre frère n'est *pas* à court d'argent.

Birdie ramena les vêtements dans la chambre.

— Mais il m'a déjà trop donné.

— Cowboy a un grand cœur, Sully, dit Sasha. Je ne sais pas comment étaient les choses là où tu vivais, mais ici, c'est un beau geste de faire un cadeau à quelqu'un qu'on aime bien. Cela signifie que tu es spéciale pour lui et qu'il apprécie ton amitié.

— Je le sais mais il m'a déjà donné les chocolats et le matériel de dessin.

— Il t'a donné du matériel de dessin ? demanda Birdie, les yeux écarquillés.

— Il est tellement attentionné, dit Sasha en lançant un regard sévère à Birdie.

— C'est vrai. Il est rapidement, et de façon inattendue, devenu un bon ami.

— Bien, parce que je suis sûre qu'il voudra que tu gardes toutes les tenues, pour que tu puisses en discuter avec lui, dit Birdie. La nuit ne fait que commencer et nous avons un film à regarder. Que penses-tu du pop-corn au micro-ondes ?

— Je n'en ai jamais mangé.

— Sérieusement ? Pas de short et pas de pop-corn ? C'est une tragédie.

Birdie sortit une boîte de pop-corn de son sac.

— *Birdie.*

Sasha lui lança un regard noir.

— Je dis juste que je ne pourrais pas vivre sans short et sans pop-corn.

Birdie mit le paquet de pop-corn dans le micro-ondes.

— Tu aimes les comédies romantiques ?

Sully les regarda l'une après l'autre.

— C'est quoi une comédie romantique ?

— Une comédie romantique.

Birdie dut voir sa confusion car elle ajouta :

— Un film romantique drôle ?

— Je n'ai jamais vu de film.

Les sourcils de Birdie se plissèrent.

— Tu as grandi en dehors du monde ou quoi ?

Sully aimait bien les fréquenter. Elles étaient sûres d'elles et différentes des filles du complexe, et les unes des autres. Elle ne voulait pas leur mentir sur l'endroit où elle avait grandi mais elle n'était pas non plus prête à partager toute la vérité.

— Je suppose qu'on peut appeler ça comme ça. J'ai vécu dans une communauté. Nous n'avions ni micro-ondes, ni télévision, et nous quittions rarement l'endroit où nous vivions. Je sais que ma vie était très différente de la tienne mais j'espère que tu voudras quand même traîner avec moi ce soir.

— Qui se soucie que nos vies soient différentes ? Je t'aime bien, dit Birdie. Et je n'ai jamais connu quelqu'un qui ait grandi en dehors du monde moderne. Tu avais de l'électricité ? De l'eau ? Internet ? Des téléphones ?

Rebel Joe avait Internet et tous les hommes avaient un téléphone mais elle n'avait pas besoin de s'étendre sur le sujet.

— Nous avions l'électricité et l'eau, et certaines personnes avaient Internet et le téléphone, mais je n'en ai jamais eu.

— J'aurais perdu la tête, dit Birdie.

— C'est parce que tu as la capacité d'attention d'un moucheron, plaisanta Sasha. Je pense que c'est cool de vivre en dehors du monde moderne. Est-ce que tu as vécu de la terre, cultivé ta propre nourriture et fabriqué des remèdes homéopathiques ?

— Oui.

— Génial. Tu as aimé vivre là-bas ? demanda Sasha.

— Pas vraiment. Je suis contente d'être ici.

— Nous aussi, nous sommes contentes que tu sois là, dit Sasha.

— Pourquoi es-tu au ranch ? demanda Birdie. Tu avais un problème de drogue ?

— *Birdie*, gronda Sasha.

— Désolée, dit Birdie. Je ne voulais pas être indiscrète. C'est juste que la plupart des gens qui viennent ici sortent de désintoxication ou de prison, et je ne pense pas que tu sortes de prison.

— Ce n'est pas grave. Je suis ici parce qu'il y a peut-être des gens de la communauté qui me cherchent, et je ne veux pas y retourner.

— Je comprends ce que tu veux dire, dit Birdie. Si tu veux sortir et visiter la ville, Sasha et moi pouvons te montrer tous les endroits sympas.

— Merci. J'apprécie beaucoup. Pour l'instant, je pense que je vais rester près du ranch, mais j'aimerais vraiment manger du pop-corn et regarder une comédie romantique avec vous.

LE CLUB DES Dark Knights, une ancienne caserne de pompiers à la périphérie de la ville, avait toujours été un sanctuaire pour Cowboy, au même titre que le ranch. C'était l'endroit où il pouvait s'amuser avec les hommes qu'il avait connus la plupart du temps et en qui il avait une confiance absolue. Cowboy était assis avec ses frères et ses copains, trop excité pour parler aux gars de la destruction de la secte pour rester assis. Il attendait son heure tandis que son père et Manny, assis à la table d'honneur, faisaient le bilan de la collecte de fonds Ride Clean. Comment cela avait-il pu se passer le week-end dernier ? Il lui semblait que Sully était au ranch depuis un mois.

Doc lui donna un coup de coude, en parlant doucement.

— Si ta jambe rebondit plus fort, tu vas provoquer un tremblement de terre. Calme-toi. Il va s'en occuper.

Cowboy immobilisa sa jambe et sortit son téléphone pour

envoyer un message à Sasha : *Tu as pris des nouvelles de Sully ?*

Sa réponse arriva une minute plus tard. *Oui ! On est au Roadhouse en train de boire un verre avec Birdie.*

C'est quoi ce bordel ? Il répondit à la hâte, *Sortez-la de là. TOUT DE SUITE. Elle n'est pas censée quitter le ranch.* Il aurait dû prévenir Sasha de ce qui se passait pour que Sully ne soit pas en danger. Il savait que les types qui surveillaient le ranch, et plus particulièrement son chalet, les auraient suivis jusqu'au bar, mais ce n'était pas *lui*, et même l'idée que Sully se fasse reluquer et se sente mal à l'aise lui faisait bouillir le sang.

La réponse de Sasha fut immédiate. *Ha ha ! Je t'ai eu ! Nous regardons un film chez elle. Pourquoi ne peut-elle pas sortir, et depuis quand achètes-tu des chocolats pour les filles du ranch ?*

Elle ajouta un émoji avec un œil en forme de cœur.

Le soulagement l'envahit, suivi d'une vague de jalousie. Il aurait voulu regarder un film avec Sully. Jamais il n'aurait renoncé à l'église pour quoi que ce soit, mais il voulait être avec elle plus qu'il n'avait jamais voulu quoi que ce soit. Enfin, presque tout. Il voulait mettre la main sur les salauds qui lui avaient fait du mal. Il envoya une réponse à Sasha. *Ça fait partie de son programme.*

Son téléphone vibra une minute plus tard. *Et les vêtements et les chocolats ? Ça fait aussi partie de son programme ?*

Poussant un juron, il tapa : *Je suis juste gentil.*

Son téléphone vibra à nouveau et il lut le message de Sasha. *Menteur.* Il rangea son téléphone, faisant grincer ses dents de derrière contre cette réalité.

— Notre prochain dossier concerne Sullivan Tate, la jeune femme que nous avons amenée au ranch samedi soir, annonça son père. Nous avons appris que la secte Free Rebellion dont elle s'est échappée abusait de jeunes filles…

Cowboy se leva d'un bond.

— Et ce n'est pas tout. Je pense qu'ils ont kidnappé Sully. Je pense qu'elle est Casey Lawler, la fille qui a disparu il y a vingt ans, et je sais que d'autres ne sont pas d'accord d'après la photo de la progression de l'âge, mais je le sens dans mes tripes, et je veux faire tomber ces enfoirés.

Quelqu'un cria « Ouais ! » et les murmures des autres hommes suivirent.

— Attrapons ces enfoirés ! cria Hyde.

— Attendez.

Son père leva les mains, faisant taire la salle.

— C'est une spéculation sur l'enlèvement. J'ai parlé au détective privé qui a été engagé cet été pour essayer de retrouver la fille disparue…

— Casey Lawler, grogne Cowboy. Elle s'appelle Cassandra « Casey » Lawler, et sa sœur est à sa recherche.

— *C'est vrai*, acquiesça son père. Reggie a dit que lorsque Casey a disparu la première fois, les inspecteurs chargés de l'affaire ont vérifié la secte et il n'y avait aucun signe d'elle, mais il a aussi dit que quelque chose sentait le roussi dans toute cette enquête. Il y est retourné il y a quelques mois et a interrogé les membres de la secte. Il n'y avait aucun signe de Casey.

Les mains de Cowboy se crispèrent.

— Alors ils l'ont *cachée*, putain.

— Peut-être bien. Si tu tenais ta langue et me laissais finir, tu apprendrais qu'il y a plus que ça, aboya son père. Reggie a mis en place une hotline pour les appels concernant Casey, et quelques jours après l'évasion de Sully, ils ont reçu un tuyau anonyme de quelqu'un qui pensait avoir vu quelqu'un qui ressemblait à Casey avec un camionneur. Reggie affirme qu'ils ont reçu des centaines d'appels bidon mais ça arrive au moment même où Sully est arrivée ici.

— Vous voyez ? Je le savais, putain.

Cowboy ricana. Cette personne avait-elle aussi remarqué ses yeux ? Peu importe. Au moins, il n'était pas le seul à le penser.

— Je vois aussi une ressemblance, dit Doc, rencontrant le regard confus de Cowboy. Je ne l'ai pas fait au début mais je n'ai pas passé beaucoup de temps à regarder ce flyer avant qu'elle n'arrive ici.

Cowboy acquiesça, content que son frère ait regardé de plus près.

— Je te *comprends* mais on ne peut pas les accuser d'enlèvement sans preuve. Les résultats du test ADN de Sully devraient être connus cette semaine, et avec un peu de chance, ils nous donneront les réponses dont nous avons besoin. Mais si le test prouve que Sully *est* Casey, l'enlèvement est une affaire qui relève du FBI, pas de notre club.

— Alors, qu'est-ce qu'on est censé faire ? Rester assis et ne rien faire pendant qu'ils abusent d'autres filles ? hurla Cowboy.

— Cowboy a raison.

Doc se leva.

— Si on oublie l'enlèvement, il y a toujours de la maltraitance.

Dare se leva.

— Je suis *pour* faire tomber ces enfoirés.

— Nous aussi.

Rebel, Hyde et Taz se levèrent, suivis par tous les autres hommes dans la pièce, tous debout et criant la même chose.

Son père se leva à son tour et les murmures se calmèrent.

— Nous sommes *tous pour* faire tomber les agresseurs d'enfants, dit-il avec véhémence. Manny et moi allons nous en charger. Mais les Dark Knights ne se lancent pas à moitié dans une situation, alors asseyez-vous et écoutez ce que nous avons à faire.

Tout le monde s'assit, sauf Cowboy.

Son père le regardait fixement et parlait d'un ton bourru.

— Bullet et Diesel surveillent les allées et venues et font de la reconnaissance dans l'enceinte. Voici ce que nous savons pour l'instant. La Free Rebellion dispose d'un arsenal d'armes.

— Nous avons beaucoup d'armes, s'indigna Cowboy.

— Oui, acquiesça son père, mais il y a des dizaines de femmes et d'enfants. Tu veux assumer la responsabilité qu'ils soient pris dans les tirs croisés ?

— *Nom de Dieu.*

— Bon sang, c'est vrai, fiston. Nous voulons *tous* faire ce qu'il faut, mais nous devons le faire intelligemment. Reggie a dit que le FBI s'occupait d'un certain nombre de crimes contre les enfants, y compris les agressions physiques et sexuelles. Nous allons les aider à faire tomber la Free Rebellion mais nous ne le ferons pas d'une manière qui pourrait mettre fin à la vie de femmes et d'enfants innocents. Wynnie parle à Sully de porter plainte, et quand les résultats de l'ADN seront connus, nous saurons s'il s'agit d'un enlèvement et d'une agression, ou seulement d'une agression.

— C'est des conneries, fulmina Cowboy. Ils méritent de se faire botter les fesses.

Un grondement de consentement s'éleva autour de lui.

— Ils le *feront*. Nous avons d'anciens détenus parmi nous, dit Manny. Ils vous diront ce qui arrive aux agresseurs d'enfants en prison.

— Ils sont battus jusqu'à l'extrême limite de leur vie, encore et encore, mais jamais tués, confirma Hyde. Parce que les cadavres ne ressentent pas la douleur.

— Si ce n'est pas fait par mes mains, ce n'est pas assez putain.

Cowboy se rassit, se sentant comme un tigre enchaîné. Il sortit son téléphone et envoya un message à Diesel. *Hé, mec. J'ai besoin d'une faveur.*

SULLY S'ASSIT ENTRE Birdie et Sasha sur le canapé de son chalet et regarda la fin de *Never Been Kissed*, un film sur Josie Geller, une journaliste qui retourne au lycée en se faisant passer pour une lycéenne et tombe amoureuse de son professeur d'anglais, Sam Coulson. Sully pensait que le film la ferait rire mais ce fut une aventure tumultueuse qui la fit rire, pleurer et se tordre intérieurement, comme elle le faisait le plus souvent avec Callahan. Elle saisit une poignée de mouchoirs, regardant Josie mettre son cœur en jeu au milieu d'un terrain de baseball devant toute la ville, espérant que Sam entendrait sa confession et lui rendrait son affection. Mais Sam n'était nulle part en vue et le cœur de Sully se brisait.

— Où *est*-il ? demanda-t-elle avec colère. Il *ne peut pas* la laisser là.

— Il ne le fera pas, dit Sasha.

— Mais *si*.

Sully se redressa et s'approcha du bord du canapé alors que Sam apparaissait dans les gradins.

— Le voilà !

Des larmes coulèrent de ses yeux tandis qu'il courait vers le terrain sous les acclamations de la foule. Il se confondit en excuses auprès de Josie pour son retard et l'embrassa à pleine bouche.

Birdie et Sasha l'acclamèrent. Sully riait et pleurait, incapable de détourner le regard de Josie et Sam qui s'embrassaient, aussi fascinée par les émotions qui la traversaient qu'elle l'était par celles qui émanaient de Josie et Sam. Les habitants de la ville applaudissaient et sifflaient car le baiser sans fin liait Josie et Sam d'une manière magique, ce qui irritait Sully au plus haut point.

Elle s'enfonça dans les coussins, des émotions contradictoires l'envahissant.

— Pourquoi les gens regardent-ils des films comme ça ? C'était de la torture. Les enfants étaient méchants avec Josie et elle se sentait si mal dans sa peau. C'étaient des hauts et des bas. Mon cœur s'est brisé plusieurs fois pour elle et *puis*, ils ont donné l'impression que les baisers étaient magiques et merveilleux, alors que ce n'est *pas du tout* le cas.

— Les montagnes russes des émotions, c'est tout l'intérêt, déclara Sasha. Cela rend le bonheur éternel encore plus doux.

Quelque chose dans son regard donna à Sully l'impression qu'elle lui demandait si elle voulait embrasser Callahan, ce qui la rendit nerveuse. Elle haussa les épaules sans s'engager, mais son corps disait oui ! Et ces papillons d'anxiété dans sa poitrine l'empêchaient de penser correctement. Elle s'était efforcée de ne pas s'engager mentalement avec Callahan, mais elle se demandait maintenant si Gaia et Wynnie n'avaient pas raison. L'intimité ne se résume-t-elle pas à servir quelqu'un ? Elle ne pouvait pas imaginer que c'était agréable, mais ce baiser à l'écran et ce que les filles avaient dit lui rappelaient les paroles de Callahan. *Je ne pense qu'à lui donner du plaisir et la seule façon d'y parvenir est d'écouter ce qu'elle dit, de sentir ses réactions et de lire son langage corporel.* Il écoutait si intensément lorsqu'elle parlait, qu'elle ne pouvait qu'imaginer la façon dont il déchiffrait le corps d'une femme.

— Attends, tu n'as pas laissé le gars pour qui tu ressens ça là-bas, n'est-ce pas ? demanda Birdie.

— Non, je ne le connaissais pas à l'époque, dit Sully.

Birdie et Sasha échangèrent un autre regard curieux.

— Quand le moment sera venu, je suis sûre que ça arrivera, la rassura Sasha. Il est difficile de lutter contre l'alchimie.

Sully attrapa un morceau de chocolat pendant que Sasha et Birdie parlaient de l'intensité de l'alchimie, des baisers et de la sensation des mains d'un homme, tandis qu'elle ne cessait de penser à ce baiser et à Callahan. Embrasserait-il comme Sam a embrassé Josie ? Le monde lui échapperait-il comme il l'avait fait lorsqu'ils avaient dansé ?

Le bruit d'une moto incita Birdie à s'approcher de la fenêtre.

— C'est Cowboy.

Le pouls de Sully monta en flèche et ses joues brûlèrent, comme si elle avait été surprise en train de penser à l'embrasser. Elle savait que c'était insensé mais cela ne l'empêchait pas d'avoir l'impression que c'était écrit sur son visage.

— Est-ce qu'il vient tous les soirs ? demande Birdie.

— J'ai du mal à dormir, alors parfois nous nous promenons tard ensemble.

C'était pour cela qu'il était là ? Avait-il renoncé à aller au bar avec les copains pour la voir ? Cela la rendait encore plus nerveuse.

— *C'est vrai ?* J'adore ça.

Birdie se précipita vers la porte avant que Sully ne puisse l'atteindre et l'ouvrit d'un coup sec.

— Hé, grand frère. Malheureusement, tu n'as pas le bon équipement pour une soirée entre filles.

— Qu'est-ce qu'il y a, Bird ?

Son regard passa de l'épaule de Birdie à celle de Sully. Il lui fit un clin d'œil, malgré son air sérieux, et ses papillons devinrent plus nombreux.

Les yeux de Birdie s'illuminèrent de malice.

— Sully est très belle dans les vêtements que tu lui as achetés.

— C'est une femme magnifique. Tout lui irait. Tu as ma carte de crédit ?

Il tendit la main, ses yeux sombres et sérieux se reportant sur Sully.

Le feu de ses joues se propagea à sa poitrine sous l'effet de son compliment. Elle ne pouvait s'empêcher de regarder ses lèvres. Qu'est-ce qui n'allait pas chez elle ? Ce film avait dû vraiment lui troubler l'esprit. Elle détourna les yeux lorsque Birdie lui tendit sa carte de crédit.

— Emmène-la dans un endroit où elle pourra porter une robe, suggéra Birdie. Mais pas ce soir. Nous avons une soirée entre filles et j'ai quelques questions sans réponse à poser à notre nouvelle amie.

— Birdie, ne fais pas ça, prévient-il.

— Je ne la laisserai pas faire, dit Sasha depuis le canapé.

— Donnez-moi une seconde avec Sully, d'accord ? dit-il.

Il avait l'air si sérieux qu'elle en fut ébranlée. Avait-il remarqué quelque chose de différent dans la façon dont elle le regardait ? Si c'était le cas, il était peut-être en colère. Elle se souvint qu'il était censé s'assurer qu'elle allait bien. C'était *son job* d'être gentil avec elle. Elle déglutit difficilement contre cette réalité lorsque Birdie s'écarta pour lui faire signe de passer la porte.

Lorsqu'elle franchit le porche, il semblait plus grand que

nature dans son gilet de cuir noir, portant son casque d'une main, ses jambes robustes ancrées au porche par des bottes de motard noires. Son regard se posa sur elle et ses sourcils se froncèrent. Elle se souvint qu'elle portait sa chemise et commença à l'enlever.

— Je voulais te la rendre.

Sa main couvrit la sienne, l'arrêtant, et un sourire sexy se dessina.

— Elle te va bien, ma belle, garde-la.

Elle sentit le monde basculer sur son axe et ne sut que dire.

— Tu t'amuses bien ?

— Oui, réussit-elle à dire. Tes sœurs sont géniales.

— Elles vont probablement t'occuper assez tard, alors je suppose qu'on va zapper notre promenade.

Son estomac se serra mais elle essaya de cacher sa déception.

— D'accord.

— Tu veux assister au lever du soleil demain matin ? Je peux venir te chercher vers six heures quinze. Le soleil se lève à sept heures.

Son cœur s'emballa.

— J'adorerais ça.

— À bientôt alors.

Il se tourna pour partir et alors qu'il se dirigeait vers la porte moustiquaire, il regarda par-dessus son épaule.

— Pour information, notre promenade de ce soir me manquera.

Elle le regarda descendre les marches et monter sur sa moto, et tandis qu'il s'éloignait, elle murmura :

— Moi aussi.

Chapitre Douze

SULLY ÉTAIT debout et prête à cinq heures et demie le lendemain matin, impatiente de passer du temps avec Callahan et d'assister à son premier lever de soleil. Les filles étaient restées jusqu'à minuit et elle avait entendu Callahan sous son porche peu après. Elle s'était réveillée à trois heures du matin après avoir fait un rêve qui s'était transformé en cauchemar. Ils se tenaient dans un champ avec les chevaux, et il avait pris son visage entre ses mains, comme l'avaient décrit ses sœurs, en approchant ses lèvres des siennes. Son cœur s'était emballé et son corps s'était réchauffé, mais avant que leurs lèvres ne se touchent, le visage de Rebel Joe était apparu de nulle part, la réveillant en sursaut. Elle n'avait jamais rêvé d'embrasser un homme et elle détestait que Rebel Joe ait encore une emprise sur elle, mais quand elle avait jeté un coup d'œil par la fenêtre et vu Callahan dormir sur une chaise sous le porche, elle avait su que Rebel Joe ne pourrait plus jamais la toucher.

Il lui avait fallu un certain temps pour se rendormir, et il n'était plus là quand elle s'était réveillée, mais elle avait su qu'il reviendrait. Elle s'était douchée et habillée et avait ajouté un certain nombre de points à sa liste de choses qu'elle voulait faire, y compris *trouver un travail* et *être embrassée comme Josie Geller*, en omettant par *Callahan*. Elle voulait faire quelque chose de spécial pour lui ce matin mais elle n'avait pas les bons ingrédients pour faire de la pâtisserie, alors elle lui avait fait du café à la place et l'avait mis dans un thermos qu'elle avait trouvé dans une armoire. Il était brûlant lorsqu'elle ouvrit la porte à six heures quinze précises. Il était tout aussi séduisant qu'hier soir, sauf qu'aujourd'hui, il portait une autre chemise de flanelle par-dessus un T-shirt noir.

— Quel délice pour des yeux fatigués, n'est-ce pas ? Tu es terriblement jolie, ma belle.

Ses joues se réchauffèrent et elle baissa les yeux sur le jean moulant, le débardeur vert olive et le gilet beige bordé de vert pâle que Birdie lui avait offerts.

— Je te remercie. Ce sont des vêtements que Birdie m'a achetés, ce qui était très gentil de ta part, et je vais te rendre la pareille.

— Te voir dans ces vêtements est un paiement suffisant.

Elle secoua la tête, ne pouvant s'empêcher de sourire, car elle savait qu'il était sincère, et elle savait aussi qu'il n'attendait rien en retour. Elle avait envie d'envelopper sa gentillesse et de la ranger pour les moments plus difficiles où elle avait besoin d'une raison de se sentir bien. En y pensant, elle se rendit compte qu'elle n'avait pas eu beaucoup de ces moments difficiles ces derniers temps. Elle n'avait jamais été aussi heureuse que cette semaine.

— Nous verrons bien, dit-elle en tendant le thermos. Je t'ai fait du café. Je voulais te faire des biscuits ou des muffins, mais je n'avais pas les ingrédients.

Ce sourire sexy réapparut et son esprit revint sur la pointe des pieds à l'idée de l'embrasser. *Finis les romans à l'eau de rose !*

— Tu n'étais pas obligée de faire ça. Le café est très apprécié mais nous aurons tous les deux besoin de deux mains pour cela. Je le boirai à notre retour.

Il enroula sa main autour du thermos, ses doigts recouvrant les siens pendant quelques battements de cœur, avant de prendre le thermos et de le poser sur la table près de la chaise.

— Nous ferions mieux d'y aller. Le soleil n'attend personne.

Pendant qu'elle prenait sa clé, il lui dit :

— Écoute, je pars demain après le petit déjeuner pour m'occuper de quelques affaires. Je me suis arrangé pour que Doc soit avec toi, et tu passeras aussi du temps avec Sasha et les chevaux. Je serai de retour vendredi matin et je viendrai te chercher pour le petit déjeuner.

La déception pesait lourdement sur elle mais elle essaya de ne pas le laisser paraître.

— D'accord.

En sortant du porche, elle vit un grand cheval noir.

— On prend un cheval ?

— Il nous emmène. C'est Thunder.

— Mais je ne sais pas monter à cheval.

— Nous allons bientôt travailler là-dessus, mais pour l'instant, je te tiens. Tu vas t'asseoir devant moi.

Ses nerfs furent mis à rude épreuve lorsqu'il la guida vers le cheval et lui laissa un moment pour lui tendre la main et se lier d'amitié avec Thunder. Le cheval était beaucoup plus costaud que Sunshine. Il lui rappelait Callahan, immensément puissant mais doux lorsqu'elle lui tendait la main.

— Prête, ma belle ? Quand je te soulèverai, tu passeras ta jambe par-dessus son dos et tu t'accrocheras à sa crinière.

— Ça ne va pas lui faire mal ?

— Même pas un peu, dit-il en riant doucement.

Il lui serra la taille, la soulevant comme si elle était légère comme une plume, et la déposa sur le dos du cheval. Elle laissa échapper un couinement surpris.

— C'est tellement haut !

— Tu as le vertige ?

— *Non.* J'ai sauté du grenier de Mega Mart, tu te souviens ? C'était juste surprenant.

Il grimpa derrière elle et attrapa les rênes. Elle sentait son cœur battre contre son dos, la chaleur de son corps la faisait vibrer à des endroits qu'elle n'avait pas soupçonnés. Il fit entendre un cliquetis et guida Thunder jusqu'à la route et la longue étendue herbeuse qui menait à la maison principale. C'était étrangement provocant de sentir l'animal massif se déplacer sous elle, avec le corps puissant de Callahan pressé contre son dos.

Il se pencha vers elle, ses poils effleurant sa joue, envoyant de nouveaux picotements à ces endroits surprenants, tandis qu'il lui parlait doucement à l'oreille.

— Ça va ?

— *Oui.* On peut aller plus vite ?

— Bien sûr. A quelle vitesse penses-tu ?

— Aussi vite qu'il le peut.

Son souffle réchauffa son oreille tandis qu'un petit rire s'échappait.

— D'accord, mais tu dois me faire confiance pour ne pas être blessée.

— Je ne serais pas sur ce cheval si ce n'était pas le cas.

Elle se rendit compte à quel point il était difficile de faire confiance à un autre homme qu'Ansel, d'autant plus qu'elle avait grandi avec lui. Elle ne connaissait pas l'âge de Callahan, mais elle devinait qu'il avait plusieurs années de plus.

Il prit les rênes d'une main et entoura solidement le ventre de la jeune fille de l'autre.

— La route va être cahoteuse et ton instinct te poussera à te crisper, mais essaie de te détendre et de t'abandonner à moi. Laisse *mon* corps guider *tes* mouvements. Tu crois que tu en es capable ?

Pourquoi cela lui donnait-il envie de l'embrasser… et plus encore ? Elle réussit à hocher la tête.

— D'accord, c'est parti.

Elle s'accrocha à la crinière du cheval tandis qu'il se penchait en avant, la tenant fermement, la soulevant de façon à ce que ses fesses se détachent du cheval, et grogna *Hi Ha !* Thunder s'élança vers l'avant et Sully se crispa instantanément. Mais Callahan la tenait si fermement qu'elle se sentait en sécurité, comme si rien de mal ne pouvait arriver. Elle n'avait pas à lutter trop fort contre son instinct pour se détendre dans ses mouvements, parce que son instinct de confiance l'emportait sur tout le reste. Ils foncèrent sur l'herbe, l'air vif embrassant sa peau tandis que le monde défilait à toute vitesse. C'était exaltant et spectaculaire, comme si elle volait sans se soucier du monde. Elle se sentait plus libre que jamais. Elle se demanda brièvement comment elle pouvait se sentir libre alors qu'elle comptait sur Callahan pour s'assurer qu'elle ne tombait pas, mais elle savait que c'était *grâce à* lui qu'elle se sentait si libre. Thunder galopa jusqu'en haut de la colline, dépassant la maison principale et volant à travers le champ derrière elle. Il sprinta sur une autre colline. Alors qu'ils approchaient de la crête, Callahan le ralentit, l'immobilisant avec un *Whoa*, et resserra son emprise autour de la taille de Sully.

— Tu es toujours avec moi, mon cœur ?

La façon dont il prononça ces mots semblait intime et protectrice.

— *Oui*, dit-elle à bout de souffle, le cœur battant la cha-made. C'était génial ! Je veux le refaire.

Elle rit.

— Je veux le faire toute la journée !

Il rit lui aussi et lui serra le ventre.

— Nous ferons de toi une cow-girl.

Il descendit du cheval et l'aida à se mettre debout. Il était *là*, si près qu'elle voulait toucher son visage, juste pour voir ce qu'elle ressentait. Elle avait envie de passer ses doigts sur sa mâchoire serrée et de sentir la tension qu'il y mettait. Elle avait envie de sentir l'éraflure de ses moustaches, la rugosité de ses pommettes, et – comme si elle avait un jour le courage de le faire – de tracer ses lèvres. Mais il la regardait avec tant d'admiration et quelque chose de tangiblement plus profond, qu'elle se demanda s'il sentait ses pensées. Ce fut tout ce qu'elle put faire pour se rappeler comment respirer.

Il tendit la main et fixa une mèche de ses cheveux derrière son oreille, ce qui lui parut également spécial. Peut-être que le fait de chevaucher aussi vite avait bousculé son cerveau. *Et mon cœur ?*

— Tu hésites à me faire confiance, ma belle ? demanda-t-il.

Elle secoue la tête.

— Non. C'était incroyable.

— *Tu* as été incroyable.

Il attacha le cheval à un arbre et lui prit la main, la condui-sant au sommet de la colline. Son cœur faillit s'arrêter à la vue d'une épaisse couverture écossaise étalée sur l'herbe, avec un panier de pique-nique et une autre couverture à côté. Elle regarda l'homme qui lui ouvrait tant de portes, lui montrait des choses dont elle n'avait que rêvé et lui prouvait que tous les hommes n'étaient pas des agresseurs arrogants. Les mots lui manquèrent.

— Ton premier lever de soleil devrait être mémorable.

— Je n'arrive pas à croire que tu aies fait tout ça. Tu fais toujours ça quand tu regardes un lever de soleil ?

— Tout quoi ? Tout ça ?

Il montra la couverture et le panier de pique-nique.

— Ou tu amènes de la compagnie ?

— Les deux, je suppose, dit-elle maladroitement.

— Tu es la première, ma belle, à faire les deux.

La *première* ? Son pouls s'accéléra. Elle avait supposé qu'un homme comme lui, qui aimait le plein air et les levers de soleil, aurait partagé son amour avec de nombreuses petites amies. Elle voulait lui demander pourquoi il ne l'avait pas fait, mais alors qu'ils étaient assis sur la couverture et qu'elle contemplait les magnifiques rubans d'orange et de jaune qui se détachaient des sommets, sa question se perdit dans la beauté de l'instant. Elle jeta un coup d'œil à Callahan, qui s'appuyait sur ses paumes, ses longues jambes croisées aux chevilles. Il était aussi détendu que possible, profitant du lever du soleil, tandis qu'elle était hypnotisée par l'homme qui lui offrait encore une fois l'une des expériences les plus spéciales de sa vie.

— Tu regardes dans la mauvaise direction, ma belle. Le lever du soleil est là-bas.

Il sourit, faisant un signe de tête vers la vue.

— J'essaie juste de te comprendre.

— Je ne vais nulle part. Tu me comprendras quand tu auras regardé le matin prendre vie.

L'idée lui plut et elle se pencha en arrière, croisant les chevilles.

— Et voilà. Ce n'est pas mieux ?

Même si le lever du soleil était magnifique, elle ne se sentait pas aussi bien que lorsqu'elle le voyait.

— Le monde semble si grand d'ici. Plein de possibilités et de beauté.

— Comment était le complexe ?

— Pas comme ça. Il n'y avait que de l'herbe envahie par la végétation, des sentiers usés serpentant à travers elle, des caravanes et des cabanes délabrées à différents stades de détérioration. Il y avait un grand bâtiment avec des salles de bains et une cuisine. C'est là que nous mangions, que nous nous lavions, que nous allions à l'école et que nous avions des réunions de groupe. Le lierre était *partout*. Il se frayait un chemin dans les camping-cars et les tentes et grimpait le long des coins et des côtés du grand bâtiment et de toutes les cabanes, ce qui leur donnait l'air d'avoir poussé de la terre. Il y avait des cheminées, mais pas en pierre comme celles du chalet où je loge. Il y avait de grandes fosses au centre de clairières en terre battue, entourées de souches retournées. Nous avions des tables en bois usées par les intempéries sous des auvents en vinyle et des bâches. Tout l'endroit était entouré d'arbres, mais ils n'étaient pas beaux. Ils me faisaient l'effet de barreaux, m'enfermant dans un piège.

— Tu étais piégée.

— Je sais que je l'étais. Je me réveille encore tous les matins en m'attendant à retourner là-bas, comme si tout cela n'était qu'un rêve, et puis tu apparais et je sais que c'est réel. J'ai toujours su qu'il y avait beaucoup plus dans la vie que ce que j'avais. Nos promenades, le fait d'apprendre à connaître tout le monde pendant les repas, et la nuit dernière avec tes sœurs, tout cela me rend si heureuse.

— Je suis content. Mes sœurs sont restées assez tard. C'était bien ? J'espère qu'elles n'ont pas essayé de se mêler de tes affaires.

Elle ne voulait pas lui dire que Birdie avait posé beaucoup de questions sur eux deux après qu'il soit passé. Elle n'avait pas dit à ses sœurs qu'il était l'homme qu'elle voulait embrasser, bien sûr. Elle leur avait simplement dit la vérité, à savoir que Callahan et elle étaient en train de devenir de bons amis.

— Elles ne l'ont pas fait. C'était bien. Nous avons regardé un film et parlé. Je n'avais jamais vu de film auparavant. C'était un peu bizarre de voir la relation de quelqu'un d'autre à la télévision.

Alors que de magnifiques rayons de couleur montaient dans le ciel, elle reprit :

— C'est un million de fois mieux que le film, mais j'ai passé un bon moment hier soir, et j'ai aimé apprendre à connaître tes sœurs.

— J'en suis ravie. Birdie peut être curieuse *et* bruyante, mais Sasha et elle sont de bonnes personnes.

— J'aime Birdie telle qu'elle est. Elle est tout à fait elle-même, comme toi.

— J'aime aussi ce que tu es.

Comment des mots aussi simples pouvaient-ils la faire se sentir si spéciale ? Il soutint son regard, ce qui lui donna encore plus de papillons. Il dut sentir sa nervosité car il regarda à nouveau le lever du soleil.

— Quel film avez-vous regardé ?

— *Never Been Kissed.*

— *Bon sang.* Qu'est-ce que c'est ?

— Une comédie romantique.

Elle sourit.

— Je ne savais même pas ce qu'était une comédie romantique jusqu'à hier soir. Il y avait tellement de hauts et de bas. Certains passages étaient difficiles à regarder. Est-ce que c'est comme ça que sont les relations dans la vraie vie ?

— Je n'ai jamais vu le film.

— Mais tu as déjà eu des relations, non ?

— De courte durée. Je n'aime pas les drames et ces films en contiennent souvent beaucoup.

— Je suis d'accord avec toi. Je ne pense pas que je puisse supporter les drames non plus. Pourquoi n'écrivent-ils pas des histoires d'amour sans les hauts et les bas ? J'ai vécu sur les nerfs toute ma vie. Cela semble inutilement stressant de mettre tous ces moments d'anxiété dans une histoire d'amour.

— La plupart des filles que je connais adorent les montagnes russes des comédies romantiques, mais je comprends pourquoi tu n'as pas apprécié.

— J'ai aimé certaines parties. Les parties heureuses.

Elle resta silencieuse pendant une minute, voulant en dire plus mais s'inquiétant et hésitant uniquement parce qu'elle ne voulait pas l'ennuyer avec ses problèmes. Mais il lui avait dit qu'elle pouvait tout lui dire et elle lui faisait confiance.

— Cela peut paraître bizarre, mais parfois, lorsque nous mangeons dans la maison principale avec tout le monde et que j'entends d'autres filles parler, ou hier soir lorsque tes sœurs et moi avons traîné ensemble, j'ai l'impression que je ne les rattraperai jamais. Comme si j'avais vécu trop longtemps dans une société alternative, et que je ne serai jamais aussi insouciante ou que je ne comprendrai jamais toutes les choses que font les autres filles.

— Ce n'est pas du tout étrange. Je comprends ce que tu ressens. Mais je pense que certains d'entre nous ont vécu trop de choses, vu et expérimenté trop de choses pour être vraiment insouciants. Et les gens que tu crois insouciants le sont rarement. Tout le monde connaît des épreuves et des tribulations. Certains sont bien pires que d'autres. Mais en fin de compte, la vie que nous avons est différente pour chacun. Tu n'as pas à rattraper qui que ce soit. Tu dois juste être heureuse avec ce que tu es.

— Je le *suis*. Je veux dire que j'ai des choses à apprendre et à faire pour ne pas me sentir si déconnectée du monde moderne mais je pense que je suis quelqu'un de bien.

— Tu es une bonne personne, et en parlant de choses que tu veux apprendre et faire, quand vas-tu me montrer ta liste ?

— Je n'ai pas fini.

— Elle ne sera jamais terminée, parce que nous apprenons et grandissons toujours. C'est le but d'une telle liste. Dans dix ans, tu auras d'autres choses à faire mais tu regarderas en arrière et tu verras tout ce que tu as accompli. Nous devrions commencer à travailler dessus avant qu'elle ne devienne trop longue.

— C'est déjà le cas. Je regarde un lever de soleil et tu as dit que tu m'apprendrais à monter à cheval. C'est sur ma liste. As-tu une liste de choses que tu veux faire ?

— Bien sûr.

— Comme quoi ?

— Comme regarder d'autres levers de soleil avec toi et t'apprendre à monter à cheval.

Elle rit doucement.

— Il faut qu'on parle de cette âme généreuse que tu possèdes.

— Non, nous ne devons pas.

— Si, on doit en parler. Tu m'as acheté beaucoup trop de choses. Je vais demander à Wynnie de trouver un travail pour pouvoir te rembourser.

—Je suis d'accord pour que tu travailles si c'est ce que tu veux faire, mais je ne prendrai pas un centime de ton argent.

— *Callahan.*

— Tu peux discuter autant que tu veux mais tu gaspilles ta salive. Tu es venue ici avec un sac de voyage, et tout le monde a besoin de vêtements. Le débat *n'a pas* lieu d'être.

— Et les accessoires d'art ? Et les chocolats ?

— Nous avons déjà eu cette discussion. Est-ce si grave que j'aime te voir sourire ?

— Non. J'aimerais juste pouvoir faire quelque chose pour toi.

— Crois-moi, ma belle, tu en fais déjà plus que tu ne penses.

Chapitre Treize

COWBOY TRAVERSA les routes sinueuses de Bucksboro, en Virginie Occidentale, jeudi soir, sur la moto que Diesel s'était arrangée pour qu'elle l'attende à l'aéroport. Des pensées de Sully traversaient son esprit. *Je ne veux pas payer de mon corps… C'est ce qu'on attendait de moi… La boîte, la marque et les jeudis soirs.* Il serra le guidon plus fort, la mâchoire si serrée qu'il pensait que ses dents allaient craquer, et il s'en foutait si c'était le cas. Rebel Joe allait payer pour ce qu'il avait fait.

Il mit les gaz et ne ralentit pas jusqu'à ce qu'il entre dans la ville, qui avait l'air plus négligée qu'habitée. Il descendit la rue principale et repéra le bar délabré au bout du pâté de maisons. Le *G* du néon rouge de l'enseigne *Nigel's* au-dessus de la porte clignotait par intermittence. Alors qu'il tournait sur la route secondaire en face du bar, il aperçut la moto de Diesel et s'arrêta. Il descendit de sa moto et Diesel, une montagne d'un mètre quatre-vingt-dix aux yeux sombres et froids et sans aucun talent pour les relations humaines, sortit de l'ombre avec trois cousins de Cowboy. *Putain de Diesel.*

Cowboy arracha son casque.

— C'est quoi ce bordel, Diesel ? Ces types ont des bébés et

des femmes. Je t'avais dit que *je* m'en occuperais.

— Content de te voir aussi, connard, cracha Diesel. Je ne ramènerai pas un corps à Tiny. Cet enfoiré me mettrait en pièces.

— Il n'aurait pas eu à le faire. J'ai dit que je m'en *occupais*, fulmina Cowboy, espérant que ce soit vrai.

Il ne pouvait pas mourir. Pas avant d'avoir eu la chance de donner à Sully tout ce qu'elle méritait.

Bullet le fixa d'un regard sérieux.

— C'est quoi ce bordel, Cowboy ? Nos bébés n'ont pas pris nos couilles.

C'était un ancien des forces spéciales, aussi grand que Diesel, barbu et tatoué du cou à la cheville.

— Nos femmes l'ont fait, déclara en riant Bear, le plus jeune de ses cousins du Maryland et le plus grand farceur.

Bones frappa Bear sur l'épaule.

— Parle pour toi, petit frère. J'ai toujours les miennes.

Bones était un médecin en apparence très élégant, et comme Doc, il avait l'air discret et inoffensif, mais pouvait devenir un poison mortel en un clin d'œil.

Cowboy regarda ses cousins.

— J'apprécie votre soutien, mais s'il vous plaît, dites-moi que vous ne l'avez *pas dit* à Biggs, parce que mon vieux me botterait le cul s'il savait que j'étais là.

— Pas de conneries, grogna Bullet.

— Il y a pas mal de choses que Biggs ne sait pas, déclara Diesel.

— Et nous ne lui dirons certainement pas que le Boy Scout est à la recherche de sang alors que le président du club lui a dit de se retirer, ajouta Bear.

Dieu merci. Cowboy regarda le bar et le feu lui brûla les

entrailles.

— Est-ce que ce connard est là-dedans ?

Il roula les épaules en arrière, voulant foncer là-dedans et déchirer cet enfoiré.

— Ouais. C'est ta cible.

Diesel lui tendit son téléphone avec une photo de deux gars entrant dans le bar.

— C'est celui de gauche. Cheveux bruns, il semble avoir la quarantaine. C'est un grand gars mais qui a l'air faible. Il ne peut rien contre toi.

Peu de gens le peuvent. Cowboy étudia la photo de l'homme qui avait agressé Sully pendant des années et vit rouge. Rouge sang.

— Ils sont venus dans ce véhicule. Ton homme conduisait.

Diesel se dirigea vers un camion garé à côté du bar.

— Mais le bar est rempli de gens qu'il connaît. Alors ne te fais pas d'idées. Nous nous en tenons au plan et l'emmenons loin d'ici.

— Bankers Road.

Cowboy avait mémorisé la carte envoyée par Diesel.

— C'est vraiment désert, déclara Diesel. Personne ne verra ce qui va se passer.

Cowboy regarda ses cousins.

— Vous devriez rentrer chez vos femmes. Vous savez que ces gars-là sont probablement sur des chardons ardents et je n'ai pas besoin de vos corps sur ma conscience.

— Et si tu arrêtais de rêver et que nous allions chez nous avant que ce connard ne sorte ?

Bullet se dirigea vers Bones et Bear, et tous les trois traversèrent la rue.

— Ça va ? demanda Diesel à Cowboy.

— Ça ira. Avez-vous apporté ce que j'ai demandé ?

Diesel hocha la tête.

— Tu sais que cela ne va pas enlever ce sentiment de malaise que tu ressens à chaque fois que tu penses à ce qu'il a fait à ta copine. Cela fait partie d'elle, et maintenant c'est une partie de toi.

Ma copine. Si seulement.

— Sans déconner. Il ne s'agit pas de ça. Il s'agit de vengeance et de justice. Je fais ce qu'elle et ces autres filles innocentes ne pouvaient pas faire.

— Nous avons compris, mon frère.

Diesel le prit dans ses bras et lui donna une tape dans le dos.

Ils montèrent sur leurs motos et Diesel descendit la route pour se mettre en position. Cowboy fit demi-tour et se gara au coin, face au bar, alors que le pick-up de Bullet se dirigeait vers la sortie de la ville, suivi de Bear et Bones sur leurs motos.

COWBOY MARCHAIT à l'adrénaline, son rythme cardiaque s'accélérant à chaque fois que la porte du bar s'ouvrait. Il ne savait pas combien de temps ils avaient attendu, mais quand Rebel Joe sortit finalement de ce bar avec un autre connard, il lui fallut tout ce qu'il avait pour ne pas renoncer au plan et foncer tête baissée.

Il les regarda monter dans leur vieux camion Ford et s'engagea sur la route derrière eux alors qu'ils s'éloignaient. Il passa devant Diesel et le vit envoyer des SMS aux autres gars. Quelques minutes plus tard, le phare de Diesel brillait dans son rétroviseur. Deux kilomètres plus tard, Bear prenait la tête.

Cowboy pensa à Sully, en sécurité au ranch avec Doc qui veillait sur elle. Il ferait tout ce qu'il fallait pour s'assurer qu'elle puisse avancer sans craindre d'être à nouveau blessée. Il resserra sa prise sur le guidon alors qu'ils quittaient la route principale et empruntaient quelques routes secondaires. Ils se tournèrent finalement vers Banker, à un kilomètre et demi de l'endroit où Bullet les attendait dans son camion sur le bord de la route.

A un kilomètre de payer ses dettes.

Cowboy contourna le véhicule de Rebel Joe, comme s'il allait les dépasser sur la route étroite, juste au moment où le phare de Bones semblait se diriger vers eux dans la direction opposée, et le pick-up de Bullet se retira, bloquant la route devant eux. Rebel Joe freina brusquement. Cowboy et les autres étaient déjà debout, se précipitant en avant. Cowboy ouvrit la portière de sa cible, tirant l'homme hurlant hors du siège du conducteur, et le plaqua contre le côté du véhicule au même moment où Diesel traîna les fesses de l'autre gars hors du siège passager.

— Putain, qui es-tu ?

Rebel Joe fulminait.

— Ton pire cauchemar.

Le poing de Cowboy toucha sa mâchoire et la tête de Rebel Joe recula brusquement. Il le frappa encore et encore, le sang coulant de la bouche et du nez du connard. Cowboy le relâcha, le laissant s'éloigner. Le gars trébucha et se balança, mais Cowboy l'esquiva facilement, se jetant sur lui en grinçant :

— C'est pour Sully.

Il le frappa au ventre. Rebel Joe se plia en deux et un upper-cut fit reculer le connard. Il atterrit sur le trottoir avec un *bruit sourd*. Cowboy était sur lui en quelques secondes.

— Et ceci est pour toutes les autres filles que tu as touchées.

Ses poings volèrent. Aveuglé par la rage, il envoya coup sur coup, jusqu'à ce qu'il soit arraché du corps ensanglanté du connard. Bouillant, il voulut lui redonner d'autres coups, pour le blesser plus encore.

— Cowboy ! hurla Bullet. Tu vas le tuer, mec. Il n'en vaut pas la peine.

— Je *veux* qu'il meure, aboya Cowboy, essayant de se libérer des griffes de Bullet et de Bear.

— Il est *cuit*, mec. Il ne bouge plus, dit Bear.

Bones était penché sur Rebel Joe. Il regarda Bullet et hocha la tête.

— Je t'ai laissé de quoi t'occuper de ce connard, lança Diesel de l'autre côté du véhicule. Il s'appelle Hoyt.

Cowboy arracha ses bras de ses cousins et fit le tour du pick-up. Le nez du type était cassé, sa bouche saignait, ses yeux étaient presque tuméfiés.

— Tu l'as *marquée* au fer rouge, putain.

Le premier coup de poing envoya Hoyt au sol, le second l'assomma, et le troisième s'assura qu'il y resterait. Cowboy se leva, se plaça au-dessus de ce tas de merde et lui tendit la main. Diesel lui tendit l'un des deux fers à marquer qu'il avait fait fabriquer, et Bullet était derrière lui, tenait le chalumeau.

Une fois l'opération terminée, Hoyt avait la marque AGRESSEUR D'ENFANTS sur le cou, et Cowboy revint vers Rebel Joe, qui gisait sur le trottoir. Il le frappa jusqu'à ce qu'il ouvre les yeux.

— Je veux que tu sois réveillé pour ça, enfoiré. En prison, tu ne pourras pas te cacher des gars.

Ils chauffèrent le deuxième fer et Rebel Joe hurla jusqu'à ce qu'il s'évanouisse pendant que Cowboy marquait VIOLEUR D'ENFANTS sur son cou.

Chapitre Quatorze

IL ÉTAIT PRESQUE six heures le vendredi matin lorsque Cowboy arriva au ranch. Il s'arrêta devant le chalet de Sully et baissa sa vitre lorsque Doc sortit du porche pour lui parler.

— Merci d'avoir veillé sur elle. Tout va bien ?

— Elle est à l'intérieur et j'ai couvert tes arrières avec papa. Il pense que tu es allé aider à soigner des chevaux sauvages blessés.

Il jeta un coup d'œil aux articulations tailladées de Cowboy et aux éclaboussures de sang sur sa chemise.

— Tu vas bien ? Rien de cassé ?

— Je vais bien.

— Et ta tête ? Tu as besoin de parler ?

— Non, ça va.

Il n'avait rien fait d'autre que de décortiquer ce qu'il avait fait pendant le trajet retour. Il n'y avait aucune fierté à cela, mais il y avait un sentiment certain de satisfaction et au moins un minimum de justice pour Sully.

— Tu peux décoller. Je vais juste prendre une douche. Tu veux qu'on te ramène ?

— Non, merci. Je vais marcher. Content que tu sois rentré

vivant.

— Nous sommes deux.

Alors que Doc rentrait chez lui, Cowboy montait la colline jusqu'à sa maison. Il descendit de son pick-up et vit son père se lever d'une chaise sur le porche. Son père croisa les bras et le fixa d'un regard dur. *Bon sang de bonsoir.* Cowboy recula les épaules et alla faire face à son père.

En montant les marches du porche, il dit :

— Comment l'as-tu découvert ?

— Il n'y a pas eu *de découverte*, siffla son père. J'ai su que tu prenais les choses en main à la seconde où tu t'es assis à la réunion.

— Comment ?

— Parce que je t'ai *élevé*. Je connais tous les regards que tu as eus, et celui-là disait : *J'emmerde le FBI. J'emmerde mon père. Je m'en occupe.*

Cowboy leva le menton.

— Alors pourquoi ne m'as-tu pas arrêté ?

Son père réduisit la distance entre eux, la fureur et l'inquiétude s'affrontant dans ses yeux.

— Parce que tu es un homme, mon fils, et que ce n'est pas à moi de t'arrêter. Tu as de la chance d'être revenu en un seul morceau parce que je ne mens pas à ta mère, et si quelque chose t'était arrivé et qu'elle m'avait demandé si je savais que tu partais, j'aurais dû lui dire que oui, et cela m'aurait *peut-être* coûté l'amour de ma vie.

— Je sais que je devrais m'excuser d'aller à l'encontre du club et de toi, mais je ne *peux pas*. Je *devais* y aller.

Il ne put empêcher sa voix de monter en intensité.

— Et si j'avais le choix, même en sachant que je vais porter le poids de ce que j'ai fait avec moi jusqu'au jour de ma mort, je le referais.

Les yeux de son père se plissèrent.

— Tu m'as appris à faire ce qu'il fallait, et je l'ai fait. Maintenant, tu peux me virer du club ou me faire vivre l'enfer. Mais fais-le, parce que je veux me doucher et retourner auprès de Sully.

La mâchoire de son père se contracta.

— Comment es-tu arrivé là-bas et revenu si vite ?

— J'ai appelé Treat. Je lui ai dit que je devais me rendre dans le Maryland pour une urgence.

Treat Braden était un magnat de l'immobilier et possédait un jet privé. Il était aussi le fils d'un des plus vieux amis de leur père et vivait à quelques villes du ranch, à Weston, dans le Colorado.

— Bon sang, Cowboy. Tu sais ce que ça lui coûte ?

— Oui et j'ai proposé de payer.

— Et il n'a pas pris ton argent, n'est-ce pas ?

— Non, il a refusé.

Cowboy ressentit une dose de honte mais il carra les épaules, soutenant le regard de son père.

— Cela en valait la peine et tu ne peux pas me dire que tu n'aurais pas fait la même chose pour maman.

— Tu as bien raison, je l'aurais fait. Mais je n'aurais pas été assez bête pour confier un secret aussi important à des frères qui ne savent pas mentir.

— De quoi tu parles ?

— Aucun de vous ne peut mentir pour sauver sa vie. Vous êtes exactement comme vous l'étiez à quatre, six et huit ans, quand vous avez mis le feu à cette foutue grange à foin.

Cowboy ne se souvenait que trop bien de cette histoire. Ils avaient entendu dire qu'il fallait allumer des feux sans allumettes, et ils l'avaient fait – dans cette fichue grange à foin. Des imbéciles.

— J'aurais pu faire plier Doc comme un jeu de cartes hier, mais je n'ai pas eu besoin de le faire. J'ai demandé où tu étais et il a eu ce regard comme s'il était déjà piégé, tout comme il l'avait fait à l'époque. Et tu sais que le sourire menteur de Dare n'a pas changé. Et puis, il y a toi.

Son père se moqua.

— Tu n'as jamais essayé de mentir. Tu as grimpé ces marches en me fixant comme tu le faisais quand tu étais enfant, prêt à subir n'importe quelle punition que j'infligerais. Mon maudit boy-scout.

Cowboy serra les dents.

— Tu sais que c'est pour ça que ton grand-père t'a fait entrer chez les scouts, n'est-ce pas ? Parce que c'est toi qui leur as fait essayer d'allumer un feu sans allumettes. Tu as toujours eu un penchant pour la survie. Ce n'est pas étonnant que cette petite dame t'ait tapé dans l'œil. Elle est faite du même bois que toi. Mais apprendre à survivre ne t'a jamais suffi. Tu voulais savoir que tu pouvais le faire et le maîtriser. Cowboy, l'été suivant tes neuf ans, tu as fait un sac et tu es parti dans les bois en nous disant que tu reviendrais dans quelques jours. Tu sais à quel point c'était difficile pour moi de surveiller chacun de tes pas sans que tu me voies ? Tu étais une petite chose pleine de fougue, grimpant aux arbres et courant à travers les bois comme une bête sauvage.

La poitrine de Cowboy se resserra.

— Je pensais que j'étais tout seul.

— Tu n'es jamais seul, fiston. Maintenant, ramène tes fesses ici.

Son père le serra dans ses bras.

— Ne me fais plus jamais peur comme ça.

— Je ne peux rien promettre.

— Non, je suppose que tu ne peux pas. D'ailleurs, si tu crois que Biggs ne regardait pas tout ce qui se passait hier soir avec d'autres de ses hommes prêts à intervenir, alors tu n'as pas assez de respect pour ton oncle.

— *Merde.* Il savait ?

— Les pères savent toujours. Tu as fait une sacrée connerie. Tu devrais peut-être parler à ta mère ou à Dare pour savoir comment gérer tout ça.

Peut-être un jour.

COWBOY DESCENDIT au chalet de Sully à sept heures et trouva une feuille de papier sur la porte. *Callahan, je suis allée au lac. Je serai de retour à temps pour le petit déjeuner. Sully.*

Ils étaient suffisamment nombreux à surveiller les lieux pour qu'il sache qu'elle était en sécurité, et alors qu'il se mettait en route pour le lac, il se sentit sourire, heureux que sa protégée se sente suffisamment à l'aise pour l'explorer.

Il ne lui fallut pas longtemps pour atteindre le lac et, en sortant du sentier, il vit Sully debout dans l'eau jusqu'à la taille. Elle avait les cheveux relevés sur la tête, le visage tourné vers le soleil, les doigts traînant à la surface de l'eau, et ses seins magnifiques étaient exposés. C'était la plus belle créature qu'il ait jamais vue. Alors qu'elle commençait à sortir de l'eau avec des mouvements langoureux et gracieux, leurs regards se croisèrent avec la chaleur d'un brasier et le bruit de son cœur qui s'emballait. Au moment où il se rendit compte qu'il la fixait, elle croisa les bras sur sa poitrine.

Il se retourna, poussant un juron.

— *Désolé.*

Il se sentait comme un salaud mais cela n'empêchait pas sa belle image de rester gravée dans son esprit. Il entendit des éclaboussures tandis qu'elle sortait précipitamment de l'eau.

— Je ne savais pas que j'étais là depuis si longtemps, dit-elle nerveusement.

Et merde.

— C'est ma faute, dit-il en lui tournant le dos. Je ne savais pas que tu *irais dans* le lac. Je suis désolé, Sully.

Elle ne répondit pas mais il l'entendit se rhabiller.

— Ça va, c'est bon. Tu peux faire demi-tour. Je suis habillée.

Quand il se retourna, elle avait les joues roses, était assise par terre et enfilait ses chaussettes. Il devait trouver un moyen de passer outre pour qu'elle ne soit pas gênée. Il s'assit à côté d'elle et commença à enlever ses bottes.

— Qu'est-ce que tu fais ?

— Je me mets à poil pour qu'on soit quittes.

Elle écarquilla les yeux.

— Non, *pas du tout* !

— Pourquoi ? Comme ça, je peux être gêné aussi.

— Tu *ne* le serais *pas.*

— Oui, tu as raison et tu ne devrais pas l'être non plus, dit-il doucement. Nous sommes des adultes, ma belle. J'ai vu ton beau corps. Ça ne veut pas dire que les choses doivent devenir bizarres entre nous.

— Chaque fois que tu me regarderas, tu m'imagineras *nue.*

Elle murmura le mot *nue.*

Il lui adresse un sourire taquin.

— Ne sois pas bête. Je t'imaginais nue alors que tu étais entièrement vêtue.

Elle sursauta mais sourit.

— Callahan !

Il se pencha contre elle.

— C'était une blague, ma belle. On peut dépasser ça, n'est-ce pas ?

— Je l'espère. Mais n'en parle pas.

— D'accord. L'eau était-elle glacée ?

Elle lui lança un regard noir.

— Désolé. Ce n'était pas à propos du fait que tu… de la façon dont nous ne parlons pas. Je n'arrive pas à croire que tu y sois allée.

— C'était sur ma liste.

— Si se mettre nue dans les bois était sur ta liste, je vais devoir jeter un coup d'œil au reste de cette liste tout de suite.

Elle sourit en secouant la tête et il l'aida à se lever. Alors qu'il ramassait sa serviette, ses sourcils se froncèrent.

— Qu'est-il arrivé à tes mains ?

— Rien. Je me suis juste un peu coupé hier en manipulant des chevaux.

— Laisse-moi voir.

— Non, ça va.

Il posa sa main sur le bas de son dos alors qu'ils se dirigeaient vers le sentier.

— À quelle heure est ta séance aujourd'hui ?

— Deux heures. Sasha a dit que je pouvais travailler avec elle ce matin.

— Super, alors nous aurons le temps de prendre une leçon d'équitation après le déjeuner.

Ses yeux s'illuminèrent.

— Vraiment ?

— Je t'avais dit qu'on ferait de toi une cow-girl. Il est grand temps de commencer. Tu as traîné assez longtemps.

Elle le regarda avec curiosité.

— Je suis ravie que tu m'apprennes à monter à cheval. Je crois que tu as raison. On peut dépasser le *Tu sais quoi.*

— Je ne sais pas.

Il feint un soupir dramatique.

— Il se peut que je t'imagine *nue* sur ce cheval.

Il chuchota le mot *nue.*

Elle lui donna un coup sur le bras en riant, et ce fut une musique très agréable pour ses oreilles.

CES PAPILLONS avec lesquels Sully vivait n'étaient rien comparés à la façon dont son corps s'était enflammé lorsque Callahan l'avait vue nue. Elle avait vu dans ses yeux une faim si différente de tout ce qu'elle avait vu auparavant que cela avait provoqué plus qu'un simple picotement entre ses jambes. Ses mamelons s'étaient dressés et elle avait eu chaud partout. Il avait dit qu'elle était *belle.* Elle ne se sentait pas belle, mais en sa présence, elle se sentait différente, plus belle. Elle se sentait spéciale. Le fait que ce soit à cause de *lui* qu'elle soit allée se baigner dans le lac gelé n'avait pas aidé. Elle avait fait un rêve sexy avec lui, et dans ce rêve, elle avait senti ses grandes mains rugueuses sur tout son corps. Elle s'était réveillée mouillée entre les jambes, avec l'envie de se toucher, ce qui ne lui était jamais arrivé auparavant. Pendant toutes les années qu'elle avait passées avec Rebel Joe, elle n'avait *jamais* ressenti cela. Le lac froid et l'air vif du matin étaient censés l'en débarrasser, et c'était *presque* le cas, jusqu'à ce que leurs regards se croisent et que son corps s'enflamme à nouveau.

Ils s'étaient assis l'un à côté de l'autre au petit déjeuner, comme d'habitude, mais tout semblait différent. Lorsque leurs jambes se frôlaient sous la table ou qu'il se penchait plus près d'elle pour lui parler, cela ravivait tous ces sentiments. Elle avait réussi à se contenir pendant qu'elle aidait Sasha, mais ensuite elle avait vu Callahan charger des balles de foin dans une remorque, et le voir travailler dur, faire les choses qu'il aimait pour les chevaux qu'il adorait, avait mis son corps en ébullition. Le déjeuner n'avait pas été plus facile que le petit-déjeuner. Chaque regard, chaque frôlement de leurs membres avait fait jaillir des étincelles.

C'était le début de l'après-midi et elle était encore sous le choc alors qu'il lui apprenait à monter Sunshine. Lorsqu'il lui touchait les mains pour lui montrer comment tenir les rênes ou qu'il mettait ses jambes et ses pieds en position, elle se réchauffait de partout et jurerait avoir vu une lueur de chaleur dans ses yeux aussi, et lorsqu'il la taquinait, c'était pour mieux flirter. Il y avait aussi quelque chose de nouveau et de plus profond dans ses encouragements. Ou peut-être que son esprit lui jouait des tours et que c'était ce qu'elle voulait voir.

Ou peut-être qu'il l'imaginait vraiment nue sur le cheval.

Elle déglutit difficilement contre les *sensations* de chaleur et de picotement que cela lui procurait et contre l'embarras de l'aimer autant. Dieu merci, monter à cheval lui semblait aussi naturel que de respirer, car son cerveau était trop embrouillé pour qu'elle puisse se concentrer.

— Tu es sûre que tu n'as jamais fait ça avant ? demanda-t-il alors qu'elle faisait le tour du manège.

— Oui, mais je crois que je suis née pour monter à cheval.

— C'est mon genre de fille.

Il lui fit un clin d'œil.

Bonjour les picotements. Peut-être qu'ils devraient s'entraîner toute la journée, pour qu'elle puisse profiter de ces sensations alléchantes.

— Pourquoi ne l'amènerais-tu pas à l'arrêt, et nous travaillerons sur la position pour que tu puisses apprendre à trotter.

Elle tira sur les rênes et Sunshine s'arrêta.

Le téléphone de Callahan sonna.

— Excuse-moi une seconde.

Il porta le téléphone à son oreille.

— Oui. Elle est juste là. Je lui donne une leçon d'équitation.

Il resta silencieux un moment, les sourcils froncés, la mâchoire serrée.

— Et ?

Il jura sous sa respiration.

— Oui, j'arrive tout de suite.

Il rangea son téléphone.

— Nous devons écourter notre leçon, ma belle. Pourquoi tu ne descends pas ?

— Tout va bien ?

Elle commença à descendre comme il le lui avait appris, mais il l'attrapa par la taille et la fit descendre à ses pieds comme il l'avait fait lorsqu'ils avaient regardé le lever du soleil.

— Oui.

Ses traits étaient tendus.

— C'était ma mère. Elle a des choses à voir avec toi et veut te voir maintenant plutôt que plus tard.

— D'accord. Pourquoi as-tu l'air inquiet ?

— Je ne suis pas inquiet. Je suis juste déçu d'avoir écourté ta leçon.

Moi aussi.

Un peu plus tard, ils entrèrent dans le bureau de Wynnie et la trouvèrent en train de parler avec Tiny. Ce dernier et Callahan se regardèrent, et Sully sentit la main de Callahan sur son dos se crisper. Il se passait quelque chose qu'elle n'arrivait pas à comprendre et qui l'ébranlait.

— Bonjour, ma chérie. Entre et assieds-toi, dit chaleureusement Wynnie, mais il y avait aussi un soupçon de tension.

Sully regarda Callahan, souhaitant lui demander ce qui se passait, mais il étudiait ses parents.

— Allons-y, Cowboy, dit son père d'un ton bourru.

Il se dirigea vers la porte.

La main de Callahan se posa plus fermement sur le dos de la jeune femme, attirant son regard sur le sien.

— Je viendrai te chercher quand tu auras fini.

Avec la tension dans sa voix, elle ne put que hocher la tête. Rebel Joe la cherchait-il ? Ou quelqu'un avait-il remarqué sa réaction face à Callahan au déjeuner ? Avait-elle des ennuis ? Elle s'assit sur le canapé quand Callahan et Tiny partirent, fermant la porte derrière eux. Wynnie ne s'assit pas sur la chaise comme elle le faisait d'habitude. Elle s'assit sur le canapé à côté de Sully, ce qui la rendit encore plus nerveuse, et elle s'empressa de dire :

— Qu'est-ce qui ne va pas ?

— Tout va bien, ma chérie. J'ai de bonnes nouvelles pour toi. Les résultats de ton test ADN sont revenus. Tu sais que nous avons parlé de la possibilité que tu aies encore de la famille ?

— Oui.

— Tu as effectivement plus de famille, mais tu n'es pas la

personne qu'on t'a fait croire que tu étais.

— Je… je ne comprends pas.

— Laissez-moi tout t'expliquer. Les résultats de ton test ont montré que ton vrai nom est Cassandra, ou *Casey* Lawler, et Casey a disparu il y a un peu plus de vingt ans. Ce nom te dit quelque chose ?

La chair de poule lui monta aux bras tandis qu'elle secouait la tête. *Mon vrai nom ?*

— Non. Mais que voulez-vous dire par *disparu* ?

— Quand tu avais quatre ans, tu accompagnais tes parents, Craig et Sarah Lawler, pour aller chercher ta grande sœur, Jordan, dans un camp en Virginie Occidentale, et il y a eu un accident de voiture. Je suis désolée, chérie, mais tes parents n'ont pas survécu, et quand les autorités sont arrivées, tu n'étais plus là.

Sully essaya de comprendre ce qu'elle disait. *J'ai une sœur ? Mes parents ont été tués ?*

— Cela n'a pas de sens. Ma mère vit sur la côte ouest. Elle n'est pas morte. Que veux-tu dire par *partie* ? Mon oncle est-il venu me chercher ?

— Non, chérie. C'est difficile à accepter, mais l'homme qui t'a élevée n'était pas ton véritable oncle, et l'histoire qu'il t'a racontée au sujet de ta mère n'était pas vraie. J'ai parlé avec un détective privé que ta sœur aînée, Jordan, a engagé pour l'aider à te retrouver. Il pense que l'homme qui prétendait être ton oncle a soit provoqué l'accident, soit l'a vu et t'a enlevée. Il t'a emmenée dans l'enceinte de la Free Rebellion, où il a dit à tout le monde que tu étais sa nièce. L'enquêteur n'a aucun moyen de savoir s'il l'a fait tout de suite ou s'il t'a retenue ailleurs pendant un certain temps avant de t'emmener dans le complexe. Mais l'enquêteur pense que c'est cet homme qui t'a enlevée.

Sully trembla de colère et de confusion.

— *Pourquoi ?* Pourquoi aurait-il fait ça ?

— Il l'a peut-être fait pour faire plaisir à Rebel Joe, mais nous ne le saurons jamais avec certitude puisqu'il est décédé.

Wynnie lui prit la main.

— Je sais qu'il y a beaucoup de choses à assimiler d'un coup, et nous allons parler de tout cela, mais, chérie, te souviens-tu de quelque chose ? Tu te souviens de ta soeur, Jordan ?

— *Non.*

Des larmes perlèrent dans ses yeux.

— Qu'est-ce que ça veut dire ?

— Le plus important, c'est que tu as une famille. Tu as une grande sœur, un oncle et une tante qui t'aiment et qui te cherchent depuis très longtemps. Mais cela signifie aussi que tu as été enlevée quand tu étais enfant, et c'est un délit fédéral. Le FBI est en train de constituer une équipe pour démanteler la secte et arrêter Joe et les autres hommes qui t'ont fait du mal. Ils envoient un agent de terrain pour te parler, et je resterai avec toi tout le temps. Mais j'ai besoin de savoir si tu as décidé de porter plainte.

Ses mains se crispèrent tandis qu'elle essayait de faire entrer de l'air dans ses poumons.

— Ils m'ont *volé* à ma famille.

Des larmes coulèrent de ses yeux.

— Ils m'ont *fait du mal*, m'ont *violée* et m'ont menti sur mon identité. Je ferai tout ce qu'il faut pour les mettre derrière les barreaux.

Chapitre Quinze

COWBOY ARPENTAIT dans les couloirs de la maison principale, tous ses muscles noués. Sully avait passé tout l'après-midi avec sa mère. Son père lui avait expliqué que les résultats de l'analyse ADN avaient prouvé qu'elle était bien Casey Lawler. Le FBI avait envoyé un agent sur le terrain pour parler avec elle, et une fois que les choses auraient progressé, le procureur serait en contact avec elle. Il aurait aimé pouvoir être avec elle lorsqu'elle avait rencontré l'agent du FBI, mais au moins sa mère avait été là pour elle. Il savait qu'elle s'assurerait que Sully allait bien. Ou plutôt, qu'elle aille aussi bien que possible. Il ne pouvait pas imaginer à quel point cela allait être difficile pour elle.

Son père avait convoqué une réunion d'urgence des Dark Knights pour les tenir au courant, mais Cowboy n'y serait pas. Il devait être avec Sully. *Casey.*

Il le savait, nom de Dieu.

Son téléphone vibra et le nom de sa mère s'afficha sur l'écran. Il ouvrit et lut son message. *Sully n'a pas pris son téléphone avec elle mais elle aimerait que tu l'accompagnes jusqu'à son chalet. Elle vient encore de voir sa vie bouleversée, alors vas-y doucement.*

Comme s'il allait faire autrement ?

Il frappa une fois et ouvrit la porte du bureau de sa mère. Sully se leva lorsqu'il entra, l'air triste et en colère, et si vulnérable qu'il en resta bouche bée. Il ne réfléchit pas, il ouvrit les bras et elle s'y engouffra. Il la prit dans ses bras, lui caressant le dos, souhaitant pouvoir remonter le temps et la sauver de tout ce qu'elle avait vécu.

— C'est bon, ma belle. Tout va bien se passer.

Il espérait bien avoir raison.

Il sentit que sa mère les observait et croisa son regard. L'inquiétude, l'amour, le chagrin d'amour et l'espoir le fixaient, tous trop accablants pour qu'il puisse les déchiffrer.

— Je vais la ramener à la maison.

Sa mère acquiesça.

Sully était silencieuse sur le chemin menant à sa maison. Il aurait aimé savoir ce qui lui passait par la tête. Avait-elle peur ? Troublée ? En colère ? Que pouvait-il faire pour l'aider ? Il voulait la prendre dans ses bras et tenir le reste du monde à distance, mais ce n'était pas ce qu'il voulait.

— Tu veux être seule ? demanda-t-il en la raccompagnant à la porte.

Elle secoua la tête.

— Tu restes ?

— Bien sûr.

Il la suivit à l'intérieur, essayant de trouver un moyen de la réconforter.

— Je peux te faire du thé ou te donner un verre de jus de fruit.

— Non, merci. Ça te dérangerait de t'asseoir avec moi ?

Ils s'assirent sur le canapé et elle se tortilla les mains.

— Wynnie dit que Tiny t'a parlé des résultats ADN.

— Oui et je ne peux qu'imaginer à quel point c'est difficile pour toi.

— Je suis juste… je pense que je suis en état de choc. Rien n'est vrai de ce que je pensais. Je n'ai même pas vingt-cinq ans. J'ai vingt-quatre ans, et mon anniversaire n'est pas en janvier. C'est en avril. Le dix-sept avril, comme toi.

Elle essaya de sourire mais n'y parvint pas.

— Un point lumineux dans l'obscurité.

Des larmes perlèrent dans ses yeux.

Il l'attira dans ses bras.

— C'est bon, ma belle.

— Non, ça ne *va pas*. Tout ce que je sais sur moi-même est un mensonge.

Elle enfouit son visage dans son cou, tremblant et pleurant.

Il lui caressa le dos, son cœur se brisant pour elle.

— Je suis sûr que c'est ce que tu ressens, mais ce n'est pas vrai. Ce que tu croyais à propos de ta famille et d'où tu pensais venir était un mensonge, mais ce qu'il y a dans ton cœur et la personne que tu es n'ont pas changé. Ces choses peuvent changer au fur et à mesure que tu apprends, que tu grandis et que tu recomposes les morceaux de ta vie, mais un nom ne change pas le tissu de ton être.

Il se recula et prit son visage entre ses mains.

— Je sais que c'est effrayant et déroutant et que ça fait très mal. Ta vie entière a été bouleversée. Mais même si tu n'en as pas l'impression en ce moment, ne te méprends pas, tu es une femme forte et compétente, et rien ne pourra te l'enlever.

Elle acquiesça tandis qu'il essuyait ses larmes avec ses pouces.

— Je sais que tu as raison, mais c'est tellement effrayant. Je suis censée être quelqu'un que je ne connais pas. Ta mère m'a montré un dépliant avec une photo de Casey – de *moi* – dessus, et j'avais l'impression de regarder une étrangère.

— Il suffit de regarder d'un peu plus près.

Il sortit son portefeuille et en retira le flyer.

— Depuis combien de temps tu as ça ?

— Un certain temps. Ta sœur a engagé un détective privé pendant l'été, et une alerte a été envoyée à tous les chapitres des Dark Knights. Depuis, je l'ai toujours sur moi, en regardant cette photo. J'ai ressenti un lien avec elle, sans savoir pourquoi. Il y avait quelque chose dans tes yeux que je n'arrivais pas à oublier. Quand je t'ai vue pour la première fois chez les Finch, j'ai pensé que tu étais Casey. Mais ensuite, tu as parlé de ton oncle, et comme les quelques personnes à qui j'ai parlé de la photo et de la progression d'âge figurant sur le flyer ne pensaient pas que la ressemblance était si forte que ça, je n'ai pas insisté. L'autre soir, alors que nous parlions, tout m'a frappé d'un seul coup. La façon dont les nouveaux arrivants devaient changer leur nom, ce que tu avais vécu, le fait que tu ne te sentais jamais à ta place, et je ne sais pas pourquoi, mais je savais au fond de moi que tu étais Casey.

— Pourquoi n'as-tu pas dit quelque chose ou ne me l'as-tu pas montré ? plaida-t-elle.

— Parce que tu as assez souffert, et si j'avais tort ? Je ne suis pas thérapeute. Je ne savais pas si le fait de te le montrer t'aurait fait du mal d'une manière ou d'une autre.

— Tu t'inquiètes *toujours* pour moi, dit-elle doucement, mais aussi un peu vivement.

— Je ne vais pas m'excuser pour ça, ma belle.

— Je ne veux pas que tu t'excuses. C'était un fait, pas une plainte.

Ses sourcils se froncèrent tandis qu'elle étudiait le tract.

— J'aimerais connaître cette petite fille. On dirait qu'elle peut affronter le monde.

— Tout comme la femme qui le tient.

Elle leva les yeux vers lui, pleine d'incrédulité, et secoua la tête.

— Tu ne le ressens peut-être pas comme ça en ce moment, mais tu es une survivante, Sully. Tu as vu et vécu bien plus de choses que cette petite fille innocente, et tu as été obligé de cacher cette volonté de prendre le monde à bras-le-corps. Mais tu n'as pas perdu ta volonté, et quand je regarde dans tes yeux, je vois cette belle force tranquille et bien plus encore.

Elle soupira lourdement, mais ce fut un son de soulagement lorsqu'elle s'enfonça dans les coussins du canapé et s'appuya contre lui. Il passa un bras autour d'elle, l'attirant plus près.

— Je me suis sentie *seule* toute ma vie. Je savais que je n'avais pas ma place dans l'enceinte, mais je n'avais nulle part où aller. Il n'y avait *que moi*. J'avais une sœur pendant tout ce temps, et ils nous l'ont volé à toutes les deux.

Des larmes coulaient sur ses joues.

— C'est tellement injuste.

Il la serra plus fort, la gorge nouée.

— Je sais, ma puce. Je suis vraiment désolé.

— Je suis *tellement* en colère que j'ai envie de crier ou de frapper quelque chose, mais je suis trop épuisée émotionnellement pour faire l'un ou l'autre.

Il lui embrassa la tempe, souhaitant savoir quoi dire, mais il avait l'impression qu'elle avait juste besoin de s'exprimer.

Elle s'essuya les yeux et prit quelques respirations, s'enfonçant plus profondément contre lui.

— Je suis tellement reconnaissante envers ta famille et toi. Je ne me sens jamais seule ici.

— Et tu ne seras plus jamais seule. Tu nous as nous, et maintenant tu as aussi une famille.

Il la serra un peu plus contre lui à cette réalité douce-amère. Trouver sa famille signifiait très probablement qu'elle allait quitter le ranch.

— J'ai eu des parents qui m'aimaient et je ne me souviens même pas d'eux, dit-elle en tremblant.

— Je sais, ma chérie, et j'aimerais pouvoir changer ça. Mais au moins, maintenant, tu as quelques réponses. Cela explique pourquoi tu n'as jamais eu l'impression d'être à ta place et pourquoi, quand tu étais petite, tu te sentais plus en sécurité à l'intérieur et tu avais peur qu'on t'enlève de là-bas. C'est pourquoi, tu as toujours su que quelque chose n'allait pas dans ce qui se passait là-bas. Tu ne te souviens peut-être pas des moments passés avec ta famille, mais quelque part dans ta tête et dans ton cœur se trouvent toutes les choses que tes parents t'ont apprises. L'amour qu'ils t'ont témoigné et les valeurs qu'ils t'ont inculquées sur le bien et le mal mais aussi sur ce que doit être une famille. Tout est là, quelque part, et tu auras toujours ces choses.

— Mais je ne m'en *souviens* pas.

Elle se mit à pleurer à nouveau.

— Je ne vois pas leurs visages, je n'entends pas leurs voix. Je ne me souviens pas de leurs bras autour de moi. J'aimerais juste…

Il passa son autre bras autour d'elle, l'enlaçant pendant qu'elle pleurait.

— J'aimerais pouvoir les ramener pour toi, murmura-t-il.

Les larmes de la jeune femme le transperçaient de part en part.

— Au moins maintenant tu sais que tu as une sœur qui t'aime, et c'est une bénédiction.

— Ça devrait l'être. Mais *est-ce* le cas ?

Elle recula, essuyant ses larmes.

— Ils vont faire savoir à Jordan que je suis là, et ta mère m'a demandé si je voulais bien la rencontrer.

— Qu'est-ce que tu en penses ?

— Je lui ai dit que oui, mais j'ai peur que ce soit comme rencontrer un étranger. Ta mère a dit que Jordan a cinq ans de plus que moi et qu'elle se souvient de tout ce qui me concerne. Et si elle était déçue que je ne me souvienne de rien ?

— Aucune personne qui te rencontre *ne peut être* déçue. Elle te cherche depuis si longtemps, elle va être ravie que tu sois saine et sauve. Je suis sûr qu'elle sera aussi bouleversée et nerveuse que toi, et on ne sait jamais. La rencontrer pourrait raviver tes souvenirs.

Elle s'installa à nouveau contre son torse.

— C'est ce qu'a dit ta mère.

— Ce serait bien, n'est-ce pas ?

— Qui sait, dit-elle avec frustration. J'ai peur d'espérer ou de croire *en quoi que ce soit*. Rien ne me semble réel en ce moment.

Il couvrit sa main de la sienne, laçant leurs doigts.

— C'est compréhensible.

— Mais je crois en toi, dit-elle doucement, en passant son index sur les coupures et les ecchymoses du dos de sa main.

Sa poitrine se resserra.

— Je crois en toi aussi et je sais que la route sera longue et difficile, mais je ne vais nulle part. Je t'aiderai du mieux que je pourrai.

— Merci, dit-elle juste au-dessus d'un murmure. L'agent du

FBI a dit que lorsqu'ils démantèleront la secte, ce sera partout dans les médias, et je devrai éventuellement parler à l'avocat qui s'occupera de l'affaire, mais ce sera peut-être par vidéoconférence. Tu resteras dans la pièce avec moi s'ils te laissent faire ?

Il serra la main de la jeune femme un peu plus fort.

— Je ferai tout ce dont tu as besoin, quand tu en auras besoin.

— Je lui ai demandé ce qu'il adviendrait d'Ansel et de sa famille, et tout ce qu'il a dit, c'est qu'ils seraient en sécurité et qu'on s'occuperait d'eux.

— Ce n'est pas le premier rodéo du FBI. Ils protégeront les innocents, et j'essaierai d'en savoir le plus possible sur Ansel et sa famille une fois que les choses seront rentrées dans l'ordre. Ils t'ont dit qu'ils ne mentionnaient pas ton nom, celui des Finch et ta localisation dans les rapports, pour que les médias ne viennent pas te chercher ici ? Il n'y aura aucun lien public entre Sullivan Tate et Casey Lawler.

— Oui. Je suis contente qu'ils fassent ça.

— Tu sais, ces flyers ont été partout sur les médias sociaux depuis l'été. Si les gens découvrent que tu es Casey, le public se ralliera à toi. Ton histoire donnera de l'espoir à des millions de personnes parce que beaucoup d'enfants disparus ne sont jamais retrouvés.

— C'est tellement triste. Si je ne m'étais pas échappée, je serais probablement l'un d'entre eux. Je suis contente que cela donne de l'espoir aux gens, mais tout ce que je veux, c'est une vie normale, et maintenant je ne sais pas qui je suis, et tout le monde pensera toujours à moi comme la fille qui s'est échappée de la secte. Je n'aurai jamais une vie normale.

— Si, tu en auras une.

D'une manière ou d'une autre, il s'en assurerait.

— Pas si les gens découvrent que je suis Casey. Tu as dit toi-même que ces tracts étaient partout dans les médias. Si quelqu'un me reconnaît, comme tu l'as fait, ou si d'une manière ou d'une autre, la nouvelle se répand, tout le monde, partout, saura ce que j'ai vécu. Une fois que la secte sera connue, tout le monde saura que j'ai été violée et marquée au fer rouge, et…

Elle enfouit son visage contre lui, en pleurant.

Il la serra plus fort, forçant sa colère à rester à l'écart.

— Ce qu'ils sauront, c'est que tu as été la victime d'un homme malade et des trous du cul lâches qui l'ont suivi. Tu n'as pas à avoir honte. Tes actes évitent à toutes ces autres filles de vivre ce que tu as vécu, et ça fait de toi une foutue héroïne.

Il lui souleva le menton, la regardant dans ses yeux torturés, et son cœur se fendit.

— C'est *ce* qu'ils verront, Sully, tout comme moi. Mais si c'est trop pour toi, ou si tu ne veux pas y faire face, tu peux toujours changer de nom. C'est ta vie, tu dois la vivre comme tu l'entends.

Elle leva les yeux vers lui, un petit sourire sur ses belles lèvres.

— Il doit y avoir un ange sur mon épaule pour m'avoir amenée ici.

— J'ai pensé la même chose.

Il voulait tellement l'embrasser, lui faire savoir qu'il serait toujours là pour la protéger. Mais elle n'était pas sa copine, et avec cette nouvelle information, elle pourrait être partie demain, alors il l'embrassa sur son front au lieu de ses lèvres.

— Veux-tu t'allonger et te reposer un peu ?

Elle acquiesça et se pencha en avant pour enlever ses bottes. Elle les mit de côté et se leva.

— Tu n'es pas obligé de rester si tu as du travail.

— Je ne vais nulle part, sauf si tu veux que je parte.

— Alors tu veux bien t'allonger avec moi et me prendre dans tes bras ? C'est quand je suis avec toi que je me sens le plus en sécurité, et je ne veux pas être seule.

Son maudit cœur faillit éclater.

— Rien ne me ferait plus plaisir.

COWBOY SE RÉVEILLA EN entendant la vibration de son téléphone dans sa poche et la sensation de Sully endormie dans ses bras. Il faisait nuit et il jeta un coup d'œil à l'horloge de la table de nuit : *8h25*. Ils avaient dormi jusqu'au dîner. Il sortit prudemment son téléphone et vit que l'appel entrant était celui de sa mère, et qu'il avait manqué plusieurs textos de ses frères et sœurs. Il se leva du lit et sortit de la chambre, fermant doucement la porte derrière lui en répondant à l'appel.

— Salut, maman.

— Bonjour, chéri. Vous nous avez manqué au dîner. Comment va Sully ?

— Elle est accablée mais elle fait la sieste.

— C'est bien. La pauvre fille doit avoir l'impression d'avoir été mise à rude épreuve. Reggie nous a appelés. La sœur de Sully, son oncle et sa tante viennent la voir demain matin. Si elle veut me parler quand elle se réveillera de sa sieste, il suffit de l'amener à la maison. Peu importe l'heure.

— D'accord.

— Si elle préfère ne pas parler ce soir, on peut se voir le matin avant qu'ils n'arrivent.

— Je lui dirai. Tu as fait des recherches sur ces gens ? Je sais que la femme est sa sœur, mais sais-tu si c'est une bonne personne ?

— *Oui*, chéri. Reggie s'était déjà renseigné sur Jordan, son oncle et sa tante, et ton père et moi lui avons parlé au téléphone il y a peu. C'est un amour, et tu ne croiras jamais à qui elle est fiancée. Le frère de Zev, Jax Braden.

Zev était le mari de Carly. Ils partageaient leur temps entre le Colorado et la côte Est.

Cela le rassurait. Treat avait environ un million de cousins, et même si Cowboy avait du mal à les distinguer, il avait entendu parler d'eux pendant des années, et il n'y en avait pas un seul de mauvais dans le lot.

— C'est lequel ?

— Jax est le créateur de la robe de mariée. Jillian et lui sont jumeaux.

— C'est vrai, c'est le plus chic. Un mec sympa. Je me souviens maintenant. Je l'ai rencontré brièvement au mariage de Carly.

— Il y a encore une chose. Je ne sais pas si tu as vu les informations, mais la secte a été démantelée. Le chef et plusieurs de ses subordonnés ont été arrêtés, et beaucoup d'autres sont détenus pour interrogatoire. Ils ont trouvé un arsenal d'armes, et les membres qui cherchaient Sully n'ont jamais quitté la Virginie Occidentale. Ils les ont également arrêtés, donc elle est en sécurité. Personne n'est à sa recherche.

Il était temps.

— C'est partout sur internet. Ton père a parlé à tes sœurs, et le personnel était curieux de voir le FBI débarquer, alors nous avons organisé une réunion pour répondre à leurs questions et s'assurer que le nom de Sully et l'endroit où elle se trouve restent confidentiels. Ce serait une bonne idée de la tenir éloignée de la télévision ce soir.

— Ne serait-il pas bon qu'elle voie cela pour tourner la page ?

— Oui, mais compte tenu de tout ce qu'elle doit affronter ce soir, il vaudrait mieux qu'elle le voie après une bonne nuit de sommeil. Il n'a pas été question de Sullivan Tate. Espérons que cela ne changera pas. Comment tu tiens le coup ?

— Je vais bien, je m'inquiète juste pour Sully. Tu peux me rendre un service ? Demande à papa de savoir où se trouvent Ansel, l'ami de Sully, et sa famille. Elle s'inquiète pour eux.

— Bien sûr, mais ça risque de prendre quelques jours.

— C'est ce que je pensais. Je parlerai à Sully et je te préviendrai si elle veut passer ce soir.

— Très bien. Tu veux que je t'apporte un dîner pour vous deux ?

— Non. Je nous apporterai quelque chose quand elle sera prête. Merci.

Après avoir mis fin à l'appel, il fit défiler les textos manqués de ses frères et sœurs.

Dare : *Hé, mec. Comment Sully tient-elle le coup ? Billie et moi sommes là si elle a besoin de quelque chose.*

Doc : *Content que tu aies trouvé ces enfoirés en premier. Je suis là si tu as besoin de moi.*

Sasha : *J'ai entendu parler de Sully. Est-ce que je peux faire quelque chose pour l'aider ? Est-ce qu'elle va bien ?*

Birdie : *Putain de merde. Comment va Sully ? Son histoire est partout dans les journaux. Pourquoi tu ne me l'as pas dit ? On aurait pu aller là-bas et mettre une raclée à ces connards !*

Il sourit au message de Birdie, et ce qui est fou, c'est qu'il savait qu'elle le pensait. Il envoya un message de groupe. *Sully se repose. C'est bon pour l'instant. J'apprécie votre soutien, et je sais qu'elle aussi.*

Il rangea son téléphone et retourna dans la chambre. Elle dormait encore profondément. Il avait mal au cœur pour sa douce et jolie fille. Il voulait la protéger de tout et de tous, mais il savait qu'elle avait raison à propos de ce qui se passerait si la nouvelle se répandait. Trop de gens la verraient comme *la fille de la secte.* Il nota mentalement de parler à sa mère de cette gigantesque éventualité et de voir si elle avait des suggestions à faire. Mais cela pouvait attendre.

Tout pouvait attendre.

Il grimpa sur le lit derrière Sully et l'entoura d'un bras. Elle se blottit contre lui et il enfouit son visage dans ses cheveux, respirant les odeurs de lavande et de Sully, douce et effrayée. Sa main descendit le long de son avant-bras, se posa sur le dos de sa main et la pressa contre son sein. C'était un geste innocent. Elle *dormait*, pour l'amour du ciel, mais il se sentait trop proche d'elle et son corps réagit. Se sentant coupable, il mit de l'espace entre ses fesses et son érection. Mais elle serra sa main contre sa poitrine en remuant les hanches, reculant jusqu'à ce qu'elle soit à nouveau serrée contre lui. Il eut l'idée fugace qu'elle n'était peut-être pas vraiment endormie, mais il sentit son cœur battre régulièrement.

Il envoya un message silencieux à son pénis – *Ce n'est pas pour ça qu'on est là.* Il ferma les yeux et se concentra sur la confiance qu'elle avait en lui plutôt que sur les sentiments qu'elle suscitait.

LE RÉVEIL S'IMPOSA, tirant Sully d'un rêve délicieux où les

lèvres de Callahan se posaient sur les siennes, mettant en évidence son parfum rude et attirant, la chaleur de son corps enveloppé autour d'elle, et sa main qui lui enserrait le sein. Son pouls s'accéléra et ses yeux s'ouvrirent, s'adaptant lentement à l'obscurité, affichant 10:38 à l'horloge. Elle ne bougea pas d'un poil, se délectant de la sensation de se réveiller dans les bras d'un homme, non seulement sans inquiétude, mais aussi avec un désir dévorant. Comment pouvait-elle se sentir aussi bien avec tous les soucis qui l'assaillaient ?

— Tu es réveillée, ma belle ? murmura-t-il dans son cou.

Ses nerfs se hérissèrent et elle se retourna dans ses bras.

— Je t'ai réveillé ?

— Non. Je me suis levé pour prendre un appel il y a deux heures, et quand je suis revenu, tu as posé ma main là *où tu l'as posée.*

Il prononça la dernière partie d'une voix enjouée, affichant un sourire à couper le souffle.

— Et tu as mis mes fesses là *où tu as mis tes fesses*, et... *ouais.* Je n'arrivais pas à dormir, mais je ne voulais pas bouger, parce que tu étais bien blottie contre moi et que tu avais besoin de dormir.

— Oh mon Dieu, tu *plaisantes* ?

Ses joues étaient brûlantes.

— D'abord, tu me vois nue, puis je mets ta main sur mes... ?

Elle enfouit son visage dans sa poitrine.

— Désolée.

— Je ne me plains pas.

Il lui releva le visage.

— D'ailleurs, j'ai compris. Tu as rêvé de moi.

Il haussa les sourcils.

— Ce n'est *pas le cas*.

Elle n'était pas prête à admettre cette vérité embarrassante.

Il baissa la voix.

— Je ne t'en voudrais pas si c'était le cas.

— Tu t'*arrêterais* ?

Ils rirent tous les deux et il se redressa sur son coude, les mettant face à face.

— Tu as fini d'être gênée ?

— J'espère bien.

Il avait le don de rendre les situations les plus embarrassantes risibles, et c'est ce qu'elle aimait vraiment chez lui.

— C'est bien.

Son expression devient sérieuse.

— L'appel que j'ai pris était celui de ma mère. J'ai des nouvelles.

Elle n'était pas sûre de pouvoir supporter d'autres nouvelles.

— Bonne ou mauvaise nouvelle ?

— Une bonne nouvelle. Les hommes qui t'ont fait du mal ont été arrêtés.

Elle écarquilla les yeux.

— Vraiment ?

— Oui. C'est fini, ma belle. La secte a été démantelée et tu n'as plus à craindre qu'ils s'en prennent à toi.

Elle l'entoura de ses bras, le cœur battant la chamade, les rires et les larmes se libérant.

— Merci.

— C'est grâce à toi, ma belle.

— Non. C'est aussi grâce à toi. Toi et les Dark Knights m'avez protégée, Wynnie m'a convaincue de faire le test ADN, et tous les deux, vous m'avez donné le courage de faire quelque chose et de ne pas faire comme si rien ne s'était passé.

Elle s'appuya sur son coude, de sorte qu'ils étaient à nouveau face à face, son cœur et son esprit s'emballant.

— Je n'arrive pas à croire que ce soit fini. Je sais que je vais devoir témoigner et tout le reste, mais… je suis vraiment *libre*.

— Tu es vraiment libre et j'ai d'autres nouvelles. Ta famille vient te voir demain.

L'anxiété se répandit en elle comme une traînée de poudre.

— Déjà ? C'était rapide.

— Ils te cherchent depuis longtemps. J'imagine qu'ils sont impatients de te voir. Ta sœur, ton oncle et ta tante seront là demain matin.

Ses nerfs prirent le dessus et ses inquiétudes déferlèrent.

— Qu'est-ce qui va se passer ? Et s'ils ne m'aiment pas ? Et si je ne les aime pas ? Et s'ils veulent que je retourne au Maryland avec eux ? Je ne veux pas partir d'ici. Wynnie m'aide beaucoup, et… *Je ne veux pas te quitter*. Est-ce que j'ai le droit de rester s'ils me demandent de partir avec eux ?

— Doucement, Sully.

Il prit son visage dans sa main, passant son pouce sur sa joue, son ton réconfortant aussi apaisant que son toucher.

— Tout d'abord, personne *n'exige* rien des gens. Le monde réel n'est pas comme celui de la communauté. Tu fais partie de leur famille – c'est une évidence – mais ce n'est qu'un lien de parenté, ma belle. Faire partie d'une famille ne signifie pas qu'elle te possède ou qu'elle peut te dire ce que tu dois faire ou où aller. *Personne* – ni nous, ni eux, ni personne d'autre – n'a le droit de prendre ces décisions à ta place.

Elle expira avec soulagement.

— Je sais que tu as raison, mais le savoir et y croire vraiment est plus difficile qu'il n'y paraît. Et si nous ne nous aimions pas ? Est-ce que je peux rester ici ? Est-ce que c'est même une possibilité ?

— Oui. Tu peux rester aussi longtemps que tu le souhaites, mais c'est ta famille, et c'est important. Et si tu décides de partir avec eux, tu pourras revenir à tout moment. Tu auras *toujours* un endroit sûr ici, et tu en auras toujours un avec moi.

— Tu le penses vraiment ? demanda-t-elle avec précaution.

— Oui.

Son expression était si sérieuse, l'honnêteté de ses yeux l'enveloppa comme une étreinte, lui apportant une nouvelle vague de soulagement. Elle se rapprocha de lui. *Il* était devenu son lieu sûr, son ancre, son calme face à la tempête, et tandis que les battements de son cœur se calmaient, elle souhaitait pouvoir rester là, dans ses bras, pour toujours. Sa main se posa fermement sur son dos, maintenant leurs corps près l'un de l'autre. Elle était parfaitement consciente de chaque centimètre carré de lui, ce qu'elle ne s'était jamais permis de faire auparavant, ce qui faisait monter en elle le désir, la chaleur et le besoin.

— Je pense tout ce que je te dis.

Il déposa un tendre baiser sur son front, la gardant près de lui.

Ses lèvres étaient si chaudes et si douces qu'elle voulait désespérément savoir ce qu'elles ressentiraient sur les siennes. Elle sentit les battements de son cœur s'accélérer. Avait-il envie d'elle comme elle avait envie de lui ? Elle se pencha en arrière juste assez pour voir son visage, et leurs yeux se rencontrèrent, ces bassins sombres d'émotion l'appelant, la faisant désirer encore plus.

— Qu'est-ce qu'il y a, ma belle ? De quoi as-tu besoin ?

Et si sa famille la persuadait de partir demain, et que ce soir était tout ce qu'ils avaient ? Elle ne voulait pas penser à partir, mais plus encore, elle ne voulait pas passer toute sa vie sans jamais l'embrasser. Avant qu'elle ne puisse trop y penser, elle répondit *Toi* et posa ses lèvres sur les siennes.

Il ne lui rendit pas son baiser.

Elle s'éloigna avec un sentiment d'impuissance.

— Je suis désolée si tu n'as pas voulu ça.

Il la serra plus fort, son regard pénétrant l'appelant *toujours*, mais son visage était un masque de pure retenue.

— Tu n'as pas idée à quel point je le veux, Sully. Cela et bien plus encore. Mais nous ne savons pas combien de temps tu seras ici, et avec tout ce que tu traverses, je ne veux pas que tu confondes tes sentiments pour moi avec tout le reste et que tu le regrettes ensuite.

— Ce que je ressens pour toi est la *seule* chose pour laquelle je ne suis *pas* confuse.

Ses mots sortirent rapidement et avec véhémence, directement de son cœur.

— J'ai passé toute ma vie à faire ce que tout le monde voulait que je fasse. Je *sais* que mon avenir est incertain, mais je sais aussi ce que je ressens *en ce moment*, et c'est ce qui compte. Je ne regretterai jamais d'avoir fait quoi que ce soit avec toi, parce que c'est ce que *je* veux. S'il te plaît, n'essaie pas de m'enlever cette décision.

— Je n'essaierai pas et je suis désolé de l'avoir fait.

Il effleura ses lèvres sur les siennes en murmurant *Sully*. La chaleur de sa voix et la façon dont ses lèvres effleurèrent à nouveau les siennes la firent respirer plus fort, elle avait envie de plus. Il fit glisser sa langue le long de sa lèvre inférieure, provoquant des picotements dans son cœur.

— Si douce.

Ses mots étaient empreints de désir, augmentant son impatience tandis qu'il embrassait le coin de sa bouche et que sa main glissait le long de son dos et dans ses cheveux. Leurs cœurs battaient au même rythme effréné, un brasier brûlant entre eux tandis qu'il la regardait profondément dans les yeux, mais il ne disait pas un mot. Il n'en avait pas besoin. Elle sentait son désir aussi puissant que sa retenue et savait qu'il lui donnait une chance de reculer, mais aucune partie d'elle ne le voulait.

— *Embrasse-moi*, supplia-t-elle.

— Un baiser ne sera jamais suffisant, dit-il d'un ton bourru.

Elle perdit le souffle à ces mots qui auraient pu sortir tout droit de son cœur lorsque sa bouche se posa sur la sienne dans un baiser voluptueusement sensuel, intensifiant son désir à chaque coup de langue. Il avait un goût sucré et chaud et l'embrassait, la *tenait*, comme s'il avait attendu toute une vie pour le faire. Comment était-il possible de la faire se sentir si spéciale avec un simple baiser ?

Mais ce n'était pas un simple baiser. C'était doux et sucré, sombre et érotique, la liberté et la connexion entrelacées avec une gratification brûlante. C'était *tout*.

Elle s'accrocha à lui tandis qu'il intensifiait leur baiser et la ramenait sur le dos. Elle ne se lassait pas de sa bouche et lui rendait la pareille avec avidité, prenant autant qu'il lui donnait, et *oh*, comme il lui donnait ! Sa langue s'enfonça plus profondément, explorant les collines et les vallées de sa bouche. Elle n'avait jamais été embrassée aussi complètement, aussi délicieusement, et cela lui donnait envie de plus. Elle se cambra sous lui, s'agrippant à son dos, ses muscles se contractant contre ses mains. Lorsque leurs lèvres se séparèrent, ses yeux se plantèrent dans les siens, brumeux de désir et de quelque chose de bien plus grand.

Le mot *Plus* s'échappa de ses lèvres avec insistance, et elle ramena sa bouche sur la sienne. Il l'embrassa alors comme s'il n'en aurait jamais assez non plus. Sa langue plongeait et balayait, prenant, revendiquant, *possédant*, et pour la première fois de sa vie, elle voulait être revendiquée. Sa main chaude parcourut sa hanche et remonta le long de ses côtes, son pouce effleurant légèrement son sein. Elle gémit dans leurs baisers, s'inclinant sous lui, et il émit le son guttural le plus sexy qu'elle ait jamais entendu. Il palpa son sein, provoquant des frissons de chaleur à travers son cœur, s'accumulant dans son ventre.

— J'aime t'embrasser, murmura-t-il contre sa bouche.

Il l'embrassa si sensuellement que la chaleur se répandit entre ses cuisses.

Ses lèvres chaudes et brûlantes passèrent sur sa mâchoire et son cou, sa main glissa le long de ses côtes jusqu'au bord de sa chemise, taquinant une parcelle de peau exposée.

— Touche-moi, dit-elle en haletant.

Sa bouche se posa sur la sienne en un baiser qui lui donna des fourmis dans les orteils, tandis que sa main se glissait sous sa chemise, taquinant son mamelon à travers son soutien-gorge. Elle s'inclina sous lui, voulant sentir sa main sur sa peau. Il referma sa bouche sur son cou, la suçant assez fort pour que son sexe se crispe de désir.

— Oh *mon Dieu*, dit-elle dans un long souffle.

Quelle était cette magie qu'il dispensait, la faisant *ressentir, désireuse* et *lascive* ? Sa bouche retrouva la sienne, sa langue traça ses lèvres. Elle s'entendit gémir et il continua à taquiner ses lèvres avec les siennes et son mamelon avec ses longs doigts jusqu'à ce qu'elle halète et se balance. Il déposa des baisers dans son cou, sa main se glissant derrière elle, saisissant le fermoir de son soutien-gorge. L'anticipation s'accumulait en elle.

— Arrête-moi si tu veux, ma chérie. C'est toi qui contrôles ce qui se passe entre nous.

— Je ne veux pas que tu t'arrêtes, dit-elle à bout de souffle.

Il détacha son soutien-gorge et approcha sa bouche de la sienne, l'embrassa lentement, l'émotion rayonnant entre eux. Sa main se faufila autour d'elle, palpant son sein nu. Elle poussa un gémissement long et grave en sentant sa main rugueuse la caresser si doucement. Lorsqu'il fit rouler son mamelon entre son doigt et son pouce, des frissons de chaleur descendirent vers le sud. Il approfondit leurs baisers et pressa son mamelon juste assez fort pour envoyer des éclairs de désir entre ses jambes. Ses hanches se détachèrent du matelas et il recommença, arrachant à ses poumons un gémissement de désir. Il se recula, le feu dans les yeux, soutenant son regard tandis qu'il retirait sa chemise et son soutien-gorge. Ses yeux brillaient tandis qu'il la dévorait, son désir l'excitant encore plus. Elle n'avait jamais eu *un tel désir* auparavant, et elle n'avait aucune envie de se retenir.

— Tu es magnifique, ma chérie, gémit-il.

— Je veux sentir ta peau contre la mienne. Elle tira sur sa chemise.

Il passa la main par-dessus son épaule et retira sa chemise. Son cœur s'arrêta presque à la vue de sa large poitrine sculptée, à peine couverte de poils, et de son torse aux muscles épais, si beau qu'elle voulut le toucher, le lécher et l'embrasser en entier. Il baissa la tête et couvrit ses seins de baisers et de caresses. Chaque contact de ses lèvres provoquait une bouffée de chaleur. Lorsque sa langue glissa autour et sur son mamelon, elle laissa échapper un *Ah, oui.* Il recommença, provoquant chez elle une respiration saccadée, et abaissa sa bouche brûlante sur son mamelon, le taquinant et le suçant. Elle se souleva du matelas, enfonçant ses mains dans ses cheveux, le retenant tandis qu'il la poussait à perdre la tête. Il déplaça son corps, posant une main sur chaque sein tandis que sa bouche passait de l'un à l'autre, léchant, suçant et effleurant de ses dents la peau sensible de la jeune femme. Chaque effleurement lui valut une forte inspiration. Ses mains restèrent sur ses seins, les taquinant, tandis qu'il embrassait, mordillait et suçait son ventre, jusqu'à ce qu'elle soit étourdie par le désir, essoufflée d'en avoir plus. Mais *en avoir plus* ne lui avait jamais fait du bien. Il l'embrassa juste au-dessus de la taille de son jean et toucha le bouton, ses yeux en quête d'approbation rencontrant les siens.

Rassemblant tout son courage, elle dit :

— Je veux que tu me touches, mais rien ne m'a jamais fait du bien… là-dessous.

— Il n'y a pas d'urgence. Nous pouvons attendre.

Il déposa un baiser juste sous son nombril.

— *Non*, répondit-elle avec insistance. Tout est différent avec toi. Je veux essayer mais je ne réagirai peut-être pas comme tu l'espères.

— Mon seul espoir est que tu te sentes si bien que tu oublies tous ceux qui t'ont touchée avant ce soir.

Son cœur se retourna dans sa poitrine.

— C'est ce que je veux aussi.

Il ne lui arracha pas son jean et ne se précipita pas pour la toucher comme elle en avait l'habitude. Il continua à caresser tendrement son ventre, ses côtes et ses seins, jusqu'à ce qu'elle gémisse et se tortille, chaque parcelle de son corps en demandant plus. Ce n'est qu'à ce moment-là qu'il lui enleva son jean, mais même cela ne se fit pas à la hâte. Il le baissa lentement, embrassant la peau qu'il révélait.

— Respire, chérie. Profite de ce que tu ressens quand tu es choyée.

Il lui laissa sa culotte, l'embrassant et la caressant des chevilles aux genoux et le long des cuisses, comme s'il soignait chaque centimètre d'elle. Et c'est ce qu'elle ressentit. Ses tendres attouchements et ses doux baisers étaient des baumes pour son cœur malmené. Ses poils la chatouillaient et son toucher était aussi affectueux qu'enivrant. Lorsqu'il déposa un baiser juste au-dessus de son sexe, elle eut du mal à respirer tant le besoin l'envahissait.

— Ça va, ma belle ?

— *Hum-hum*, sortit d'une voix rêveuse et haletante.

— Tu tiens les rênes, ma belle.

Il embrassa à nouveau son ventre.

— On peut s'arrêter à tout moment.

— Je ne veux pas m'arrêter.

Ses mains glissèrent le long de l'extérieur de ses cuisses tandis qu'il déposait des baisers plus bas. À travers sa culotte, elle sentit la pression chaude et insistante de ses lèvres et le glissement de sa langue, envoyant une chaleur rayonnante vers l'extérieur. Il recommença encore et encore, si séduisant et différent de tout ce qu'elle avait jamais ressenti, qu'elle ferma les yeux, se délectant des sensations qui l'envahissaient. Ses hanches se soulevèrent au rythme de ses efforts, chaque coup de reins l'amenant plus haut, jusqu'à ce qu'elle tremble de désir. Sa bouche se déplaça plus haut et sa langue appuya sur sa culotte à l'orée de son sexe, massant les nerfs qui envoyaient des picotements le long de ses membres. Elle se balança et se tordit, perdue dans les plaisirs qui la traversaient, puis il remonta le long de son corps en l'embrassant, les amenant poitrine contre poitrine et lèvres contre lèvres.

La sensation de sa peau chaude sur la sienne était aussi séduisante que son toucher, et les émotions qu'il lisait dans ses yeux firent chavirer son cœur.

— Toujours avec moi, chérie ?

— *Oui.*

Il la prit dans un baiser passionné qu'elle ressentit jusqu'aux orteils. Il se déplaça à côté d'elle et la chaleur et le poids de son corps lui manquèrent. Mais sa main descendit le long de son corps, sur ses sous-vêtements, la taquinant comme il l'avait fait avec sa bouche, lentement, sensuellement et *intensément*.

— J'aime te toucher, dit-il contre ses lèvres.

Il les reprit, l'embrassant et la touchant avec une telle attention, un tel talent, que c'était comme s'il avait connu son corps toute sa vie. Il effleura ses lèvres sur les siennes.

— Tu te sens bien, chérie ?

— *Tellement bien.*

— Prête pour plus ?

Il baissa la tête, taquina son mamelon avec sa langue, ses yeux sombres rivés sur elle.

Elle ne put qu'acquiescer.

— C'est ça Tu veux jouir pour moi ?

— Je ne peux pas. Je n'ai jamais…

— Tu le feras, chérie. Par ma main, et quand tu seras prête, par ma bouche et mon sexe.

Oh mon Dieu, oui. Il la prit dans un autre baiser qui faisait fondre sa culotte, et sa main s'enfonça dans son sous-vêtement, ses doigts épais glissant entre ses jambes.

— Tellement mouillée pour moi, dit-il contre ses lèvres.

Sa bouche glissa sur la sienne et son pouce trouva ces nerfs ultrasensibles, décrivant des cercles lents et précis. Sa respiration se bloqua et elle sentit qu'il souriait pendant qu'ils s'embrassaient. Il continua à frotter et à caresser. Ses membres se hérissèrent de chaleur tandis que ses doigts s'enfonçaient lentement en elle. Elle aspira une bouffée d'air et il l'embrassa plus lentement, plus profondément, ses doigts entrant et sortant au même rythme hypnotique que sa langue balayant la sienne. Il croisa ses doigts, et le plaisir jaillit, chaud et vif, à l'intérieur d'elle. Elle essaya de se concentrer sur leurs baisers, sur ses caresses, sur la chaleur qui montait dans son ventre, mais ses sens tourbillonnaient et dérapaient, et elle ne pouvait plus se raccrocher à une seule pensée. Elle s'accrocha à lui, chevauchant sa main, chassant les sensations fortes qu'il lui procurait.

— C'est ça, chérie. Ressens-le, possède-le, *exige-le.*

— *Plus vite.*

Le son qu'elle obtint, quelque chose entre un grognement d'appréciation et un gémissement, la poussa à en demander plus, et elle se sentit merveilleusement bien aux commandes.

— *Ne t'arrête pas. Embrasse-moi.*

— Voilà, vas-y.

Il s'empara de sa bouche, accélérant ses efforts à un point tel qu'elle ne pouvait plus penser, qu'elle ne pouvait que s'abandonner au plaisir qui s'accumulait en elle. Ses doigts épais entraient et sortaient d'elle, son pouce la faisant monter plus haut. La chaleur remontait le long de ses jambes et dans son cœur, consumant tout son être comme une traînée de poudre, si dévorante qu'elle ne pouvait rien faire d'autre que d'enfoncer ses talons dans le matelas tandis qu'il l'emmenait au bord de la folie, tandis qu'il continuait à la toucher et à la dévorer jusqu'à ce que sa tête tombe en arrière et qu'il referme sa bouche sur son cou, la suçant *avec force.* Le plaisir explosa de partout en elle, et elle se brisa en un million de morceaux enflammés, criant tandis que le monde s'éloignait. Et puis elle s'éleva, légère comme une plume, libre comme un oiseau, enveloppée dans un nuage de plaisir, et l'homme le plus incroyable qu'elle ait jamais connu l'embrassait, murmurant contre sa peau ;

— Si sexy... si douce... si confiante, en l'aimant jusqu'à la dernière ondulation de l'extase.

Elle s'effondra sous lui, se sentant comme une tigresse libérée de ses entraves, et lorsque le beau visage de Callahan apparut, tout ce à quoi elle pouvait penser, c'était à quel point elle voulait en faire encore plus.

Chapitre Seize

PENDANT TOUTES les années où Cowboy avait travaillé au ranch, il n'avait jamais manqué un jour de se lever avec le soleil. Mais il aurait fallu un acte de Dieu pour l'arracher à la belle endormie qu'il tenait dans ses bras. Sully avait dormi en T-shirt et en sous-vêtements et il s'était débarrassé de son jean avant qu'ils ne se couchent. La sensation de ses jambes nues contre les siennes était la plus douce des tortures, mais les pensées qui lui traversaient l'esprit étaient la pire des tortures. Il se demandait s'il n'avait pas merdé et ne l'avait pas mise dans une position difficile avec tout ce qu'elle vivait.

Elle sursauta dans son sommeil, émettant un son douloureux. Il la serra plus fort, sentant son cœur s'emballer. Elle sursauta à nouveau, se réveillant en sursaut.

— Tu vas bien, ma chérie. Tu as dû faire un mauvais rêve, mais je te tiens.

Elle se retourna dans ses bras et se blottit contre sa poitrine.

— Désolée.

— Pas besoin de t'excuser.

Il l'embrassa sur le front.

— Tu vas bien ? Tu veux en parler ?

— C'est juste un cauchemar. J'en faisais beaucoup puis ça s'est arrêté pendant longtemps, mais ça revient tout le temps.

— Qu'est-ce qui s'y passe ?

Il lui effleura les cheveux.

— Je n'en sais rien. C'est sombre et il y a un cri qui glace le sang, mais c'est tout. Je ne sais pas où je suis, ni qui c'est.

Sa poitrine se contracta.

— C'est peut-être un souvenir de l'accident.

— Je n'y ai pas pensé. Tu as peut-être raison. Je veux juste que ça s'arrête.

— Tu en as parlé à ma mère ?

Elle secoua la tête.

— Elle pourrait t'aider à comprendre ce que cela signifie, ou au moins te donner quelques idées sur la façon de le faire cesser.

— Je le ferai. Je suis heureuse que tu sois ici avec moi.

Elle tendit la main et toucha sa joue avec un regard rêveur.

Bon sang, c'était un beau regard pour elle.

— Quoi ?

— J'aime ton visage. J'avais envie de le toucher.

— J'aime aussi ton visage, chérie.

Il pressa ses lèvres contre les siennes.

— Et tu peux toucher n'importe quelle partie de moi quand tu veux.

Il passa sa main dans son dos, la serrant contre lui.

— J'allais te demander ce que tu ressentais ce matin, à propos de nous et de ce que nous avons fait hier soir. Puisque tu ne me chasses pas de ton lit, je suppose que tu es d'accord avec ça ? Pas de regrets ?

Ses joues rosirent.

— J'aime qu'il y ait un nous. Je ne savais pas qu'un baiser pouvait être aussi magique ou que mon corps était capable de ressentir ce que tu m'as fait ressentir. C'était… je ne connais même pas les mots justes.

— On ne fait que commencer.

Il effleura ses lèvres et l'embrassa doucement.

— Mais je vais devoir dire la vérité à ma mère et lui faire comprendre qu'il y a quelque chose entre nous. Tu es d'accord ?

— Oui, mais est-ce que tu vas avoir des ennuis ?

— Ne t'inquiète pas pour moi. Je peux faire face à tout ce qui se présente à moi, mais je m'inquiète pour toi avec tout ce qui se passe. Tu n'es plus en danger et tu n'as pas besoin de te cacher du public. Tu veux peut-être faire profil bas le temps de régler les choses avec ta famille, mais c'est énorme, ma chérie. Tu es enfin libre, et je veux être avec toi plus que je ne veux mon prochain souffle, mais je ne veux pas rendre les choses plus difficiles pour toi. Je ne veux pas que tu te sentes obligée d'être avec moi alors que tu cherches à savoir qui tu es et comment tu veux vivre ta vie.

Il ne voulait pas la perdre mais il ne s'agissait pas de lui. Il savait qui il était et il *avait* sa vie. Si elle avait besoin d'espace pour comprendre ces choses par elle-même, il devait le lui donner, même si cela le tuait.

— Tu améliores les choses et quand je serai prête à sortir, je veux que ce soit avec toi, à moins que…

Ses sourcils se froncèrent.

— Es-tu en train de dire que tu ne veux pas…

— *Ne* finis *pas* cette phrase.

Il savait que si elle voulait vraiment être avec lui, il devait y aller doucement, mais il la serra contre lui, la laissant sentir ce que son beau corps, son bel *être*, avait fait pour lui.

— Tu es *tout* ce que je veux, chérie, mais je veux que tu sois heureuse, et peu importe ce que cela signifie, je ne te retiendrai jamais.

— Oh, *bien*, dit-elle avec un doux sourire.

Elle était si mignonne qu'il avait envie de l'embrasser.

— Tu as une grande journée aujourd'hui. Comment te sens-tu à l'idée de rencontrer ta famille ?

— Nerveuse. Quand Wynnie m'a demandé si je voulais bien les rencontrer, elle m'a dit que je pouvais commencer par rencontrer Jordan. Tu resteras dans la pièce avec moi quand je la rencontrerai ?

— Si c'est ce que tu veux.

— Je le veux. Je me sentirais mieux si tu étais là.

— Alors je serai là. Je suis sûr que tout se passera bien. Tu veux en parler ?

Elle secoua la tête.

— Je veux rester ici avec toi et prétendre que nous avons toute la journée ensemble, même si ce n'est pas le cas.

— Je peux certainement te faire penser à quelque chose d'autre.

Il approcha ses lèvres des siennes et l'embrassa passionnément. Elle pressa ses hanches vers l'avant, se frottant à lui. Un grognement s'échappa avant qu'il ne puisse l'arrêter et il la fit rouler sur le dos, essayant de se distraire pour ne pas aller trop loin. Il continua à l'embrasser, se perdant dans son goût, la sensation de sa douceur sous lui, et les sons doux et nécessaires qu'elle émettait.

— Je meurs d'envie de mettre ma bouche sur le reste de ton corps.

Ses sourcils se froncèrent.

— Le reste de mon corps ?

— C'est ça, chérie.

Il balança ses hanches contre son centre.

— Je veux que tu te sentes encore mieux qu'hier soir.

Elle rougit et murmura :

— Ça a l'air *sympa*.

Il pencha la tête sur son épaule.

— Tu vas me faire mourir.

— J'espère que ce ne sera pas avant que tu n'aies tenu ta promesse.

Il l'embrassa, tous deux riant, puis il s'enfonça plus profondément, transformant son rire en un gémissement affamé. Sa bouche était faite pour lui, chaude, douce et si délicieuse qu'il aurait pu perdre la tête en l'embrassant pendant des heures. Mais ils n'avaient pas des heures et elle se cambrait sous lui, se frottant contre son sexe, lui donnant envie de plus. Il se recula, la regardant dans ses yeux remplis de désir, et souleva sa chemise.

— Il faut l'enlever, ma chérie.

Elle sourit lorsqu'il enleva sa chemise et la jeta de côté, la regardant longuement.

— Tu es vraiment magnifique.

Il la taquina et la goûta en descendant le long de son corps, ralentissant pour aimer ses seins comme il avait appris qu'elle les aimait. Il effleura son mamelon avec ses dents, ce qui lui valut d'autres sons séduisants.

— Chérie, ces bruits sexy que tu fais me rendent fou.

Ses joues s'enflammèrent.

— *Mon Dieu*, les choses que tu dis.

— Désolé, chérie.

Il se retenait de dire ce qu'il voulait vraiment dire, mais il n'était pas sûr de la façon dont l'autre connard lui avait parlé, et il ne voulait pas réveiller de mauvais souvenirs.

— J'ai l'habitude des silences ou des grognements, comme si

je pouvais être n'importe qui. J'aime quand tu me parles. Je veux savoir ce que tu ressens.

— Attention à ce que tu demandes, chérie. J'ai la langue bien pendue et je ne veux pas t'offenser.

Elle croisa son regard avec des flammes dans les yeux.

— Je ne veux pas être prudente avec toi. Je sais que j'aimerai tout ce que tu fais et dis, et si je ne l'aime pas, je te le dirai.

— *Bon sang*, ma belle. Tu sais à quel point c'est excitant ?

Il déposa un baiser sur ces douces boucles.

— J'ai adoré toucher ton sexe hier soir, te sentir jouir et savoir que tu jouirais encore plus fort sur ma bouche.

Il fit une pause pour jauger sa réaction et son gémissement de désir lui dit tout ce qu'il avait besoin de savoir. Il passa son pouce sur sa peau mouillée, ce qui lui valut un autre son sexy.

— Magnifiquement mouillée pour moi.

Il fit glisser sa langue le long de son sexe luisant, y prenant goût pour la première fois, ce qui lui valut d'autres cris de désir.

— *Bon sang*, tu es plus douce que le miel.

Elle souleva ses hanches.

— Tu veux ma bouche sur toi, ma chérie ?

— *Oui*, dit-elle à bout de souffle.

Il fit glisser sa langue le long de ses lèvres et sur son clitoris, ralentissant pour ajouter de la pression là où elle en avait le plus besoin. Elle gémit et se tordit pendant qu'il la taquinait, la narguait et la régalait, s'imprégnant des sons avides qui s'échappaient de ses lèvres et de la façon dont son dos se courbait et dont elle griffait le matelas.

— Si doux, putain.

Il lécha son clitoris gonflé et enfonça lentement deux doigts dans son sexe serré.

— *Callahan…*

— Trop, chérie ?

— *Non.* C'est juste que… avec toi, tout est si bon.

Il adorait ça, putain. Il passa sa langue sur ces nerfs avides tandis qu'il l'aimait avec ses doigts, caressant ce point secret qui la faisait gémir. Il trouva un rythme qui la fit haleter, émettre des sons de désir et des appels désespérés qui firent que son engin s'emballa pour entrer dans l'action. Ses jambes tremblaient et il accéléra ses efforts, suçant son clitoris entre ses dents. Sa respiration se calma, ses mains se crispèrent sur les draps, ses yeux se fermèrent. Il la maintint ainsi, souhaitant que son orgasme soit explosif.

— *S'il te plaît*, supplia-t-elle. *Oh… Cal… je ne peux pas le supporter.*

— Je suis là, chérie.

Il remplaça sa bouche par ses doigts, travaillant son clitoris tout en dévorant son sexe. Ses jambes fléchirent, ses hanches se soulevèrent, et il enfonça sa langue dans sa chaleur humide tandis qu'elle criait son nom. Son sexe pulsait, son essence se répandant sur sa langue, tandis qu'elle se tortillait et vibrait. Un flot de sons indiscernables s'échappa de ses lèvres tandis qu'elle surmontait son orgasme. Il resta avec elle, profitant de chaque pulsation chaude, et lorsqu'elle s'effondra sur le matelas, haletante, il enfonça à nouveau ses doigts en elle, couvrant son clitoris avec sa bouche, la renvoyant directement dans un autre orgasme magnifique, et la tint tremblante et suppliante à l'apogée.

Alors qu'elle redescendait enfin de son état, la peau rougie, le corps tremblant, elle était si belle, si incroyablement confiante, qu'il ne put s'empêcher de la remercier de la meilleure façon qui soit. Il couvrit de baisers son sexe gonflé, chaque contact lui valant un souffle aigu. Sachant qu'elle serait trop sensible après deux orgasmes, il plongea doucement ses doigts en elle, trouvant ce point caché avec une précision absolue.

Elle ferma les yeux, enfonçant ses talons dans le matelas.

— Je sais, chérie. Mais celui-ci sera deux fois meilleur.

Il l'aima lentement avec sa bouche et ses mains et il ne fallut pas longtemps pour que ses hanches se dérobent et que son nom s'échappe de ses lèvres comme une prière. C'était le meilleur son qu'il ait jamais entendu.

Lorsqu'elle s'effondra sur le matelas, il prit son temps, l'embrassant jusqu'à son nombril, murmurant contre sa chair brûlante :

— Si sexy… si douce.

Il la tenait juste au-dessous de ses hanches, ses mains remontant plus haut tandis qu'il embrassait le bas de son ventre. Ses doigts effleurèrent quelque chose de rugueux sur le haut de sa fesse gauche, et son corps devint rigide. Ses tripes se contractèrent, sachant que c'était la marque, et il s'étrangla :

— Laisse-moi voir, chérie.

— *Callahan*, murmura-t-elle tristement.

— C'est bon, mon trésor.

Elle roula sur le côté, révélant la marque *RJ* gravée sur sa peau pâle. Les larmes lui piquaient les yeux, la tristesse profonde se battant avec une colère dévorante. Mais Sully n'avait pas besoin de ressentir cette colère, alors il l'enfouit profondément et déposa un baiser sur la chair meurtrie de la jeune femme. Il l'entoura de ses bras et ferma les yeux lorsqu'elle fut couchée sur le côté, la tenant jusqu'à ce qu'il soit sûr que sa colère ne reviendrait pas. Ce n'est qu'à ce moment-là qu'il s'approcha d'elle et la prit dans ses bras.

— Je suis vraiment désolé de ce qui t'est arrivé.

— Je déteste que tu l'aies vu.

Elle avait l'air si vulnérable qu'il en était déchiré.

— Chérie, tu es belle pour moi, à l'intérieur comme à l'extérieur, et rien ne peut changer cela. Tu es une survivante, et cette cicatrice prouve ta force.

— Je ne suis pas forte. Je me suis évanouie quand ils l'ont fait.

Il était partagé entre le sentiment de dégoût et le soulagement qu'elle se soit évanouie pour ne pas avoir à ressentir toute cette douleur.

— Tu *es* forte. Tu es sortie de là et tu as évité à beaucoup d'autres personnes de souffrir.

— Mais je ne serai jamais débarrassée de lui ou de cet endroit. C'est dans mon corps pour toujours.

Son cœur se brisait pour elle et il savait que peu importe le nombre de fois où lui, ou n'importe qui d'autre, lui dirait que la marque ne changerait pas ses sentiments pour elle. Elle avait raison. Cet enfoiré avait trouvé le moyen de lui faire vivre un enfer chaque fois qu'elle voyait son propre corps dans le miroir, qu'elle se changeait et qu'elle touchait cette marque. *Cela* faisait bouillir le sang de Cowboy. Même en sachant qu'il avait rendu la pareille à cet enfoiré, sa colère n'en était pas moins grande.

Il la regarda dans ses yeux tristes, voulant la réconforter, mais il n'avait pas de bonne réponse.

— J'aimerais pouvoir le faire disparaître.

— Moi aussi.

— Je suggérerais bien un tatouage pour le recouvrir, mais il est difficile et souvent impossible de tatouer par-dessus une marque. Je ne connais rien à la chirurgie esthétique mais les marques sont peut-être trop profondes pour cela aussi.

— Je suis coincée avec ça pour toujours. Je déteste tellement ça.

Il était *à deux doigts* de lui dire ce qu'il avait fait mais elle n'avait pas besoin de le voir sous cet angle.

— Je sais, chérie. Je suis désolé. Mais il a fait une grosse erreur, parce qu'en sachant ce que tu as traversé, je t'admire encore plus.

Des larmes vinrent mouiller ses yeux et il l'embrassa doucement. Elle resta silencieuse pendant un long moment, et lorsqu'elle parla, ce fut à peine un murmure.

— Il a volé notre moment.

— Qu'est-ce que tu veux dire ?

— Toi et moi étions si proches, et puis tu as vu la marque, et il était dans la pièce avec nous. Il a volé notre moment.

Il plongea son regard dans ses yeux larmoyants et la serra plus fort.

— Il ne pourra *jamais* voler nos moments. Ni celui-là, ni aucun des autres que nous avons eus ou que nous aurons jamais. Ils sont à nous et à nous seuls, et parler de ces choses ne fait que nous rapprocher, pas nous éloigner.

— Mais je n'ai pas pu te dire à quel point j'aimais ta bouche ou à quel point tu me faisais du bien ou quoi que ce soit de ce genre.

— Ne t'inquiète pas, chérie. Je l'ai senti et j'ai aimé être près de toi aussi.

Il pressa ses lèvres contre les siennes et tenta d'apaiser ses inquiétudes en jouant avec elles.

— Mais si tu veux me dire à quel point tu aimes ma bouche, je suis tout ouï.

Elle ricana.

— Elle est très *douce* et *étonnamment* coquine, ce que j'aime… Je veux dire…

Ses joues s'enflammèrent.

— D'accord, *oui*, j'aime bien. C'est un peu mon nouveau truc préféré.

— Tu ferais mieux de faire attention ou tu vas me faire recommencer.

Ses yeux s'illuminèrent.

— Tu veux que je te dise ce que j'ai le plus aimé ?

— Bon sang…

Son sexe tressaillit.

— Qu'est-ce que tu en penses ?

— J'ai aimé la façon dont tu m'as dit des choses cochonnes.

Elle fit courir ses doigts le long de sa poitrine.

— Et ce que tu faisais quand tu utilisais ta langue…

Ses mots furent étouffés par la pression de ses lèvres quand il commença à lui donner plus de toutes les choses qu'elle aimait… et encore plus.

UN LONG MOMENT plus tard, enfermé et chargé pour un plaisir qui n'allait pas se produire, Cowboy traîna ses fesses hors du lit de Sully avant que sa retenue ne se brise et rentra chez lui pour prendre une douche glacée. Mais même cela n'a pas suffi à le soulager. Il devait prendre les choses en main pour relâcher la pression et il jouit du son de la douce voix de Sully dans son oreille et du goût persistant d'elle sur sa langue.

Après sa douche, il prit son chapeau et se dirigea vers la maison de ses parents pour leur annoncer la nouvelle qui allait probablement énerver sa mère. Il frappa à la porte mais il était trop anxieux pour attendre qu'ils répondent et entra. Sa mère était assise sur les genoux de son père dans le salon. La main de son père était sous la chemise de sa mère et ils s'embrassaient.

— *Seigneur.*

Il se retourna.

— Tu n'es pas trop vieux pour ça ?

— J'espère bien que non puisque tu es de ma famille, déclara son père.

Sa mère rit et il l'entendit descendre des genoux de son père.

— Oh, Cowboy. Tu nous as déjà vus nous embrasser.

— Je n'avais pas besoin de voir la main de papa sous ton chemisier.

Il se retourna et trouva ses deux parents debout près du canapé.

— Si tu m'avais donné dix minutes de plus, je serais allé *plus loin*.

Tiny rit de sa propre blague.

— Bon sang.

Cowboy lui adressa un regard noir.

— Je ne veux rien entendre.

Son père rit encore plus fort.

— *Tiny*, tu es affreux, dit sa mère en le taquinant. Ignore ton père qui se comporte comme un enfant, chéri. Comment va Sully ?

— Nerveuse à l'idée de rencontrer sa famille.

— Ce sera une journée éprouvante, dit sa mère. Mais j'espère que ce sera le début d'un nouveau départ pour elle. Comment tu tiens le coup ?

— Je suis inquiète pour elle mais je vais bien par ailleurs. Mais papa et toi, vous ne le serez peut-être plus dans une minute.

Les sourcils de son père se froncèrent.

— Pourquoi cela ?

— Parce que je dois vous dire quelque chose.

Il fit les cent pas pendant une seconde puis croisa le regard de ses parents.

— Sully et moi sommes sortis ensemble hier soir.

La colère monta dans les yeux de sa mère.

— *Cowboy.* Qu'est-ce qui t'a pris ? Tu viens de rendre les choses encore plus difficiles pour elle.

— *Elle m*'a fait des avances. Je lui ai dit qu'elle traversait beaucoup de choses et que je ne voulais pas qu'elle confonde ses sentiments à mon égard. Elle m'a certifié que j'étais la *seule* chose pour laquelle elle n'était *pas* confuse.

— Ne fais pas comme si tu n'avais pas eu le choix, fulmina sa mère. Je n'arrive pas à y croire. Tu devrais le savoir.

— Qu'est-ce que tu veux que je dise ? Tu as raison, j'avais le choix. J'ai essayé de garder mes sentiments pour moi, mais je *n'ai pas pu.* Ils sont trop profonds.

Il se redressa.

— Allez-y, faites-moi vivre l'enfer ou traitez-moi de connard égoïste, mais ça ne m'empêchera pas d'être avec elle. *Voilà* où nous en sommes et maintenant que c'est sur la table, dis-moi juste où nous allons à partir de maintenant.

— Pour commencer, je ne peux plus être la thérapeute de Sully, dit vivement sa mère. C'est un conflit d'intérêts.

L'estomac de Cowboy se noua.

— *Merde.* Je n'y ai pas pensé.

— C'est clair. Mais tu aurais dû.

Il serra les dents, rencontrant son regard d'acier.

— Je n'avais pas l'intention de la mettre dans cette position et de gâcher sa thérapie. Je ne veux pas gâcher ça pour elle.

— C'est trop tard. Elle est *dans* cette situation, souligna sa mère. Je dois la confier à quelqu'un d'autre.

Il se sentait mal.

— Attends, *non*. Nous n'avons même pas fait l'amour.

— Ce n'est pas grave. Tu as des sentiments pour elle et tu es mon fils. Fin de l'histoire, conclut sa mère.

— *Non*, je veux faire ce qu'il y a de mieux pour elle, et tu es la meilleure thérapeute que nous ayons.

— Tu sais que nous avons d'excellents thérapeutes, mais ce n'est pas à toi de décider, et je ne peux pas en discuter plus avant. J'en parlerai à Sully, dit sa mère avec fermeté.

Ses mains se crispèrent sur ses côtés.

— Tu ne peux pas la laisser tomber avec tout ce qu'elle endure. Peux-tu au moins me laisser parler avec elle avant de lui mettre ça sur le dos ? Je le ferai ce soir, après qu'elle ait rencontré sa famille, et tu pourras le lui dire lors de ta séance de demain.

Sa mère semblait troublée.

— *D'accord.*

— Merci.

— Je ne t'ai jamais vu franchir les limites comme ça, dit son père.

Ses yeux indiquèrent à Cowboy qu'il faisait aussi référence à ce qu'il avait fait dans le Maryland.

— Elle doit être importante pour toi.

— Elle l'est.

Cowboy enleva son chapeau et se passa une main sur le visage, espérant que le changement de thérapeute ne perturberait pas la guérison de Sully.

— Je suis désolé, maman. Je sais à quel point tu as travaillé dur pour l'aider.

Sa mère expira longuement et son expression s'adoucit.

— Chéri, en tant que mère, et *non* en tant que thérapeute

de Sully, je comprends. Le cœur a son propre esprit, et je respecte cela. Mais fais attention. Je ne veux pas que l'un de vous deux soit blessé.

— Tu crois que c'est le cas ?

C'était sorti plus brutalement qu'il ne l'aurait voulu.

— Je tiens à elle et je veux l'aider à guérir, à donner un sens à sa vie et à trouver le bonheur. C'est la chose *la plus* importante pour moi. J'ai oublié le conflit d'intérêts et c'est de ma faute, mais je ne suis pas un gamin stupide qui se précipite les yeux fermés. Je sais que ce n'est pas l'idéal pour nous d'être impliqués dans tout ce qu'elle a vécu. J'ai travaillé avec suffisamment de personnes qui se sont sorties de situations horribles pour savoir qu'il y a environ un million de couches de merde à traverser à tout moment, et que même lorsque les choses s'améliorent, elles peuvent empirer lorsque le vent change de direction. Je comprends tout ça et je suis *toujours* avec Sully.

— Tu n'as jamais risqué ton cœur comme ça, mon fils. Comment vas-tu te sentir si elle passe cette porte cet après-midi avec sa famille et ne revient jamais ?

La poitrine de Cowboy se contracta.

— Ne t'inquiète pas pour moi. Il n'y a rien que je ne puisse gérer.

Il n'était pas sûr que ce soit vrai en ce qui concerne le départ de Sully, mais il s'en occuperait le moment venu. Se tournant vers sa mère, il dit :

— Que dois-je savoir pour m'assurer que je l'aide autant que possible ?

— Tu sais ce qu'il faut faire, lui dit sa mère avec gentillesse. Traite-la comme tu traites toutes les personnes qui te sont chères. Sois *honnête* jusqu'au bout. Même si tu penses que cela peut faire mal, fais le choix difficile et fais ce qu'il faut. N'oublie pas que même les personnes qui ont grandi dans les meilleures conditions peuvent avoir du mal à différencier les sentiments de protection de l'affection, de la gratitude ou d'une douzaine d'autres émotions. Comme je l'ai dit, je ne veux pas que l'un d'entre vous soit blessé.

Son commentaire sur l'interprétation erronée de ses émotions ne lui avait pas échappé mais il n'allait pas discuter d'un point malencontreux.

— Qu'en est-il de la règle du ranch interdisant la fréquentation entre nous ?

— Cette règle a été mise en place pour les employés, dit son père. Sully n'est pas notre employée.

— Mais elle *suit* une thérapie et elle *a demandé* si elle pourrait éventuellement occuper un poste rémunéré, souligna sa mère. Et, Cowboy, tu étais en position de la protéger, donc il y a une limite qui a été franchie, bien qu'elle n'ait pas de lien avec le ranch. C'est l'affaire des Dark Knights.

— Non, ce n'est pas le cas. La protection des Dark Knights a pris fin lorsque la secte a été démantelée et que ces connards ont été arrêtés. Nous ne nous sommes réunis que tard hier soir, donc nous n'avons pas franchi cette limite.

— Je suppose que c'est techniquement correct, bien que maintenant j'aie le sentiment que cet accès de colère dimanche soir était motivé par tes sentiments pour Sully, et pas seulement par la colère contre la secte, et cela pourrait m'attirer des ennuis, déclara sa mère.

Cowboy ferma les yeux un instant, essayant de maîtriser ses émotions. Lorsqu'il croisa son regard, la culpabilité se resserra comme un nœud coulant.

— C'étaient les deux. Mais je ne suis jamais passé à l'acte avec elle et je ne lui ai jamais dit un mot de mes sentiments.

Aucune ligne n'a été franchie, donc il n'y a aucune chance que tu l'aies su.

Ses parents échangèrent un regard troublé.

— Je suis désolé, admit Cowboy. J'espère que ça ne vous retombera pas dessus mais je ne regrette pas d'être avec Sully.

— C'est clair, dit sa mère d'un ton détaché. Cela va être une période très difficile pour vous, mais j'espère que tu sais que même si cela complique les choses, et que je m'inquiète pour *vous deux*, elle n'aurait pas pu choisir un meilleur homme.

Son père acquiesça, ce que Cowboy apprécia, mais alors qu'il se dirigeait vers la porte, se reprochant d'avoir gâché la thérapie de Sully, il se demanda comment la vie pouvait être aussi injuste pour lui apporter la seule femme qui lui faisait voir au-delà du ranch, la femme à laquelle il voulait s'accrocher avec tout ce qu'il avait, alors que son avenir était si incertain.

Chapitre Dix-Sept

APRÈS LE PETIT DÉJEUNER et une réunion avec Wynnie, Sully regarda à nouveau l'une des dizaines de vidéos montrant les arrestations de Rebel Joe et de plusieurs autres membres de la secte sur le téléphone de Callahan alors qu'elle attendait l'arrivée de Jordan dans le bureau de Wynnie. Callahan et elle avaient regardé plusieurs vidéos avant le petit-déjeuner et avaient vu les rapports indiquant que Casey Lawler avait été retrouvée. Le nom de Casey Lawler avait été associé à des déclarations telles que *C'est un miracle* ou *Par la grâce de Dieu*. Mais dans l'esprit de Sully, si Dieu avait été plein de grâce, il n'aurait pas permis qu'elle soit enlevée en premier lieu. Mais s'il y *avait* une puissance supérieure, avait-elle contribué à ce qu'elle se retrouve au ranch pour rattraper son erreur flagrante ?

Ou n'était-ce qu'une question de chance ?

Quoi qu'il en soit, elle était reconnaissante d'être là, et elle était heureuse que le FBI n'ait pas mentionné son nom et sa localisation dans les rapports, bien que Callahan ait eu raison de dire que de parfaits inconnus s'étaient ralliés à elle. Des vidéos montraient des foules portant des pancartes réclamant la peine de mort devant le bâtiment où Rebel Joe et d'autres membres de la secte étaient détenus. C'était un sujet brûlant au petit-déjeuner. Tout le monde avait entendu la nouvelle, même si, comme le nom de Sully n'y figurait pas, la plupart ne savaient pas qu'elle était Casey. Mais Birdie, Sasha, Dare, Doc et Ezra étaient au courant, et ils l'avaient cherchée en privé pour lui offrir leur soutien. Elle craignait que les filles ne la regardent différemment une fois qu'elles sauraient d'où elle venait, mais elle n'avait vu que chaleur, réconfort et gentillesse dans leurs yeux.

Elles s'étaient ralliées à elle, comme Callahan s'en doutait. Mais ils étaient sa famille. Même Ezra était son frère par l'intermédiaire du club. Ils étaient parmi les humains les plus gentils que Sully ait jamais connus, mais à cause de leur affiliation au ranch, ils étaient aussi capables de voir au-delà des problèmes des gens, jusqu'au cœur même de ce qu'ils étaient. Même si elle savait que certains étrangers la verraient pour la personne qu'elle devenait, elle savait que pour beaucoup d'autres, elle serait toujours *la fille de la secte*.

Alors qu'elle fixait le visage de l'homme qui lui avait volé deux décennies de sa vie, lui avait menti, l'avait violée, l'avait marquée au fer rouge et l'avait forcée à subir d'autres punitions sévères, elle était soulagée de savoir qu'il allait enfin payer pour ce qu'il avait fait. Mais ce soulagement n'éclipsait pas la haine qu'elle éprouvait pour lui, et elle était presque sûre que rien ne le ferait jamais.

— Tu es sûre de vouloir continuer à regarder ça, ma chérie ?

Elle jeta un coup d'œil à son protecteur au grand cœur, ses robustes bras croisés, le menton bas, la mâchoire serrée, et ses yeux sérieux et bienveillants braqués sur elle. Même son tourment ne suffit pas à chasser les papillons qui peuplaient sa poitrine. Il avait été stressé toute la matinée, probablement parce qu'*elle* était très nerveuse à l'idée de rencontrer Jordan. Callahan l'avait calmée, et maintenant que sa tension se relâchait un peu plus au simple son de sa voix, elle souhaitait avoir le même effet sur lui. Mais elle savait que rien n'apaiserait ses inquiétudes tant qu'*elle* n'aurait pas trouvé un terrain solide, et qui savait combien de temps cela prendrait. Elle se sentait coupable d'avoir semé la confusion dans sa vie, mais elle n'aurait pas pu se détourner de lui si elle l'avait voulu.

Elle se rendit compte qu'il attendait une réponse.

— Je n'arrive toujours pas à y croire. Mais cela devient plus réel à chaque fois que je le vois être emmené avec des menottes.

Une photo de Rebel Joe apparut à l'écran et elle mit la vidéo en pause pour l'étudier.

— Comment ai-je pu rater ça avant ? Tu as vu ça ?

— Quoi ?

Il se rapprocha.

— Regarde son cou.

Elle lui montra les mots "VIOLEUR D'ENFANTS" gravés sur sa peau.

— Qui ferait ça ? Comment l'ont-ils atteint ?

— Quelle importance ? Cet enfoiré mérite bien pire que ça.

— Je le sais mais il est intouchable. Ses hommes ne lui feraient jamais ça.

Le téléphone de Callahan vibra dans sa main et une bulle de texte apparut de la part de Dare. Elle lui tendit le téléphone.

— Où était la personne qui lui a fait ça quand il me faisait toutes ces choses horribles ?

— Peut-être qu'ils ne te connaissaient pas à l'époque, dit Callahan en lisant le message de son frère.

Il croisa le regard de la jeune femme.

— Chérie, tu as des choses plus importantes auxquelles tu

dois penser. Jordan est ici. Ma mère est en train de la ramener.

Les nerfs de Sully furent mis à vif, la photo oubliée.

— Ça y est.

Elle fit les cent pas, le cœur battant la chamade.

— Je vais rencontrer ma sœur. J'espère qu'elle m'aime bien. Et si je ne l'aime pas ?

— Elle va t'aimer, chérie, et il y a de fortes chances que tu l'aimes aussi. Mais si ça devient trop envahissant, on peut abréger. Tu me fais signe, c'est tout.

— Quel est le signal ? demanda-t-elle anxieusement.

— Je le verrai dans tes yeux. Ne t'inquiète pas, dit-il.

Elle savait qu'il le ferait parce qu'il avait su exactement ce dont elle avait besoin depuis le moment où ils s'étaient rencontrés.

La porte s'ouvrit et Sully se figea. Son cœur se bloqua dans sa gorge et elle regarda Callahan. Il lui fit un signe de tête rassurant. Avec une longue inspiration, elle rassembla son courage et se retourna, observant la blonde grande, mince et incroyablement belle qui se tenait dans l'embrasure de la porte avec Wynnie. Elle était élégante, avait des pommettes hautes et des yeux bleus qui semblaient sages. Elle portait un cardigan beige sur un chemisier blanc, un jean moulant et des talons hauts. Sully était si nerveuse qu'elle avait changé plusieurs fois de vêtements et avait finalement décidé de porter la tenue qui lui permettait de se sentir la moins enfermée et le plus sûre d'elle. La chemise ample en tissu batik violet et rose et le short en jean qu'elle avait choisis avaient attiré l'attention de Callahan lorsqu'il était revenu après sa douche. Il avait dû lui dire dix fois qu'elle était magnifique et elle s'était sentie bien dedans. *Superbe*, même. Mais à présent, sa confiance en elle diminuait. Elle pâlissait en comparaison de la femme éblouissante et raffinée qui se trouvait devant elle, et elle se demandait comment elles pourraient un jour trouver un terrain d'entente.

— Sully, voici Jordan.

Wynnie s'écarta pour permettre à Jordan d'entrer dans la pièce.

— Jordan, voici Sully et mon fils Cowboy.

La voix de Sully était prise dans sa gorge et Callahan dut le remarquer car il fit un signe de tête à Jordan.

— Enchanté de vous rencontrer.

— Bonjour.

La voix de Jordan tremblait, comme si elle essayait de ne pas pleurer.

Sully avait pensé que le fait de la voir, ou d'entendre sa voix, pourrait déclencher un souvenir, mais ce n'était pas le cas, et elle se sentait mal de *ne pas* avoir les larmes aux yeux, ce qui amplifiait leurs différences. Elle réussit enfin à dire :

— Bonjour, Jordan.

Des larmes glissèrent sur les joues de la jeune femme.

— Je suis désolée.

Elle sortit des mouchoirs de la poche de son pull et se tamponna les yeux.

— C'est normal de pleurer.

Sully se rapprocha tandis que Wynnie quittait discrètement la pièce et fermait la porte.

— Ils ont dit que tu avais cinq ans de plus que moi. Tu dois te souvenir de tout.

Elle s'était creusé la tête ce matin, essayant de se rappeler quelque chose – *n'importe quoi* – de sa vie avant la secte, mais elle n'avait rien trouvé.

— Je m'en souviens. Chaque seconde.

Jordan inspira une bouffée d'air rauque.

Sully avait mal pour elles deux.

— Je ne me souviens pas de toi. Mais j'aimerais bien.

Elle ouvrit la bouche pour parler, puis la referma.

— Je suis désolée mais tu m'as tellement manqué.

Elle essuya ses larmes.

— J'ai cru que je ne te reverrais jamais.

Sully l'attira dans une étreinte maladroite mais cela ne fit que renforcer les pleurs de Jordan. Elle sentit que Callahan les observait et se souvint des paroles apaisantes qu'il avait prononcées lorsqu'elle avait craqué.

— Tu ne devrais jamais regretter tes sentiments. C'est la seule chose qui nous appartient vraiment.

— Tu parles comme la grande sœur.

Jordan essuya ses yeux en se dégageant de ses bras.

— J'ai eu l'occasion de m'occuper d'enfants plus jeunes.

Sully jeta un coup d'œil à Callahan, qui lui fit un clin d'œil.

Jordan se tamponna les yeux.

— J'aimerais bien qu'on me raconte ça un jour, et peut-être que je pourrais aussi te parler de notre famille.

— Je pense que j'aimerais entendre parler de ta famille. As-tu le temps de parler maintenant ?

Les sourcils de Jordan se plissèrent, comme si elle avait dit quelque chose de troublant.

— Oui.

Sully se rendit compte qu'elle avait dit ta *famille*. Mais elle ne pouvait pas s'en empêcher. Elle n'avait pas l'impression que c'était la sienne. Callahan lui tira une chaise et, après que Sully se fut assise, il lui serra l'épaule d'une manière rassurante, puis se tint à quelques mètres de là, son réconfort omniprésent.

— Qu'aimerais-tu savoir en premier ?, demanda Jordan.

Sully étudia son visage, essayant de se souvenir d'elle. Elle remarqua une cicatrice au-dessus du sourcil droit de Jordan, mais aucun souvenir ne lui vint.

— Je ne sais pas. Wynnie pense que des détails pourraient m'aider à me rafraîchir la mémoire. Peux-tu me parler de nos parents ?

Les yeux de Jordan s'illuminèrent comme s'il s'agissait d'un sujet favori.

— Ils étaient formidables et ils nous aimaient tellement. Ils s'aimaient depuis le lycée, et crois-le ou non, ils sont nés le même jour.

— Ils sont aussi morts le même jour, dit Sully plus pour elle-même que pour Jordan.

Jordan eut à nouveau les larmes aux yeux.

— Oui.

— Désolée. Je n'aurais pas dû dire ça.

— Non, ce n'est pas grave. Je suis juste émotive au-jourd'hui.

Elle effaça les larmes de ses yeux.

— Nous partageons les yeux bleus de maman, bien que les tiens soient beaucoup plus brillants que les miens, et elle avait des cheveux blond clair comme moi. Elle parlait doucement mais elle était un rayon de bonheur, nous disant toujours que nous pouvions faire ou être n'importe quoi. Elle nous appelait ses petites colombes, parce que les colombes symbolisent l'espoir, et elle avait l'habitude de nous chanter des chansons pour nous endormir. Elle avait la plus belle voix.

— Que chantait-elle ?

— *My Girl* des Temptations était sa chanson préférée.

Elle se souvint que Callahan l'avait appelée « *my girl* » la nuit dernière. La tristesse monta en elle à l'idée d'avoir été aimée par une mère dont elle ne se souvenait pas. Combien de nuits a-t-elle pleuré sur son oreiller, souhaitant que quelqu'un la prenne dans ses bras, alors qu'une douzaine d'autres filles dormaient autour d'elle ?

— J'aimerais m'en souvenir.

— Tu aimais ça, et tu adorais quand elle peignait des étoiles sur nos ongles d'orteils. Je les peins encore sur les miens.

Jordan fit glisser un talon haut et remua ses orteils, qui étaient peints en rouge avec des étoiles blanches.

— C'est peut-être pour cela que j'aime tant regarder les étoiles.

Elle jeta un coup d'œil à Callahan, dont les lèvres se retroussèrent.

— Que peux-tu me dire d'autre sur elle ?

— Elle n'élevait jamais la voix. Même quand elle était en colère.

Sully pensa au nombre de fois où elle avait eu des ennuis pour avoir crié et répondu aux injonctions de la secte lorsqu'elle était jeune, et à la façon dont ils l'avaient punie pour cela.

— Elle aimait regarder les magazines de mode et dessiner ses propres modèles.

— S'habillait-elle de façon fantaisiste ? *Comme toi ?*

— Non. Ce n'était pas le truc de maman. Elle aimait les jolis vêtements, mais pas la fantaisie. J'ai tous ses vieux carnets de croquis. Je pourrai te les montrer un jour. C'est grâce à elle que j'aime la mode. Quand nous étions jeunes, je dessinais des robes tout le temps.

— Moi aussi, je fais des croquis, dit Sully, sentant poindre... elle ne savait pas quoi.

De l'espoir ? La preuve qu'elle avait un lien avec la mère et la sœur dont elle ne se souvenait pas ?

— Vraiment ?

— Mm-hm. Pas de vêtements, cependant. Surtout des gens, des animaux et la nature.

— Elle est vraiment douée, se vanta Callahan, et le cœur de Sully se réchauffa.

— Je n'en doute pas. J'aimerais bien voir tes croquis un de ces jours.

Réfléchissant à l'emploi de l'expression *un jour* et espérant revoir Jordan, elle dit :

— Bien sûr. Comment était notre père ?

Jordan eut un regard rêveur.

— C'était un grand et costaud ouvrier du bâtiment. Il aimait rire et ses mains étaient si grandes qu'elles avalaient les nôtres.

Comme les mains de Callahan.

— Tu aimais monter sur ses épaules. C'est toi qui lui ressemblais le plus. Il défendait toujours les choses auxquelles il croyait et les choses que nous voulions, et tu faisais la même chose. Tu te battais pour ce que tu pensais être juste.

Ma combativité.

— Comme quoi ?

— Eh bien, tu étais petite, alors tu te disputais pour des choses de petite fille, comme de savoir si tu devais pouvoir sortir sous la pluie quand tu voulais jouer à laver des voitures avec tes camions.

Jordan sourit, ce qui la rendit encore plus belle.

— Tu as toujours été plus fougueuse et plus volontaire que moi. Tu voulais être comme papa.

— Vraiment ?

— *Oui.* Tu t'habillais même comme lui, avec des flanelles, des T-shirts, des sweats ou des leggings, et tu portais toujours des bottes de chantier comme les siennes.

Elle jeta un coup d'œil aux bottes de cuir usées de Sully.

— Elles ressemblaient beaucoup à celles-là.

— Vraiment ?

Sully se sentit sourire. Elle pensa à la chemise en flanelle de Callahan et à la façon dont elle aimait la porter.

— Il aimait ça chez toi. Tu étais toujours en train de courir dans les flaques d'eau ou de creuser dans la terre.

—Avec toi ?

— Non. J'ai toujours été plus comme maman. Toi et moi, nous étions totalement opposées. J'adorais les robes de soirée mais tu les détestais, et tu n'avais aucun mal à me dire à quel point tu les trouvais *dégueulasses*.

Sully fit une grimace.

— Désolée.

— Non, j'aimais que tu aies ta propre personnalité. Je virevoltais dans l'herbe avec ma robe de princesse et tu faisais des châteaux de boue, sale de la tête aux pieds.

Sully pensa aux dessins qu'elle avait faits au fil des ans de la petite fille virevoltant dans l'herbe, et sa poitrine se contracta. Elle sentit que Callahan l'observait et sut qu'il pensait la même chose. Mais elle ne se souvenait pas avoir vu Jordan danser dans l'herbe, et elle ne voulait pas lui donner de faux espoirs, alors elle garda cela pour elle.

— Est-ce que j'ai eu des ennuis parce que je m'étais salie ?

— Non. Nos parents pensaient que les enfants devaient être des enfants. Ils ne se fâchaient pas quand je portais mes robes fantaisie pour jouer ou quand tu creusais le jardin pour faire un chantier.

Jordan lui raconta que leur père écumait les vide-greniers à la recherche de robes d'occasion pour elle et qu'il s'achetait, avec Sully, des chemises en flanelle assorties.

Jordan lui montra des photos de leur famille et lui parla de leur vie avant l'accident, de leur tante Sheila, la sœur de leur père, et de son mari, Gary, chez qui elle était allée vivre dans le Massachusetts après l'accident, mais rien ne lui fit penser à quoi que ce soit.

— Tu peux garder les photos. Peut-être qu'elles t'aideront à te souvenir de ce qui s'est passé.

— Merci. J'espère que ce sera le cas. À quoi ressemble ta vie maintenant ?

Jordan l'informa qu'elle vivait à Pleasant Hill, dans le Maryland, non loin de Prairie View, la ville où ils vivaient avec leurs parents, et qu'elle venait de se fiancer à Jax Braden, un célèbre créateur de robes de mariée. Elle lui dit à quel point sa famille et lui étaient merveilleux et qu'elle espérait que Sully fasse leur connaissance un jour.

Au moment où elles arrivèrent à une accalmie naturelle dans leur conversation, Sully était pleine de questions et de sentiments dont elle ne savait pas quoi faire. Mais elle savait une chose avec certitude. Elle voulait revoir Jordan.

— Peux-tu revenir demain ? Peut-être pourrions-nous faire une promenade et parler ?

— Oui. J'aimerais beaucoup ça. Est-ce que ça irait si je te serrais dans mes bras pour te dire au revoir ?

Sully accepta, et tandis qu'elles s'étreignaient, elle dit :

— J'avais le sentiment d'être face à une étrangère lorsque tu es entrée pour la première fois, mais ce n'est plus le cas maintenant.

Jordan recommença à pleurer.

— Il semblerait que tu aies acquis tous les gènes émotionnels de la famille.

— J'ai toujours été celle qui criait et tu étais la dure à cuire.

Jordan s'essuya les yeux.

— Je suppose que certaines choses ne changent jamais.

Alors que Jordan quittait la pièce et que Callahan venait aux côtés de Sully, son monde semblait un peu plus complet. Peut-être que Jordan et elle pourraient finalement trouver un terrain d'entente.

— Comment te sens-tu, chérie ?

Elle ressentait tellement d'émotions contradictoires.

— Un peu perdue et un peu plus moi-même. Cela a-t-il un sens ?

— C'est tout à fait logique.

Il la prit dans ses bras, et tandis qu'il l'embrassait, ce sentiment d'être enfin elle-même devenait un peu plus fort.

Chapitre Dix-Huit

SULLY S'ASSIT sur les marches de son porche après le dîner, dessinant une photo de Jordan. Alors qu'elle dessinait ses yeux bleus, elle réfléchit à ce que Jordan avait dit. *Nous partageons les yeux bleus de maman, bien que les tiens soient beaucoup plus brillants que les miens, et elle avait des cheveux blond clair comme moi. Elle parlait doucement mais elle était un rayon de bonheur, nous disant toujours que nous pouvions faire ou être n'importe quoi.* Une vague de tristesse la traversa pour la femme dont elle partageait les yeux mais ne verrait jamais lui sourire.

Elle leva les yeux lorsque Callahan contourna le chalet, et ce sourire confiant et sexy l'éclaira de l'intérieur. Après avoir rencontré Jordan, elle avait eu besoin d'une journée pour gérer tout ce qu'elle ressentait et il lui avait donné l'espace qu'elle avait demandé. Elle l'avait vu travailler avec un cheval dans l'un des manèges lorsqu'elle était au centre de rééducation pour aider Sasha, et ils avaient déjeuné et dîné ensemble, mais il ne l'avait pas poussée à parler de ses sentiments. Elle avait voulu le voir après le dîner mais il lui avait dit qu'il devait d'abord s'occuper de certaines choses.

— Hé ma beauté. Y a-t-il de la place pour un grand vieux

cowboy sur cette marche ?

— Je pense que ça devrait être possible.

Elle avait ajouté d'autres éléments à la liste qu'il lui avait demandé de dresser et elle l'avait glissée dans son carnet de croquis alors qu'elle se dirigeait vers elle.

— Je t'ai manqué ?

Elle fit la moue, souriant alors qu'il l'embrassait.

— Merci de m'avoir donné le temps de faire le tri dans mes pensées aujourd'hui. Aider Sasha avec les chevaux était exactement ce dont j'avais besoin.

— Pas de soucis. J'ai beaucoup à faire ici, et tu n'as pas besoin que je reste à côté de toi, vingt-quatre heures sur vingt-quatre et sept jours sur sept. Je sais que tu me parleras quand tu seras prête. Mais il y a quelque chose dont je dois te parler.

— D'accord.

— J'ai fait une erreur, chérie, et je suis vraiment désolé. Guérir de ce que tu as vécu et trouver ton équilibre pour pouvoir avancer sont les choses les plus importantes pour moi. Mais j'étais tellement absorbé par le fait d'être avec toi que je n'ai pas ralenti pour réfléchir à la façon dont cela affecterait ta relation avec ma mère, et être ensemble crée un conflit d'intérêts pour elle en tant que thérapeute.

— Que veux-tu dire ?

— Elle doit avoir ton intérêt à cœur, et savoir que j'ai des sentiments pour toi pourrait obscurcir son jugement, ce qui signifie qu'elle ne peut plus être ta thérapeute. Je lui ai demandé si cela ferait une différence si je prenais de la distance, mais ce ne serait pas le cas. Le simple fait de savoir ce que je ressens crée des problèmes. Je ne voulais pas tout gâcher pour toi et je me sens horrible à ce sujet.

— Mais je veux être avec toi, tu n'as rien gâché du tout.

Nous l'avons fait tous les deux.

La culpabilité fit son apparition sur la pointe des pieds.

— J'espère que je n'ai pas causé de problèmes entre ta mère et toi.

— Tu n'as rien fait de mal. Ce n'est pas de cela qu'il s'agit. Cela a à voir avec ce qui est éthique dans sa profession.

— Je suppose que cela a du sens, mais pourquoi n'en a-t-elle rien dit lors de notre séance de ce matin ?

— Je lui ai demandé avant d'avoir eu l'occasion de te le dire moi-même. Je suis sûr qu'elle t'en parlera demain. Elle devra t'orienter vers un autre thérapeute.

— D'accord. J'aime vraiment travailler avec ta mère, mais c'est peut-être pour le mieux. Il y a eu plusieurs fois où je pensais à toi pendant nos séances et j'avais l'impression que je devais garder mes sentiments pour moi parce qu'elle est ta mère.

Il appuya ses coudes sur ses genoux, frottant une main avec l'autre.

— Je n'aime pas que tu te sentes obligée de cacher tes sentiments. Je comprends pourquoi tu l'as fait mais j'espère que maintenant tu n'auras plus ce sentiment. J'avais vraiment peur que ça te perturbe.

— Je ne suis pas très enthousiaste à l'idée de recommencer avec quelqu'un de nouveau, mais c'est logique. J'ai aimé Colleen quand je l'ai rencontrée. Peut-être qu'elle me laissera travailler avec elle.

— Colleen est une excellente thérapeute.

Elle repensa à leur conversation et, comme toujours, elle se posa des questions.

— Je peux te demander quelque chose ?

— N'importe quoi.

— Pourquoi l'as-tu dit à ta mère si tu n'as pas pensé que

c'était un conflit d'intérêts ?

Il croisa son regard, ses lèvres relevées en un sourire de gamin, si différent de ce qu'elle avait l'habitude de voir sur lui, que cela lui fit chaud au cœur.

— Surtout parce que je pensais qu'il était important qu'elle le sache, puisqu'elle travaillait avec toi, et que je ne savais pas comment une relation pouvait impacter tes progrès. Mais aussi parce que je suis fier d'être avec toi.

Il haussa les épaules.

— Pour être honnête, j'aimerais que tout le monde le sache.

Cela lui fit plaisir et elle se sentit sourire.

— Si tu avais pensé au conflit d'intérêts, aurais-tu gardé tes distances avec moi ?

— J'aurais essayé.

Il secoua la tête.

— Mais je ne pense pas que j'aurais pu rester loin de toi. Je t'aime beaucoup, Sully. J'aime tout en toi, de ta nature douce et ton beau sourire à ta détermination et ta force tranquille, et j'aime vraiment la façon dont tu te connectes avec les chevaux et moi. Je sais que ton avenir n'est pas clair et que tu as beaucoup de choses à gérer. Mais je ne suis pas un gamin, ma chérie. J'ai trente et un ans et j'ai vécu beaucoup de choses, donc rien de tout cela ne m'effraie. Je veux être là pour t'aider à traverser cette épreuve. Tu peux t'appuyer sur moi ou m'utiliser comme une caisse de résonance, et surtout, si ta vie prend un tournant et que c'est tout ce qu'il nous reste, je ne l'échangerais pour rien au monde.

Elle resta sans voix. Il n'y avait aucune comparaison possible entre Rebel Joe et lui, mais elle ne pouvait s'empêcher de penser que ce dernier l'avait voulue parce qu'elle était une adolescente vierge et rebelle qu'il pouvait s'approprier et qu'il pensait pouvoir dompter. *Le summum du pouvoir.*

Pendant que Callahan apprenait à la connaître, essayait de l'aider et voulait être avec elle pour elle, avec son bagage, ses cicatrices et tout le reste.

Il se pencha et l'embrassa doucement sur les lèvres.

— D'autres questions ?

— Comment ai-je eu autant de chance ? murmura-t-elle.

— Je me demande comment j'ai eu cette chance depuis le jour où je t'ai rencontrée.

Il passa son bras autour d'elle, la serrant contre lui.

— Tu es partante pour une promenade ? J'aimerais te montrer quelque chose.

— J'aimerais beaucoup. Notre promenade d'hier soir m'a manqué.

Alors qu'ils se levaient, elle ajouta :

— Même si j'ai beaucoup apprécié nos autres *activités.*

— Moi aussi, ma chérie.

Il l'attira dans ses bras.

— J'aime tout faire avec toi, mais t'entendre dire mon nom quand je te fais du bien est tout en haut de la liste.

Ses joues rougirent, mais il l'embrassa profondément, transformant son embarras en un désir qui lui donnait la chair de poule.

— Maintenant, si nous faisions cette promenade avant de finir dans ta chambre et que tu ne puisses plus voir les étoiles.

Renoncer à la promenade pour profiter davantage de ces délicieux baisers lui paraissait une bonne idée, mais elle ne voulait pas passer pour une personne trop exigeante.

— Laisse-moi mettre mes affaires de dessin à l'intérieur.

— Apporte-les avec toi. Tu pourras finir quand nous serons arrivés à destination.

Il lui passa un bras par-dessus l'épaule et ils reprirent le chemin par lequel il était venu et tournèrent sur la route qui menait à sa maison. Elle se délectait de leur proximité et du silence confortable qui semblait toujours les accompagner lors de leurs promenades. Le pick-up de Callahan apparut, garé à côté d'une moto, devant une cabane en rondins avec un large porche d'entrée, bien plus grande que celle dans laquelle elle logeait. De jolies fleurs poussaient dans l'herbe, comme si des graines étaient tombées du ciel comme des gouttes de pluie. Juste après l'allée, sur la droite, il y avait un grand patio avec un foyer et plusieurs chaises autour.

— C'est à toi ?

— Mon Home sweet home.

— C'est magnifique. Je me sens mal que tu sois restée sous mon porche toutes ces nuits alors que tu aurais pu être *ici*.

— Ça n'aurait pas été aussi bien.

— Pourquoi ? Cet endroit est magnifique.

— Parce que tu n'étais pas là, chérie.

Il se pencha pour l'embrasser et lui prit la main, la conduisant le long d'une allée vers le côté gauche de la maison, comme s'il ne venait pas de lui voler un autre morceau de son cœur avec ce commentaire.

Ils suivirent l'allée jusqu'à sa maison, qui était construite sur une colline, offrant une vue imprenable sur les montagnes et les pins luxuriants. L'arrière du chalet était presque entièrement vitré, avec un autre patio magnifique et une terrasse au deuxième étage qui s'étendait sur toute la longueur de la maison. Des lumières blanches scintillantes décoraient les balustrades de la terrasse, et d'autres étaient suspendues le long d'une autre allée menant au pied de la colline.

— Waouh, quelle vue !

— C'est sûr.

Il lui serra la main, attirant son attention, et elle se rendit compte qu'il la regardait, elle, et non les montagnes, lorsqu'il avait dit cela, ce qui la rendit toute chose.

Il la conduisit dans l'autre allée éclairée, vers une immense terrasse surplombant une large crique. Elle avait l'impression d'entrer dans un conte de fées. Un feu brûlait dans un foyer en pierre surélevé, surmonté d'une grille en forme de dôme et flanqué de deux fauteuils matelassés d'apparence confortable. De l'autre côté de la terrasse se trouvait un lit de couvertures et d'oreillers épais et moelleux, entouré de bougies dans de jolis bocaux en verre. Son cœur se gonfla tandis qu'elle le regardait, trop émue pour parler.

— Je voulais t'offrir une nuit sous les étoiles. Mais ne t'inquiète pas, je ne m'attends à rien. Nous pouvons dormir tout habillés, ou je peux dormir sur une chaise, ou te raccompagner jusqu'à ton chalet si tu veux dormir seule ce soir.

Les larmes lui montèrent aux yeux.

— C'est un rêve qui devient réalité. Tu crois vraiment que j'ai envie de passer la nuit seule à la maison au lieu d'être ici avec toi ?

— Je ne voulais pas présumer.

Elle enroula ses bras autour de sa taille et embrassa le centre de sa poitrine.

— Je ne sais pas ce que j'ai fait pour te mériter, ni rien de tout cela, mais je suis heureuse que nous nous soyons trouvés. Tu ne peux pas imaginer ce que cela représente pour moi. Combien tu comptes pour moi. Merci.

Il prit son visage entre ses mains et la regarda affectueusement.

— Je t'ai dit que je ferai en sorte que tu puisses profiter de toutes les choses que tu as manquées.

Elle se mit sur la pointe des pieds lorsqu'il l'embrassa à mi-chemin dans un doux baiser. Son cœur était tellement rempli de lui qu'elle ne pouvait pas imaginer qu'il y ait de la place pour autre chose.

— J'ai quelques douceurs pour toi près du feu.

Il lui prit la main et la conduisit vers le pont.

— J'ai pensé que tu voudrais t'essayer à nouveau aux dames, et j'ai apporté quelques autres jeux au cas où tu voudrais élargir tes horizons.

— C'est *vrai*. J'ai envie de jouer à d'autres jeux avec toi, dit-elle avec enthousiasme.

— Super, et si tu veux observer les étoiles, il faut que tu aies des s'mores.

— Je te crois sur parole.

Alors qu'ils montaient sur la terrasse, elle vit une glacière de l'autre côté, remplie de plusieurs types de boissons et d'un plateau avec des marshmallows, des barres de chocolat et une boîte de biscuits Graham.

— Ça fait beaucoup d'en-cas et de boissons. D'autres personnes nous rejoignent-elles ici ?

— Non. Les amuse-gueules sont pour les s'mores, et je ne savais pas trop ce que tu aimais boire à part du jus d'orange et de l'eau, alors j'ai apporté un peu de tout. Tu aimes les sodas ?

Elle secoua la tête.

— J'ai déjà bu du Coca, mais je n'aimais pas les bulles.

— D'accord, j'ai aussi apporté du thé glacé, de la limonade et quelques autres choses. Je ne savais pas si je devais apporter de l'alcool, dit-il prudemment. Je ne voulais pas évoquer de mauvais souvenirs avec des images ou des odeurs, mais je n'étais pas sûr non plus que tu en veuilles. J'ai donc apporté quelques boissons alcoolisées et je les ai cachées sous la glace de la glacière.

— Tu les as *cachées* ?

Il avait pensé à *tout*. Cela ne devrait peut-être pas la surprendre, vu la façon dont il s'occupait toujours d'elle, mais c'était le cas.

— Oui, c'est plutôt stupide, hein ?

— Plutôt incroyablement réfléchi. Merci d'y avoir pensé. Cela ne me dérange pas de voir de l'alcool, et je ne sais pas si cela me dérangera de le sentir.

Cela pourrait la déranger mais elle avait l'impression que c'était donner à Joe le pouvoir de s'interposer entre elle et une vie normale, alors elle ajouta :

— Peut-être qu'on essaiera plus tard et qu'on verra.

— Pas de pression de ma part.

Prenant connaissance des jeux, des bougies romantiques et des couvertures, elle dit :

— Tu as jeté un coup d'œil à ma liste pendant que je dormais ?

— Tu veux dire la liste sur laquelle il y a *Nager toute nue dans le lac*? Non, mais j'aimerais la voir. Pourquoi ?

— Parce qu'il y a tout ça dessus, sauf les somemores.

Il sourit.

— *S'mores*, chérie. Remplace le O-M-E par une apostrophe.

— Oups.

Elle rit doucement.

— Mais tout cela est sur ma liste.

— J'aimerais dire que je lis dans tes pensées, mais tu m'as dit que tu avais l'habitude de regarder par la fenêtre et de te demander ce que ça ferait de dormir à la belle étoile. Tu te souviens ?

Une étincelle de taquinerie jaillit de ses yeux.

— Et pour le reste, peut-être que je pense juste à te distraire avec des jeux pendant que je te peins avec du chocolat et que je le lèche sur ton corps.

— Tu n'as pas besoin de me peindre avec du chocolat pour ça.

Elle ne savait pas d'où lui venait cette audace mais il lui semblait si naturel de le taquiner de la sorte, qu'elle avait l'impression que c'était en elle depuis toujours, bien enfermé, comme tant d'autres parties de sa personnalité.

Il arqua un sourcil.

— Nous n'arriverons jamais à observer les étoiles si tu continues à parler comme ça.

— C'est *toi* qui as commencé.

Elle rit.

Il se pencha, râlant contre ses lèvres :

— Je vais aussi aimer la finir.

Des frissons la parcoururent tandis qu'il l'embrassait.

— Pose ton carnet de croquis et assieds-toi, chérie.

Il afficha un sourire diabolique.

— Il est temps de s'amuser.

Elle posa son carnet de croquis près du lit et s'assit dans le fauteuil à côté de lui pendant qu'il plaçait des biscuits Graham, des barres chocolatées et des marshmallows dans une assiette.

— Comment on fait ça ?

— En gros, nous faisons des sandwichs au chocolat et à la guimauve, avec des biscuits Graham comme pain. Je pense que les gens mettent un morceau de chocolat sur le Graham Cracker, ajoutent une guimauve grillée et recouvrent le tout d'un autre Graham Cracker. Mais comme tu es une mordue de chocolat, j'ai l'impression que tu voudras le manger à ma façon, avec un morceau de chocolat supplémentaire sur la guimauve.

Ça fait un peu désordre.

Sa voix se fit grave et séduisante.

— Mais ce n'est rien que quelques coups de langue ne puissent nettoyer.

— Je crois que je vais aimer ces s'mores un peu salissants.

Pendant qu'ils préparaient les friandises collantes, elle lui raconta son après-midi avec Sasha, et il lui parla des chevaux qu'il entraînait et partagea quelques détails sur le reste de sa journée. Il lui raconta comment Birdie lui demandait de lui faire des s'mores supplémentaires pendant qu'elle mangeait ceux qu'elle avait préparés, et ils plaisantèrent à ce sujet. Il lui vola des baisers tout en lui racontant d'autres histoires sur ses sœurs qui essayaient de les suivre, ses frères et lui, lorsqu'ils étaient plus jeunes, sur Sasha et lui qui étaient les champions en titre du paintball, et sur Birdie qui était la meilleure cavalière de taureau mécanique du coin. Ils parlèrent de beaucoup de choses, mais ils ne parlèrent pas du temps qu'elle avait passé avec Jordan, et elle en fut ravie, parce que cela, et les choses sexy que Callahan et elle avaient faites la nuit dernière, étaient tout ce à quoi elle avait pensé toute la journée. Comment avait-il pu savoir qu'en apprendre plus sur sa famille, rire et partager des baisers au chocolat serait la façon parfaite de passer la soirée après une journée si riche en émotions ?

Les s'mores étaient ridiculement délicieux et si épais qu'elle dut les écraser pour les mettre dans sa bouche. Elle se sentait si proche de Callahan qu'à chaque fois qu'il léchait ses lèvres ou le bout de ses doigts, elle l'imaginait en train de *la* lécher.

— Je crois que je pourrais survivre en mangeant des s'mores.

Elle prit une autre bouchée et essaya d'essuyer une trace de chocolat sur sa cuisse, mais ses doigts étaient également couverts de chocolat, ce qui ne fit qu'empirer les choses.

Callahan rit et secoua la tête en se levant. Il jeta son chapeau sur le pont et posa ses mains sur les bras de sa chaise, se penchant si près d'elle qu'elle pouvait pratiquement sentir le chocolat dans son haleine.

— Qu'est-ce que je vais faire de ma copine toute collante ?

Il fit glisser sa langue le long de sa lèvre inférieure et l'embrassa.

— Maintenant, tu es sale, toi aussi.

Elle se leva et essuya le chocolat sur le bord de ses lèvres avec le bout de son doigt. Il introduisit ce doigt dans sa bouche et le suça, ce qui mit le corps de la jeune femme en ébullition.

— Je suis sur le point de devenir encore plus sale.

Ses yeux brillaient tandis que sa bouche se posait sur la sienne avec avidité dans un baiser profond et passionné qui n'en finissait pas, allumant des flammes sous sa peau. Il la consumait un peu plus à chaque coup de langue, les faisant passer de chauds à *brûlants*, rendant son corps entier douloureux à son contact. Alors qu'elle pensait brûler, il se retira, la laissant à bout de souffle et étourdie par le désir, tandis qu'il se mettait à genoux.

Ses yeux devinrent volcaniques et le bout de ses doigts remonta le long de ses cuisses, envoyant des rivières de chaleur entre ses jambes. Ses yeux ne quittaient pas les siens tandis qu'il glissait sa bouche sur l'intérieur de sa cuisse, l'embrassant, la léchant et la suçant si délicieusement qu'elle se sentit devenir humide. La sensation qu'il lui procurait et le mélange de plaisir et de faim dans ses yeux étaient trop forts. Elle ne put s'empêcher de balancer ses hanches, suppliant :

— *S'il te plaît, n'arrête pas.*

Il intensifia ses efforts, suçant plus fort.

— *Mon Dieu…*

Il fit glisser sa langue le long de la tache rose qu'il avait laissée sur sa chair et prodigua la même attention à son autre cuisse, la rendant folle. Ses doigts se glissèrent sous son short, traçant le bord de sa culotte, si près de l'endroit où elle en avait besoin, qu'elle souleva ses hanches, désespérée d'en avoir plus. Elle n'avait jamais été aussi heureuse de porter des vêtements amples qu'à ce moment précis, alors que ses doigts glissaient le long de sa peau. Mais dans le souffle suivant, il se leva, et l'air s'échappa de ses poumons.

Sans dire un mot, il la saisit par le poignet, la souleva et s'assit sur l'autre chaise, la guidant sur ses genoux. Elle se mit à califourchon sur sa taille et sentit la chaleur de son corps sous elle. Il passa une main dans ses cheveux, rapprochant son visage du sien.

— Tu m'as manqué aujourd'hui, chérie. Sa voix était chargée d'émotion.

Elle entendit « *Moi aussi* » dans sa tête mais « Embrasse-moi » sortit, et il reprit sa bouche, de manière plus rude, mais aussi plus sensuelle, tandis que ses doigts remontaient le long de sa cuisse, taquinant le bord de son sous-vêtement. Le fait d'être au-dessus de lui lui donnait l'impression d'être audacieuse et de contrôler la situation.

— Touche-moi, exigea-t-elle, plutôt que de demander, ce qui lui valut un autre grognement affamé qui l'excita encore plus.

Sa main se resserra dans ses cheveux.

— Tu es tellement sexy. Une lueur diabolique brilla dans ses yeux et il l'embrassa à nouveau, enfonçant ses doigts dans sa culotte. Elle haleta de plaisir lorsqu'il approfondit leur baiser et taquina sa moiteur, tirant un gémissement de désir de ses poumons.

Avec la chaleur du feu dans son dos et son grand corps brûlant sous elle, elle dévora sa bouche, se soulevant pour lui donner un meilleur accès. Il enfonça ses doigts épais en elle, lui procurant un plaisir intense. Sa tête tomba en arrière.

— C'est ça, ma chérie, tu te laisses faire par mes doigts. Tu es si sexy au clair de lune. Je veux en voir plus.

Elle commença à enlever sa chemise et se rendit compte qu'elle tenait encore le dernier morceau de son s'more. Il prit la friandise collante, des flammes brûlant dans ses yeux tandis qu'elle enlevait sa chemise et son soutien-gorge.

— Tu es si belle.

Il embrassa un sein, puis l'autre, provoquant des picotements à travers tout son corps. Ne la quittant pas des yeux, il passa son doigt dans le chocolat qu'il tenait et le peignit autour et sur ses mamelons. Il jeta le reste de la friandise collante sur le pont.

— Ouvre la bouche, ma belle.

Quand elle le fit, il introduisit son doigt couvert de chocolat dans la bouche.

— Suce-le bien pour moi.

Tout ce qu'il disait lui donnait des frissons de désir, la poussant à vouloir encore plus de ses mots, de sa bouche, de *lui*. Tandis qu'elle suçait son doigt, il abaissa sa bouche sur son sein, son autre main remontant le long de sa cuisse, se glissant sous son sous-vêtement et se glissant en elle. Elle gémit autour du doigt qu'elle suçait. Il couvrit ses seins de baisers à pleine bouche et de lents coups de langue, grommelant « *Tellement douce, putain* » contre sa peau. *Mon Dieu* que ses mots la firent mouiller davantage. Lorsqu'il retira son doigt de sa bouche, elle souhaita ardemment qu'il lui revienne, mais cette main trouva son sein, et ce fut un vrai bonheur. Elle eut du mal à retenir ses pensées face aux désirs avides qui la consumaient, tandis qu'il caressait ce point à l'intérieur d'elle, la faisant trembler de plaisir. Il referma sa bouche sur un mamelon, le suçant avec force tandis qu'elle chevauchait ses doigts. Une chaleur piquante montait en elle, pulsant sous sa peau. Elle balança ses hanches plus rapidement et s'accrocha à sa tête, gardant sa bouche sur son sein.

— Suce *plus fort*, demanda-t-elle.

Elle sursauta lorsqu'il suça si fort qu'elle pouvait sentir ses dents.

— *Oh mon… C'est si bon. Cal…*

Il lui arracha son short, utilisant son autre main sur ce faisceau de nerfs qui la privait de sa capacité à penser. Elle le sentait *partout* – dans l'air, sous sa peau, en elle – et elle s'abandonna à sa possession tandis que des vagues de plaisir déferlaient sur elle.

— *Callahan…*

Elle lui saisit les épaules, se cambrant contre sa bouche, son corps frémissant et tremblant, des gémissements désespérés s'échappant de ses lèvres. Elle était perdue dans le plaisir, perdue *en lui*. C'était le paradis. Cet homme, son toucher, son cœur. Lorsqu'elle descendit enfin de son orgasme, il l'attira dans un long et lent baiser, et lorsque leurs lèvres se séparèrent, son cœur s'échappa.

— Je veux plus. Je *te* veux.

— Il n'y a pas d'urgence, chérie.

Elle plongea son regard dans ses yeux bienveillants et *perçut* ses pensées.

— Je sais que tu t'inquiètes pour moi, et oui, j'étais dans une situation terrible, et j'ai dû donner mon corps à quelqu'un que je ne voulais pas pendant très longtemps. Mais je ne vais pas laisser cette partie de ma vie m'empêcher de faire ce que je veux.

Tu m'as dit d'assumer mes sentiments, et c'est ce que je veux faire avec toi. Je ne sais pas où ira ma vie la semaine prochaine ou le mois prochain, mais je sais ce que je veux *maintenant*, et je *choisis* d'être avec toi.

Elle marqua un temps d'arrêt, laissant l'idée pénétrer dans son esprit.

— Veux-tu être avec moi ?

— Oui, chérie, plus que la vie elle-même. Toi et seulement toi.

Il l'embrassa et se leva avec elle dans ses bras, la portant jusqu'au lit. Lorsqu'il l'allongea, elle se rendit compte qu'il y avait un matelas pneumatique sous toutes ces couvertures moelleuses, et son cœur se remplit à la limite de l'explosion. Il les débarrassa de leurs bottes et de leurs chaussettes et se montra doux et affectueux lorsqu'il lui enleva son short et ses sous-vêtements et la couvrit d'une couverture. Elle le regarda se dépouiller de sa chemise et de son jean, son érection se dressant contre son caleçon noir, et déglutit difficilement. Même si elle avait dormi à ses côtés la nuit dernière sans une once de nervosité et qu'il n'avait porté rien d'autre qu'un boxer similaire, ses nerfs étaient à vif.

L'HÉSITATION DANS LES YEUX de Sully empêcha Cowboy d'enlever son boxer et l'amena à s'agenouiller à côté d'elle.

— Nous n'avons pas besoin d'en faire plus, Sully. Il n'y a pas de pression. Je ne suis pas un adolescent qui n'arrive pas à garder son pantalon, et je ne vais nulle part.

Ses sourcils se plissèrent.

— Je veux être avec toi mais je suis devenue très nerveuse.

— C'est bon, chérie. Tu veux te rhabiller ?

Elle secoua la tête.

— Veux-tu t'allonger avec moi ?

Il s'allongea à côté d'elle, s'appuyant sur son coude pour qu'ils soient les yeux dans les yeux, mais il ne la toucha pas, lui laissant le contrôle total. Lorsqu'elle se rapprocha, il passa son bras autour d'elle et l'embrassa doucement.

— Est-ce que ça va ?

Elle acquiesça et il passa sa main dans son dos, voulant l'apaiser mais ne pas l'inciter à aller plus loin. Il attendrait des mois si c'était ce dont elle avait besoin. Mais ce soir, par-dessus tout, il voulait qu'elle se sente en sécurité et adorée.

— Embrasse-moi, murmura-t-elle.

— J'aime t'embrasser et te serrer dans mes bras.

Il l'embrassa tendrement.

— Cela me suffit, ma chérie. *Tu* me suffis.

Il lui donna un baiser plus sensuel, et pendant qu'ils s'embrassaient, elle passa sa main le long de sa poitrine et de son épaule.

— Ça fait du bien, dit-il entre deux baisers.

Sa main descendit, taquinant son mamelon, et son sexe tressaillit contre elle. Sa main se figea, et lorsqu'elle recommença, son foutu pénis tressaillit à nouveau.

— Désolé.

Il sentit son cœur battre plus vite et elle se recula, le regardant curieusement avec les plus beaux yeux de biche qu'il ait jamais vus. Elle leva la main, passa ses doigts sur ses lèvres, le long de sa mâchoire et le long de son cou, puis se pencha pour embrasser chacun de ces endroits.

— Est-ce que ça va ? demanda-t-elle timidement.

— Chérie, tout va bien. Je suis à toi.

Il s'allongea, la laissant explorer.

Sa main délicate passa sur son torse et ses mamelons. Son regard descendit plus bas, observant la réaction de son corps à son contact. Sa bouche suivit sa main, elle embrassa son torse et fit glisser sa langue sur son mamelon, souriant aux sons appréciatifs qu'il émettait. Elle continua d'embrasser et de toucher son torse, ses côtes et son ventre, mettant à l'épreuve sa retenue tandis que ses doigts doux traçaient ses abdominaux et que sa main passait sur son boxer, frôlant son sexe et le faisant tressaillir. Son regard curieux se porta sur son visage lorsqu'elle recommença. La confiance qu'elle lui accordait était le plus beau cadeau qu'il ait jamais reçu. Il serra la mâchoire, luttant contre l'envie de soulever ses hanches tandis qu'elle continuait à le toucher, à l'observer, à le *découvrir*.

Lorsqu'elle enfonça sa main dans son caleçon et palpa sa longueur dure, un gémissement s'échappa avant qu'il ne puisse l'arrêter, et elle resserra son poing autour de lui.

— *Putain*, ça fait du bien, chérie.

Elle pressa ses lèvres sexy contre son ventre tout en le caressant, et bon sang, il allait perdre la tête. Elle continua à le torturer, à l'embrasser, à le caresser, à immobiliser sa main pour sentir son sexe tressaillir à chaque pression de ses lèvres. Lorsqu'elle baissa son boxer, il l'enleva et s'allongea, lui laissant tout le loisir d'agir sur son corps. Ses yeux étaient sombres et remplis de désir alors qu'elle s'agenouillait à côté de lui au clair de lune, les flammes du feu dansant dans ses yeux alors qu'elle le dévorait des yeux de la tête aux pieds.

Il passa sa main dans son dos.

— Tu n'es pas obligée de continuer.

— Je n'ai jamais *voulu* toucher un homme auparavant, dit-elle doucement, puis sa voix s'amplifia. Je ressens tellement de choses pour toi que j'ai envie de te toucher en entier.

C'était la chose la plus sexy qu'il ait jamais entendue.

— Je suis à toi, Sully. Tu peux toucher chaque centimètre de mon corps, et tu n'as pas à t'inquiéter. Je n'attendrai *rien de plus*. C'est une promesse. Tu contrôles tous les aspects de ce qui se passe, ou ne se passe pas, entre nous ce soir.

Elle déglutit difficilement, acquiesça et prit son temps pour explorer son corps, passant ses mains le long de ses épaules, de ses bras, de sa poitrine, de son torse et de ses jambes, chaque contact étant suivi d'un baiser, d'une caresse avec la langue ou d'une morsure. C'était tellement érotique, il se forçait à rester immobile alors qu'elle le touchait partout ailleurs que sur son sexe et ses testicules. Son corps était en feu, ses muscles tendus, et son sexe douloureux. Sa curiosité, son intrigue et sa confiance étaient aussi séduisantes que si elle l'avait touché à cet endroit, ce qui renforçait ses sentiments pour elle. Il n'avait jamais rien fait de tel, n'avait jamais abandonné le contrôle de cette façon, mais il aurait fait n'importe quoi pour Sully, et le plaisir irradiait d'elle alors qu'elle prenait la mesure de ses réactions, se mordant la lèvre inférieure pour emprisonner son sourire et répétant certains touchers ou mordillant sa peau pour obtenir une réponse plus forte. Elle suçait ses mamelons et effleurait sa chair de ses dents, ce qui lui valut des gémissements et des grognements.

Elle se mit à califourchon sur son ventre, son excitation mouillant sa peau, mettant sérieusement à l'épreuve sa retenue. Elle se pencha pour l'embrasser et lui murmura :

— Est-ce que c'est bien ? Je n'ai jamais été au-dessus.

— Chérie, c'est plus que bien. Ton contact est la chose la

plus puissante que j'aie jamais ressentie.

Il enfouit ses mains dans ses cheveux et l'embrassa. Elle lui rendit la pareille avec fébrilité, se frottant à lui. Il savait qu'elle avait besoin de plus, et il avait très envie de lui donner du plaisir, mais il ne voulait pas qu'elle se sente obligée de faire l'amour si elle n'était pas prête.

— Chérie, dit-il contre ses lèvres. Mets-toi à califourchon sur mon visage. Laisse-moi te faire du bien.

Elle écarquilla les yeux, incrédule, et il eut l'impression qu'elle n'avait jamais fait cela auparavant.

— Tu as le contrôle total, lui rappela-t-il. Tu peux dire non.

— Je ne veux pas dire non. Je ne veux pas te blesser... ou *t'étouffer*.

Elle était si mignonne et innocente.

— Tu ne le feras pas, chérie. Crois-moi, j'apprécierai chaque seconde autant que toi.

Elle se mit timidement en position.

— Jusqu'au bout, ma chérie.

Il la guida sur sa bouche et commença à la lécher et à la taquiner, en prenant progressivement plus jusqu'à ce qu'elle se torde et gémisse pendant qu'il se régalait d'elle.

— *Oh mon Dieu... Cal...*

Elle tournoya contre sa bouche, et lorsqu'il utilisa ses doigts sur son clitoris, enfonçant sa langue profondément en elle, elle se déhancha plus rapidement, haletant. Il la dévora, accélérant son geste sur son clitoris tandis qu'elle se déhanchait, puis cria un *Ouiii*. Un flot de sons sensuels emplit l'air tandis qu'elle vibrait contre sa bouche et se laissait aller à son plaisir.

Son corps tremblait et s'agitait lorsqu'elle s'éloigna de son visage, son excitation mouillant sa poitrine et ses abdominaux. Il s'essuya la bouche avec son avant-bras et tendit la main pour lui caresser la joue.

— Descends et embrasse-moi, ma chérie.

Elle approcha sa bouche de la sienne, l'embrassant d'abord lentement, comme si elle s'habituait à son goût. Il enfonça ses mains dans ses cheveux, plaçant sa bouche contre la sienne, tout en la laissant imposer son rythme. Elle approfondit le baiser, explorant sa bouche comme elle avait exploré son corps, passant sa langue sur ses dents et le long du palais, augmentant progressivement l'intensité, jusqu'à ce qu'elle l'embrasse avidement, et qu'il soit à ses côtés.

Elle éloigna sa bouche en haletant.

— Je ne me lasse pas de toi.

Elle l'embrassa à nouveau, *plus fort*. Elle se déplaça plus bas, posant son sexe sur le sien, lisse et chaud, et si tentant qu'il lui fallut tout ce qu'il avait pour ne pas essayer de se déplacer et de s'enfoncer dans son corps. Elle commença à se déplacer le long de sa longueur, lentement et avec détermination, et se recula, le regardant dans les yeux avec autant de faim que d'affection.

Résistant à son désir grandissant pour cette femme étonnante qui s'ouvrait à lui, il passa ses mains le long de ses cuisses.

— Tu te sens bien, chérie ?

— Oui, mais j'en veux encore plus. Je veux que tu sois en moi.

Le simple fait de l'entendre dire cela fit tressaillir son engin sous elle.

— J'ai un préservatif dans mon portefeuille.

— Nous n'en avons pas besoin. Je me protège et le médecin a dit que je n'avais rien. Et toi ?

— Oui, mais es-tu sûre, chérie ? Je ne veux pas que tu t'inquiètes.

— Je ne veux rien entre nous.

Ses sourcils se plissèrent à nouveau.

— Mais je veux être au-dessus.

Il afficha un sourire.

— Être aux premières loges pour voir ma superbe copine me chevaucher, c'est parfait.

Elle se mordit la lèvre inférieure avec honte et pencha la tête pour l'embrasser. Ses cheveux tombaient autour de leurs visages tandis qu'ils alignaient leurs corps. Il avait la chance d'avoir un pénis formidable, et lorsqu'elle s'y enfonça, il lutta contre l'envie de pousser vers le haut, la laissant prendre son temps, jusqu'à ce qu'il soit enfoui jusqu'à la garde. L'air s'échappait de ses poumons *et* des siens, et *bon sang*, elle était étroite et chaude, et il n'avait jamais rien ressenti d'aussi parfait.

— Bon sang, chérie, tu es bien serrée. C'est trop ?

— Non, c'est bon, dit-elle en haletant.

Il resta immobile, son corps vibrant de retenue alors qu'il laissait à son corps le temps de s'acclimater, lui donnant une chance de faire le prochain mouvement. C'était atroce, mais il s'en fichait. Rien n'était plus important que cette belle femme qui se découvrait en même temps qu'ils se découvraient l'un l'autre. Lorsqu'elle commença enfin à bouger, ce fut une sensation incroyable. Il lui saisit les hanches et il lui fallut toute son énergie pour ne pas prendre le contrôle. Mais il s'agissait de ses besoins, de ses découvertes. Elle essaya de l'embrasser tout en se balançant mais il voyait bien que le rythme était difficile pour elle.

— Prends ton temps, sexy girl.

Il replaça ses cheveux derrière son oreille et plongea son regard dans ses yeux curieux et remplis de désir.

— Tu peux mettre tes mains sur mon torse et m'utiliser comme levier, ou si tu veux rester dans cette position, lacer tes doigts avec les miens.

Il plaça ses mains, paumes vers le haut, de chaque côté de sa tête, et ses sourcils se froncèrent, comme si elle y réfléchissait. Elle joignit leurs doigts, plaçant ses mains à côté de sa tête, et se balança d'avant en arrière. Elle baissa à nouveau la tête, ses cheveux tombant derrière son oreille et formant un rideau sur leurs visages.

— Tu te sens bien, chérie ?

— *Hum-hum.* Je veux le faire plus vite.

— Alors fais-le, chérie.

Elle accéléra le rythme, se resserrant autour de lui.

— J'aime ça, dit-elle en haletant, le chevauchant avec force et rapidité.

Il serra les dents, essayant de repousser la pression qui montait en lui. Lorsqu'elle relâcha ses mains, pressant ses paumes sur sa poitrine, il comprit qu'elle voulait tout essayer.

— C'est ma merveilleuse nana. Prends ce que tu veux.

Elle le chevaucha plus vite, *plus brutalement*, et il lui caressa les seins, faisant rouler ses mamelons entre ses doigts et ses pouces.

— *Oui*, ça fait du bien.

Elle se cambra, gémit en le chevauchant. Il savait qu'il pouvait la faire jouir en touchant son clitoris, mais elle était si étonnante, apprenant ce que son propre corps pouvait faire, prenant le contrôle de sa sexualité, qu'il voulait lui ouvrir d'autres portes. Il voulait lui montrer ce qu'elle pouvait faire d'autre et ce qu'ils pouvaient faire ensemble.

— Touche-toi, chérie.

Il guida sa main entre ses jambes et fut surpris de voir qu'elle le regardait pendant qu'elle le faisait, ce qui était chaud comme la braise.

— C'est ça. Bravo.

Il pressa son mamelon et elle sursauta.

— Trop dur ?

Elle secoua la tête.

— J'aime ça. Recommence.

C'est ce qu'il fit, ce qui lui valut d'autres sons d'appréciation lorsqu'il se hissa sur ses hanches.

— Trouve le point qui te rend folle avec tes doigts. On va te faire jouir.

— Je ne me suis jamais touchée ici, haleta-t-elle.

Bon sang. Son cœur était tellement à elle qu'il voulait la serrer dans ses bras autant qu'il voulait lui faire l'amour.

— C'est bon, chérie. Nous le ferons ensemble.

Il couvrit sa main de la sienne, lui montrant comment se faire plaisir.

— *Oh… Oh mon… Waouh.*

Ses respirations étaient rapides et coupées.

— C'est ça, chérie, continue.

Il utilisa une main pour l'aider, l'autre sur son mamelon, alors qu'elle le chevauchait, poussant une forte inspiration après l'autre. Ils trouvèrent leur rythme, leur énergie s'entremêlant, les unissant. Elle cria et sa main s'immobilisa alors que sa tête tombait en arrière, la bouche ouverte. Il continua à bouger ses doigts pour elle, l'envoyant par-dessus bord. Son sexe se serra serré et chaud autour de du sien alors que des sons de ravissement s'échappaient de ses lèvres. Il luttait contre le besoin de jouir.

— Oui, vas-y, grimaça-t-il. Continue.

Elle était magnifique, griffant sa poitrine, son dos cambré, ses seins roses sous ses mains, alors qu'elle atteignait son apogée.

Lorsqu'elle s'effondra finalement sur lui, il la prit dans ses bras, l'embrassant sur les joues et les lèvres, luttant contre son propre besoin de libération.

— *Plus*, plaida-t-elle.

Il lui couvrit la bouche de la sienne, lui tenant les fesses à deux mains, l'aimant lentement. Il la fit rouler sur le dos, la regardant dans des yeux confiants.

— Est-ce que ça va si je fais attention ?

— Oui.

Il baissa ses lèvres vers les siennes, l'aimant avec toute la tendresse qu'elle méritait et la chaleur dont elle avait envie, murmurant entre deux baisers.

— *Tu te sens si bien… Tellement sexy…*

Rien n'avait jamais été aussi bon alors qu'il la prenait plus profondément, la tension de leurs orgasmes augmentant, entravant leurs respirations, palpitant dans l'air autour d'eux.

— Ne sois pas si prudent, quémanda-t-elle. Je veux ressentir ce que *tu* ressens pour moi.

— Bon sang, chérie. Je ressens tellement pour toi. Je ne suis pas sûr que tu te rendes comptes de ce que tu me demandes.

— Je sais. Je te fais confiance, alors s'il te plaît, fais-moi confiance.

Putain. Elle était sa kryptonite.

— Peux-tu t'enfoncer plus ?

— Je l'espère.

Il poussa ses mains sous ses hanches, les soulevant et les inclinant, poussant lentement aussi profondément qu'il le pouvait.

— Oh *mon Dieu*, c'est… *waouh*.

Il l'embrassa passionnément, déchiffrant les signes de son corps, ses sons et la façon dont ses hanches se synchronisaient avec les siennes alors qu'il accélérait leur rythme. Elle s'accrochait à lui, ses ongles s'enfonçant dans sa peau, des sons remplis de plaisir passant de ses poumons aux siens tandis que leurs langues s'emmêlaient et que leurs cœurs martelaient un battement frénétique. Leur peau luisait et il luttait pour repousser son orgasme. Ses émotions vacillèrent alors qu'ils se perdaient l'un dans l'autre et leurs corps prenaient le dessus. Leurs baisers devinrent désordonnés et sauvages, leurs sons animaliers, et quand elle jouit, sa retenue se brisa, et il s'abandonna à une libération si puissante qu'il eut l'impression qu'elle était extraite de son âme.

Lorsque le monde commença à redevenir net, il colla son front au sien, essayant de reprendre son souffle.

— Toujours avec moi, chérie ?

Ses yeux s'ouvrirent.

— Euh-huh.

Il la prit dans ses bras, l'embrassant sur les lèvres, les joues et le front.

— J'espère que je n'y suis pas allé trop fort. Je me suis laissé emporter.

— Tu ne l'as pas été.

Elle se blottit contre lui.

— Mon corps tout entier bourdonne. Je n'aurais jamais cru que ça pourrait être comme ça.

Il passa son nez sur sa joue.

— Moi non plus.

— Ce n'était pas ton premier rodéo, *cowboy*.

Un sourire taquin courba ses lèvres en lui renvoyant ses propres mots.

— Je n'ai jamais ressenti autant de choses que je ressens pour toi pour qui que ce soit, et cela rend tout plus intense.

Il l'embrassa à nouveau, plus lentement et plus profondément, et effleura les siennes avec ses lèvres, murmurant :

— Merci de m'avoir fait confiance.

— Je pourrais te dire la même chose, à la façon dont tu me laisses te toucher.

— J'aime quand tu me touches.

Il la tenait alors que leur respiration se calmait, son corps chaud et doux blotti contre lui en toute sécurité, et il regardait les étoiles, se demandant comment il avait pu passer toute sa vie sans jamais ressentir cela. Il ne voulait pas bouger, ne voulait pas manquer une seconde d'être proche, et il s'accorda encore quelques minutes de cet immense plaisir avant de lui poser un baiser sur le front.

— Si j'avais su qu'on aurait fini ainsi, j'aurais sorti une serviette pour te nettoyer. J'ai des serviettes, mais elles sont trop rugueuses.

Il attrapa sa chemise.

— Je vais utiliser ça.

Ses joues rosirent.

— Tu vas *me* nettoyer ?

— Tu es ma nana. Bien sûr que je vais prendre soin de toi.

Il réalisa que cela pourrait l'embarrasser.

— À moins que tu ne le veuilles pas.

Les larmes lui montèrent aux yeux et elle enfouit son visage dans sa poitrine.

Bon sang. Il l'embrassa sur le front et releva son visage.

— Je suis désolé. Je ne voulais pas te contrarier.

— Ce n'est pas le cas. Je suis heureuse et dépassée par tout cela. Je n'ai tout simplement jamais été traitée comme si j'avais de l'importance après…

Sa gorge se serra d'émotions.

— Ces jours sont révolus, mon cœur. Il est temps de

s'habituer à être chérie.

CHÉRIE.

Sully n'aurait jamais imaginé que ce mot puisse être associé à elle-même de quelque manière que ce soit, mais alors qu'elle était allongée dans les bras de Callahan longtemps après avoir fait l'amour, observant les étoiles et parlant pendant qu'il jouait avec ses cheveux et caressait son dos, c'était exactement ce qu'elle ressentait. Elle se sentait choyée et spéciale. Des sentiments de culpabilité apparurent, tellement ancrés depuis la secte qu'elle dut se rappeler qu'il était normal d'être heureuse, de *vouloir*, d'avoir *besoin* et de *prendre* autant que de donner.

Toutes ces émotions furent accompagnées de quelque chose qui ressemblait à du soulagement. Elle ne s'était pas rendu compte que son souci de s'intégrer avait envahi tous les aspects de sa vie. Elle se demandait si elle serait un jour capable d'avoir une relation normale et saine. Alors qu'elle se prélassait dans le sillage de tout ce qu'ils avaient fait, pensant au contrôle que Callahan lui avait permis d'exercer et à la façon dont il l'avait gentiment aidée à y parvenir, si différente de la froideur des mains insensibles de Rebel Joe, elle se souvint de ce que Callahan avait dit lorsqu'elle avait admis se sentir un peu en retard par rapport aux autres filles de son âge. *Tu n'as pas besoin de rattraper qui que ce soit. Tu dois juste être heureuse avec ce que tu es.* Elle se sentait moins étrangère au reste du monde et très reconnaissante envers Callahan.

Chapitre Dix-Neuf

ILS RESTÈRENT ENSEMBLE pendant un long moment et finirent par se rendre chez Callahan pour utiliser la salle de bains. Il lui mit une chemise propre et lui donna un sweat-shirt à porter. Il lui arrivait presque aux genoux mais elle adorait porter ses vêtements. Elle se sentait encore plus proche de lui. Ils avaient tous les deux faim, alors ils dévalisèrent sa cuisine et sortirent avec des chips et du guacamole.

Callahan ajouta du bois au feu et rapprocha la glacière des couvertures, où elle s'assit en grignotant des chips.

— Qu'est-ce que tu veux boire, chérie ?

Elle regarda les boissons.

— Qu'est-ce que tu crois que j'aimerais ?

— Moi.

Il se pencha pour l'embrasser.

— Quelqu'un pourrait devenir riche en te mettant en bouteille.

— Il n'y a qu'un seul problème avec cette idée. Je n'ai envie que de tes lèvres sur les miennes.

Elle soupira intérieurement. Est-ce que ça pourrait devenir sa vie ? Elle jeta un coup d'œil dans la glacière.

— Tu as quelque chose de fruité ? *Attends.*

Elle était en pleine forme, elle récupérait des parties d'elle-même que Joe lui avait volées depuis bien trop longtemps, et elle voulait continuer à le faire.

— Je veux savoir si l'alcool va me faire réagir.

Ses sourcils se froncèrent.

— Tu es sûre ?

— *Oui.* Je me sens en sécurité avec toi. Si quelque chose doit me faire réagir, je préfère le découvrir avec toi. Est-ce que ça te va ?

— Bien sûr. Comment veux-tu faire ça ?

— Tu as une bière et de l'alcool ? Je pourrais les sentir d'abord et voir si ça me dérange.

— Le seul alcool que j'ai ici est fruité, pour toi.

— C'est très bien.

Il prit une bière et une boisson à l'alcool et s'assit à côté d'elle.

— Tu es sûre de vouloir faire ça ?

Elle acquiesça.

Il ouvrit la bouteille de bière et la lui tendit. Il passa son bras autour d'elle pendant qu'elle la regardait.

— Je n'aime pas ça, Sully. Tu trembles.

— Parce que j'ai peur des effets indésirables que cela *pourrait* avoir sur moi.

— Alors ne le fais pas, dit-il fermement.

— *Callahan*, j'aime que tu t'inquiètes pour moi, mais il n'y a rien que je ne puisse gérer, tu te *souviens* ?

Il acquiesça, les muscles de sa mâchoire se contractant.

Elle porta la bouteille à son nez et renifla.

— Ça sent mauvais.

Il la serra plus fort, cherchant à l'attraper, mais elle l'éloigna.

— J'ai dit dégoûtant, pas dérangeant.

— *Sully*, la prévint-il.

— Donne-moi une seconde.

Elle le sentit à nouveau et son estomac se noua.

— Alors ? demanda-t-il avec insistance.

— C'est inconfortable mais ce n'est pas comme si ça me renvoyait en arrière. Je me suis souvenue que d'autres gars avaient bu dans la secte, et qu'ils ne m'avaient pas fait réagir, donc ça pourrait aller.

Elle lui tendit la bière.

— Tu veux bien en prendre une gorgée ?

— Pas s'il y a une chance que ça t'éloigne de moi.

— Ce n'est pas le cas. Je sais que c'est toi et je te fais confiance. Mais j'ai entendu les gars parler du *Roadhouse*. Je sais que tu bois de la bière.

— Mais je n'en ai pas *besoin*. Je n'ai pas besoin de boire.

— Faisons-le pour que je le sache, d'accord ? S'il te plaît ?

Il expira et but une gorgée, mais il n'avait pas l'air content.

Elle se pencha vers lui et l'embrassa, mais il garda les lèvres serrées.

— Alors ?

Elle se glissa sur ses genoux et passa son bras autour de lui, sentant la tension dans chaque partie de son corps.

— Embrasse-moi comme si tu le voulais, pas comme si tu retenais ton souffle.

— Tu me tues, chérie.

— S'il te plaît ? Tu n'as pas le même goût que lui, et je veux être sûr que ce n'est pas seulement à cause de la façon dont tu m'as embrassée.

Il posa la bière et l'embrassa à pleine bouche.

— Alors ?

Elle cligna des yeux plusieurs fois, essayant de faire fonctionner son cerveau.

— Pas de réactions, mais juste au cas où, peut-être qu'on devrait le refaire.

Il rit, puis l'embrassa à nouveau, avec toute l'émotion qu'il avait ressentie toute la nuit, et lorsque leurs lèvres se séparèrent, il arqua un sourcil.

— La bière n'a pas un goût écœurant sur toi. Je ne pense pas que quoi que ce soit puisse le faire.

— Dieu merci.

Il expira bruyamment et la serra dans ses bras.

— Mais tu pourrais te sentir différente si nous étions intimes et que mon haleine sentait la bière, alors je pense que je vais rester loin de la bière pendant un certain temps.

— C'est probablement une bonne idée. Merci d'avoir fait le test avec moi. Laisse-moi essayer l'autre.

Il ouvrit l'autre boisson qui contenait un peu de vodka et la lui tendit.

Elle en prit une gorgée et haussa les sourcils.

— C'est bon. C'est sucré, comme un bonbon, et ça ne me donne pas de sensations désagréables.

— Laissez-moi en prendre un peu.

Il remplit ses joues et le fit circuler dans sa bouche avant d'avaler, puis se pencha pour l'embrasser.

— Maintenant, tu as le goût d'un bonbon. J'aime ça.

Elle lui prit la bouteille et en but une gorgée.

— Ralentis, chérie. Je ne voudrais pas que tu perdes tes inhibitions et que tu profites de moi.

Elle rit.

— Je crois que je l'ai déjà fait.

— Et ça a été le point culminant de ma vie.

Il lui adressa un clin d'œil.

Elle mangea une chips et s'appuya contre lui.

— Es-tu aussi merveilleux avec toutes les femmes dont tu es proche ?

— Non. Tu as obtenu plus de moi que n'importe qui d'autre. Émotionnellement et physiquement. Je n'ai jamais laissé une femme prendre le contrôle comme je l'ai fait avec toi.

— Pourquoi ?

— Parce que cela demande une grande confiance, et avant toi, je ne cherchais pas de lien. Je ne pensais qu'au ranch et au club.

— C'est ce que tu faisais avec moi ? Chercher un lien ?

— Non, chérie. Pour la première fois de ma vie, c'est mon cœur qui me guide. Je n'ai pas eu besoin de chercher une connexion. Elle est là depuis le jour où nous nous sommes rencontrés.

Il prit une gorgée de sa boisson et la lui rendit.

— En fait, c'est là depuis que j'ai vu ta photo sur ce flyer pour la première fois. Même si la photo en fonction de l'âge ne te ressemblait pas beaucoup, il y avait quelque chose dans tes yeux qui me mettaient mal à l'aise. J'avais l'impression que tu étais là, à attendre qu'on te trouve, et je n'arrêtais pas de penser à toi. C'est comme si mon cœur était bloqué et que tu en détenais la clé. Je suppose que tu l'as senti aussi.

C'était ça. La réponse à ses papillons, la raison pour laquelle elle avait été tellement attirée par lui qu'elle n'avait pas pu s'en détacher.

— Je l'ai senti. C'est toujours là, comme l'air qu'on respire.

— C'est exactement ce que tu ressens pour moi. L'air que je respire.

Il l'entoura de ses bras et posa son front sur le sien.

— J'ai l'impression d'être dans un rêve dont je ne veux pas me réveiller.

— Ce n'est pas un rêve, chérie. C'est la réalité, et seulement une petite partie.

Il l'embrassa à nouveau et, quelques minutes plus tard, elle descendit de ses genoux pour aller chercher les chips et le guacamole.

— Tu as eu une sacrée matinée. Maintenant que tu as eu le temps de digérer tout ça, comment te sens-tu par rapport à ta rencontre avec Jordan ?

— C'était étrange mais bon. C'est toujours un peu effrayant de penser qu'elle se souvient de moi et que je ne me souviens pas d'elle.

— C'est pour cela que tu ne lui as pas parlé du dessin que tu as fait de la petite fille en robe de soirée qui danse dans l'herbe ? On aurait dit que tu l'avais dessinée quand elle était jeune.

Elle effleura l'étiquette de la bouteille qu'ils partageaient.

— J'ai pensé à lui dire mais elle était si heureuse et pleine d'espoir que je ne voulais pas qu'elle pense que je me souviens de plus de choses que ce que je fais et qu'elle soit déçue. J'ai en tête cette image d'elle dansant dans l'herbe mais je ne me souviens pas d'avoir été là ou de l'avoir vue faire. J'attendais que quelque chose qu'elle dise me ramène tous mes souvenirs, mais rien ne s'est passé.

— C'est logique mais on ne sait jamais. Cela lui a peut-être donné un peu de paix, de savoir que tu avais dessiné ce moment. C'est juste une chose à laquelle il faut penser. Tu as dit que tu te sentais un peu perdue. Les dessins qu'elle t'a donnés t'ont-ils aidé à y parvenir ?

— Je ne les ai pas regardés à nouveau. Je voulais les regarder avec toi.

— Cela me touche beaucoup. J'ai aimé entendre parler de ta famille. On dirait que tes parents t'aimaient beaucoup.

— J'aimerais pouvoir me souvenir d'eux.

— Penses-tu que l'un des dessins que tu as laissés derrière toi aurait pu être celui de ta famille ?

— J'y ai pensé. Le fait est que mon onc... *Richard* me racontait toujours des histoires. Je me souviens avoir fait des dessins de personnes, mais quand je les lui montrais, il disait qu'ils étaient tirés de telle ou telle histoire, puis il me racontait l'histoire. Je n'ai donc aucun moyen de savoir ce qui était un souvenir et ce qui venait de ses histoires.

— Ce fils de pute t'a fait un lavage de cerveau.

Il prit un verre et secoua la tête, la mâchoire serrée.

— J'aimerais mettre la main sur ce salaud. Il a de la chance d'être déjà mort.

— Oui. J'aimerais pouvoir me rappeler les souvenirs qu'il a effacés.

— Il ne les a pas effacés. Il les a réécrits. Ils sont probablement encore là, enfermés dans ses histoires.

— Et si je ne me souviens jamais de rien ?

— De la façon dont je vois les choses, tu étais si jeune quand tu as été enlevée, Jordan et toi allez repartir à zéro de toute façon. Vous apprenez à connaître les personnes que vous êtes maintenant, en tant qu'adultes. Vous pouvez vous créer de nouveaux souvenirs et développer une nouvelle relation. Je ne dis pas qu'il faut abandonner l'espoir de retrouver vos souvenirs, mais je ne laisserais pas cela interférer avec la construction d'une nouvelle relation avec elle.

— C'est ce que j'espère. J'ai apporté les photos. Elles sont dans mon carnet de croquis. Cela te dérange si nous les regardons ?

— Pas du tout. J'aimerais les voir.

Il lui tendit le carnet de croquis.

Elle ouvrit la pochette en cuir et en sortit les photos. Ils les regardèrent ensemble.

— Jordan a écrit les dates et les noms au dos des photos.

Il y avait des photos de Sully bébé, avec des cheveux blonds et fins, et de Sully enfant, avec des cheveux aussi sauvages et crépus qu'aujourd'hui. Ses yeux étaient pleins de promesses joyeuses. En voyant des photos d'elle jouant avec Jordan et avec ses parents, elle souhaitait encore plus fort se souvenir d'eux.

— Jordan avait raison de dire que tu t'habillais comme ton père.

Sur presque toutes les photos d'elle enfant, elle était vêtue de T-shirts ou de chemises en flanelle et des petites bottes de travail que Jordan avait mentionnées. Elle étudia une photo de famille. Elle était sur les épaules de son père, le menton posé sur ses cheveux noirs, un doux sourire aux lèvres et un bras maigre enroulé autour de son cou comme s'il était *le sien*. C'était un grand homme. Pas musclé comme Callahan ou lourd comme Tiny, mais grand et robuste, et l'amour qu'il portait à sa famille se voyait dans la protection qu'il leur apportait et dans l'adoration qui se lisait dans ses yeux. Il tenait l'une des mains de Sully. Son autre bras entourait l'épaule de sa mère. Il lui tenait aussi la main. Jordan se tenait devant leur mère, et elle ressemblait à une version plus jeune d'elle, avec des cheveux blonds brillants, des pommettes hautes et de grands yeux bleus. Le bras de leur mère était drapé de manière protectrice sur l'épaule de Jordan, sa main reposant sur le ventre de Jordan.

— Regarde-toi, ma chérie. Tu étais si mignonne avec tes yeux bleus brillants, tu t'accrochais à ton père comme s'il était tout pour toi.

Il passa son bras autour d'elle et l'embrassa sur la tempe.

— Je suis vraiment désolé.

Les larmes lui brûlaient les yeux.

— Jordan a dit que cette photo avait été prise l'été précédant l'accident. J'aimerais pouvoir voyager dans le temps et passer une journée à la place de Casey, avec cette famille qui m'aimait, afin de ressentir la connexion que nous avions.

— J'aimerais que tu puisses le faire aussi, déclara-t-il alors que des larmes glissaient sur les joues de la jeune femme.

Il la serra contre lui.

— C'est bon, ma chérie. Laisse-toi aller.

— J'étais *à ma place* sur ces photos, mais comment suis-je censée me sentir à nouveau à ma place si je ne me souviens pas de l'avoir été au départ ?

— Je n'ai pas la réponse, chérie, mais tu ne me connaissais pas, et nous avons établi une connexion. Je pense que tu dois te donner du temps et tu pourrais être surprise par la façon dont les choses se passent. Tu n'as même pas encore rencontré ton oncle et ta tante.

— Je le ferai mais je pense que Jordan attend de moi que je sois Casey, et je ne suis plus elle. Je ne suis même pas Sully. C'est juste un nom qu'ils ont inventé. Je ne sais pas qui je suis.

Il lui prit le menton, amenant ses yeux pleins de larmes vers les siens.

— C'est ce que tu dois découvrir, ma chérie. La thérapie aidera mais il ne s'agit pas seulement de savoir d'où tu viens. C'est important, mais ce qui l'est peut-être plus, c'est qui tu veux être, séparée de tout et de tous les autres.

— J'aime ce que je suis. J'aimerais juste connaître ma place.

Son expression devint sérieuse.

— Tu viens de sortir d'une situation où l'on a essayé de te

remettre à ta *place*. Tu es libre maintenant, Sully. Libre d'être qui tu veux, d'aller où tu veux et d'être avec qui *tu* penses mériter ta présence. Ta *place* est là où tu veux qu'elle soit et elle peut changer aussi souvent que tu le souhaites. Je comprends que tu veuilles avoir l'impression d'appartenir à une famille et de connaître et de ressentir toutes les choses que tu faisais quand tu étais petite, et j'espère que tu retrouveras cela. *Mon Dieu*, ma chérie, je donnerais tout ce que j'ai pour que tu puisses retrouver ces souvenirs, et je t'aiderai de toutes les manières possibles pour que cela se produise.

— Je sais que tu le ferais, souffla-t-elle.

— Mais même si tu ne te souviens jamais de cette période de ta vie et que tu te sens en retard sur Jordan, tu *dois* savoir qu'elle t'aime et qu'elle te veut dans sa vie. Cela me semble inconditionnel, quel que soit le nom que tu utilises ou que tu te souviennes avoir détesté les robes à froufrous. Alors, pendant que tu t'efforces de te souvenir de ton passé avec la sœur qui t'a *finalement* retrouvée, au lieu de supposer qu'elle veut que tu sois la même personne que tu étais autrefois, essaie de lui parler de ce que tu ressens et de ce que tu es maintenant. Je pense que tu verras qu'elle ne pourra s'empêcher de t'adorer autant que moi.

Des larmes coulèrent sur ses joues et il l'attira dans ses bras.

— Je suis désolé, je ne veux pas te faire de peine.

— Ce n'est pas le cas. Je sais que tu as raison.

— En général, j'ai raison, lui dit-il sur le ton de la plaisanterie.

Elle sourit, reconnaissante de son humour, et s'essuya les yeux.

— J'ai juste l'impression qu'il y a eu Casey et qu'il y a eu Sully, mais que ni l'une ni l'autre ne se sentent bien maintenant.

Il prit ses joues tachées de larmes entre ses mains et embrassa ses lèvres salées. En essuyant ses larmes avec ses pouces, il dit :

— Je suis sûr qu'avec le temps, la réponse te viendra.

— Je suppose que je n'ai *rien d'autre* à faire que patienter pour l'instant.

— Ce n'est pas tout ce que tu as, chérie. Tu m'as aussi et ma famille, les amis que tu te fais ici, Beauty, et la liberté de faire de ton avenir ce que tu veux qu'il soit.

Il la prit à nouveau dans ses bras, son cœur battant contre le sien de façon sûre et régulière.

— Tu peux choisir le nom que tu veux, mais quel que soit le nom que tu te donnes, j'espère que tu me laisseras toujours t'appeler ma chérie.

Après des années d'espoir et de prières pour une vie meilleure, de *désir* d'avoir de l'importance et d'être pris en charge entièrement et complètement, ses mots firent éclater ses barrières, et ses émotions se déversèrent.

Chapitre Vingt

LE MATIN SUIVANT, ils observèrent le lever du soleil depuis leur nid douillet sur la terrasse, enlacés dans les bras l'un de l'autre. Ils se promenèrent le long du ruisseau et préparèrent ensemble le petit-déjeuner dans l'immense cuisine de Callahan. Ils parlèrent, s'embrassèrent, se taquinèrent, rirent et jouèrent au Scrabble tout en prenant leur petit-déjeuner. Sully lui montra enfin sa liste de choses qu'elle aimerait faire et barra la mention *porter un short, jouer davantage avec Callahan et dormir à la belle étoile*. Lorsqu'il la ramena à son chalet pour qu'elle puisse se doucher et se préparer à voir Wynnie, il l'embrassa à la porte et lui dit de lui envoyer un texto si elle voulait parler après. C'était incroyable d'être avec quelqu'un qui voulait savoir ce qu'elle ressentait à propos de tout et qui n'hésitait pas à aborder des sujets difficiles. Elle savourait ces sentiments car ils représentaient un autre type de liberté qu'elle n'avait pas anticipé.

Elle avait passé la *meilleure* nuit et la meilleure matinée de toute sa vie. Mais cela lui avait aussi ouvert les yeux. Lorsqu'elle était dans la maison de Callahan, elle avait remarqué que tout *lui* ressemblait, qu'il s'agisse des meubles imposants, des planchers en bois brut, de la magnifique cheminée en pierre, des décorations chaleureuses ou des photos de famille précieusement conservées. Il lui avait raconté les histoires qui se cachaient derrière certaines de ces photos, lui avait donné le nom de chevaux particuliers avec lesquels il avait travaillé, lui avait parlé de ce que sa famille et lui avaient fait et des endroits où ils étaient allés, et elle avait adoré entendre toutes ces histoires. Elles soulignaient tant de choses qu'elle admirait chez lui, comme sa loyauté envers sa famille, le fait qu'il ait toujours su qui il était, à qui il appartenait et qui il voulait être. Mais alors qu'elle était assise dans le bureau de Wynnie, elle ressentit un profond désir de s'accrocher à quelque chose qui lui appartienne personnellement. Quelque chose à atteindre, à *connaître*. De plus, même si elle se sentait bien avec Callahan, elle se sentait aussi coupable d'avoir tout gâché avec Wynnie, et tout cela surgit dans un bafouillage anxieux lorsque cette dernière s'assit à son tour.

— Je suis désolée pour Callahan et moi. Je ne voulais rien faire de mal et je veux vraiment comprendre qui je suis et qui je veux être, ce que je veux faire, et ce que je suis *capable* de faire pour avoir une vraie vie. Je ne veux pas blesser les sentiments de quelqu'un ou faire ce qu'il ne faut pas faire.

Wynnie sourit et se rassit.

— OK. Eh bien, il y a beaucoup de choses à déballer.

— Je suis désolée. Je suppose que j'ai beaucoup de choses en tête. Je ne m'attendais pas à tout déballer d'un coup. Mon cerveau part dans trop de directions.

— Pas besoin de t'excuser, chérie. C'est une bonne chose et ce n'est pas si inattendu. Tu as subi beaucoup de changements d'un coup et nous parlerons de chacun d'entre eux, mais commençons par Cowboy. En ce qui vous concerne tous les deux, vous n'avez rien fait de mal. Tu es une femme adulte. Tu peux être avec qui tu veux. Mais il y a certaines choses que je ne peux pas faire en tant que thérapeute, et traiter quelqu'un qui a une relation avec un membre de sa famille en fait partie.

— Je comprends mais tu as fait des pieds et des mains pour m'aider. J'aime beaucoup Callahan. Je sais que ma vie est en suspens en ce moment, et qui sait combien de temps nous serons ensemble, mais je suis heureuse que nous nous soyons trouvés. Je me sens juste mal d'avoir tout gâché avec toi.

— Tu n'as rien gâché, ma chérie. Tu as fait un pas en avant et tu as suivi ton cœur, ce qui signifie que tu prends ta vie en main. C'est une bonne chose, même si vous vous êtes rapprochés très vite et que je crains que ça ne fasse trop de choses en même temps.

— Je sais que j'ai beaucoup de choses à faire mais il est la seule partie de ma vie qui *n'est pas* écrasante. Il me canalise et il m'aide à trouver des parties de moi-même que je pensais trop cassées pour être réparées, et d'autres dont je ne soupçonnais même pas l'existence.

— Je suis heureuse de l'entendre. Même si j'ai envie d'en parler avec toi, je ne veux pas franchir des limites qui ne devraient pas l'être et me lancer dans une conversation complexe sur Cowboy et toi. J'ai parlé à Colleen et elle serait heureuse de commencer à travailler avec toi. Qu'en dis-tu ?

— Je suis d'accord. Elle avait l'air sympa quand je l'ai rencontrée, et si tu lui fais confiance pour m'aider, alors je lui fais confiance aussi. Je suis reconnaissante qu'elle veuille bien m'aider. Je n'arrive toujours pas à croire tout ce que ta famille fait pour moi. Je trouverai un moyen de te rendre la pareille un jour.

— Trouver le chemin d'une vie stable et heureuse, ça c'est notre récompense. J'ai pensé que nous aurions notre session normale aujourd'hui, et si tu es à l'aise avec l'idée, tu pourras passer à Colleen demain. Mais si tu as besoin de plus de temps pour t'habituer à l'idée de travailler avec quelqu'un de nouveau, nous pouvons attendre quelques jours.

— Demain, c'est bien, et j'aimerais vraiment parler avec toi aujourd'hui.

— Alors, allons-y. Nous pouvons parler de tout sauf de Cowboy. Tu peux garder cette discussion pour Colleen. Tu as dit que tu aimerais savoir qui tu es. Tu veux commencer par là ?

— Oui. Je suis née Casey Lawler, et maintenant je suis Sullivan Tate, et je sais que c'est une partie de qui je suis. Je veux parler de cela et de ma rencontre avec Jordan, mais ce n'est pas la partie dont je veux parler en premier. Ce matin, je me suis souvenue d'une chose que Gaia avait l'habitude de me dire quand j'étais plus jeune et que j'avais beaucoup d'ennuis. Elle me disait que chaque jour, j'avais un choix à faire. Je pouvais choisir d'être la personne que j'étais hier ou la personne que je voulais être ce jour-là, et ce faisant, je prenais une décision qui pouvait rendre ma vie plus facile ou plus difficile et que j'étais la seule à pouvoir contrôler.

— C'est une femme pleine de sagesse.

— Je sais et elle avait raison à bien des égards. Je ne peux pas changer mon passé mais je *peux* changer mes objectifs pour aller de l'avant. J'aime la personne que je suis en train de devenir et je suis reconnaissante de l'opportunité que vous me donnez ici. Mais j'ai l'impression que j'ai besoin d'avoir des objectifs plus importants que de trouver ma place au sein de ma famille.

— Peux-tu me dire ce que tu entends par là ?

— Je n'aime pas vivre dans les incertitudes. Je n'aimais pas la vie dans la secte mais j'avais un but chaque jour, et j'aimais ça. Et je sais que tout le monde ici comprend à quel point il est important d'avoir un but. J'aime aider Sasha, et si elle me le permet, j'aimerais continuer à le faire. Je me sens liée aux chevaux et les aider m'aide. Mais j'ai besoin de faire quelque chose pour gagner de l'argent, pour qu'un jour je n'aie plus à dépendre de la générosité des autres pour certaines choses, et que je puisse faire des choses normales comme acheter des provisions et des vêtements, et... je ne sais pas, payer le loyer pour que tu ne me soutiennes pas.

— Ce sont des objectifs merveilleux, et tu peux certainement continuer à aider Sasha. Je pense que ce serait bien pour toi. Mais tu traverses une période de transition importante et je pense qu'il est important pour toi d'y réfléchir avant d'en faire trop.

— Je sais que j'ai des choses à travailler et que cela prendra du temps. J'ai juste besoin de sentir que j'avance dans la bonne direction. Savoir que Sasha peut compter sur moi tous les jours m'aidera. Mais à un moment donné, j'aimerais pouvoir subvenir à mes besoins, même s'il me faut des mois pour y arriver.

— C'est tout à fait compréhensible et je suis heureuse d'entendre que tu ne te précipites pas. Quels sont les domaines qui t'intéressent ?

Sully haussa les épaules.

— Je ne sais pas quelles sont mes options. Je sais cuisiner, nettoyer, coudre et dessiner, et j'aime travailler avec les enfants et faire à peu près n'importe quoi à l'extérieur. Mais il y a peut-être d'autres choses que je peux faire.

— Il y a une multitude de choix possibles et je suis sûre que tu es capable de faire beaucoup de choses. Et maintenant que tu n'es plus confinée au ranch, il y a beaucoup plus d'options. Nous disposons d'excellentes ressources pour définir des parcours professionnels. Mais c'est une discussion qui dépasse largement le cadre d'une seule session. Colleen peut étudier ces ressources avec toi, et ensemble, vous pourrez trouver des idées pour l'avenir. Malheureusement, étant donné que tu es avec Cowboy, tu ne peux pas devenir une employée rémunérée du ranch. Nous avons eu des problèmes dans le passé avec des employés qui sortaient ensemble, et nous avons maintenant une politique contre cela. Mais pendant que tu cherches à comprendre, tu peux faire du bénévolat dans n'importe quel domaine du ranch.

— C'est très bien. Je ne vous demandais pas de me payer. Je voulais juste de l'aide pour trouver une direction.

— Je comprends. Une chose que tu peux faire, c'est commencer à dresser une liste de toutes les choses que tu aimes, de celles pour lesquelles tu es douée et de celles que tu veux apprendre. Parfois, le fait de mettre tout cela sur papier fait naître des idées.

— D'accord, je vais le faire.

Elle poussa un soupir de soulagement.

— Je me sens déjà mieux. Merci.

— C'est ton choix, Sully. Je suis fière des progrès que tu fais. Assure-toi de te donner du temps pour apprendre à connaître ta famille et à te connaître toi-même.

— Je le ferai.

— Je sais que nous avons parlé de la couverture médiatique avant que tu ne rencontres Jordan, mais maintenant que tu as eu le temps d'y réfléchir, veux-tu en parler ?

— Pas vraiment. Je suis juste reconnaissante qu'ils n'aient pas mentionné mon nom dans les rapports.

— As-tu réfléchi à ton nom ? Est-ce que tu as envie d'utiliser Casey ?

— J'y ai beaucoup réfléchi. Je ne suis plus Casey. J'essaie de savoir si je suis Sully.

— Il n'y a pas d'urgence et je te suggère de prendre ton temps avec cette question. Ce que tu ressens pourrait changer au fur et à mesure que tu découvres les autres aspects de ta vie.

— Peut-être, mais j'en doute. C'est juste que je ne ressens pas de lien avec cette petite fille qui figure sur le flyer.

— Parlons-en. Hier était un grand jour. Comment te sens-tu à l'idée d'avoir rencontré ta sœur ?

— Je ressens tellement de choses. Par où commencer ?

SULLY QUITTA le bureau de Wynnie armée d'encouragements et prête à revoir Jordan. Elle arriva peu après, vêtue d'un jean moulant, d'un joli pull gris et de bottines. Ses cheveux étaient tirés en queue de cheval, son maquillage était discret et elle portait un grand sac fantaisie. Après une accolade un peu gênante, Sully dit :

— J'ai pensé que nous pourrions nous promener dans la propriété et parler.

— Ça me paraît bien. J'adore ton haut. Le style bohème te va à ravir.

— Merci. Je n'avais pas grand-chose quand je suis arrivée ici. Callahan et sa sœur m'ont acheté quelques trucs.

— Oh, Sully. J'aurais dû te demander si tu avais besoin de quelque chose. Je suis désolée. J'étais dépassée hier et je ne sais pas grand-chose de ta situation. J'espérais que nous pourrions en parler aujourd'hui. As-tu besoin de quelque chose ?

— Non. J'en ai plus qu'assez, mais merci.

Elle prit quelques grandes respirations pendant qu'elles

s'éloignaient de la maison principale, essayant de se détendre.

— Je sais que tu dois avoir des questions. Que voudrais-tu savoir ?

— Tout, mais je ne veux pas que tu te sentes obligée de me dire ce dont tu n'as pas envie de parler, alors je suppose que j'aimerais juste en savoir plus sur ta vie.

— Tu veux dire ma vie au sein du complexe ?

— Non. Je veux dire, oui, à un moment donné, mais nous nous connaissions quand nous étions enfants, et maintenant nous sommes adultes. J'espérais que tu pourrais me parler de toi. Tu sais, ce que tu aimes et ce que tu n'aimes pas. Ce genre de choses.

— Je suis enfin en train de comprendre toutes ces choses, dit-elle alors qu'elles se dirigeaient vers l'un des pâturages où paissaient des chevaux.

— Je pense que je dois te parler de la vie dans le complexe pour que tu comprennes ce que je veux dire.

— Seulement si tu te sens à l'aise pour le faire, déclara Jordan avec empathie.

— C'est la seule façon pour toi de comprendre comment j'ai grandi et comment les choses ont changé depuis que tu m'as connue. Quand tu m'as dit que j'avais l'esprit de notre père, une partie de ce que j'étais a pris un sens. Les gens qui m'ont enlevée ont essayé de le faire taire pendant longtemps, et j'ai payé le prix de ma force de caractère.

Elle lui parla de Richard et de ses histoires, et de la façon dont son esprit combatif lui avait valu des punitions. Elles parlèrent des dortoirs pour filles, de son emploi du temps chargé et des restrictions qui lui étaient imposées. Jordan posait beaucoup de questions mais Sully voyait bien qu'elle était prudente.

Elles s'assirent dans l'herbe à côté du pâturage et elle lui parla de Gaia et du fait qu'elle était ce qui ressemblait le plus à une mère dont elle se souvenait, de son amitié avec Ansel et de la façon dont il lui manquait. Elle n'avait pas prévu de tout lui raconter, mais une fois qu'elle commença, ce fut comme si elle avait ouvert une voie et que le passé s'était mis à couler. Elle lui fit part de ses tentatives d'évasion ratées et des punitions qui s'en étaient suivies. Elle lui raconta comment elle avait été *choisie* par Rebel Joe, ce qui fit pleurer Jordan. Les émotions de Sully étaient remontées à la surface, comme elles l'avaient fait la nuit dernière, et là, dans le champ, accrochée à la sœur qu'elle connaissait à peine, elle versa des larmes accumulées depuis des années.

Alors que Sully décrivait sa fuite et la peur qu'elle avait eue, Jordan lui tenait la main. Elle lui parla de Chester, de Carol et de tout ce qui l'avait conduite là où elle se trouvait.

Les yeux bouffis de larmes, Jordan lui dit :

— Tu es la personne la plus courageuse que je connaisse. Mais tu l'as toujours été. Même quand tu étais petite.

Sully fondit en larmes. Serrant les mouchoirs que Jordan lui avait donnés, elle s'essuya les yeux.

— Je n'ai pas pleuré depuis des années, et ces derniers temps, je pleure à chaudes larmes.

— C'est peut-être parce que tu as été obligée de cacher tes émotions pendant si longtemps. Maintenant que tu es en sécurité, elles sortent toutes.

— C'est ce que Wynnie a dit aussi.

— Je suis toujours comme ça quand il s'agit de toi. J'ai perdu la tête la nuit de l'accident. Tu vois cette cicatrice ?

Jordan toucha la cicatrice au-dessus de son sourcil.

— Jax et moi l'appelons ma cicatrice Casey.

Son cœur se serra.

— C'est moi qui te l'ai donnée ?

— Non. J'étais dans tous mes états la nuit de l'accident. Je me sentais perdue sans toi, sans maman et papa. Ils m'ont dit qu'ils avaient été tués dans l'accident, mais tout ce qu'ils ont dit à ton sujet, c'est qu'ils essayaient de te retrouver. Mais je les ai entendus spéculer sur le fait que quelqu'un t'avait enlevée et j'ai perdu la tête. J'ai couru dehors en criant et en pleurant : « Prenez-moi ! Ramenez-la et prenez-moi ! » J'ai trébuché et je me suis cognée la tête contre un rocher. La cicatrice est due aux points de suture.

Les larmes coulèrent à nouveau dans les yeux de Sully.

— Oh, Jordan. Je suis vraiment désolée. Tout le monde s'inquiète de ce que ça a été pour moi, mais ça a dû être terrible pour toi aussi. Tu nous as tous perdus en même temps.

— C'était horrible et j'ai dû cacher mes sentiments pendant longtemps, ce qui a rendu les choses encore plus difficiles. Je comprends donc ce que tu as vécu, même si je n'ai pas eu beaucoup de punitions, parce que je suis plus du genre à plaire qu'à me rebeller.

— J'aimerais avoir un peu de ça en moi. Pourquoi devais-tu cacher tes sentiments ?

— Parce que je te cherchais sur le visage de toutes les filles que je voyais, et quand j'ai déménagé dans le Massachusetts pour vivre avec tante Sheila et oncle Gary, j'ai appris très vite que les autres enfants ne comprenaient pas. Cela leur faisait peur. Je pense que cela a rendu l'idée de la disparition de quelqu'un réelle, et je ne pouvais pas parler de ma sœur disparue à l'école ou avec mes amis sans m'isoler. Mon thérapeute, ma tante Sheila et mon oncle Gary pensaient que je devais passer à autre chose mais je ne *pouvais* tout simplement pas. Je croyais dans mon cœur que tu étais là quelque part, alors j'ai gardé mes sentiments pour moi. Finalement, je suis allée à l'université dans le Maryland, pensant pouvoir te trouver, et je suis retournée dans notre ville natale dès que j'ai obtenu mon diplôme, au cas où tu retrouverais le chemin du retour.

Sully eut la gorge serrée.

— Tu ne m'as jamais abandonnée ?

Tout comme Callahan après avoir vu ce dépliant.

— Même pas une seconde. Mon petit ami de l'époque voulait que je déménage à New York et que j'agisse comme si tu n'avais jamais existé. Il avait été là pour moi à l'université et je suis restée avec lui bien trop longtemps et pour de mauvaises raisons. Mais il n'y avait pas que lui. Tout le monde pensait que j'étais folle d'insister sur le fait que tu étais toujours en vie après tant d'années. Ce n'est que lorsque j'ai rencontré Jax que j'ai senti que je pouvais prononcer ton nom. À partir du moment où je lui ai parlé de l'accident, il m'a confirmé que tu étais en vie. C'est lui qui a engagé Reggie Steele, le détective privé qui a aidé à remettre ton affaire sur le devant de la scène.

— Je suis tellement contente que tu aies Jax. Je dois le remercier.

— Crois-moi, je l'ai fait un million de fois.

— Je déteste que tu aies dû cacher tes sentiments.

Elle réalisa qu'elle n'était pas la seule survivante. Jordan en était aussi une. Peut-être qu'elles n'étaient pas si différentes après tout.

— Maman et papa auraient détesté que nous devions cacher nos sentiments. Avec eux, il s'agissait avant tout de s'exprimer.

Les larmes coulèrent sur les joues de Jordan.

Sully essaya de retenir ses propres larmes.

— Eh bien, nous n'avons plus besoin de les cacher. Jax a

l'air merveilleux. Comment l'as-tu rencontré ?

— Tu vas penser que je suis une personne horrible si je te le dis.

— Regarde le genre de personnes avec qui je vivais, lui rappela-t-elle. Rien ne pourrait me faire penser du mal de toi.

— C'est un autre type d'horreur. Jax est un créateur de robes de mariée et à l'époque, mon amie Trixie était fiancée à son frère Nick. Ils sont mariés maintenant mais elle m'a recommandée à Jax pour concevoir ma robe de mariée avec cet autre homme dont je t'ai parlé.

— Oh. *Ouah*. C'est…

Elle la regarda avec incrédulité et elles rirent toutes les deux.

— Je t'avais dit que ça avait l'air horrible. Mais j'avais déjà reporté mon mariage à trois reprises. Je *savais* que je ne devrais pas l'épouser, et quand j'ai rencontré Jax, j'ai ressenti un lien si fort avec lui que j'ai quitté son bureau en courant et j'ai de nouveau reporté mon mariage.

— Ça n'a pas l'air mal. Cela me fait juste m'interroger sur quelque chose que Gaia disait.

— Quoi ?

— Elle a dit qu'il fallait croire aux bonnes choses et qu'un jour, l'univers interviendrait pour réparer les torts que nous traversions.

Sully fit un signe autour d'eux.

— Regarde où je me suis retrouvée, avec plus de soutien que je n'aurais jamais pu imaginer. Et regarde avec qui tu as fini.

— Je crois qu'elle avait raison. J'aurais juste aimé ne pas avoir attendu si longtemps.

— Alors, qu'est-ce-qui s'est passé ? As-tu mis fin aux relations avec l'autre gars lorsque tu as rencontré Jax ?

— Non. J'avais peur. Je suis restée loin de Jax pendant des

mois, essayant de m'en remettre, puis je l'ai vu au mariage de Nick et Trixie. Nous avons dansé, et je te jure, Sully, à la seconde où je l'ai revu, j'étais fichue. J'ai essayé de combattre notre connexion mais il savait ce qu'il voulait et de la manière la plus douce. Je n'ai jamais fauté et il n'a jamais essayé de me convaincre, mais je suis tombée très vite et *totalement* amoureuse de lui, *puis* j'ai finalement mis fin à l'autre relation. Jax est la deuxième meilleure chose qui me soit jamais arrivée.

— Quelle est la meilleure ?

— Te retrouver.

Son sourire atteignit ses yeux mais elles se mirent toutes les deux à pleurer à nouveau.

SULLY PROPOSA DE montrer à Jordan ses croquis, et alors qu'elles se dirigeaient vers sa cabine, Jordan dit :

— C'est vraiment magnifique ici. Tu adorais être dehors quand tu étais petite. Et c'est toujours le cas ?

— Oui. Je *vivrais* dehors si je le pouvais et j'aime être avec les chevaux. Callahan m'apprend à monter à cheval et sa sœur Sasha est spécialiste de la réadaptation équestre. Elle m'apprend à aider les chevaux sauvés.

Elle lui parla de tout ce qu'elle apprenait.

— J'ai du mal à dormir, alors Callahan et moi faisons de longues promenades la nuit, et parfois nous regardons le lever du soleil ensemble.

— Est-ce que ça veut dire qu'il y a plus que de l'amitié entre toi et ce beau Cowboy ?

Sully jouait avec le bord de sa chemise, voulant omettre la

vérité, mais quelque chose dans la voix de Jordan lui disait de se retenir.

— Oui.

— Je pensais qu'il était ton garde du corps. Il avait l'air d'affronter un taureau qui chargeait pour toi.

— Je pense qu'il le ferait.

Elle lui raconta comment il avait dormi sur son porche alors qu'il pensait qu'elle était en danger.

— Il m'a vraiment aidée à me sentir à l'aise ici et je l'aime beaucoup.

— C'est bien.

Elle fronça ses sourcils.

— Je veux apporter mon soutien mais la sœur aînée en moi s'inquiète. Après tout ce que tu as vécu, es-tu sûre que c'est intelligent de te lancer si rapidement dans une relation ?

Sully comprenait l'inquiétude de Jordan, mais la matinée avait été tellement émouvante que ses mots sortirent avec plus de passion qu'elle ne l'avait prévu.

— Je *sais* que c'est rapide, et tu n'es pas la seule à être inquiète. Mais j'ai été seule dans ce complexe maudit, me mordant la langue et prenant des décisions *intelligentes* chaque jour de ma vie juste pour survivre. Je me suis sentie seule et malheureuse pendant si longtemps, honnêtement, je m'en fiche si c'est *intelligent* ou pas. Il me rend heureuse et je ne *veux* qu'une seule chose : être avec lui.

— Je ne voulais pas dire… je suis désolée, Case… *Sully*, plaida Jordan. Bien sûr que tu prends des décisions intelligentes et je veux que tu sois heureuse. C'est tellement rapide. Je ne veux pas que tu sois blessée.

— Je suis désolée aussi. Je ne sais pas d'où vient cette explosion mais je dois me fier à mon instinct. Callahan est gentil, attentionné et prudent, et il respecte mon besoin de faire les choses par moi-même. Je ne pense pas qu'il pourrait me faire du mal, surtout après la manière dont j'ai déjà été blessée.

— Je suis désolée d'avoir dit quoi que ce soit. Je suis mal placée pour parler. Je suis tombée amoureuse de Jax la première fois que je l'ai rencontré et j'avais tellement de bagages émotionnels.

— C'est bon. Je comprends. Tu avais des bagages mais tu avais aussi de l'expérience avec des relations normales et moi non. C'est juste une chose de plus que j'apprends. Mais être avec lui, c'est bien, et je pense que tu l'aimerais si tu apprenais à le connaître.

— J'aimerais faire sa connaissance. Peut-être que nous pourrons tous dîner un soir et que tu rencontreras Jax. Je sais que tante Sheila et oncle Gary adoreraient passer du temps avec toi.

— J'aimerais ça. Combien de temps restes-tu ici ?

— Nous avions prévu de rester jusqu'à dimanche prochain. J'espérais te voir au moins un peu de temps chaque jour, mais si tu ne veux pas passer autant de temps avec moi, je comprends. Je pensais que cela nous donnerait le temps de faire connaissance et que nous pourrions ensuite déterminer où aller à partir de là. Évidemment, je veux que tu reviennes dans le Maryland pour que nous puissions être ensemble et reconstruire notre relation, mais nous n'avons pas à prendre cette décision maintenant.

Soulagée que Jordan ne la pousse pas, elle lança :

— Je veux passer du temps avec toi et j'aimerais rencontrer les autres, mais est-ce que ça peut être juste toi et moi pendant encore un jour ou deux ? J'aime apprendre à te connaître, et cela sera moins angoissant lorsque je rencontrerai tout le monde. Peut-être que nous pourrions tous dîner mercredi soir. Je peux cuisiner.

— Tu n'es pas obligée de cuisiner. Nous pouvons t'emmener au restaurant.

— Je préfère les rencontrer ici pour la première fois, là où je me sens bien et où j'adore cuisiner, donc ça ne me dérange pas. Est-ce OK ?

— Absolument. On se voit mercredi soir.

SULLY RESSENTIT de la fierté en montrant sa maison à Jordan. Ce n'était peut-être pas la sienne, mais elle était fière du chemin parcouru et du fait que les Whiskey estimaient qu'elle méritait d'y rester.

— C'est beau. Les Whiskey savent vraiment comment faire en sorte qu'une personne se sente chez elle.

— Je leur suis reconnaissante de m'avoir accueillie, et même si au début je n'étais pas sûre du pourquoi tout le monde mangeait ensemble, cela s'est avéré très utile pour apprendre à connaître tout le monde et voir comment les gens ordinaires interagissent.

— Cela a dû être un choc culturel.

— Ça l'était, mais tout le monde ici a rendu les choses plus faciles en ne me traitant pas comme la nouvelle fille. Tu veux quelque chose à boire ?

— Non, merci, mais j'ai hâte de voir ton travail.

Sully essaya de cacher son appréhension alors qu'elle récupérait son carnet de croquis et s'asseyait sur le canapé avec Jordan.

— J'aurais probablement dû t'en parler lors de notre première rencontre.

Elle ouvrit le dessin de la petite fille virevoltant dans l'herbe et le lui tendit.

Jordan l'étudia avec des sourcils froncés, puis leva les yeux avec des yeux émerveillés.

— Tu t'en es souvenu ? C'était ma robe préférée. Tu détestais les volants et la dentelle, et je les aimais tellement.

— Non. Je ne m'en souviens pas. C'est pour ça que je n'en ai rien dit avant. J'avais peur de te donner de faux espoirs. Je l'ai dessiné avant même de savoir que j'étais Casey. En fait, j'ai dessiné beaucoup de tableaux similaires à celui-ci au fil des années, mais j'ai dû tout abandonner derrière moi lorsque je me suis échappée. Je pensais avoir inventé cette petite fille dans ma tête à cause des histoires de Richard.

— Oh, *Sully*, dit tristement Jordan. Ils ont pris tout ce que tu savais et l'ont transformé en imaginaire.

— C'est un peu ce que tout le monde t'a fait aussi, n'est-ce pas ? Tu sentais que j'étais en vie, mais personne ne te laissait le croire.

Elles restèrent toutes les deux silencieuses pendant un moment alors que ce point commun si difficile s'imposait.

— Je ne sais pas si je me souviendrai un jour de notre jeunesse, mais je continuerai d'essayer. J'espérais que nous pourrions apprendre à nous connaître pour ce que nous sommes maintenant, et si le passé me revient, alors c'est génial, mais je préfère ne pas me concentrer là-dessus.

Jordan posa sa main sur sa poitrine avec une expiration soulagée.

— Je préférerais ça aussi. J'avais peur que tu ne te mettes une pression pour essayer de te souvenir, et la dernière chose dont tu as besoin, c'est de plus de pression. Tu es enfin de retour dans ma vie. Je prendrai du temps avec toi de toutes les manières possibles.

Sully eut de nouveau les larmes aux yeux et leva les yeux vers le plafond, essayant de cligner des yeux pour les sécher.

— Je pense que j'aimais mieux quand je ne pleurais jamais.

— Je n'ai jamais eu ce luxe. J'ai toujours été émue d'un simple geste.

Jordan rit doucement.

— Puis-je regarder d'autres de tes dessins ?

Sully sortit le cahier que Carol lui avait donné et montra à Jordan tout ce qu'elle avait dessiné depuis qu'elle avait quitté la secte. Il y avait des dessins de Carol, Chester, Ansel et Gaia, ainsi que tout ce qu'elle avait fait depuis son arrivée au ranch.

— Ils sont incroyables. Tu as beaucoup plus de talent que maman ou moi ne pourrons jamais en avoir. Je ne sais dessiner que des vêtements, et maman était pareille. Mais toi, tu dessines des animaux et des visages, et regarde Callahan. On dirait qu'il pourrait sortir ce cheval de la page.

— Ce n'est pas *si bien* que ça.

— Si, ça l'est.

— Merci, mais je ne crois pas.

Se sentant gênée, elle détourna l'attention sur elle.

— Tu as dit que tu travaillais dans la mode, ce qui est logique puisque tu es toujours si bien habillée. Tu dessines des vêtements ?

— Oui, mais c'est une nouveauté dans ma vie. La sœur jumelle de Jax, Jillian, est également styliste, mais pour la mode féminine, pas pour les robes de mariée. Elle possède une boutique à Pleasant Hill, et je travaille à mi-temps avec elle. Mais mon principal travail est celui de directrice des programmes de bénévolat dans un centre d'aide à la vie autonome pour personnes âgées. C'est un endroit formidable et j'aime les gens qui y vivent, autant que j'aime la création.

— Tu as beaucoup de chance de faire ce que tu aimes. Je veux travailler et gagner de l'argent, mais je n'ai aucune idée de ce que je peux faire.

— *Comment… ?*

Jordan pointa le carnet de croquis en haussant les sourcils.

— Je parie que si tu te connectais à l'un des dizaines de sites Internet d'artistes indépendants, tu aurais plus de commandes que tu ne saurais en faire.

— Tu penses que les gens *me* paieront pour dessiner ?

— Oui, tout à fait. Laisse-moi te montrer quelques-uns des artistes que je suis sur les réseaux sociaux.

Elle sortit son téléphone et le consulta, lui montrant plusieurs dessins magnifiques.

— Cette fille est encore au lycée et elle illustre pour toutes sortes d'entreprises pendant son temps libre. Elle a même illustré un livre pour enfants.

Elle navigua vers d'autres profils, lui montrant plusieurs autres types d'illustration.

— Ce type a créé sa page d'artiste il y a trois mois et ses dessins sont rudimentaires comparés aux tiens. Il a écrit un article sur la façon dont il a rejoint trois sites d'artistes engagés, et il gagne déjà près de quatre mille dollars par mois en commissions. J'ai gardé l'article pour la petite-fille d'une des femmes du centre d'aide à la vie autonome. Je t'en donnerai une copie.

— C'est incroyable. Je ne peux pas imaginer gagner quatre dollars, et encore moins quatre mille. Nous n'avions pas le droit d'avoir de l'argent, alors je n'ai jamais gagné un centime.

— *Oh.* Je ne m'en étais pas rendu compte. Sais-tu comment fonctionne l'argent ?

— Oui. Gaia me l'a appris.

— D'accord, c'est un début, et si tu aimes dessiner, ça vaut le coup de chercher. Je veux dire, si tu veux et quand tu seras prête.

— Je ne saurais même pas par où commencer pour faire quelque chose comme ça. Comment ferais-je parvenir des dessins aux gens ? Par la poste ?

— C'est tout électronique, en utilisant des outils de dessin numérique. Je vais te montrer.

Elle navigua vers un autre site web.

— C'est une tablette de dessin. C'est ce que j'utilise. Tu dessines directement sur la tablette, et ça transfère tes dessins directement sur l'ordinateur.

— C'est génial. Est-ce que c'est difficile à utiliser ?

— Non. Je te montrerai comment faire, comment utiliser le courrier électronique et tout ce que tu voudras apprendre. C'est à cela que servent les grandes sœurs.

Une vraie grande sœur. Les émotions submergèrent Sully, mais elle avait vu le prix sur le bloc-notes. Il était hors de portée.

— Merci, mais je pense qu'il faudra beaucoup de temps avant que je puisse m'offrir ces outils de dessin.

— Je peux te donner de l'argent pour commencer. J'ai utilisé une partie de l'assurance-vie de maman et papa pour mes frais de scolarité, mais j'ai encore de l'argent de côté, et il est tout à toi.

— Je ne peux pas prendre ton argent.

— Sully, cet argent est ton héritage.

Les yeux de Jordan la suppliaient.

— Maman et papa voudraient que tu l'aies. Je veux que tu l'aies, même si ce n'est pas pour ça. L'argent est à toi, tu peux l'utiliser comme tu veux.

Sully était déchiré. Ce qu'elle disait avait du sens, mais c'était en contradiction avec son besoin de ne rien devoir à personne.

— Je peux y réfléchir ?

— Bien sûr, mais… je sais que tu ne te souviens ni de moi ni de nos parents, mais tu es leur fille. *Je* ne veux pas que cela tourne autour de moi, mais je n'avais aucun moyen de t'aider pendant toutes ces années, et *maintenant* je peux enfin faire quelque chose. Cela signifierait beaucoup pour moi si tu acceptais l'argent.

Une boule se logea dans la gorge de Sully.

— Je suppose que nous avons toutes les deux des choses à surmonter.

— C'est sûr, mais au moins nous sommes là l'une pour l'autre, n'est-ce pas ?

Leurs paroles s'entremêlaient, tissant un lien que Sully désirait mais dont elle ne savait que faire, aussi essaya-t-elle de revenir à leur conversation précédente.

— Être payée pour dessiner serait un rêve devenu réalité. Mais je ne sais pas par où commencer, ni même quel prix demander. Et je ne suis toujours pas sûre d'être assez douée.

— Tu es *assez* douée. Mais tu n'as pas à prendre de décision aujourd'hui. Je vais te montrer comment ça marche, et nous pourrons aller voir ce que font les concurrents, pour que tu saches.

— Je n'arrive pas à y croire. Cela semble irréel.

— Prépare-toi à être stupéfaite, petite sœur. Tu as un ordinateur portable ?

— Non, juste un téléphone.

— Pas de problème. J'ai apporté mon iPad.

Jordan le sortit de son sac à main.

— Je n'en ai jamais utilisé mais j'ai vu celui de Sasha. Elle l'utilise pour suivre les plans de traitement des chevaux.

— Je vais te montrer comment l'utiliser. Ce petit appareil va devenir ton nouveau meilleur ami.

Sully se demanda si Jordan ne finirait pas par le devenir aussi.

COWBOY FAISAIT LES CENT PAS DEVANT chez Dare, pensant à Sully en attendant de parler avec ses frères des plans de son cadet pour la nouvelle piste de motocross et le club-house de Billie. C'était le milieu de l'après-midi et il n'avait pas vu Sully depuis qu'il l'avait déposée chez elle après le petit déjeuner. Il ne pouvait s'empêcher de penser à la nuit dernière et à l'impression naturelle qu'ils avaient eue ce matin en se réveillant ensemble dans son jardin et en prenant leur petit-déjeuner chez lui. Elle avait envoyé un SMS avant le déjeuner pour dire que Jordan et elle allaient manger ensemble dans son chalet. Elle avait ajouté un selfie de Jordan et elle avec la légende suivante : *Regarde ce que Jordan m'a appris à faire !*

Il sortit la photo, souriant à lui-même en admirant son magnifique visage et sa mine joyeuse, qui l'avait vidé de ses soucis et l'avait attiré encore plus profondément en elle par son affection.

Dare sortit par la porte d'entrée, des papiers à la main.

— C'est pour quoi ce sourire de fouine ?

— Sully vient d'apprendre à prendre un selfie.

Il rangea son téléphone. Une fois qu'il avait parlé de Sully et de lui à leur mère, il n'avait pas fait grand-chose pour cacher ses sentiments aux autres. Lorsque ses frères avaient posé des questions sur Sully au déjeuner, ils avaient compris ce qu'il ressentait pour elle, et il leur avait dit qu'ils étaient ensemble. Il avait l'impression que tout le monde à la table l'avait entendu, et cela lui convenait parfaitement.

— Mec, tu peux t'imaginer vivre ce qu'elle vit ? Découvrir que toute sa vie n'était qu'un mensonge et devoir apprendre à connaître le monde comme ça ?

— Oui, je *peux* l'imaginer, dit Cowboy en faisant un signe de tête à Doc qui arrivait en utilitaire.

— Je suis avec elle autant qu'elle me le permet. J'aurais dû lui apprendre à prendre un selfie. Je n'y ai pas pensé.

— C'est parce que tu détestes la technologie. Contrairement à moi, qui prends autant de photos de ma copine nue que possible.

Cowboy lui décocha un regard impassible.

— Rappelle-moi de ne jamais emprunter ton téléphone.

— Je plaisante. Tu crois vraiment que Billie me ferait confiance pour ne pas perdre mon téléphone ?

— Pas si elle est intelligente, dit Doc en descendant du véhicule.

Dare s'esclaffa et posa un regard sérieux sur Cowboy.

— Ne te reproche pas de ne pas avoir pensé aux selfies. Tu t'es inquiété de choses plus importantes, comme la santé émotionnelle de Sully, comme il se doit.

— Oui, je sais. Mais, merde, c'est juste un rappel qu'il y a un million de petites choses pour lesquelles je devrais l'aider, comme utiliser Internet pour qu'elle ne se sente pas en retard et trouver ce qu'elle veut faire de sa vie. C'est ce qu'elle m'a dit au petit-déjeuner. Pas à propos d'Internet, mais à propos du fait qu'elle se sentait en retard sur tout le monde.

— C'est beaucoup pour quelqu'un dans sa situation, fit remarquer Dare. Elle n'est arrivée que le week-end dernier.

— Je sais, mais elle était avec les Finch pendant quelques semaines. Elle a quitté la secte depuis plus d'un mois et elle ne veut pas s'attarder sur le passé. Elle veut comprendre qui elle est et comment aller de l'avant.

— C'est à ça que sert la thérapie, souligna Dare. Je sais que tu veux tout arranger pour elle, mais ce n'est pas ce qu'elle attend de toi, alors ne te mets pas la pression. Comment tu tiens le coup ? Tu t'es lancé dans cette histoire avec elle assez rapidement.

— Je vais bien.

Ses frères échangèrent un regard complice, ce qui l'énerva. Il avait l'habitude d'être de l'autre côté de ces regards inquiets.

— J'ai dit que j'allais *bien*. Je suis inquiet pour Sully, mais qui ne le serait pas ?

— Eh bien, nous sommes inquiets pour toi, déclara Doc.

— Ne t'inquiète pas. Je suis un grand garçon. Je peux me débrouiller tout seul.

Doc pencha la tête, plissant les yeux.

— Mais le peux-tu vraiment ? Je veux dire que tu peux botter le cul de n'importe qui dans le ranch, mais tu dois admettre que tu as un petit complexe de chevalier servant.

— Tu es quoi, un psychologue de salon ?

Cowboy secoua la tête.

— Ce n'est pas parce que je sauve des chevaux que je ressens le besoin de sauver des femmes. Regarde où nous travaillons. Si c'était mon mode opératoire, j'aurais une longue file de ces femmes derrière moi.

— Il n'a pas tort, répondit Dare.

— Bien sûr que j'ai un foutu point de vue.

— Il est donc sélectif, s'exclama Doc. Penses-y, Cowboy. Qui était ton dernier coup de foudre ?

— Qu'est-ce que tu racontes ? Je n'ai pas eu de coup de foudre depuis cent ans.

— Il parle de Carly, dit Dare. Elle était assez brisée quand elle était ici et tu craquais pour elle.

Cowboy se moqua.

— Carly est une personne géniale, et si tu n'as pas pu le voir à l'époque, tu devrais avoir honte. Et Sully n'est pas *brisée*. Elle a été bousillée. On lui a *volé* sa vie. Elle n'a peut-être pas de souvenirs de la famille à laquelle on l'a enlevée, et elle a enduré plus de merde que vous ne pourriez jamais l'imaginer, mais ça ne l'a pas brisée comme Zev a brisé Carly. Cette dernière pouvait à peine sortir du lit la plupart du temps, et oui, je voulais être là pour elle. J'aimais ce qu'elle était malgré l'état dans lequel elle se trouvait à l'époque, mais j'ai vite compris que je n'étais pas l'homme qu'il lui fallait, et c'était il y a plus de dix ans. C'était un putain de *béguin de gamin* comparé à ce que je ressens pour Sully.

Il ne put s'empêcher de hausser le ton.

— Et je ne veux pas *sauver* Sully. Elle s'est sauvée elle-même, et je l'admire pour ce qu'elle a fait pour se libérer de cet enfer. C'est l'une des femmes les plus fortes que j'ai jamais rencontrées. Est-ce qu'elle part de zéro ? *Oui.* Est-ce que cela l'empêche d'avancer ? *Non.* Est-ce que je veux lui offrir ce putain de monde ? *Absolument.* Bon sang de bonsoir. Si *quelqu'un* peut comprendre à quel point des sentiments comme celui-ci sont rares et qu'ils n'ont pas besoin d'être liés à des mots ou à des traits de caractère mais à votre putain de cœur, je pense que c'est vous deux.

Il les dévisagea.

— Alors dites-moi. Quand est-ce que j'ai donné mon cœur à *une* femme pour la dernière fois ?

Ses frères échangèrent des haussements d'épaules et des hochements de tête.

— Tu ne l'as jamais fait, que je sache, dit Doc.

— C'est vrai. Mais mon cœur était à Sully avant même qu'on ne se rencontre, alors dégage.

— Mec, détends-toi, dit Dare. On a compris.

— Oui, on a compris, mais je suis quand même inquiet, admit Doc. Je ne critique pas Sully. Du peu que je sais d'elle, elle est exactement comme tu l'as dit, et elle a manifestement bon cœur parce que les chevaux le sentent. Mais Cowboy, tu es notre frère, et tu t'es *engagé* avec une fille qui ne fait que débuter. C'est la base d'un chagrin d'amour.

— Tu crois que je n'y ai pas pensé ? Rétorqua-t-il. Tu crois que je ne retiens pas mon souffle pendant qu'elle est avec sa sœur ? Je serais idiot de ne pas le faire. Mais ce que tu ne comprends pas, et peut-être que tu ne comprendras jamais, c'est que tout ce qui compte pour moi, c'est que la femme dont je suis fou d'amour soit capable d'organiser sa vie d'une manière qui la rende heureuse et entière. Si cela signifie qu'elle part rejoindre sa sœur et se construit une vie dont je ne fais pas partie, alors c'est ma croix à porter. Mais je serais damné si je m'éloignais de la seule femme pour laquelle j'ai jamais ressenti cela parce que je *pourrais* être blessé. Je ne m'éloigne pas des chevaux dont je sais qu'ils ne vont pas s'en sortir. Je m'assois avec eux lorsqu'ils rendent leur dernier souffle, et vous savez très bien que je suis bouleversé chaque fois que nous en perdons un. Je pense que je peux soigner un cœur brisé si on en arrive là.

— Ne te trompe pas en pensant que tu es plus fort que tu ne l'es, dit Doc stoïquement. Certains cœurs brisés ne guérissent jamais.

— C'est ta croix à porter, pas la mienne.

Cowboy se sentit comme un con pour avoir dit ça, mais il pouvait gérer sa propre merde émotionnelle.

La porte d'entrée s'ouvrit et Billie sortit, vêtue d'un gilet de cuir décolleté, d'un jean moulant et de bottes de cow-girl. Elle posa les mains sur les hanches, les regardant avec mépris.

— Pourquoi vous disputez-vous ?

— Pour rien, grogna Cowboy.

— Pour moi, c'est sûr que ça n'a pas l'air d'être rien.

Elle descendit du porche, regarda Doc et Cowboy, et sourit à Dare.

— Je vais aller servir des boissons à des hommes à poigne. Vous viendrez plus tard ?

Dare se marra.

— Tu sais très bien comment me faire venir.

— Je ne suis pas dupe. Je t'aime.

Elle lui rendit son baiser, puis jeta un coup d'œil à Doc et à Cowboy.

— Si vous cessez vos embrouilles, vous pouvez passer aussi.

Elle se dirigea vers sa voiture et, alors qu'elle démarrait, Dare dit :

— On va revoir ces plans ou quoi ?

Cowboy était trop énervé pour se concentrer sur cette question.

— Assurez-vous de faire venir un spécialiste de l'environnement et de l'agriculture avant de commencer à construire des routes et à déplacer de la terre.

— Toujours le boy-scout, plaisanta Dare.

— Il faut bien que quelqu'un s'occupe des animaux.

Cowboy enleva son chapeau et se passa une main dans les

cheveux au moment où Sully arrivait en courant sur la route en agitant les bras.

— *Callahan !*

— Merde.

Son cœur se bloqua dans sa gorge et il se précipita vers elle.

— Qu'est-ce qui ne va pas ?

Elle se jeta dans ses bras.

— Qu'est-ce qui s'est passé ? Tu vas bien ?

Il recula pour voir s'il n'y avait pas de blessures.

— Je vais *très bien* !

— Bon sang, Sully. Tu m'as fait une peur bleue.

— Je suis *désolée*. Je suis vraiment désolée. Je suis tellement heureuse ! J'ai passé une super journée avec Jordan. Je lui ai tout dit. Je ne pensais pas que j'allais le faire, mais je l'ai fait, et c'était un tel soulagement de ne pas avoir l'impression de devoir le cacher, et ensuite nous nous sommes concentrées sur le *présent*. Elle m'a parlé de Jax et d'elle, et nous avons parlé de toi. Elle m'a montré comment utiliser l'iPad et Internet et elle a aimé mes dessins autant que toi. Elle pense que je suis assez bonne pour être payée pour le faire, aussi. Elle a eu toutes sortes d'idées. Je sais que tu as dit que je pouvais faire des illustrations mais elle m'a montré des sites web où des gens du monde entier peuvent t'embaucher. Tout se fait par voie électronique et on ne les rencontre même pas en personne.

Elle parlait trop vite pour qu'il puisse placer un mot.

— Elle m'a aussi proposé de me donner une partie de l'argent de l'assurance de nos parents mais je ne sais pas ce que j'en pense. Je veux en parler avec Colleen. Et je veux que Jordan apprenne à te connaître, et je veux rencontrer Jax et mon oncle et ma tante, alors j'ai proposé de préparer le dîner pour tout le monde mercredi soir parce que je sais que tu ne peux pas le faire mardi soir, et je veux que tu sois là quand je les rencontrerai. C'est d'accord ? Tu te joins à nous ? Ça ne te dérange pas ?

Elle finit par s'interrompre et il ne put s'empêcher de rire en la serrant dans ses bras.

— Je ne manquerais ça pour rien au monde. Mais ça fait beaucoup de monde. Veux-tu le faire chez moi, où il y a une plus grande table et plus de place ?

— Ce serait parfait si tu es sûre que ça ne te dérange pas.

Elle lui sourit puis fronça le nez.

— J'ai juste un problème. J'étais tellement excitée que j'ai oublié que je n'avais pas d'argent pour faire des courses. Je déteste emprunter de l'argent, mais penses-tu que je pourrais t'en emprunter un peu si je te rembourse ? J'ai quatorze dollars, et je sais que ce sera beaucoup plus que ça, mais je ferai attention aux prix, et je veux vraiment aller à l'épicerie avec toi. Je n'ai jamais eu l'occasion de choisir les aliments que je cuisine. Est-ce que ça te va ? Tu as le temps ? J'aurais dû demander ça d'abord. Je suis désolée. Si tu n'as pas le temps, je peux trouver autre chose.

Son bonheur était contagieux.

— J'ai toujours du temps à te consacrer et j'aimerais beaucoup apprendre à connaître ta famille. Mais ton premier dîner avec eux est spécial, alors je paie les courses, et s'il te plaît, ne discute pas de ça.

— Je veux bien… mais je suis trop excitée pour discuter. Merci.

Elle l'entoura à nouveau de ses bras, il la fit tourner et l'embrassa.

Alors qu'il la remettait sur ses pieds, elle se remit à parler à tue-tête, lui racontant sa journée avec Jordan. Il jeta un coup d'œil à ses frères. Dare avait un grand sourire et Doc approuvait d'un signe de tête, même si l'inquiétude planait dans ses yeux.

Cowboy ne pouvait pas lui en vouloir, mais passer du temps avec sa chérie valait la peine de prendre le risque.

Chapitre Vingt Et Un

APRÈS UNE LONGUE réunion de transition avec Colleen lundi matin et une agréable visite avec Jordan, au cours de laquelle elle lui montra l'étable de rééducation et lui présenta Sasha et les chevaux, Sully put passer l'après-midi avec Sasha, aidant dans l'étable. Ensuite, cette dernière lui montra quelques techniques de massage de base pour les chevaux.

— C'est bien comme ça ? demanda Sully, en utilisant la partie plate de ses doigts entre ses jointures pour masser le long de la crête du cou de Sunshine.

— C'est parfait, il suffit de continuer à faire des mouvements circulaires jusqu'à son garrot.

En se frayant un chemin le long du pelage de Sunshine, elle dit :

— Je ne savais pas que tu travaillais avec des chevaux qui n'étaient pas en rééducation.

— J'essaie de masser chacun des chevaux au moins une fois par mois. C'est un travail difficile pour un cheval, et les massages améliorent la circulation, la flexibilité et la mobilité et aident à la récupération musculaire. Le fait de poser mes mains sur eux m'aide aussi à identifier les points douloureux qu'ils pourraient avoir avant que cela ne devienne trop grave.

Sully continua à masser.

— Comment vais-je savoir si cela l'aide ?

— Parfois, les chevaux baillent ou inclinent la tête. Tout cela aide, même le simple fait d'avoir un contact humain leur montre qu'ils sont aimés.

— Ces chevaux ont une belle vie. Cela doit être extraordinaire de recevoir un massage tous les mois.

Sasha ôta son chapeau et secoua ses cheveux.

— Tu n'en as jamais eu ?

— Non. Il n'y avait pas beaucoup de soins personnels au sein de la communauté. Je n'avais même pas le droit de me couper les cheveux.

— Ça craint. Écoute, je pensais ce que j'ai dit hier. Si jamais tu veux parler de ce que tu as vécu, je sais très bien t'écouter.

— Merci. J'apprécie.

— Tu as parlé de tes cheveux, que je trouve magnifiques, mais tu veux toujours les couper ?

— J'y pense.

— Mon amie est coiffeuse en ville. Dis-moi si tu veux que je te prenne un rendez-vous. Je serais ravie de t'accompagner, et tu devrais venir avec Birdie et moi la prochaine fois que nous ferons une journée au spa.

— Que faites-vous lors d'une journée spa ?

— Tout ce que Birdie veut.

Sasha rit doucement.

— J'y vais pour le massage, parce que mon travail me fait souffrir, mais Birdie adore se faire dorloter. Elle me fait faire des soins du visage et des pédicures, et parfois elle me convainc de faire une manucure, ce qui est pour moi une perte d'argent totale.

Sully pensa à Jordan. Elle avait probablement eu droit à des séances de spa, elle aussi.

— Est-ce que ça te dérange de faire ces choses avec elle ?

Elle atteignit le garrot du cheval et commença à masser en remontant vers la tête de Sunshine.

— Pas vraiment. Nous nous amusons toujours. En plus, tu l'as rencontrée. Tu crois vraiment qu'elle me laisserait tranquille ? Elle a *besoin d'aide*. Elle me harcèlerait jusqu'à ce que je cède.

— C'est bien que vous soyez si proches.

Elle se demanda si Jordan et elle auraient un jour le même genre de lien fraternel que Sasha et Birdie.

— C'est vrai, mais elle m'épuise parfois. Elle est toujours en mouvement et je suis un peu plus casanière. Elle me traîne dans les magasins, me fait faire du yoga et sortir boire un verre.

Elle haussa les épaules.

— Je ne peux pas trop me plaindre. C'est une sœur formidable. Comment ça se passe avec Jordan ? J'ai apprécié la rencontrer ce matin. Elle est très gentille.

— Merci de m'avoir laissé lui faire visiter les lieux. Je voulais qu'elle rencontre les chevaux et qu'elle voie où je passe mon temps.

Elle lui avait aussi fait visiter le reste du ranch et l'avait présentée à Simone et à d'autres personnes qui y travaillaient.

— Ce doit être étrange de la rencontrer après tout ce temps ?

— C'est vrai. J'aime apprendre à la connaître, mais je ne sais pas si nous serons un jour aussi proches que Birdie et toi.

— Je suis sûre que vous vous rapprocherez avec le temps. Cela a dû être terrible pour elle de vous perdre, tes parents et toi, d'un seul coup. J'aurais perdu la tête.

— Elle était dévastée.

Sully ne put s'empêcher de ressentir une pointe de culpabilité à ce sujet, même si ce n'était pas de sa faute si elle avait été enlevée.

— Mais elle est fiancée maintenant, et elle semble heureuse. Je rencontre son fiancé et le reste de ma famille mercredi soir. Je suis un peu nerveuse.

— Je ne peux que l'imaginer. Tu veux en parler ?

— Pas vraiment. Je suis un peu à court d'idées. J'en ai parlé à Colleen ce matin, et ça ne fera que me rendre plus nerveuse.

— Je comprends tout à fait. Je pourrais te montrer quelques exercices de respiration que tu peux essayer de faire avant de voir ta famille. Cela pourrait t'aider à te calmer. Je les fais avec les chevaux anxieux, et parfois je les fais moi-même avant de sortir avec quelqu'un.

Tout en continuant à remonter le cou de Sunshine, elle ajouta :

— Callahan sera là avec moi, ce qui m'aidera. Mais je suis prête à tout essayer. Je vais préparer le dîner pour tout le monde.

— Je ne savais pas que tu aimais cuisiner.

— J'adore cuisiner. C'est la seule chose qui va probablement bien se passer. Je cuisine depuis toujours, et c'est sans doute pour cela que j'aime toutes les nouvelles choses que tu m'apprends. Sans parler du fait que les chevaux savent écouter.

— Je vois ce que tu veux dire. J'aurais des ennuis si ces chevaux pouvaient parler. Je leur raconte tous mes secrets.

Sunshine bailla.

— Regarde ça. Tu as la touche magique. Je vais te montrer une autre technique. Celle-ci fonctionne avec la compression, et elle se fait avec une main plate, comme celle-ci.

Sasha place sa paume sur le cou du cheval.

— Tu appliques une pression moyenne à un endroit pendant quelques secondes, puis tu relâches. Déplace ta main et recommence.

Elle lui montra comment faire.

— Ensuite, tu continues à travailler le long de son encolure et de son corps. Ici, essaie.

Sully imita ses mouvements, appuyant sa main à plat sur le cou du cheval, la maintenant quelques secondes, puis la relâchant.

— Comme ça ?

— C'est parfait.

Le téléphone de Sasha sonna et elle le sortit de sa poche pour lire un message.

— Tu as quelque chose de prévu demain soir pendant que Cowboy est à l'église ?

— Pas vraiment. J'allais juste dessiner.

— Birdie et Simone viennent chez moi pour faire des cookies pour la classe de Gus. La dernière fois qu'Ezra l'a fait, il les a brûlés et Gus m'a suppliée d'en faire. Tu veux te joindre à nous ?

Elle s'était tellement amusée avec Sasha et Birdie la semaine dernière qu'elle sauta sur l'occasion d'être de la partie.

— Tu es sûre que ça ne les dérangera pas ?

— Je suis sûre. Je leur ai déjà demandé.

Elle brandit son téléphone.

— Elles veulent que tu sois là.

— Dans ce cas, j'en serais ravie.

Elle se souvint que Simone ne connaissait pas sa véritable identité. Elle devait faire attention à ce qu'elle disait, et elle se sentit obligée de rappeler à Sasha de faire de même.

— Mais Simone ne connaît pas ma véritable identité. C'est

un problème ?

— Pas du tout. Birdie et moi gardons les secrets des gens depuis toujours. Le tien est en sécurité avec nous.

Elle se sentit mieux.

Un peu plus tard, alors qu'elle terminait son massage, le grondement d'un moteur de moto se fit entendre.

— On dirait que l'un des gars est là.

— Probablement Callahan. Je jure qu'il a un sixième sens quand il s'agit de moi. Il a couru en ville et m'a dit qu'il viendrait me chercher ici quand j'aurais fini mon après-midi. Penses-tu pouvoir me montrer certains de ces exercices de respiration demain ?

— Bien sûr, dit-elle lorsque Callahan franchit la porte arrière en portant un casque de moto.

Il leva le menton vers sa sœur et quand ses yeux rencontrèrent ceux de Sully, un sourire sexy se dessina.

— Comment ça va, chérie ?

Les nerfs de Sully s'enflammèrent lorsqu'il se pencha pour l'embrasser, et les souvenirs de la nuit dernière s'immiscèrent dans son esprit. Lorsqu'il l'avait raccompagnée jusque chez elle après leur longue promenade à la lueur des étoiles, elle n'était pas prête à lui dire au revoir et lui avait demandé de rester. Elle s'était offert le luxe d'explorer à nouveau son corps et de s'endormir dans ses bras. Callahan Whiskey était le remède parfait contre l'insomnie. Elle avait dormi jusqu'au matin, sans cauchemars.

— Je vais emmener Sunshine au pâturage. J'ai besoin de courir, de toute façon, dit Sasha en détachant la longe du cheval.

Callahan arqua un sourcil.

— Où vas-tu te précipiter ?

— J'ai rendez-vous avec Flame pour un verre après le dîner,

et je veux me laver les cheveux avant que nous mangions.

Callahan se renfrogna.

— Fais attention avec lui. Tu connais sa réputation.

Sasha lui jeta un regard impassible.

— Cet homme a le don d'en mettre plein la vue. Je peux me débrouiller toute seule. Je vous rejoindrai au dîner.

— Pas ce soir, lança-t-il à sa suite alors qu'elle entraînait Sunshine hors de la grange.

— Petit déjeuner, alors, cria Sasha.

— Pourquoi ne la verrons-nous pas au dîner ?

Il passa un bras par-dessus l'épaule de Sully, l'entraînant hors de la grange.

— Nous avons d'autres projets.

— Vraiment ? Dois-je me doucher et me changer ?

— Non. Tu es toujours aussi belle. Mais tu dois porter ceci.

Il lui tendit le casque.

Son pouls se précipita.

— On va quelque part sur ta moto ?

Il la prit dans ses bras et l'embrassa.

— Comme tu es nerveuse à l'idée de rencontrer ta famille, j'ai pensé que tu aurais besoin d'autre chose que notre promenade habituelle pour te changer les idées ce soir.

Son cœur se serra devant sa prévenance. Les seules personnes qui avaient jamais prêté une *réelle* attention à ses sentiments étaient Gaia et Ansel, mais c'était totalement différent. Ces derniers s'inquiétaient de la voir enfreindre les règles ou de dire quelque chose qui lui causerait des ennuis. Ils essayaient de la protéger mais Callahan la protégeait *et* lui laissait la liberté de penser à ce qu'elle voulait ou à ce dont *elle* avait besoin, et il l'encourageait à ne rien cacher, que ce soit bon ou mauvais.

— Qu'est-ce que tu avais en tête ? demanda-t-elle.

— Tu te souviens combien tu aimais chevaucher Thunder quand il fonçait à travers le champ ?

— *Oui*, dit-elle, intriguée.

— Attends de voir ce que c'est que de monter à l'arrière de ma moto. La thérapie par le vent est un autre type de liberté que je veux partager avec toi. Je te promets de ne pas aller trop vite. Enfin, si tu me fais suffisamment confiance pour t'emmener sur cette moto.

Elle devrait probablement être beaucoup plus nerveuse qu'elle ne l'était, mais elle comprenait enfin la confiance que Wynnie avait placée en Tiny lorsqu'elle avait accepté ce premier rendez-vous.

— Je te fais confiance.

— Alors faisons-le.

Il lui donna une leçon de sécurité à moto et lui dit de lui tapoter le ventre si elle avait peur, et il s'arrêterait. Puis il ouvrit un compartiment de rangement sur la moto, en sortit un sweat-shirt des Dark Knights et l'aida à l'enfiler.

Il lui allait parfaitement.

— Ça ne peut pas être à toi.

— Je l'ai fait faire pour toi.

— *Fait* pour moi ?

Cela le rendait encore plus spécial. Elle ne pouvait pas le contester avec ce cadeau.

— Je l'adore, merci.

Il l'embrassa et l'aida à mettre le casque. Elle se sentit un peu étourdie lorsqu'ils montèrent sur l'engin et qu'elle enroula ses bras autour de lui. Il passa sa main derrière elle et l'étendit sur ses fesses tout en la serrant plus fort contre lui. Il lui prit les mains, plaçant le haut de son corps au niveau de son dos, et appuya ses mains sur ses côtes.

— Accroche-toi bien, chérie.

C'est encore mieux que de chevaucher Thunder.

La moto se mit à rugir, et tandis qu'ils s'éloignaient de la grange, le moteur vibrant sous elle et les muscles de Callahan fléchissant contre sa poitrine et ses mains, son corps se réchauffa malgré la fraîcheur de l'air du soir. Il sortit du ranch et accéléra en tournant sur la route principale. L'air frais s'infiltrait à travers ses vêtements tandis que le monde défilait. L'adrénaline circulait dans ses veines, et elle avait envie de jeter ses bras sur les côtés et de tourner le visage vers le ciel, mais elle s'accrochait à l'homme qui lui ouvrait les portes de choses qu'elle n'avait jamais imaginées possibles.

Il roula sur des routes désertes, passant devant des pâturages et de superbes fermes, avant de s'engager sur une route bordée d'arbres qui grimpait le long d'une montagne. Elle se délectait de la sensation du corps puissant de Callahan qui les guidait et de la liberté que lui procurait le fait d'être à l'air libre, le grondement du sang dans ses oreilles faisant concurrence au rugissement du moteur. Lorsque Callahan se rangea sur le côté de la route, près d'un sentier bien entretenu dans les broussailles, elle ne voulut pas le lâcher.

Son corps continua à vibrer même après qu'il l'ait aidée à retirer son casque et à descendre de la moto.

— C'était incroyable ! Tu ne plaisantais pas en disant à quel point c'était libérateur. Je voulais te lâcher et étendre mes bras comme des ailes…

— Ne fais jamais ça, dit-il sérieusement.

Elle rit et posa sa main sur sa poitrine.

—Je ne le *ferai* pas. Je me sentais *si* bien, comme s'il n'y avait que toi et moi en train de voler sur la route, et que rien ne pouvait nous toucher.

— C'est la beauté de la route, et la partager avec quelqu'un qu'on aime la rend encore plus belle. Mais les motos sont dangereuses, chérie. Ne le perds jamais de vue.

Elle le regarda, touchée par la façon dont il ne perdait jamais de vue sa sécurité.

— Je te promets que je ne le ferai pas. J'ai juste eu l'impression que mon passé n'existait pas pendant un petit moment. Je sais que c'est un fantasme, mais c'était agréable de sentir que je n'avais pas à me soucier de qui j'étais ou d'où je venais et que j'étais juste une fille normale qui s'accrochait à un homme formidable alors que le monde filait à toute allure.

— C'est ce que j'espérais.

Il l'attira dans ses bras et l'embrassa.

— Quels sont les autres tours que tu as dans ta manche ?

— Je suppose que nous allons le découvrir.

Il sortit un sac en papier brun du compartiment de rangement et le brandit.

— J'ai apporté des sandwichs et des boissons pour le dîner.

Il sortit l'un des carnets de croquis supplémentaires qu'il lui avait donnés et le brandit.

— J'ai pris ceci avant que nous quittions le chalet ce matin. Au cas où tu serais inspirée pendant que nous sommes ici.

— Tu es ingénieux. Tu penses toujours à tout.

— C'est facile quand il s'agit de toi.

Il lui prit la main et ils se dirigèrent vers le sentier. L'odeur de pin et l'air frais les enveloppaient tandis qu'ils enjambaient des rochers et des branches cassées et se dirigeaient vers un monticule rocheux offrant une vue *imprenable* sur le Rédemption Ranch.

— Le ranch semble s'étendre à l'infini vu d'ici. Je crois que je ne me lasserai jamais de cette vue.

— Nous sommes deux, ma chérie.

Ils s'assirent sur un rocher, contemplant la beauté du ranch, et Sully fut remplie de gratitude. Elle pensa à l'exaltation de la balade en moto et à l'incroyable sensation de pouvoir monter sur la moto et partir, sans que personne ne la retienne.

— Comment savais-tu que j'aimerais faire de la moto ?

— Parce que tu as soif de liberté et que je veux que tu en fasses l'expérience de toutes les façons possibles.

Elle rangea ce doux sentiment dans un endroit sûr.

— La thérapie par le vent est le nom parfait pour cela. Une balade comme celle-là peut totalement te distraire de tes soucis et t'éclaircir les idées. C'est tellement différent d'une thérapie classique.

Il passa son bras autour d'elle et lui embrassa la tempe.

— En parlant de thérapie, comment s'est passée ta première séance avec Colleen ?

— Bien. Je l'aime bien. Elle a une façon différente d'aborder les choses que ta mère. Mais contrairement à la thérapie par le vent, la thérapie par la parole me fait réfléchir. Ce matin, nous avons parlé de la confiance et de la peur, et j'y ai pensé toute la journée. Je vais te poser une question. Je sais que je me suis sentie en sécurité sur Thunder et sur ta moto, parce que je sais que tu me protégeras, mais penses-tu qu'une autre raison pour laquelle je n'ai pas eu plus peur, c'est ce que j'ai vécu là-bas ?

— Je ne suis pas sûr de ce que tu veux dire.

— Colleen pense que le fait d'avoir vécu tant de choses m'a peut-être rendu moins effrayée par d'autres scénarios, et je me disais que c'était logique. Je savais que je pouvais tomber du cheval, et tout à l'heure je savais qu'on pouvait avoir un accident sur ta moto, mais j'ai quand même pris ces risques. Peut-être qu'elle a raison, et c'est parce que ni l'un ni l'autre n'est aussi effrayant que d'être privé de nourriture, de passer du temps dans une boîte en métal, ou d'être marquée au fer rouge.

Il l'attira plus près de lui et elle sentit ses muscles se tendre.

— Je déteste que tu aies vécu cela, et je suis heureux que tu me fasses confiance, mais penses-tu que si tu n'as pas peur d'essayer de nouvelles choses, c'est en partie parce que ce sont tes *choix* ? Cette capacité t'a été retirée pendant si longtemps, il semble que cela puisse avoir quelque chose à voir avec ça.

— Je n'y ai pas pensé. C'est tout à fait possible. Je me sens bien dans les choix que j'ai faits depuis que je suis ici. Personne ne m'a dit que je *devais* monter sur ce cheval. J'ai pesé le pour et le contre et j'ai décidé de le faire. Tout comme monter sur ta moto et être proche de toi.

— Il me semble que tu ne renies pas tes peurs, mais que tu les affrontes. Colleen s'inquiète-t-elle du fait que tu prennes trop de risques ?

— Je ne pense pas que c'est ce qu'elle voulait dire. Elle a dit qu'il n'est pas rare que les personnes qui ont vécu des situations comme la mienne suppriment leurs sentiments ou voient tout en noir et blanc, et je pense que c'est en partie vrai pour moi. Je veux dire que je me sens à l'aise pour te dire ce que je ressens et pour me défendre, mais peut-être que je réprime mes peurs et que je ne vois pas les zones d'ombre. Je pense en noir ou blanc, *effrayée ou courageuse*, alors qu'il y a probablement des dizaines de nuances entre les deux.

— Je ne pense pas que tu te donnes assez de crédit. Si tu as réfléchi aux conséquences du cheval et de la moto, tu n'as pas pensé en termes de noir ou de blanc, et toute notre relation a porté sur les zones grises. Tu exprimes une large gamme d'émotions, chérie, et pas seulement lorsque nous sommes physiquement proches.

Son regard se radoucit.

— Tu me montres tes peurs et tes hésitations, ta curiosité, ton excitation, ton désir, et une centaine d'émotions entre les deux. Et d'après ce que tu m'as dit de tes moments avec Jordan, il semble que tu ressentes aussi toute une gamme d'émotions avec elle. Mais si tu es inquiète, comment pouvons-nous y travailler ?

Elle s'appuya contre lui, réfléchissant à tout ce qu'il avait dit.

— Nous ?

— Oui, nous. Je veux t'aider de toutes les façons possibles.

— Tu m'aides tous les jours.

Pourquoi quelque chose d'aussi merveilleux doit-il être accompagné d'un sentiment de culpabilité ?

— Alors pourquoi tu n'as pas l'air heureuse ?

Elle soupira.

— Parce que la secte m'a perturbée et que le fait de me sentir bien m'apporte de la culpabilité. Je me sens coupable de tant de choses, comme le fait d'être ici, d'obtenir de l'aide, de rencontrer ma famille, d'être avec toi, et je me pose des questions sur les autres filles qui étaient dans l'enceinte. Combien d'entre elles ont été kidnappées dans leur enfance ? Recevront-elles de l'aide ? Retrouveront-elles leur famille ?

— Chérie, c'est beaucoup d'inquiétude pour des inconnues. Aucune information n'a été diffusée sur l'enlèvement d'autres membres.

— Je ne suis pas sûre de vouloir le savoir de toute façon. C'est déjà assez difficile de faire face à mon propre passé. Je ne veux pas porter le poids des problèmes des autres. Mais *cela* me fait aussi me sentir coupable. Comment puis-je leur tourner le dos ?

— Regarde-moi, chérie.

Il attendait qu'elle croise son regard sérieux.

— Tu ne tournes le dos à personne. Tu as aidé toutes les filles de cet endroit à s'en *sortir*, et cela leur a donné une chance d'avoir une vie meilleure. Tu ne peux pas être là pour tout le monde, Sully. C'est normal de se concentrer sur soi-même. Je pense que c'est de ça que tu devrais parler avec Colleen.

— C'est ce que je fais. Elle m'a dit que la culpabilité était normale et qu'elle allait m'aider à la surmonter. Elle a ajouté que je devais m'entraîner à me donner la permission de guérir sans ajouter de fardeau supplémentaire.

— Je suis sûr que c'est difficile de faire ça quand la culpabilité est ancrée dans la tête depuis si longtemps, mais je pense qu'elle a raison.

— Ne serait-ce pas génial si je pouvais juste appuyer sur un interrupteur et tout laisser tomber pour pouvoir aller de l'avant ?

— Tu es une personne trop réfléchie pour pouvoir simplement appuyer sur un bouton et être d'accord avec ça. Je pense que c'est aussi pour ça que tu es très partagée à propos de ta famille.

Elle posa sa tête sur son épaule, regardant le soleil descendre dans le ciel.

— Comment me connais-tu si bien après si peu de temps ?

Il embrassa sa tête et la serra contre lui.

— Parce que tu me laisses voir qui tu es vraiment.

— Je pense que tu vois plus que ce que je ne te montre. Tu vois des choses que je ne sais même pas que je ressens, et tu m'aides à les voir aussi, ce que j'aime.

— Est-ce que j'entends un *mais* qui arrive ?

Elle se pencha vers lui.

— Tu vois comme tu me connais bien ? Je sais que c'est moi

qui n'arrête pas de parler de ma thérapie et du passé, mais j'ai adoré ce sentiment de liberté que j'ai ressenti lorsque j'étais à l'arrière de ta moto, et j'en veux plus. Juste pour ce soir, je veux essayer de mettre tout le reste de côté et faire comme s'il n'existait pas, et juste profiter l'un de l'autre, du coucher de soleil, et de tout ce que la soirée nous apportera.

— C'est très bien, tant que tu sais que le fait de parler de ces choses ne diminue pas le caractère spécial du temps que nous passons ensemble. Au contraire, cela le renforce.

Alors que le soleil plongeait derrière les montagnes, son cœur s'emplit et elle s'éprit encore un peu plus de lui.

Chapitre Vingt-Deux

SULLY ÉTAIT aussi excitée que nerveuse à l'idée de rejoindre Sasha et les filles pour préparer des cookies et passer du temps ensemble, et elle était contente d'être venue. Les filles étaient bavardes et agréables à fréquenter. La maison de Sasha était belle et accueillante, avec ses murs blanchis à la chaux, ses jolies bordures biseautées et ses baies vitrées donnant sur une petite cour gazonnée. Un tapis à fleurs recouvrait le parquet blanchi devant une cheminée en briques blanches, et un élégant lustre était suspendu au plafond à deux étages, ce qui donnait une impression d'aération à la salle de séjour. Les canapés blanc cassé étaient ornés de coussins roses, blancs et vert menthe, assortis aux tables basses et aux tables d'appoint vert menthe et aux placards blancs de la cuisine ouverte, où elles avaient passé la soirée à préparer plusieurs douzaines de biscuits.

Birdie et Simone dansaient dans le salon au son de la musique country tandis que Sasha et Sully sortaient les deux derniers plateaux de biscuits du four.

— Sully, comment trouves-tu la vie au ranch ? demanda Simone, ses cheveux bouclés rebondissant sur ses épaules pendant qu'elle dansait.

— J'adore cet endroit et j'aime beaucoup travailler avec les chevaux.

— Tu aurais dû la voir masser Sunshine hier. Elle a assimilé les techniques comme si elle l'avait fait depuis toujours, dit Sasha.

Sully sourit fièrement.

— Peut-être qu'elle pourrait masser Cowboy et le détendre un peu, dit Simone en entrant dans la cuisine.

— Je sais que tu penses qu'il est coincé, mais je ne le vois pas comme ça.

Sully mit les gants de cuisine de côté, se demandant secrètement ce que cela ferait de masser tous ces muscles durs au lieu de simplement les explorer.

— Si Sully lui faisait un massage, cela aurait l'effet inverse et le rendrait tout excité.

Birdie haussa les sourcils. Les filles rirent et Sully rougit.

— Il est fou de toi, Sully, et *j'aime* ça.

— Oui, c'est sûr, confirma Sasha.

Simone prit un biscuit sur le plateau et le pointa vers Sully.

— D'accord, j'admets que l'homme a des cœurs dans les yeux chaque fois qu'il te voit, alors il n'est certainement pas *aussi* coincé qu'il l'était. Mais il reste un gardien autoproclamé pour tous ceux qui entrent dans son cercle. Tu aurais dû l'entendre avec Kenny l'autre jour. Le pauvre gamin a parlé de sortir avec des amis et Cowboy lui a fait un cours magistral sur la nécessité de ne pas céder à la pression de ses pairs et d'être un ami responsable.

— J'aime qu'il s'intéresse aux gens et qu'il prenne les choses au sérieux, déclara Sully pour sa défense. J'aurais donné n'importe quoi pour que quelqu'un comme lui veille à mon bien-être quand j'étais jeune. Je jure que je ne dormais presque pas avant de venir ici, et avec Callahan à mes côtés, je dors comme un bébé.

— C'est un homme difficile à suivre. Je suis sûre qu'il t'épuise, plaisanta Simone.

— Ce n'est pas *ce* que je *voulais* dire.

Elle s'habituait encore à ce que les gens plaisantent ouvertement sur des choses comme le sexe et les baisers, et elle savait que ses joues brûlantes trahissaient son embarras, alors elle changea de sujet.

— En plus, Doc a l'air plutôt sérieux, lui aussi. Pourquoi ne demandes-tu pas à quelqu'un de le masser ?

— J'y travaille, affirma Birdie en virevoltant dans la cuisine, sa mini-robe flottant autour de ses cuisses. Doc a perdu son côté amusant quand il a eu le cœur brisé. Mais je l'ai inscrit sur ma liste de personnes à caser, et je vais l'aider à retrouver son bonheur.

— Ne lui dis pas ça, dit Sasha.

Birdie leva les yeux au ciel.

— Il a besoin de mon aide. Mais il ne le sait pas encore.

— Un jour, je me mettrai sur ta liste de personnes à caser, dit Simone.

— Dis-moi dès que tu te sens prête, dit Birdie.

— Il faudra attendre un peu, confia Simone. En tout cas, je suis contente que tu te plaises ici, Sully. Cet endroit m'a sauvé la mise après que je sois sortie de désintoxication et que mon connard d'ex-trafiquant de drogue m'ait poursuivie.

— Ça a l'air effrayant, dit Sully.

— C'est vrai, répondit Simone. J'étais dans un sale état à l'époque, mais grâce à la désintoxication et à tout le monde ici, j'aime la vie et je travaille pour obtenir un diplôme de conseil-lère. Ça fait du bien d'avoir les yeux fixés sur une carrière solide.

— Si je ne me trompe pas, Cowboy y est pour beaucoup, souligna Sasha en mangeant un autre biscuit.

— Il y est pour quelque chose ? Comment ? demanda Sully.

— J'ai travaillé avec son équipe de ranchers et il me poussait toujours à travailler plus dur, expliqua Simone. Je me moque de lui mais je n'ai que du respect pour cette tête de mule. J'ai mis du temps à m'en rendre compte mais il savait de quoi j'étais capable et il m'a forcée à m'améliorer. J'avais besoin de ça après toutes les drogues et les conneries dans lesquelles je m'étais fourré dans le Maryland.

— Tu étais dans le Maryland ? demanda Sully.

— Mm-hm. Peaceful Harbor. Pourquoi ?

Elle se rappela qu'elle devait faire attention à ce qu'elle disait.

— Je suis née à Prairie View, mais je suis partie quand j'étais si jeune que je ne me souviens de rien, et maintenant ma sœur vit à Pleasant Hill. Je pense qu'elle veut que j'aille là-bas.

— Ce n'est pas loin du port, lui expliqua Simone.

— C'est vrai ? C'est comment ? demanda Sully.

— Pouvons-nous aller dans le salon pour pouvoir commencer à appliquer nos masques de boue ?

Birdie ramassa son fourre-tout et se dirigea vers le salon, leur faisant signe de la suivre.

— Qu'est-ce qu'un masque de boue ?

Sully suivit les autres dans le salon.

— Tu n'en as jamais utilisé ? demanda Birdie.

Sully secoua la tête.

— Je n'en avais jamais fait non plus avant que Birdie ne me persuade de le faire avec elle lors de ces soirées entre filles, la rassura Simone.

— Sully n'a jamais eu de massage non plus, lança Sasha.

— Maintenant, j'en ai fait *un*, dit Simone. Quoi que tu fasses, ne laisse pas Cowboy te masser, à moins que tu ne veuilles finir nue. Tous les hommes pensent que le *massage* est un code pour le sexe.

Sasha et Birdie acquiescèrent.

Légèrement embarrassée, Sully tenta de détourner la conversation du sexe.

— Pouvons-nous revenir au masque de boue ? Je ne sais toujours pas ce que c'est.

— C'est une boue que tu mets sur ton visage et qui rend ta peau douce, expliqua Simone.

— Tu simplifies à l'extrême, dit Birdie en posant son matériel sur la table basse. Ils désobstruent les pores et éliminent les impuretés de la peau. Vous devez *d'abord* vous laver le visage. J'ai des bandeaux pour éviter que vos cheveux ne tombent sur vos visages.

Elle leur donna à chacune un bandeau en tissu et Sully suivit les filles dans la salle de bains.

Lorsqu'elles revinrent dans le salon, Birdie désigna le canapé.

— Posez vos fesses sexy ici, et Simone pourra retourner parler à Sully du Maryland pendant que je vous rendrai encore plus belles, bande de folles.

Sully s'assit entre Sasha et Simone, et tandis que Birdie commençait à appliquer un masque de boue sur le visage de Sasha, Simone dit :

— Essayer de suivre les conversations avec Birdie, c'est comme chasser des lapins.

Birdie afficha un sourire.

— Tu sais que tu m'aimes. Maintenant, vas-y, parle à Sully du Maryland.

Elle baissa la voix.

— Je ne suis pas aussi écervelée qu'elle le pense. C'est juste que je pense à beaucoup de choses à la fois.

Simone leva les yeux au ciel.

— Quoi qu'il en soit, Sully, le Maryland est plutôt cool. Les villes que tu as mentionnées ne sont pas très éloignées les unes des autres, mais elles sont très différentes les unes des autres. Peaceful Harbor a des plages d'un côté et des montagnes de l'autre, mais les montagnes ne sont pas énormes, comme ici. Ce sont plutôt de grandes collines, et si tu aimes faire de la randonnée, c'est là qu'il faut aller.

— Ça m'a l'air bien.

Marcher sur une plage figurait sur la liste des choses à faire de Sully.

— C'est vrai, et les Dark Knights ont un chapitre Peaceful Harbor qui veille à la sécurité de cette zone, comme le fait le chapitre Hope Valley ici, ajouta Simone. Pleasant Hill est plus une petite ville dans un environnement rural. Elle est plus huppée que le port, et elle est entourée de collines et de vastes pâturages au lieu de plages et de montagnes. Quant à Prairie View, c'est juste une charmante petite ville, pas aussi huppée que Pleasant Hill mais pas aussi balnéaire que le Peaceful Harbour.

Birdie appliqua ensuite de la boue sur le visage de Sully.

— Nous sommes allés au mariage de Carly, mon associée, à Pleasant Hill. La réception s'est déroulée dans le domaine viticole de la famille de son mari Zev.

— Jordan a dit qu'elle était fiancée à Jax Braden, dit Sasha.

— C'est vrai.

— Jax est le frère de Zev, dit Sasha.

La famille de Jax possède un vignoble ? Sully fut une fois de plus frappé par la différence entre leurs vies respectives. Elle n'aspirait pas à des choses chics ou à des amis riches, mais lorsque Birdie et Sasha leur parlèrent de la réception et du plaisir qu'elles avaient eu, elle ressentit une pointe de nostalgie pour les années qu'elle n'avait pas vécues avec Jordan.

Alors que Birdie finissait d'appliquer le masque de boue sur le visage de Simone et sur le sien, celui de Sully séchait.

— Tu es sûre que c'est censé être comme ça ? demande Sully. Ma peau est trop tendue.

— Oui, répondirent-elles toutes les trois.

— Ils sont censés être comme ça. En séchant, il fait remonter les toxines et les impuretés à la surface de la peau pour que tu puisses t'en débarrasser. La tienne ressemble à la nôtre.

Birdie tendit un miroir à Sully.

— Tu vois ?

Ses cheveux étaient tirés en arrière par un bandeau rouge, et le masque gris couvrait son visage, laissant des cercles couleur chair autour de ses yeux et de sa bouche.

— Je ressemble à un raton laveur.

Elle les regarda.

— Nous ressemblons *toutes* à des ratons laveurs.

Elles se mirent à rire et les autres filles commencèrent à agiter les mains, à se chuchoter les unes les autres, à essayer de garder leur visage immobile pour ne pas abîmer leur masque.

— Maintenant, on a l'air de ratons laveurs névrosés, affirma Simone, ce qui les fit encore plus rire.

— Ou à des extraterrestres, se moqua Birdie. On devrait aller au *Roadhouse* comme ça.

Elle se leva d'un bond et traversa la pièce en se tenant le plus possible à la bouche pendant qu'elle parlait.

— Hé, mon grand, tu veux qu'on fasse des trucs *cochons* ?

Elles éclatèrent de rire et Sasha s'appuya contre Sully.

— Si Cowboy pouvait te voir maintenant !

— Hyde et Taz seraient du genre à se battre dans la boue.

Simone brandit son poing en l'air.

— *Yeehaw* !

Ce cri les rendit hystériques.

Le grondement des motos les firent s'immobiliser, les yeux écarquillés. Le grondement s'amplifia, puis s'éloigna, et elles poussèrent un soupir de soulagement, mais un coup sur la porte les fit à nouveau éclater de rire. Birdie courut à la fenêtre et jeta un coup d'œil.

— C'est Cowboy !

Le cœur de Sully bondit puis vacilla instantanément.

— La réunion est déjà terminée ? Il ne peut pas me voir comme ça !

Elle courut derrière Sasha alors qu'un autre bruit retentissait et que la porte s'ouvrait. Callahan entra dans le chalet dans toute sa splendeur, le visage sérieux, les filles s'agglutinant autour de Sully, chuchotant et gloussant.

— Regarde ailleurs ! demanda Sasha, les faisant rire encore plus fort.

Il traversa la pièce, l'expression rigide, s'interposa entre Sasha et Simone et prit Sully dans ses bras. Il croisa son regard, un éclair d'affection brillant dans ses yeux.

— Un homme devrait être fou pour détourner le regard de cette belle femme.

Il se pencha vers elle et l'embrassa, ce qui provoqua une bouffée d'embarras.

Birdie cria :

— Son *masque* !

Cela ne fit que l'inciter à approfondir le baiser, ce qui fit rire les filles et fondre Sully, son embarras effacé par la chaleur de son baiser. Lorsque leurs lèvres se séparèrent enfin, elle était à bout de souffle, et il souriait avec arrogance, de la boue plein son beau visage.

— Je retire ce que j'ai dit sur le fait que tu étais coincé, dit Simone, et les filles s'esclaffèrent.

Callahan secoua la tête.

— Billie a fini tôt, et Dare et elle sont en train de faire un feu de joie. Vous avez bientôt fini, mesdames ?

Birdie couina.

— Oui ! Un feu de joie ! Donne-nous cinq minutes.

Elle saisit le bras de Sully, l'entraînant vers la salle de bains, avec Sasha et Simone sur leurs talons.

LE BRUIT DE LA conversation était un bruit blanc dans les pensées de Cowboy qui regardait Sully parler avec sa famille et leurs amis. Il y avait quelque chose de subtil et de sismique dans les changements qui s'opéraient en elle. Il les sentait dans son langage corporel, les entendait dans ses rires et voyait les ombres dans ses yeux céder la place à des lueurs. Il jouait à un jeu dangereux de roulette émotionnelle, tombant amoureux d'une fille qui avait tant à découvrir et tant de choses à vivre. Il essaya de l'imaginer dans des années, installée dans sa relation avec sa famille, assise autour d'un feu de camp à des milliers de kilomètres de là avec des gens qu'il ne connaîtrait pas, les yeux éclaircis par la douleur qu'elle avait endurée, le cœur ouvert à quelqu'un d'autre.

Mais il ne pouvait pas le voir.

Tout ce qu'il voyait, c'étaient ces beaux yeux qui *l'*appelaient alors qu'ils se tenaient la main autour d'un feu, comme ils le faisaient maintenant.

Dare lui donna un coup de coude, le sortant de ses pensées.

— Ton marshmallow est grillé, mec.

Il leva le menton vers la guimauve brûlée au bout du bâton de Cowboy.

— Merde.

Cowboy jeta le bâton dans le feu et Doc se mit à rire.

Sully jeta un coup d'œil, son doux sourire frappant Cowboy au centre de sa poitrine.

— Tu veux le mien ?

Bien sûr que oui. Ton cœur, ton esprit, ton corps et ton âme, chérie.

— Non merci, chérie. Amuse-toi bien.

— Sully nous parlait justement de sa première balade en moto.

Doc arqua un sourcil.

— Tu l'as emmenée sur ta moto ?

Les yeux de Birdie s'écarquillèrent.

— Tu lui as dit ce que cela signifiait pour un biker ?

Tous les regards se tournèrent vers Cowboy. *Merci beaucoup, Birdie.* Il voulait que tout le monde sache que Sully était sa copine, mais il n'avait pas besoin de l'embarrasser en cours de route.

Sully plissa les sourcils.

— Qu'est-ce que ça veut dire ?

— Tout, dit Birdie avec beaucoup d'enthousiasme. Surtout qu'il n'a jamais laissé une femme qui n'est pas de sa famille monter à l'arrière de sa moto.

Il croisa le regard confus de Sully.

— Ça veut dire que tu es ma copine.

— *Oh*, dit-elle doucement, ses joues rougissant.

Son regard se déplaça nerveusement autour d'eux.

Il lui serra la main, ramenant ses yeux sur les siens, et sentit le battement de leur lien, plus fort que jamais.

— Tu as aimé la balade en moto ? demanda son père.

Les yeux de Sully s'illuminèrent.

— J'ai *adoré*. Je voulais tendre les bras comme si je volais.

— C'est le moment de parler, dit Dare. On va te faire monter sur le guidon en un rien de temps.

Cowboy lui lança un regard noir.

— Non, pas du tout.

— *Dare*, garde ces idées pour toi, le mit en garde leur mère.

— Quoi ?

Dare écarta les mains.

— J'ai vu Sully monter à cheval avec Cowboy tous les après-midi. Elle a appris ça comme une pro. Ce n'est pas si différent.

Cowboy lui jeta un regard noir et Dare leva les mains en signe de reddition.

— Tu montes vraiment sur le guidon ? demanda Sully.

— Bien sûr que oui. Regarde ça.

Dare sortit son téléphone, le consulta et le tendit à Cowboy.

— Donne-lui ça, tu veux ?

Cowboy jeta un coup d'œil à l'écran. Dare avait mis sur pause l'une des nombreuses vidéos de ses cascades extrêmes.

— Tu es la pire des influences.

Il tendit le téléphone à Sully.

— Ne te fais pas d'idées, chérie. C'est dangereux.

— Je ne dirais pas que Dare est la *pire* influence, dit Billie avec un sourire en coin.

— Ouais, tu as rencontré Hyde ? plaisanta Ezra en aidant

Gus à faire griller un marshmallow.

— Je porte ce badge avec fierté, merci beaucoup, dit Hyde de l'autre côté du feu.

Il était assis entre Sasha et Simone, et il étendit ses bras sur le dossier de leurs chaises avec un sourire carnassier sur le visage.

Sully étudia la vidéo en secouant la tête.

— Je n'arrive pas à croire que tu fasses ça. Billie, tu n'as pas peur quand il roule comme ça ?

— Oui, mais il est prudent, et au moins il ne saute plus par-dessus les bus.

Billie se rapprocha de Dare, qui l'embrassa.

— Les bus ? dit Sully avec incrédulité.

— Tu ne veux pas savoir, répondit Cowboy. Il nous a tous fait peur.

— Tout ce qu'il fait sur sa moto *me* fait peur, acquiesça leur mère. Mais si j'ai appris une chose, c'est qu'en essayant d'attacher les étalons, ils ruent encore plus fort.

— À moins que Cowboy ne l'entraîne, dit Doc.

— Cowboy est un bon entraîneur de chevaux, confirma Gus depuis les genoux d'Ezra. Il va m'apprendre à en faire quand je serai plus grand.

Cowboy acquiesça.

— C'est vrai, mon pote.

Sully les regardait affectueusement, Gus et lui, et Cowboy lutta contre son imagination débordante, qui voulait se projeter dans un avenir qu'il n'aurait peut-être jamais avec elle et imaginer leurs propres enfants. Il ne savait même pas si elle voudrait des enfants après tout ce qu'elle avait traversé, et il réalisa que même s'il voulait une famille, ses sentiments pour Sully ne l'empêcheraient pas d'en avoir une.

— Cowboy tient les gens et les chevaux en respect depuis

qu'il est au lycée.

Son père tenait sa main à environ deux pieds au-dessus du sol, donnant à Cowboy un signe de tête approbateur.

— Dieu sait que nous en avons eu besoin quand Dare est arrivé.

— Mais Cowboy avait parfois *besoin* d'être redirigé, ajouta sa mère. Tu ne te souviens pas des premiers mois qui ont suivi la naissance de Dare ? Il n'arrêtait pas d'insister sur le fait que Dare devait dormir dans une stalle de l'étable, parce que c'était là que les poulains dormaient.

Tout le monde rit.

— C'est trop mignon, s'écria Sully en regardant Cowboy.

— C'était très mignon, dit son père. C'est un protecteur né. Après la naissance de Sasha, il a dormi sur le sol de sa chambre tous les soirs avec son fusil en plastique dans les bras.

— Frimeur, lança Dare.

— J'adore qu'il ait fait ça, déclara Sully, ce qui lui réchauffa le cœur.

— Lorsque Birdie est née, il est devenu intelligent et a traîné un sac de couchage dans sa chambre, se réjouit sa mère. Mais lorsque notre petite fille précoce a eu environ un an, elle a appris à sortir de son berceau et nous la retrouvions tous les matins recroquevillée sur le sol avec lui. Quand Sasha a réalisé qu'ils organisaient des soirées pyjama, elle a insisté pour se joindre à eux.

— J'avais peur de manquer des choses, confia Sasha, ce qui lui valut des rires.

— Qu'est-ce que tu veux dire ? demanda Sully.

— Manquer des choses entre nous, expliqua Cowboy.

— Oui, tes soirées pyjama ne sont pas passées inaperçues aux yeux de tes frères, dit sa mère.

— Doc et Dare ont dû participer à la fête. Ils ont vidé notre armoire à linge et dévalisé l'établi de Tiny, s'armant de draps, de cordes et d'outils. Cowboy les a aidés à construire un fort en drap assez grand pour eux tous, mais Dare avait d'autres idées.

— De *meilleures* idées, corrigea Dare.

— Les murs de Birdie n'ont jamais été les mêmes, précisa sa mère. Dare a convaincu ses frères aînés de lui fabriquer un hamac pour qu'il puisse y dormir. Soudain, les cinq enfants ont dormi dans la chambre de Birdie. Trois dans le fort en drap, un se balançant dans son hamac, et Cowboy, dormant de l'autre côté du seuil de la pièce avec son fusil en plastique.

Sully regarda rêveusement Cowboy pendant un moment avant de regarder les autres autour du feu.

— Vous avez de la chance d'être ensemble.

— Comment c'était quand tu grandissais ? demanda Simone.

Des ombres apparurent dans les yeux de Sully. Cowboy resserra sa main, sachant qu'elle ne pouvait pas répondre en détail sans dévoiler qui elle était vraiment, et il détestait cela. Comment allait-elle faire pour gérer cela *toute* sa vie.

— Je ne me souviens pas vraiment, mais je ne pense pas que c'était comme ça, et ceci.

Sully montra le téléphone de Dare pour dire « ça me terrifie ». Elle remit le téléphone à Cowboy pour qu'il le rende à Dare.

— Je ne peux même pas faire de la moto, et Dare fait des cascades en roulant sur l'autoroute.

— Tu plaisantes sur le fait de faire de la moto ? demanda Billie.

— Non. Je n'ai jamais eu l'occasion d'apprendre, mais je veux le faire, dit Sully.

— J'ai vu ça sur ta liste. J'avais prévu de t'apprendre ce week-end, dit Cowboy.

— Pourquoi ne pas lui apprendre maintenant ? proposa Billie.

— Oui, approuva Dare. Nous avons des motos dans le garage et nous pouvons allumer les lumières sur le parking près de la maison principale.

— Maintenant ? *Vraiment ?* se réjouit Sully.

— Il n'y a pas de meilleur moment que le présent, insista Simone.

— Mais il n'y a pas de pression, ajouta sa mère. Ne fais rien qui te mette mal à l'aise.

— Les garçons ont appris à leurs sœurs à faire de la moto. Ce sont de très bons professeurs, dit leur père.

— Correction, ajouta Sasha à voix haute. Doc et Cowboy sont de bons professeurs. Dare m'a emmenée au sommet d'une colline et m'a dit : Monte et laisse la gravité t'emmener en bas.

Dare se moqua.

— Tu aurais pu le faire.

— Et m'ouvrir le crâne.

Sasha regarda Sully.

— Reste avec Cowboy et Doc, et tu t'en sortiras très bien.

Tout le monde se mit à parler en même temps pour apprendre à Sully à faire de la moto. Cowboy se rapprocha d'elle en baissant la voix.

— Je suis désolé. Je ne voulais pas provoquer quoi que ce soit. Tu n'es pas obligée de le faire ce soir.

— J'ai hâte d'essayer. Tu resteras avec moi au cas où je deviendrais nerveuse ? Demanda-t-elle.

— Toujours, ma chérie.

Ses yeux s'illuminèrent et ses épaules se levèrent dans un

haussement d'épaules adorablement heureux.

— D'accord, essayons.

Il y eut une acclamation collective et tout le monde se leva. Son père mit une grille sur le feu.

— On va chercher la moto et on vous retrouve près de la maison principale, s'exclama Dare.

— Prends un casque, des protections et des gants, veux-tu ? exigea Cowboy.

— Tu veux aussi l'envelopper dans du papier bulle ? le taquina Simone.

Il lui lança un regard noir.

Simone rit et se dirigea avec les autres vers la maison principale en remontant la pelouse. Cowboy passa un bras autour des épaules de Sully et lui parla à l'oreille.

— Qu'est-ce que tu penses du papier bulle ?

VINGT MINUTES PLUS TARD, Sully enfourchait une moto violette, équipée de genouillères, de coudières, de gants et d'un casque. C'est peut-être exagéré, mais elle avait été assez blessée pour toute une vie.

Cowboy lui montra comment utiliser les freins, puis Doc et lui se placèrent de part et d'autre de la moto, tandis que tout le monde se rassemblait autour du parking pour regarder. Dare les filmait avec son téléphone, et leur mère tenait la main de leur père, les yeux écarquillés d'espoir et d'inquiétude. C'était un regard que Cowboy avait souvent vu dirigé vers ses frères et sœurs et lui.

— Tu es nerveuse ? lui demanda Cowboy après lui avoir

appris à utiliser les freins à main.

Les yeux de Sully étaient brillants d'excitation.

— Un peu parce que tout le monde regarde, mais ça va.

— Tu veux que je t'en débarrasse ? proposa Cowboy.

— Non. Ça va aller et ils sont si excités pour moi, je suis contente de leur soutien, dit-elle.

— Ne pense pas à eux, expliqua Doc. Tu dois rester concentrée pour pouvoir garder l'équilibre.

— Pourquoi ne pas commencer par faire quelques foulées ? suggéra Cowboy.

— Qu'est-ce que c'est ? demanda-t-elle.

— Tu restes assise, les pieds au sol, et tu commences à marcher, mais tu te laisses un peu aller entre les pas, expliqua Cowboy. Cela te permettra de t'habituer à l'équilibre.

— N'essaie pas d'utiliser les pédales ou les freins. Si tu veux t'arrêter, tu n'as qu'à poser les pieds par terre, ajouta Doc.

— Tu vas y arriver, chérie.

Cowboy posa une main sur son dos.

— Nous serons juste à côté de toi.

Elle acquiesça, puis elle commença à faire des pas de course, et tout le monde l'applaudit et l'encouragea.

Leur père l'encouragea :

— Allez !

— Tu vas y arriver, Sully ! hurla Dare.

— Le violet est une belle couleur pour toi !

Birdie applaudit, faisant rire tout le monde.

Le sourire de Sully illumina la nuit alors qu'elle faisait le tour du parking, Cowboy et Doc trottinant à ses côtés.

— C'est ça, ma chérie. Qu'est-ce que tu ressens ? demanda Cowboy.

— C'est génial ! Qu'est-ce qu'on fait maintenant ? Je peux

rouler maintenant ?

Doc rit.

— Et si tu apprenais d'abord à freiner ? Essaie de rouler en roue libre, puis de freiner pour te faire une idée, mais ne freine pas trop fort.

Elle ralentit et freina plusieurs fois.

— D'accord, je suis prête !

— Bon travail, Sully, cria sa mère.

— Tu dois arrêter la moto pour savoir comment démarrer, dit Cowboy.

Elle coupa le moteur.

— Il y a plusieurs façons de démarrer. Je pense que le plus facile est d'utiliser un pied sur la pédale et de pousser avec l'autre pied. Cela te donne de l'élan. Mais tu peux aussi commencer avec les deux pieds sur les pédales ou avancer avec les deux pieds et trouver les pédales pendant que tu te déplaces, mais cela peut être difficile quand tu es en train d'apprendre.

— D'accord, j'ai compris, reprit-elle avec confiance.

— Je vais essayer ta façon de faire avec un pied sur la pédale.

— Tu vas y arriver, Sully, l'encouragea Doc.

Cowboy se pencha plus près.

— Maîtrise ton équilibre et bientôt tu pourras tendre les bras en accélérant, et tu auras l'impression de voler sur ces routes.

— Est-ce que j'ai besoin de papier bulle ? dit-elle en plaisantant.

Doc rit.

— OK, petite maligne, lança Cowboy. Montrons à cette foule ce dont tu es capable.

Alors que Sully poussait d'un pied et trouvait la pédale de l'autre, son pneu avant vacilla. Elle reprit rapidement le contrôle et s'élança, roulant sur le parking sous les applaudissements de sa famille et de leurs amis.

— Continue comme ça, cria Doc en trottinant pour rejoindre les autres.

— C'est ça, ma chérie !

Cowboy courut à côté de la moto.

— Il n'y a rien que tu ne puisses faire !

— Sauf conduire une moto sans les mains ! hurla Dare.

— Regarde ! J'y arrive !

Sully se réjouit.

D'autres applaudissements retentirent et Hyde cria :

— Regardez ça ! Elle fait faire de l'exercice à Cowboy !

Tout le monde se moqua et Cowboy lui fit un clin d'œil, ce qui lui valut d'autres rires, mais il s'en fichait éperdument. Rien ne pouvait atténuer la joie de voir sa copine rayonner de bonheur.

Chapitre Vingt-Trois

COWBOY ENTRA dans le bureau d'Ezra mercredi après le déjeuner et le trouva en train de travailler sur son ordinateur.

— Hé, mec, t'as une minute ?

Ezra leva les yeux de son ordinateur.

— Bien sûr. Qu'est-ce qu'il y a ?

Cowboy referma la porte derrière lui.

— Je voulais juste te dire quelque chose à propos de Sully.

— Elle avait l'air de bien s'amuser hier soir.

Ezra contourna le bureau et s'assit sur le bord.

— Elle s'est éclatée. Je ne sais pas si je réfléchis trop et si je m'inquiète trop, mais je ne veux rien négliger en ce qui la concerne. Depuis dimanche, quand elle était avec sa sœur, elle s'est vraiment concentrée pour aller de l'avant et découvrir qui elle est et qui elle veut être, ce que je trouve très bien. Mais lorsque j'en ai parlé à Dare et que je lui ai proposé de lui montrer comment utiliser Internet, il s'est inquiété du fait que c'était beaucoup pour quelqu'un qui venait d'où elle venait. Et je me suis demandé si je ne lui faisais pas du mal en ne la ralentissant pas.

— Je ne sais pas exactement ce que Sully a vécu, mais vu les médias, il est assez facile de tirer des conclusions. Il semblerait que Dare soit prudent, ou qu'il ait été surpris par la vitesse à laquelle elle allait de l'avant. Mais je laisserais Sully fixer son propre rythme. Je suis sûr que Colleen et elle sont en train de régler ces questions, et à mesure qu'elle s'habitue à la vie en dehors de la secte, il est naturel qu'elle veuille en faire plus et trouver sa voie dans une nouvelle vie.

— Donc je ne devrais pas la ralentir ?

— Ce n'est pas à toi de la ralentir. Mais tu *peux* l'aider à comprendre les dangers du monde réel au fur et à mesure qu'elle avance.

Cowboy poussa un soupir de soulagement.

— Merci, mon vieux. C'est ce que je vais faire.

Il remarqua un croquis accroché sur le côté du classeur d'Ezra, représentant Gus assis sur une barrière avec Sasha à ses côtés.

— C'est Sully qui a dessiné ça ?

— Oui. Elle me l'a donné après sa réunion avec Colleen ce matin. Elle a beaucoup de talent.

— C'est sûr. Jordan lui a parlé de travailler en tant qu'artiste quand elle sera prête, et elle a fait divers dessins dans l'espoir d'être payée pour le faire un jour.

Elle avait dessiné plusieurs images des chevaux et des gens du ranch, y compris Cowboy dormant, entraînant les chevaux, et se tenant debout les bras croisés dans la pièce avec Jordan et elle. C'était son préféré, parce qu'elle avait dessiné sa sœur et elle-même aussi émues qu'elles l'avaient été ce matin-là.

— Cela semble prometteur.

— Je le pense aussi, même si cela m'inquiète. Je ne veux pas qu'elle soit mêlée à des connards. Je lui ai montré comment utiliser les ordinateurs de la salle de jeux et je l'ai mise en garde contre les dangers d'entrer en contact avec des gens en ligne. Mais elle ne fait rien de tel en ce moment. Elle se contente de consulter ces sites, de comparer ses dessins à ceux des autres et de voir les prix pratiqués par les autres. Ce genre de choses.

— Elle a l'air déterminée.

— Elle l'est. Tu sais, on voit tout le temps des gens reconstruire leur vie ici, mais c'est différent de voir quelqu'un pour qui on a des sentiments le faire. Je te jure, Ez, c'est magnifique, comme regarder un papillon se libérer de son cocon. Tu l'as vue à l'heure des repas. Elle s'est fait des amis et semble vraiment heureuse. Cela ne veut pas dire qu'elle ne lutte pas contre ses démons, mais elle ne les retient pas ou ne fait pas comme s'ils n'existaient pas. Elle y fait face.

— C'est bien. Comment ça se passe entre vous deux ?

— Nous sommes plus proches que je ne l'aurais cru possible. Et je crois que ça m'inquiète aussi un peu. Je me retenais émotionnellement, mais elle ne voulait pas se retenir, alors je lui ai donné les rênes.

Il pensa aux deux dernières nuits, lorsqu'il était parti et qu'elle lui avait demandé de rester. Chaque fois qu'ils avaient fait l'amour, il avait continué à la laisser trouver sa voie, et c'était comme si leurs corps savaient comment et quand se synchroniser.

— Tu penses que notre intimité peut la blesser d'une manière ou d'une autre ?

— Je ne la soigne pas donc je ne peux pas en être sûr. Tout le monde gère les traumatismes différemment et la chronologie de chacun est différente. Mais il semble qu'elle prenne le contrôle des parties de sa vie qu'elle ne pouvait pas avant, et tant que tu es à l'écoute si elle te dit non, alors comme je l'ai dit, je la laisserais donner le rythme.

— C'est ce que je fais. Elle a un recul qui semble impossible en sortant de cette situation. Sauf que c'est possible pour elle, parce qu'il y avait une femme qui l'a prise sous son aile depuis qu'elle est toute petite. Je pense qu'elle a épargné à Sully beaucoup de dommages émotionnels et physiques. Cela ne veut pas dire qu'elle n'a pas souffert plus que quiconque ne le devrait. Je ressens sa douleur quand elle en parle, mais je ressens aussi son espoir et sa détermination à aller de l'avant. Ma question est la suivante : est-ce que je ne vois que ce que je veux voir ?

Ezra sourit.

— J'aimerais que tous mes patients aient des partenaires comme toi. Je ne sais pas si tu vois seulement ce que tu veux voir, mais j'en doute. Je te connais, Cowboy, et tu es prudent. Tu réfléchis aux conséquences et tu protèges tous ceux qui t'entourent. On dirait que Sully et toi construisez une relation basée sur une communication ouverte, ce qui est une bonne chose. Si tu es inquiet, je te conseille de lui en parler. Mais garde à l'esprit deux choses : la première est que les situations traumatisantes peuvent perturber la perspective d'une personne à plusieurs niveaux. Quel que soit le recul qu'elle a, ses sentiments sont susceptibles de changer, peut-être plusieurs fois.

— Je le sais. J'y pense tout le temps. Quelle est la deuxième chose ?

— Tout simplement parce que tu le sais ici.

Il pointa sa tête du doigt.

— Ça ne veut pas dire que tu y crois.

Il tapota sa main sur son cœur.

Cowboy serra les dents.

— Je m'en souviendrai. Merci, mec.

— Ma porte est toujours ouverte.

COWBOY DESCENDIT jusqu'à la grange de rééducation, et alors qu'il sortait de son véhicule, il aperçut Sully qui entrait dans la grange avec Beauty, et bon sang, elle était magnifique dans un T-shirt bleu et un jean qui mettait en valeur ses courbes subtiles. Ses cheveux étaient attachés et elle portait un bandana bleu en guise de bandeau. Il se demanda où elle l'avait trouvé et, dans la foulée, il se demanda si elle n'avait pas besoin de plus d'accessoires pour ses cheveux. Alors qu'elle disparaissait dans la grange, il regarda le pâturage en pensant à tout ce qui avait changé depuis leur première promenade.

À quel point *il avait* changé.

Le ranch avait toujours été son sanctuaire, et il n'avait jamais laissé quoi que ce soit le distraire de son travail. Mais maintenant, la première chose à laquelle il pensait le matin était la femme dans ses bras, et dès que sa journée de travail était terminée, il n'y avait qu'un seul endroit où il voulait être, et c'était aux côtés de Sully.

Il se dirigea vers l'étable et, alors qu'il allait vers la stalle où Sully parlait avec Beauty, celle-ci leva les yeux, les réchauffant affectueusement.

— Hé, chérie. Comment va-t-elle ?

— Elle devient plus forte de jour en jour.

Beauty pressa son museau contre la poitrine de Sully.

— J'adore quand elle fait ça.

Elle caressa la mâchoire du cheval.

— Je reviendrai te voir demain.

Il avait vu des dizaines de femmes autour de leurs chevaux, mais il y avait quelque chose dans le fait de voir Sully avec eux qui le mettait mal à l'aise. Peut-être était-ce parce qu'à chaque fois qu'il la voyait s'occuper d'un cheval, il avait l'impression qu'elle le traitait comme elle avait toujours souhaité être traitée. Elle sortit du box et, alors qu'elle le refermait, il l'entoura de ses bras par derrière et l'embrassa dans le cou, respirant l'odeur de son shampoing à la lavande.

— J'aime bien tes cheveux relevés.

— Moi aussi, si ça veut dire que j'ai droit à plus de baisers dans le cou.

Il lui mordit le cou et elle gloussa, se retournant dans ses bras et le regardant avec un air radieux.

— Ce bandana est mignon.

— Ton père me l'a donné. Il était là quand j'ai épinglé mes cheveux, il est parti et il est revenu avec un peu plus tard. Il m'a dit qu'il pensait que *c'était très mignon*. Ce sont ses mots, pas les miens.

— Mon père, tout craché. Il en a probablement une centaine dans un tiroir, et il porte toujours ses anciens. Celui-ci a l'air tout neuf. Tu as besoin d'autres produits capillaires ?

— Non. En fait, je pense à me couper les cheveux.

— J'ai remarqué ça sur ta liste l'autre soir.

— J'ai toujours voulu les couper mais on n'avait pas le droit. Maintenant, c'est comme une chaîne vers mon passé, et c'est une douleur quand je suis avec les chevaux.

— Si tu veux les couper, alors faisons en sorte que cela se produise. Sasha et Birdie vont voir un ami de Sasha en ville. Je suis sûr qu'il pourra te donner un rendez-vous.

— Sasha m'en a parlé mais ça a l'air cher. J'espérais que tes sœurs pourraient le faire pour moi.

— J'adore mes sœurs, mais ne leur confie pas des ciseaux, s'il te plaît. Cette fois-ci, c'est pour moi.

— Tu en as déjà fait *assez*.

— C'est la première fois que tu te fais couper les cheveux. C'est un événement spécial. S'il te plaît, laisse-moi faire ça pour toi.

— D'accord, mais je…

— Je sais. Tu me rembourseras quand tu seras une grande illustratrice. Es-tu prête pour notre rendez-vous ?

Elle bondit sur place.

— Oui. J'ai ma liste de courses et je suis excitée.

— Tu es trop mignonne.

Il se pencha et l'embrassa alors que Sasha entrait dans la grange.

— *Hé, je suis là*, dit Sasha d'un ton taquin.

— J'ai fini avec Beauty. Elle a bien marché, dit Sully en s'éloignant nerveusement de Cowboy.

Il lui tendit la main, l'attirant plus près de lui.

— Comment ça se passe, Sasha ?

— Pas aussi bien que pour vous deux.

Sasha lui jeta un regard approbateur, puis arqua un sourcil.

— J'ai entendu dire que tu allais à l'épicerie. Tu sais vraiment comment courtiser une fille.

— J'ai hâte d'y aller, s'exclama Sully avec enthousiasme.

Il arbora un sourire.

— À plus tard, sœurette.

Alors qu'ils traversaient la petite ville pittoresque où Cowboy avait grandi, Sully regardait par la fenêtre, tout en discutant avec enthousiasme.

— Les boutiques en briques sont si mignonnes. J'adore les drapeaux près des portes, et regarde toutes les fleurs devant celle-là.

Lorsqu'ils approchèrent de la fontaine au centre de la ville, elle déclara :

— Je n'ai jamais vu de fontaine, et regarde ce restaurant.

Elle était trop excitée pour écourter ce voyage. Il se gara sur le trottoir.

Elle regarda autour d'elle.

— Où est l'épicerie ?

— On y viendra.

Il sortit du camion et l'aida à sortir.

Elle lui prit la main et sortit du pick-up.

— Où allons-nous ?

— J'ai pensé que tu aimerais connaître la ville dans laquelle tu vis.

L'hésitation l'envahit, mais en regardant la rue de haut en bas, elle fut reboostée par l'enthousiasme.

— Il y a tellement de magasins et est-ce qu'il y a un parc au bout de la rue ?

— Bien sûr.

— Par où commençons-nous ?

— Où tu veux, ma chérie.

Ils commencèrent par le parc, où ils redevinrent des enfants, riant et courant partout, se balançant sur la balançoire, grimpant sur les barres de singe et descendant ensemble le toboggan. Ils étaient à bout de souffle lorsqu'ils remontèrent la rue en se tenant par la main et se frayèrent un chemin à travers les boutiques. Sully était aussi fascinée par leur minuscule bureau de poste qu'elle l'était par la boutique de souvenirs et toutes ses jolies choses. Cowboy avait vu *mâcher un chewing-gum* sur sa liste, alors il en acheta cinq parfums différents, et elle ouvrit le premier avec la joie d'un enfant qui ouvre un cadeau de vacances et le mâcha avec des yeux ravis. Elle était toujours aussi adorable lorsqu'il lui présenta les propriétaires des magasins et répondit à toutes ses questions, qui étaient nombreuses, sur les gens *et* les magasins. Ils partagèrent un muffin au café et il lui parla des festivals de la ville et d'autres événements communautaires.

— Je veux aller à chacun d'entre eux, dit-elle lorsqu'ils quittèrent le café et se dirigèrent vers le magasin de cuir.

Il espérait qu'elle serait encore là pour y assister.

— J'aime l'odeur qui se dégage d'ici. Ça me fait penser à toi.

Bon sang, il aimait entendre ça, et l'attira dans ses bras pour l'embrasser. Alors qu'ils se promenaient dans le magasin, elle *s'extasia* devant les bottes. Il y avait des dizaines de couleurs et de styles différents, mais elle s'intéressa à une paire de bottes brunes à talon bas et à bout carré, avec une tige en cuir vieilli et une broderie contrastante. Elles étaient parfaitement adaptées à *Sully*.

— Elles t'iraient très bien.

— Peut-être un jour, dit-elle doucement.

Une vendeuse blonde qui ne devait pas avoir plus de vingt ans s'approcha d'eux.

— Je peux vous aider à trouver quelque chose ?

— Oui.

Il regarda Sully.

— Quelle est ta pointure, chérie ?

Sully recula devant les bottes.

— Oh, *non*. Je ne veux pas…

— Si. Quelle est la pointure de tes bottes ?

Ses yeux s'écarquillèrent.

— Callahan, tu es déjà en train de payer les courses.

Il lui prit la main, l'attirant plus près de lui, et lui parla doucement.

— Tu travailles avec des chevaux et tu montes à cheval tous

les après-midi avec moi. Tu as besoin d'une bonne paire de bottes.

Avant qu'elle ne puisse argumenter, il regarda la vendeuse.

— Pourquoi ne pas sortir des bottes allant du 39 au 41, et nous commencerons par là.

Lorsque la vendeuse partit chercher les bottes, Sully se retourna vers lui, essayant de se renfrogner mais échouant lamentablement.

— Tu ne peux pas m'acheter tout ce dont tu penses que j'ai besoin.

— Ce n'est pas le cas. J'achète les choses dont je *sais* que tu as besoin.

Il l'attira dans ses bras et l'embrassa.

— Tu me *gâtes*.

— De mon point de vue, tu as vingt ans de cadeaux à rattraper, et je suis l'homme qu'il te faut pour le faire. Maintenant, laisse-moi m'amuser, et ensuite nous pourrons rayer une autre chose de ta liste.

— Les bottes ne sont *pas* sur ma liste, dit-elle en riant doucement.

— Non, mais aller à la bibliothèque, oui.

Ses yeux s'illuminèrent à nouveau et il ne s'habituerait jamais au plaisir de voir ce regard sur elle.

Quarante minutes plus tard, avec des bottes neuves aux pieds, plusieurs livres empruntés dans un sac de la bibliothèque de Hope Valley, et son quatrième chewing-gum dans la bouche, ils se tenaient devant la fontaine au centre de la ville. Il avait dû obtenir la carte de bibliothèque à son nom car Sully n'avait pas de pièce d'identité, ce qui n'était qu'une chose de plus dans la longue liste de choses qu'ils devaient résoudre.

Il sortit une pièce de sa poche et la lui tendit.

— Fais un vœu, chérie, et ne gaspille pas ton vœu en voulant revoir Ansel. Je m'en occupe déjà.

— Qu'est-ce que tu veux dire ?

— Mon père a contacté le FBI et ils vont organiser un appel vidéo pour vous deux.

— Tu plaisantes ? Vraiment ?

Des larmes mouillèrent ses yeux.

— Oui. Je ne sais pas encore quand. Ils ont dit que cela prendrait quelques jours, alors peut-être la semaine prochaine. Mais c'est en train de s'arranger.

— Oh, Callahan !

Des larmes glissèrent sur ses joues tandis qu'elle l'entourait de ses bras.

— Merci !

— Il n'y a pas de quoi, chérie. Tes souhaits sont restés sans réponse pendant trop longtemps. Il est temps de faire de *grands* vœux et de rêver à de merveilleuses choses à venir.

Elle recula, s'essuya les yeux et sourit.

— J'aime bien cette idée. Tu ne veux pas faire un vœu ?

J'ai tout ce que je veux à mes côtés. Mais faire un vœu ne peut pas faire de mal.

— Oui, je le veux.

Il sortit une autre pièce de sa poche.

— Faisons un vœu en même temps, suggéra-t-elle.

Il posa le sac de livres et lui prit la main, tenant la pièce dans l'autre main.

— Sais-tu ce quel souhait tu vas faire ?

— Oui. Et *toi* ?

— Pas besoin de vœux pour moi, chérie. Tu m'as déjà, lui dit-il en la taquinant et en embrassant ses lèvres souriantes. À trois ?

Elle acquiesça et ils comptèrent ensemble :

— Un. Deux. *Trois.*

Tandis qu'ils jetaient leurs pièces dans la fontaine, Cowboy envoya silencieusement son vœu aux pouvoirs en place. *Que Sully trouve tout ce qu'elle peut espérer et plus encore.* Égoïstement, il ajouta : *Et, pour l'amour de Dieu, faites que j'en fasse partie.*

Ils scellèrent leurs vœux par des baisers et retournèrent au pick-up de Cowboy.

UNE DEMI-HEURE PLUS TARD, ils étaient dans l'épicerie et n'avaient parcouru que les deux premières allées. Sully vérifia méticuleusement les prix de chaque article, renonçant à certains et optant pour des marques premier prix pour d'autres. Alors qu'elle comparait les prix de deux sacs de farine, Cowboy les attrapa tous les deux et les jeta dans le chariot.

— *Hé !*

Elle le regarda avec incrédulité.

— Je sais que tu essaies d'être prudente, mais c'est ton grand soir, chérie. J'aime ton sens de l'indépendance, et je sais que tu es une femme fière qui n'aime pas qu'on lui donne des choses. Mais tu as passé ta vie à vivre au minimum et à t'inquiéter, et ce soir, je ne veux pas que tu t'inquiètes pour quoi que ce soit. Prends ce que tu *veux* et ne pense pas aux prix. Si tu veux un certain type de fromage et de crackers, *achète*-les. Si une recette demande un *certain* type de produit, prends-le. Je me fiche que tu remplisses le chariot de champagne et de caviar, pour l'amour de Dieu. Achète tout ce que ton beau cœur désire.

Il prit son visage entre ses mains.

— Cela fait des jours que tu es impatiente d'aller faire les courses. S'il te plaît, laisse-toi aller à apprécier l'expérience. D'accord ? Si tu ne le fais pas pour toi, fais-le pour moi, parce que rien ne me rend plus heureux que de voir cette lumière dans tes yeux.

Elle avait l'air de vouloir pleurer et il se demanda s'il n'était pas allé trop loin pour le confort de sa compagne indépendante. Mais elle posa ses mains sur le dos des siennes et murmura :

— D'accord.

— C'est vrai ?

Elle hocha la tête.

— *Oui*, merci.

Il pressa ses lèvres contre les siennes.

— Que les courses commencent.

— Attends ! Reste ici.

Elle sortit de l'allée en courant et revint une minute plus tard les mains pleines d'avocats et de tomates, un grand et beau sourire sur le visage.

— Je veux faire du guacamole.

Il rit.

— Voilà de *quoi* je parle.

Chapitre Vingt-Quatre

SULLY ÉTAIT un peu nerveuse à l'idée de faire sa première sortie en ville, mais elle avait passé un si bon moment à explorer avec Callahan qu'elle avait été sur un petit nuage tout l'après-midi. Du moins jusqu'à ce qu'elle commence à se préparer pour la visite de sa famille ce soir. Elle cuisinait depuis deux heures et avait préparé du guacamole frais, de la salade hachée, du poulet au gingembre et au citron, de la purée de pommes de terre à la ciboulette et des biscuits au cheddar. Elle n'avait jamais préparé ce type de poulet auparavant, mais elle avait suivi la recette à la lettre et espérait que tout se passerait bien.

Elle mélangeait la salade pour la énième fois, mettait plus de chips sur le plateau avec le guacamole et remettait en question sa tenue pour la dixième fois dans le même laps de temps lorsque Callahan entra à grands pas dans la cuisine. Il était très beau dans son jean et son Henley noir, les cheveux encore humides de la douche. Elle le voyait si rarement sans son chapeau de cow-boy qu'elle se sentait comme l'une des filles qu'elle avait vues s'extasier devant lui en ville et essayait d'ignorer les battements de sa poitrine.

— Ça sent incroyablement bon.

Ses yeux sombres glissèrent avec appréciation de son visage jusqu'à la longueur de son corps, laissant une traînée de chaleur dans leur sillage.

— Bon sang, chérie, tu es magnifique. J'adore te voir dans ma cuisine, et je ne parle pas du fait que tu cuisines.

Son cœur fit un bond. Elle avait détaché ses cheveux et les avait mis derrière son oreille en regardant son jean bootleg, l'un des jolis hauts bohèmes à lacets que Birdie lui avait offerts et les nouvelles bottes que Callahan lui avait offertes. Elles étaient bien plus confortables que celles qu'elle portait depuis toujours.

— Tu es sûre que j'ai l'air bien ? Jordan s'habille mieux que moi. Et si les autres le font aussi ? J'ai une robe. Dois-je aller me changer ?

Elle avait gardé la robe pour une occasion spéciale, mais elle était trop nerveuse pour la porter ce soir.

Il passa ses bras autour de sa taille, un sourire sexy ourlant ses lèvres.

— Tu serais plus à l'aise en robe ?

— Non.

— Alors pourquoi changer ? Tu es belle dans tout ce que tu portes, et n'oublie pas que ton oncle et ta tante t'ont connue et aimée quand tu portais des chemises en flanelle et des leggings.

Elle se sentit sourire.

— Tu as raison, les vêtements n'ont pas d'importance.

— Exactement. Mais si cela peut te mettre à l'aise, je t'offrirai une de mes chemises en flanelle.

Elle l'entoura de ses bras.

— J'ai trois de tes chemises en flanelle au chalet. Je doute que tu en aies beaucoup d'autres.

Elle adorait passer des nuits dans ses bras. Parfois, elle se réveillait au milieu de la nuit et c'était comme s'il dormait avec un œil ouvert juste pour s'assurer qu'elle allait bien, parce qu'il la serrait plus fort, embrassait sa joue ou son cou et murmurait : *De quoi as-tu besoin, chérie ? Je suis là.* Quant à ses pantalons, elle aimait les porter le matin lorsqu'il rentrait chez lui pour se doucher et qu'elle restait dans le souvenir de ses mots doux et de ses baisers sensuels.

— J'en ai une dizaine d'autres à l'étage avec ton nom dessus.

— Et j'ai hâte de les récupérer.

Il embrassa le bout de son nez.

— Viens voir la table.

Il lui prit la main lorsqu'ils entrèrent dans la salle à manger et elle réalisa à quel point elle aimait qu'il soit toujours en train de lui tendre la main ou de l'entourer d'un bras.

La grande table de style campagnard était garnie de verres à vin et de verres ordinaires, de sets de table en tissu fauve, de serviettes de table en tissu blanc, de belles assiettes vert olive et d'argenterie brillante. Trois petits vases débordant de jolies fleurs d'automne étaient alignés au milieu de la table. Elle n'en revient pas de la beauté de la table.

— Dis-moi ce que tu veux changer.

— Tu plaisantes ? Je n'ai jamais rien vu d'aussi joli. Quand as-tu eu le temps de faire tout ça ?

— Pendant que tu cuisinais. J'ai emprunté les vases à Sasha et j'ai cueilli les fleurs dans le jardin.

Elle l'entoura de ses bras, le cœur plein à craquer.

— Je n'arrive pas à croire que tu te sois donné tout ce mal. Merci.

— Je ferais n'importe quoi pour toi, chérie.

La sonnette retentit et elle eut les nerfs en pelote. Elle saisit sa main, l'estomac noué.

— Ils sont là ! J'espère qu'ils m'aimeront et qu'ils aimeront la nourriture. Et si ce n'est pas le cas ? Et si je ne les aime pas ?

— Respire, chérie.

Il la prit par les épaules, la regardant dans les yeux d'un air rassurant.

— C'est ta famille et ils t'aiment aveuglément. Ce sera une belle soirée. Mais si tu te sens dépassée, tire sur le lobe de ton oreille et je ferai semblant d'être malade pour que tout le monde s'en aille.

Elle s'esclaffa.

— Mon lobe d'oreille. Compris.

Elle se mit sur la pointe des pieds et l'embrassa.

— Merci d'être avec moi ce soir.

— Il n'y a aucun endroit où je préférerais être.

CALLAHAN RÉPONDIT A LA PORTE avec une main dans le dos de Sully, ce dont elle est reconnaissante. Callahan et elle, sa tante et Jordan dirent tous "Bonjour" en même temps.

— *Désolée*, je suis vraiment nerveuse, avoua Sully.

— Nous aussi, concéda sa tante Sheila, qui avait déjà les larmes aux yeux.

Elle ressemblait à sa photo, petite, avec une peau claire, des cheveux blonds comme le miel et un sourire nerveux.

— Case… *Sully*.

Elle mit une main sur son cœur.

— Je suis désolée. Je ne me suis pas encore habituée à ton nouveau nom. Je suis ta tante Sheila, la sœur de ton père, et je suis *si* heureuse de te revoir.

Les larmes coulèrent sur les joues de Sheila et Sully eut la gorge serrée. Elle se rapprocha de Callahan et sa main s'enroula autour de sa taille.

— Je suis heureuse de te voir aussi.

Elle jeta un coup d'œil à son oncle Gary, qui tenait une bouteille de vin. Il mesurait quelques centimètres de moins que Callahan, avait des cheveux poivre et sel et des yeux bienveillants. Il avait l'air de retenir ses émotions, tout comme Jordan. Elle tenait la main de Jax, qui était encore plus beau que sur ses photos, avec des cheveux de la même couleur que ceux de Callahan et un sourire chaleureux.

— Bonjour.

— Bonjour, ma chérie, dit Gary avec douceur. C'est un plaisir de te revoir.

Il tendit la main à Callahan.

— Bonjour, je suis Gary Matheson, et voici ma femme, Sheila.

— C'est un plaisir de vous rencontrer. Sully m'appelle Callahan, mais la plupart des gens m'appellent Cowboy.

Sully apprécia la façon dont il la serra contre lui, donnant l'impression que Callahan était à elle et à elle seule.

— Cowboy, alors, dit Gary.

— Sully, Cowboy, dit Jordan. Voici mon fiancé, Jax.

— J'ai beaucoup entendu parler de toi, affirma Sully. Merci d'avoir soutenu Jordan et de l'avoir crue à mon sujet.

Jax échangea un regard affectueux avec Jordan.

— Tu es l'une des parties les plus importantes de la vie de Jordan, et elle était si sûre de toi que j'aurais fait n'importe quoi pour vous aider à vous retrouver. Je ne pourrais pas être plus heureux pour vous tous.

— Merci, répondit Sully, sentant les nœuds de son estomac se desserrer.

— Entrez, je vous en prie.

Callahan s'écarta lorsqu'ils entrèrent et tendit la main à Jax.

— C'est un plaisir de te revoir. Nous nous sommes rencontrés brièvement au mariage de Carly.

— C'est vrai. Je m'en souviens maintenant. C'était une grande soirée, et une soirée floue pour moi. Je me languissais d'une femme que je pensais ne jamais revoir.

Jax regarda Jordan qui étreignait Sully.

— Mais le destin était de mon côté.

Ils se dirigèrent vers le salon.

— C'est une belle maison, s'extasia Sheila.

— C'est celle de Callahan. Je loge dans un chalet un peu plus loin, mais il n'y a pas beaucoup d'espace pour les invités.

Sully se tordit les mains.

— Je peux offrir un verre à quelqu'un ? J'ai fait du guacamole. Pas pour boire, évidemment.

Elle rit nerveusement.

— Désolée, je suis plus douée pour la cuisine que pour l'accueil.

— C'est bon, chérie.

Callahan lui embrassa la tempe.

— Pourquoi ne pas te détendre ? Je vais chercher le guacamole et les chips, puis je vais prendre les commandes de boissons de tout le monde. Nous avons du vin, de la bière, des cocktails, du thé glacé sans alcool et des jus de fruits.

— Je m'occupe des boissons, proposa Jax. Qu'est-ce que je peux offrir à tout le monde ?

Sheila et Jordan demandèrent du vin, Sully opta pour du thé glacé et Gary proposa de donner un coup de main à Jax.

Alors qu'ils quittaient la pièce, Sheila prit la main de Sully.

— Tu es devenue une si jolie jeune fille. Je vois mon frère

dans ton sourire et ta mère dans tes yeux. Je vais juste faire une suggestion, puisque nous sommes tous nerveux. Faisons ce que nous pouvons pour que ce soit moins stressant.

— Comment ? demanda Sully en jetant un coup d'œil à Jordan, qui semblait elle aussi perdue.

— Je te dirai ce que j'ai en tête et tu pourras me dire ce que tu as en tête, dit sa tante. Je pense que cela nous aiderait.

— D'accord. J'aime cette idée.

— Très bien. Le plus important, c'est que tu saches que Gary et moi t'aimons beaucoup et que nous voulons être là pour toi de toutes les façons possibles. J'aimerais connaître ta vie, mais je ne vais pas te demander des informations sur ton passé. Tu peux partager ce que tu veux, ou nous pouvons laisser cela pour un autre jour. Je suis tellement heureuse de te voir que je serais ravie de pouvoir te serrer dans mes bras.

Sheila fondit de nouveau en larmes.

— C'est ton tour.

Elle était aussi directe que Sully et cette dernière aimait bien cela.

— Pourquoi ne pas commencer par ce câlin ?

Elle enlaça Sheila tandis que Callahan posait le plateau de guacamole et de chips sur la table basse. Leurs regards se croisèrent et elle répondit à son silencieux *Ça va ?* par un hochement de tête. Lorsqu'elle se dégagea des bras de Sheila, elle dit :

— Ce qui me préoccupe le plus, c'est que je ne me souviens de rien, et je crains que tu t'attendes à ce que je me souvienne de quelque chose.

— Alors rassure-toi, je n'attends rien de toi, dit Sheila. Je veux juste apprendre à te connaître.

Sully expira une bouffée d'air qu'elle ne s'était pas rendu

compte qu'elle retenait.

— Ça sent très bon ici. Tu aimes cuisiner ? demanda sa tante.

— Oui, c'était l'une de mes tâches au camp.

Sully lui raconta un peu ce qu'avait été sa vie là-bas, tout en mangeant des chips et du guacamole. Elle n'entra pas dans les détails, ne mentionna pas les punitions ni sa relation avec Rebel Joe, ce qui aurait éclipsé les bons sentiments qu'elle éprouvait.

Lorsqu'ils s'assirent pour le dîner, Sully respirait mieux.

Tout le monde la complimenta sur sa cuisine et ils firent la causette, gardant les conversations légères. Callahan était toujours aussi attentif et protecteur. Sully savait qu'il prenait note de chaque regard, de chaque sourire et de chaque silence gênant. Dans ces moments difficiles, il lui tenait la main ou l'entourait d'un bras, ce qui les rendait un peu moins pénibles.

— Je ne savais même pas qu'il existait un endroit comme ce ranch, dit sa tante alors qu'ils finissaient de manger. Sully, j'aimerais savoir comment tu passes tes journées.

— Mes journées sont bien remplies. Tout le monde prend généralement ses repas ensemble dans la maison principale, ce qui m'a impressionné au début, mais maintenant c'est amusant de rattraper le temps perdu et d'écouter les plaisanteries de tout le monde.

— Est-ce qu'ils sont turbulents ? demanda Gary.

— Oui, répondit Callahan. Mais Sully tient bon.

— Tout le monde est très gentil, et en général, après le petit-déjeuner, j'ai une séance avec Colleen, ma thérapeute.

— Comment ça se passe ? demanda son oncle.

— Je croyais que tu voyais Wynnie, ajouta sa tante.

— C'était le cas, mais depuis que Callahan et moi nous sommes mis ensemble, sa mère ne peut plus être ma thérapeute, alors j'ai dû me tourner vers Colleen. Mais je l'aime beaucoup et elle m'aide énormément.

— C'est bien, dit sa tante. Comment passes-tu le reste de ta journée ?

— Eh bien, j'aide Sasha, la sœur de Callahan, qui s'occupe des programmes de rééducation pour les chevaux. Je les nourris et les soigne, je promène ceux qui en ont besoin et je l'aide partout où elle a besoin d'un coup de main. J'apprends beaucoup d'elle. J'ai même massé un cheval cette semaine. J'aime vraiment être près des chevaux et passer du temps avec Sasha.

— Je l'ai rencontrée, renchérit Jordan. Elle est merveilleuse et elle pense le plus grand bien de Sully.

— Nous le pensons tous, poursuit Callahan, en serrant la main de Sully sous la table.

— As-tu beaucoup d'amis ici ? demanda son oncle.

— J'en ai quelques-uns.

Elle pensa aux sœurs de Callahan et à Simone, et au plaisir qu'elle avait eu avec elles et avec tout le monde autour du feu de camp, et lorsqu'elle avait appris à faire de la moto. Elle ne savait pas si le fait d'apprendre à connaître les gens à l'occasion d'un repas ou d'une balade à moto faisait d'eux des amis ou non, mais elle avait l'impression qu'ils s'en rapprochaient.

— Tu montes à cheval ? demanda Jax.

— Oui. Callahan m'a appris à monter à cheval l'après-midi et nous allons essayer de faire une promenade vendredi.

— Mon frère Nick et sa femme, Trixie, possèdent un ranch près de chez nous, et Jordan et moi les rejoignons pour des randonnées quand nous le pouvons, dit Jax.

— Si vous montez tous, et si Sully est d'accord, vous pouvez vous joindre à nous sur les sentiers, proposa Callahan.

— J'adorerais, dit Sully.

Jordan regarda Jax, qui hocha la tête.

— Nous aimerions aussi.

Sully regarda son oncle et sa tante, espérant qu'ils voudraient aussi se joindre à eux.

— Et vous ? Vous montez à cheval ?

— Oui, et nous serions ravis de vous accompagner, dit sa tante. Nous partons tôt samedi matin, ce sera une bonne façon de terminer notre visite.

— Absolument, dit son oncle. Nous avons hâte d'y être.

L'impatience grandit à l'intérieur de Sully. C'était un sentiment agréable après toutes ses appréhensions, mais elle ressentait aussi une pointe de tristesse à l'idée qu'ils partent si tôt.

— On dirait que tu apprécies ton séjour ici, lança sa tante.

— C'est vrai. Callahan aime la nature autant que moi, alors nous nous promenons beaucoup et je passe beaucoup de temps assise dehors à faire des croquis.

— C'est merveilleux. J'aimerais bien voir tes croquis un jour, dit sa tante. Jordan affirme que tu avais un talent incroyable.

Sully lui jeta un coup d'œil.

— Je ne suis pas aussi douée mais je serais ravie de te les montrer.

— Elle est modeste, précisa Callahan. Ses dessins sont si réalistes qu'ils vous épateront. Jordan a suggéré à Sully de travailler en tant qu'artiste par le biais de certains sites Internet, et Sully a dessiné énormément depuis.

— Vraiment ? demanda Jordan.

— En quelque sorte, répondit Sully. Quand j'ai regardé ces sites, il y avait toutes sortes d'opportunités, mais la plupart d'entre eux demandaient des échantillons de travaux antérieurs.

Comme je n'ai pas d'échantillons de travaux rémunérés, je voulais avoir un portfolio aussi varié que possible.

— Tu cherches déjà du travail ? l'interrogea sa tante avec inquiétude.

— Non, pas tout de suite, la rassura Sully. Mais je veux être sûre d'avancer dans la bonne direction, pour qu'un jour je n'aie plus à dépendre des autres pour tout.

— C'est logique, mais ne te précipite pas, chérie. Tu n'as pas besoin de temps pour faire face à ce que tu as vécu ?

— Si, et c'est ce que je fais. J'essaie juste de mettre de l'ordre dans mes affaires. Il y a beaucoup de choses à régler et à comprendre pour que je puisse aller de l'avant. Des choses auxquelles je n'avais jamais pensé. Je ne peux même pas obtenir une carte de bibliothèque parce que je n'ai pas de pièce d'identité.

— *Oh mon Dieu*, s'exclama Jordan. J'aurais dû apporter ton acte de naissance. Nous avons quitté le Maryland dans une telle précipitation que je n'y ai même pas pensé. Je vais m'arranger pour le faire envoyer tout de suite.

— Envoie un SMS à Jilly pour lui dire où il se trouve. Elle a la clé de notre appartement, dit Jax. Elle ne verra pas d'inconvénient à s'occuper de l'envoyer.

— Merci, répondit Sully. Cela nous aidera.

— Ça doit être difficile de ne pas se souvenir de qui on était et de repartir à zéro, ajouta Jax.

— C'est vrai, mais je suis déterminée à ne pas laisser mon passé me retenir.

— Tu as toujours été farouchement déterminée, confirma sa tante. Même quand tu étais petite, rien ne pouvait te détourner de ce que tu voulais. Tu tiens cela de ton père.

— C'est ce que Jordan a affirmé.

Sully lui lança un coup d'œil.

— J'aime bien le savoir.

— Tu te souviens de Sully avec la luge ?

Son oncle rit.

— Je n'ai jamais vu un enfant aussi déterminé à conquérir quoi que ce soit que lorsqu'elle a voulu apprendre à faire de la luge toute seule.

— Cela ressemble à une histoire que j'aimerais entendre.

Callahan se rapprocha de Sully.

— Si cela te convient.

— J'aimerais l'entendre aussi, acquiesça Sully.

— C'est une bonne histoire, dit sa tante. C'était en février avant l'accident, tu avais donc presque quatre ans, et ta famille nous rendait visite dans le Massachusetts. Il avait neigé environ 15 cm pendant la nuit, et Jordan et toi vouliez faire de la luge, alors ton père et Gary ont tracé un chemin dans la cour. Jordan faisait de la luge toute seule mais tu étais si petite que ton père voulait faire de la luge avec toi, ce que tu ne voulais pas. Tu as prétexté ne plus être un bébé et tu as *refusé* de faire de la luge avec lui.

— Ça te ressemble bien, ma chérie.

Callahan la serra contre lui et l'embrassa sur la tempe.

— Tu as traîné le traîneau jusqu'ici et tu t'es assise dessus. Et tu as dit à ton papa de te pousser. Il t'a à peine donné un coup de pouce mais tu t'es balancée d'avant en arrière, en essayant d'aller plus vite. Quand tu es arrivée au tiers de la pente et tu es tombée.

— Elle a omis la partie où ton père courait à côté de toi pendant que tu descendais la colline, précisa son oncle.

— J'y arrivais. Quand tu es tombée, ton père t'a ramassée, mais tu t'es battue pour qu'on te pose. Tu étais déterminée à être comme Jordan et tu as traîné ce traîneau jusqu'en haut de la colline et tu es redescendue… et tu es tombée.

Tout le monde se mit à rire.

— Du Sully tout craché, la taquina Callahan.

Le pouls de Sully s'accéléra, des flashs de cette journée ou des images qu'elle avait dessinées – elle n'était pas sûre de savoir lesquelles – traversèrent son esprit. Callahan dut le remarquer car il passa son bras autour d'elle, la serrant de plus près.

— Tu as passé l'après-midi à essayer d'apprendre à faire de la luge, et finalement, après une douzaine de chutes, tu as compris, dit sa tante avec compassion. Tu étais toute petite, emmitouflée dans un habit de neige, avec le plus grand sourire que j'aie jamais vu, et Jordan, qui a toujours été ta plus grande supportrice, m'a dit…

— Je savais que tu pouvais le faire, dit Sully en même temps que sa tante.

Les larmes mouillèrent les yeux de Jordan, ce qui fit pleurer Sully aussi. Tous les autres avaient l'air étonné.

— Tu te souviens ? demanda Jordan en tremblant.

— Seulement des bribes.

Sully chassa ses larmes en clignant des yeux.

— Ton bonnet avait-il un pompon ?

Jordan acquiesça.

— Un bonnet rose avec un pompon blanc.

— J'avais l'habitude de dessiner deux filles qui faisaient de la luge. L'une d'elles avait un pompon sur son chapeau. Mais je pensais que c'était juste une page d'une des histoires de Richard.

— Richard ? l'interrogea sa tante.

— C'est l'homme qui m'a enlevée et amenée à la secte. Il m'a élevée comme sa nièce, expliqua Sully. Je suis presque sûre qu'il a transformé chaque souvenir que j'avais en une histoire, de sorte que tout s'est mélangé.

L'inquiétude se lit sur les visages de son oncle et de sa tante.

— Il était bon avec toi ? demande sa tante.

— Je pensais qu'il l'était, mais il m'a enlevée à ma famille, alors est-ce que ce qu'il m'a fait d'autre a vraiment de l'importance ?

Elle enfonça ses mains dans ses cuisses.

— Il est mort maintenant de toute façon, alors ce n'est pas important.

Callahan couvrit sa main de la sienne.

— Bien sûr que c'est important. Tout ce qui a affecté ta vie a de l'importance.

— Je suis désolée, chérie. Je ne voulais pas te bouleverser, regretta sa tante.

— Ce n'est pas grave. C'est juste que je n'ai pas envie de parler de lui en ce moment, affirma-t-elle, mal à l'aise. Je suis encore très en colère parce qu'on m'a volé ma vie et nous passons un bon moment. Je ne veux pas tout gâcher.

— Alors il ne faut en parler, décida son oncle. Mais le fait que tu te souviennes de ce jour est énorme, n'est-ce pas ?

— Je ne sais pas, dit Sully honnêtement, un peu frustrée. Colleen et Wynnie ont dit que mes souvenirs pouvaient revenir, mais ils ont aussi dit qu'il y avait plus de chances qu'ils ne reviennent pas. Ce n'est pas comme si je pouvais puiser dans un seau de souvenirs et les en sortir. J'ai juste des flashs qui sont liés aux choses que j'ai dessinées après avoir été enlevée. Je pense que je me souviens plus des dessins que des événements réels, et c'est stressant de savoir que tout le monde se souvient de la personne que j'étais, sauf moi.

Callahan déplaça leurs mains jointes sur sa jambe, comme pour lui signifier *qu'il était là, à ses côtés.*

— Je sais que c'est difficile, chérie, dit sa tante. Mais ce qui compte le plus, c'est que nous nous retrouvions tous. Peut-être que lorsque tu rentreras à la maison, tu commenceras à te souvenir davantage, et même si tu ne te souviens pas, au moins Jordan et toi pourrez apprendre à mieux vous connaître.

— Quand je rentrerai à la maison ?

Sully échangea un regard entre Jordan et sa tante, son cœur s'emballant à nouveau.

— Le ranch n'est qu'une étape, n'est-ce pas ? Un endroit sûr pour se poser ? demanda sa tante. Tu as été amenée ici pour être protégée, et maintenant que la menace a disparu, j'ai supposé que tu retournerais dans le Maryland avec Jordan.

Sully ne voulait pas quitter Callahan mais ces gens étaient sa famille, et il serait égoïste de rester à l'écart. Elle déglutit difficilement face à ses émotions contradictoires.

— J'essaie d'y réfléchir. J'ai toujours besoin de l'aide de Colleen.

— Oui, mais combien de temps peux-tu rester ici sans assurance pour couvrir les frais ? demanda sa tante. C'est quelque chose que nous devrons régler de toute façon, mais il y a beaucoup de bons thérapeutes dans le Maryland avec lesquels tu peux travailler. Cela pourrait t'aider à te souvenir de ta famille si tu es avec ta sœur, vivant dans la région où tu as grandi.

Sully était trop déchirée pour parler. Elle ne pouvait s'imaginer travailler avec un autre nouveau thérapeute, et même si elle doutait de se souvenir de quoi que ce soit datant de tant d'années, elle ne pouvait s'empêcher de se demander si le fait d'être avec Jordan ou près de sa ville natale ne pourrait pas réveiller un souvenir. *Est-ce que j'ai envie de me souvenir ?* Une partie d'elle le voulait, mais une autre partie d'elle avait peur d'essayer de devenir la personne que tout le monde attendait qu'elle soit, et de ne jamais se retrouver elle-même.

— Je suis d'accord, cela pourrait être utile, dit Callahan d'un ton ferme. Mais pour répondre à votre question, Sully n'a pas besoin d'assurance pour rester ici et utiliser nos services. Nous avons des donateurs qui nous aident dans des situations comme celle-ci. Elle peut rester aussi longtemps qu'elle le souhaite, qu'elle ait ou non une relation avec moi.

— Oh, mon Dieu, je suis désolée, regretta sa tante. J'étais tellement préoccupée par le retour de Sully dans nos vies que je n'ai pas réfléchi suffisamment pour prendre votre relation en considération.

— Il n'y a pas besoin de s'excuser. Je sais que vous voulez ce qu'il y a de mieux pour Sully, tout comme moi. Et elle sait que je la soutiens totalement, où et de la manière qu'elle pense être la meilleure.

Le cœur de Sully se serra à l'idée de partir, mais lorsqu'elle regarda autour de la table la famille qu'elle avait perdue et pensa à tout ce qu'elle avait perdu, elle eut mal d'une toute autre manière.

— Je n'ai pas encore pris de décision. Je commence tout juste à comprendre qui je suis et à trouver comment vivre en dehors de la secte. Je me sens en sécurité et à l'aise ici. Je ne sais pas encore si je suis prête à repartir ailleurs, mais je n'écarte pas cette possibilité.

— Il n'y a pas d'urgence à venir dans le Maryland, la défendit Jordan. Tu reçois le soutien et les conseils dont tu as besoin pour aller de l'avant de la part de personnes en qui tu as confiance, et c'est la chose la plus importante. Tu auras toujours ta place chez Jax et moi, et tu pourras venir quand tu seras prête.

Ce serait leur maison, pas la sienne.

Mais la maison n'était pas la sienne non plus.

La cuisse de Callahan fléchit sous sa main et lorsqu'elle croisa son regard, sentant une partie de sa tension se relâcher, elle se demanda si être aussi proche de quelqu'un signifiait que l'on avait enfin trouvé son foyer.

APRÈS UN dîner un peu compliqué, ils passèrent à des sujets plus légers et se dirigèrent vers le salon. Sully montra ses dessins à tout le monde, et tous furent, à juste titre, impressionnés, en particulier Sheila, qui était une artiste peintre accomplie et qui ne tarissait pas d'éloges sur le talent inné de sa nièce.

Pendant que Sully discutait avec Jordan et Sheila du monde de l'art et des difficultés rencontrées par les clients, Cowboy fit la connaissance de son oncle et de Jax.

Ces deux hommes étaient formidables et voulaient manifestement le meilleur pour Sully. Gary expliqua à quel point la perte des parents de Jordan et la disparition de Casey/Sully avaient été difficiles pour eux tous. Il indiqua que Sheila était très proche de son frère et de sa belle-sœur et que Sheila et lui avaient perdu un bébé quelques années auparavant, ce qui rendait la perte de Sully et de ses parents encore plus difficile à gérer. Il était donc normal que Sheila insiste pour que la jeune femme rentre chez elle, chez Jordan, le plus tôt possible. Jax souhaitait faire un don d'argent au ranch mais Cowboy lui répondit que ce n'était pas nécessaire. La famille locale de Jax soutenait le ranch mais il insista sur le fait que c'était important pour Jordan et lui. Cowboy ne put rien faire d'autre que de le remercier et de l'orienter vers la page des dons sur le site Internet.

Lorsque la famille de Sully partit, cette dernière avait l'air d'avoir été mise à rude épreuve. Elle se tenait sur le perron, un V gravé entre les sourcils, et les regardait partir.

Cowboy l'attira dans ses bras et déposa un baiser sur ce V.

— Je pense que ça s'est bien passé.

— Moi aussi. C'était juste un peu trop.

— Que dirais-tu de sortir d'ici et d'aller faire un tour pour se changer les idées ?

— J'ai un évier plein de vaisselle à laver.

— Ne touche pas à mon évier, femme, et ce n'est pas une métaphore.

Cela lui valut un sourire sincère.

Il lui prit la main et s'assit sur l'une des chaises, la guidant sur ses genoux.

— Tu as préparé un excellent repas et tu as passé une soirée bien remplie à faire connaissance avec ta famille. La seule chose que tu vas faire ce soir, c'est te détendre. Je ferai la vaisselle, mais elle peut attendre.

Il replaça les cheveux de la jeune femme derrière son oreille pour pouvoir voir ses yeux. Le trouble qu'ils contenaient l'inquiétait.

— Parle-moi, chérie. Qu'est-ce qui se passe dans ta belle tête ?

— Je suis juste un peu dépassée. Ce qu'a dit ma tante sur le fait d'être près de Jordan était logique. Je ne suis pas la seule à avoir perdu toutes ces années, et je sais que ce n'est pas juste de ma part de rester ici alors que Jordan me cherche depuis des années. Mais Colleen m'aide à prendre ma vie en main et à comprendre ce que toute cette merde que j'ai vécue m'a *vraiment* fait. Je lui confie mes secrets et nous venons de *commencer* à travailler ensemble. Je ne peux pas imaginer commencer avec quelqu'un d'autre, et travailler avec les chevaux m'aide aussi à guérir, et j'aime traîner avec tes sœurs et apprendre à connaître tout le monde ici.

Le fait qu'il ne fasse pas partie des personnes et des choses qu'elle ne voulait pas quitter lui faisait mal aux tripes et au cœur, mais il ne s'agissait pas de lui, même si cela lui faisait mal.

— Je suis sûre que Jordan t'aidera à trouver un bon thérapeute et à te faire des amis. Tu peux faire du bénévolat dans un refuge du Maryland.

Elle l'entoura de ses bras et murmura :

— Mais je viens de te trouver.

Sa poitrine se contracta.

— Chérie, tu sais que je veux toujours que tu sois à mes côtés, mais nous nous sommes lancé là-dedans les yeux fermés. Nous savions que chaque jour passé ensemble était un cadeau, mais cela vaut aussi pour chaque jour passé avec ta sœur, alors s'il y a la moindre chance que cela t'aide à aller de l'avant pour être avec Jordan, alors tu dois faire ce qu'il y a de mieux pour toi et franchir ce pas.

Bon sang. Cette conversation pourrait bien le tuer.

— C'est ça le problème. Je ne sais pas ce qui est le mieux.

Elle expira bruyamment.

— En fait, ce n'est pas vrai. Je *sais* que tu es le meilleur élément de ma guérison. Tu me donnes de la force et tu m'encourages à croire en moi et à essayer de nouvelles choses. Tu m'aides à voir qu'il n'y a pas de mal à être *moi*, qui que ce soit, à mesure que je grandis, que je change et que je découvre des choses.

Il la serra plus fort, ses mots s'enfonçant profondément en lui, tout comme ses mots le tranchaient.

— J'en suis heureux. Je veux toujours que tu aies confiance

en toi, mais cela ne doit pas t'empêcher d'être avec ta famille, ma chérie.

— Mais je ne suis pas sûre qu'aller dans le Maryland serait mieux pour moi, et je crains que ce soit pire. J'ai beaucoup réfléchi au passé et à ce que je suis maintenant. Je ne sais même pas si je *veux* me souvenir d'une vie qui s'est terminée et qui ne se poursuivra jamais. Et si je me souviens et que Jordan veut que je sois cette personne ?

— Alors tu lui expliqueras ce que tu ressens. Tu as juste peur, ma chérie, et c'est compréhensible. Mais tu *es* la sœur de Jordan et c'est important, que tu te souviennes ou non. Elle est de ton sang et *elle* se souvient.

Il avait l'impression de se déchirer le cœur.

— Être avec Jordan ajoutera quelque chose à ta vie que personne d'autre ne pourra jamais t'apporter. Les frères et sœurs t'aident à grandir et à découvrir qui tu es d'une manière que tes partenaires ne peuvent pas faire, et, ma chérie, je ne veux pas que tu passes à côté de ça.

Il força les mots pour faire passer la douleur atroce dans sa poitrine.

— Je sais que c'est difficile mais j'ai vu une nouvelle lumière dans tes yeux à chaque fois que tu te retrouves avec Jordan. Tu cherches un lien, et tu en fais un, comme il se doit.

Des larmes glissèrent sur ses joues.

— Je suis tellement perdue. Je veux une relation avec Jordan, mais pour la première fois de ma vie, je suis vraiment, vraiment heureuse. Je me couche en me sentant en sécurité et je me réveille en me réjouissant de chaque partie de ma journée. Passer du temps avec toi et voir tout le monde au petit-déjeuner, travailler avec Colleen et aider Sasha. Je ne me souviens pas d'avoir jamais eu ça, même si j'ai l'impression que c'était le cas avant d'être enlevée. Je ne sais pas si je suis prête à abandonner tout ça, à nous abandonner, pour ce qui *pourrait* être.

Chaque once de lui voulait lui dire de rester, de construire une vie avec lui, mais il devait s'en tenir à sa promesse.

— Je sais que c'est effrayant, mais je pense que c'est l'une de ces zones grises dont tu parlais l'autre soir. On ne peut pas savoir ce qu'il en sera tant qu'on n'a pas tenté sa chance. Il se peut que tu découvres un tout nouveau monde de choses que tu aimes faire. Tu n'es pas obligée de prendre une décision ce soir, mais tu devrais y réfléchir.

— J'y réfléchis.

Elle posa sa tête sur son épaule et resta silencieuse pendant un long moment.

— J'ai parlé à Jordan de l'argent de l'assurance-vie et je lui ai dit que je le prendrais.

Il savait que ce n'était pas facile pour elle de le faire, compte tenu de son indépendance.

— C'est bien, chérie. Cela te débarrassera d'un certain stress.

— Et ajouter une couche de culpabilité, parce que si je ne veux pas chasser les souvenirs de mes parents, est-ce que je mérite vraiment cet argent ?

Il la serra plus fort, souhaitant pouvoir faire disparaître ses doutes.

— Oui, chérie, tu le mérites. Tes parents t'aimaient et ils ont fait en sorte qu'on s'occupe de toi après leur départ. Cela n'a pas été fait avec des stipulations. S'ils étaient là maintenant, ils voudraient que tu sois heureuse. Tu as fait ce qu'il fallait et tu ne dois pas te sentir coupable.

Elle releva la tête de son épaule et lui caressa la joue.

— Tu es vraiment la meilleure partie de ma vie. Tu sais

exactement ce qu'il faut dire pour que j'arrête de penser que je vis toujours dans la secte, où l'on nous donnait si peu et où l'on nous faisait culpabiliser parce que nous voulions plus.

— Si ça ne tenait qu'à moi, chérie, je te donnerais le monde.

Et je ne te laisserais jamais ressentir une once de culpabilité.

— Tu l'as déjà fait, murmura-t-elle.

Elle se pencha en avant, pressant ses lèvres contre les siennes.

Son baiser était lent et doux, réveillant le désir qui les habitait toujours, juste sous la surface. Il enfonça ses doigts dans ses cheveux, approfondissant le baiser, voulant mémoriser tout d'elle.

— Tu as eu une grosse soirée, murmura-t-il entre deux baisers. Je devrais te raccompagner.

Il déposa des baisers sur ses lèvres.

— Mais tout ce que je veux, c'est te porter à l'intérieur et te faire l'amour.

— Je le veux aussi.

Leurs bouches se rapprochèrent fébrilement tandis qu'il se levait et l'emmenait à l'intérieur, s'arrêtant à chaque pas avec la férocité de leurs baisers. Lorsqu'ils arrivèrent enfin dans sa chambre, ils respiraient tous les deux à pleins poumons. Leurs bottes *claquaient* sur le parquet tandis qu'il les déshabillait tous les deux et l'allongeait sur le lit. Il parcourut des yeux son beau corps, le cœur serré. Elle l'attrapa lorsqu'il se pencha sur elle et l'embrassa passionnément. La sensation d'elle sous lui, le goût de ses larmes salées et le désir qui avait déjà commencé à s'installer étaient trop forts. Le mot *Je t'aime* cherchait à se libérer, mais il se retint, ne voulant pas rendre son choix encore plus difficile, et baissa la tête, léchant le creux de son oreille.

— Tu es la meilleure chose qui ne me soit jamais arrivée.

Elle gémit, s'accrochant plus étroitement à lui. Il passa à

nouveau sa langue sur le bord de l'oreille et lui mordit le lobe, ce qui provoqua une forte inspiration. Ses doigts s'enfoncèrent dans son dos et il aspira le lobe dans sa bouche.

Ses hanches se soulevèrent, se frottant contre lui.

— *Mon Dieu...*

Le désir dans sa voix l'incita à continuer et il se fraya un chemin jusqu'à ses seins, les taquinant avec ses dents et sa langue, tandis que sa main glissait le long de son ventre jusqu'à la touffe de boucles qui se trouvait entre ses jambes. Il suça un mamelon jusqu'au fond de sa bouche tout en la rendant folle avec sa main. Elle se cambra et se tordit, l'implorant. Il continua à la taquiner et à la sucer tandis qu'elle s'inclinait sur le matelas. Il glissa ses doigts à l'intérieur d'elle, produisant des sons séduisants qui le traversaient comme des aspérités de feu, tandis qu'il frottait son clitoris gonflé avec son pouce. Elle serra ses mains dans la couverture, suppliant et haletant :

— *Encore.*

— Nous y arriverons. Chevauche mes doigts comme tu as chevauché mon sexe l'autre soir.

Elle gémit et se balança tandis que ses doigts entraient et sortaient de sa chaleur serrée. Il déposa des baisers à bouche ouverte plus bas, aimant le dessous de chaque sein, s'y attardant avec de lents coups de langue et de longues succions de sa peau sensible, l'amenant jusqu'au bord de la libération et l'y maintenant. Elle tremblait, suppliait et haletait, elle était si belle qu'il voulait faire durer son plaisir encore plus longtemps.

— *Je ne peux pas... le supporter...*

— Profites-en, bébé.

Il voulait qu'elle se souvienne de chaque contact, de la façon dont ses doigts bougeaient en elle, de la chaleur de sa bouche sur son corps et du son de sa voix qui l'encourageait. Il prit son temps, suçant et embrassant ses côtes et son ventre, obtenant des sons plus intenses lorsqu'il la retourna, aimant chaque centimètre de son beau corps avec sa bouche et ses mains. Il prodigua à cette marque un surcroît d'amour, utilisant sa main pour lui donner du plaisir, de sorte qu'à chaque fois qu'elle verrait la marque, elle penserait à *lui* et au bien qu'il lui faisait ressentir, et non à l'homme qui lui avait causé de la douleur.

Lorsqu'il n'eut laissé aucun endroit intact, il la fit doucement rouler sur le dos et embrassa ses lèvres sensuelles.

— Prête à jouir sur ma bouche, chérie ?

— *Oui.* J'adore ta bouche.

Il étendit ses mains sur l'intérieur de ses cuisses, l'ouvrant plus largement, et fit glisser sa langue le long de son vagin, ce qui lui valut d'autres bruits de désir. Ses hanches se soulevaient du matelas à chaque glissement de sa langue.

— Tu es si douce, je veux te dévorer toute la nuit.

— Oui. Attends. Non. Je vais mourir de plaisir et tu devras l'expliquer à ma famille.

Il rit et lui embrassa la cuisse.

— *N'arrête pas*, se plaignit-elle. Je te promets que je ne mourrai pas.

Ils rirent tous les deux.

— Bon sang, femme. Tu me tues.

Il sut alors que si elle partait, il ne serait plus jamais le même.

Il abaissa sa bouche entre ses jambes, transformant ses rires en gémissements affamés et en sons plus avides.

— Mon Dieu, chérie, tout ce qui te concerne me rend fou.

Il embrassa l'intérieur de sa cuisse.

— La façon dont tu bouges, les sons que tu fais.

Il fit glisser sa langue le long de son sexe, ce qui lui valut un gémissement séducteur qui le poussa à la dévorer à nouveau. Il avait besoin de tellement plus et savait que dans quelques jours, elle serait peut-être partie pour toujours. Repoussant cette terrible pensée, il se promit de faire de ces quelques jours les meilleurs de sa vie. Il guida ses jambes sur ses épaules, se délectant d'elle, utilisant ses doigts sur son clitoris, sentant son plaisir grandissant comme le sien alors que ses jambes tremblaient, ses cuisses se resserrant autour de sa tête.

— *Cal... Oh... Oui...*

Ses hanches se dérobèrent tandis que son nom s'échappait de ses poumons, bruyant et détaché. Son sexe pulsait contre sa langue avec une telle perfection qu'il n'y renonça pas, faisant durer son plaisir et restant avec elle jusqu'à ce que la dernière pulsation la secoue et qu'elle s'effondre, essoufflée et ramollie, sur le matelas.

Il embrassa le long de son corps, obtenant de minuscules halètements à chaque contact de ses lèvres. La chair de poule suivait ses baisers le long de ses seins et de son cou. Lorsqu'il effleura ses lèvres, elle ouvrit les yeux, un sourire doux et rassasié ourlant ses lèvres.

— Ma belle chérie, murmura-t-il contre ses lèvres.

Lorsque ses jambes s'ouvrirent plus largement et que la large tête de son pénis s'enfonça dans sa chaleur étouffante, tout changea.

Il sentit l'attraction profonde de leurs corps, l'électricité qui les entraînait dans un royaume qui leur était propre. Saisissant les émotions qui le consumaient, il couvrit sa bouche avec la sienne, l'embrassant profondément tandis qu'ils trouvaient leur rythme. Il lui fit l'amour lentement, la berçant sous lui, aimant la façon dont sa respiration s'arrêtait à chaque poussée de ses hanches. Lorsqu'il souleva l'une de ses jambes au niveau du genou pour l'embrasser plus profondément, elle se retira de sa bouche en poussant un gémissement de plaisir qui le traversa, lui donnant envie d'accélérer le rythme et de l'envoyer au bord du gouffre.

Mais elle méritait plus.

Elle méritait de *vivre* dans un état de plaisir et il était déterminé à le lui donner.

Il continua à pousser lentement, soulevant l'autre genou de la jeune femme, s'enfonçant encore plus profondément. Elle gémit, s'agrippant aux draps. Il serra la mâchoire contre l'envie d'aller plus vite et ouvrit les yeux, la contemplant. Ses joues étaient rouges, des mèches dorées s'étalaient sur son oreiller. Elle ressemblait à un ange et se sentait comme au paradis. Serrée, chaude et si bonne, il savait qu'il n'allait pas durer. Il accéléra ses efforts, et lorsqu'il fit tomber ses genoux, elle s'accrocha à lui, suivant son rythme.

— Jouis avec moi, grimaça-t-il.

Il planta ses dents dans son cou. Ses ongles s'enfoncèrent dans sa chair, ses muscles internes se resserrèrent autour de lui et elle cria son nom, brisant le dernier lambeau de sa retenue. La chaleur descendit le long de sa colonne vertébrale et remonta de ses bourses, son nom s'échappant de ses poumons alors qu'il s'abandonnait à une libération bouleversante. Ils poussèrent, gémirent, griffèrent et haletèrent jusqu'à ce que la dernière réplique gronde en eux.

Il contempla la beauté essoufflée qui avait totalement et complètement volé son cœur et la prit dans ses bras, l'embrassant lentement et doucement, respirant l'air dans ses poumons jusqu'à ce que sa respiration se calme et qu'elle émette le soupir de satisfaction qu'il aimait. Puis, il embrassa le bord de ses lèvres et murmura :

— Ouvre les yeux, ma chérie. Sois avec moi.

Ses yeux s'ouvrirent, les larmes qu'ils contenaient lui firent mal au cœur, et elle murmura :

— Je suis tellement avec toi que je crois que nous sommes devenus les deux parties d'une même personne.

Chapitre Vingt-Cinq

— COMMENT S'EST passé le dîner avec ta famille ? demanda Colleen.

Cette petite blonde énergique, aux cheveux courts sur les côtés et un peu hérissés sur le dessus, semblait avoir une cinquantaine d'années.

C'était une question simple. Une bonne question. Si seulement il était facile d'y répondre.

Sully tritura le bord de son short.

— Le dîner était agréable. J'ai aimé ma tante et mon oncle, et Jax est génial, mais cela m'a rendu plus confuse qu'avant.

— En quoi ?

Elle raconta à Colleen leurs conversations au dîner et sa discussion avec Callahan la nuit dernière.

— Callahan a raison. J'*ai peur* de ce que je vais trouver dans le Maryland, mais j'ai peur de beaucoup de choses en ce moment. Jordan m'envoie mon acte de naissance et je n'arrive pas à décider si je veux utiliser mon vrai nom, qui est partout dans les médias et qui pourrait me faire considérer comme *cette fille qui a échappé à* la *secte* quoi que je fasse ou où je finisse, ou si je veux même être Sully, puisque ce nom m'a été donné par un homme qui m'a volé à ma famille. Et pour couronner le tout, quel que soit le nom que j'utiliserai, comment vais-je faire quand les gens me demanderont où j'ai grandi ? Comment peut-on comprendre ce que j'ai vécu ? C'est embarrassant et je ne suis pas sûre d'avoir réalisé à quel point je suis en colère contre l'homme qui m'a enlevée. J'aimerais savoir quoi en faire et cela m'effraie. Mais j'ai surtout peur de m'éloigner de Callahan, de toi et de cet endroit où je me sens en sécurité. J'ai peur de ne plus jamais être aussi heureuse. Et depuis que je me suis éloignée du complexe, je suis déterminée à prendre mes propres décisions.

Des larmes perlèrent dans ses yeux.

— Mais je ne peux pas prendre ces décisions. Surtout la dernière. Quel que soit mon choix, je perdrai quelqu'un que je veux dans ma vie.

— Oh, ma belle.

Colleen lui tendit une boîte de mouchoirs.

— Tu te souviens que nous avons parlé d'être plus gentille avec toi-même et de ne pas te sentir obligée d'avoir toutes les réponses ou d'essayer d'aller de l'avant trop vite ?

Sully acquiesça et s'essuya les yeux.

— Mais je *veux* aller de l'avant.

— Tu le fais déjà à bien des égards et tu continueras à le faire longtemps dans le futur. Mais il faudra du temps pour résoudre certaines des questions que tu te poses. Pourquoi ne pas parler de chacune des choses que tu as mentionnées et voir si je peux t'aider ?

— Ce serait bien.

Elle expira.

— Désolée d'avoir tout déballé comme ça. Apparemment, c'est ce que je fais quand je suis débordée.

— C'est pour cela que je suis là. J'ai l'impression que l'une des choses les plus importantes pour toi est de savoir qui tu es vraiment et comment tu veux être perçue par le monde.

— Tout ce que j'ai mentionné me semble important.

— Et ils le sont tous, mais ton identité est probablement le point de départ. Cela pourrait t'aider de savoir que de nombreuses personnes qui grandissent dans des communautés fermées comme la Free Rebellion ont les mêmes inquiétudes que toi, que leur nom ait été mentionné dans les journaux ou non. Il y a plusieurs façons d'aborder la question, mais ce qu'il faut retenir, c'est que tu es maître de ta réponse, si tu décides d'en donner une, et c'est aussi *ton* choix. Tu peux rester vague et donner juste assez d'informations pour répondre à la question. Par exemple, si l'on te demande où tu as grandi, tu peux simplement dire la Virginie Occidentale. Si on te demande d'où tu viens, tu peux dire Maryland, puisque c'est là que tu es née.

— En fait, c'est ce que j'ai fait lorsque Simone et moi parlions de Prairie View. Je lui ai dit que j'étais née là-bas, mais que j'avais déménagé quand j'étais trop jeune pour me souvenir de ce que c'était.

— C'est une réponse parfaite. C'est un peu comme lorsqu'un jeune enfant demande d'où il vient. Il ne veut pas ou n'a pas besoin de tous les détails intimes. Il faut rester assez simple pour répondre à la question. Le reste est laissé à ton appréciation et il est important de te rappeler que rien n'est figé. La façon dont tu réponds à ce type de questions peut changer au fil du temps, en fonction de la personne qui te les pose et de ce que tu ressens, et ce n'est pas grave. C'est ce que j'ai voulu dire en parlant de zones grises. Les questions personnelles n'exigent pas de réponses "tout ou rien". Tu peux choisir de ne pas répondre, de dire *à l'Est* ou de faire ce qui te semble le plus approprié.

Mais je te suggère d'essayer d'éviter de mentir car les mensonges peuvent être difficiles à gérer et ajouter un stress excessif.

— Je déteste mentir.

— Alors c'est une bonne raison de ne pas le faire. Il se peut aussi qu'un jour tu veuilles parler plus ouvertement de ce que tu as vécu. Tu voudras peut-être écrire un article à ce sujet, parler en public ou trouver un autre moyen d'aider d'autres personnes qui ont vécu des situations similaires.

— J'aime aider les gens mais je suis en colère d'avoir été enlevée et retenue contre mon gré. Je ne peux pas imaginer vouloir en parler. On m'a volé la vie que j'aurais dû avoir à l'âge de quatre ans, et je n'ai rien pu y faire.

— Oui, c'est vrai, et tu as le droit d'être en colère. La colère fait partie du deuil.

Elles discutèrent des étapes du deuil et de ce qu'elle pourrait rencontrer.

— Tu pleures la perte de ton enfance, la perte de ta famille et la perte de nombreux rites de passage qui t'ont été enlevés. Je sais ce que tu ressens aujourd'hui mais il est important que tu te donnes la possibilité de respecter tous tes sentiments. Avec le temps, tu décideras peut-être de canaliser ta colère différemment pour sensibiliser l'opinion publique. Il se peut aussi que tu ne veuilles jamais le partager avec les autres. C'est ton choix.

— *Le choix m'appartient.* J'ai attendu longtemps pour pouvoir vivre de cette façon.

— Et tu y es parvenu, Sully. Ne perds pas de vue à quel point tu es remarquable.

Elle baissa les yeux.

— C'est dur à entendre pour toi ?

— Oui et non. Je suis fière de moi mais c'est toujours étrange d'entendre et d'accepter les compliments des autres.

— J'ai l'impression que tu vas entendre souvent des choses comme ça. Tu es quelqu'un de spécial, et plus tu rencontreras de gens, plus tu l'entendras probablement. Non seulement à propos de ce que tu as fait pour toi-même, mais aussi à propos d'autres réalisations. J'espère que plus tu progresseras dans ta thérapie, plus il te sera facile d'accepter les compliments. J'ai une suggestion sur la façon de gérer ta peine et ta colère.

— Je suis ouverte à tout.

— Je sais que tu aimes dessiner, mais que penses-tu de tenir un journal ?

— Comme tenir un journal intime ?

— Oui, écrire ce que l'on ressent pour l'extérioriser. Ou même faire des dessins si tu es plus à l'aise avec ça. Parfois, on ne sait pas ce qu'on ressent vraiment tant qu'on ne l'a pas extériorisé et qu'on n'a pas découvert ce qu'il y a derrière.

— Je peux essayer.

Colleen sourit.

— Ce serait un bon début, et si tu es à l'aise pour me montrer ce que tu as écrit ou dessiné, nous pourrons voir si nous pouvons en tirer quelque chose.

— D'accord. J'aime cette idée.

— Très bien. Maintenant, parlons de ton nom. Je comprends que tu veuilles éviter d'être jugée par ce que les gens ont lu ou entendu dans les médias. Mais le nom que tu portes actuellement n'a pas du tout fait la une des journaux. C'est un nom sûr de ce point de vue. Mais ce qui compte, c'est ce que tu ressens. À qui penses-tu quand tu penses à Sullivan Tate ?

— Je ne vois absolument pas Casey. Je vois Sully. Mais *ma* Sully n'est pas la Sully de la secte.

— Qu'est-ce que tu veux dire par là ?

— C'est difficile à expliquer, mais pour moi Sully est la

petite fille qui s'est battue contre les choses qu'elle n'aimait pas, l'adolescente qui a essayé de s'échapper et la femme qui a finalement réussi à s'en sortir.

— Elle a l'air d'être une personne très forte.

Sully se redressa, se sentant à la fois bien et mal à l'aise avec ce qu'elle allait dire ensuite.

— Oui, mais c'est un nom qui m'a été donné par des gens que je déteste.

— C'est vrai. Mais tu viens de dire que ta Sully n'est pas leur Sully.

— En effet, c'est ce que j'ai dit, n'est-ce pas ?

— Oui, et ça en dit long sur ce que tu ressens. La question est de savoir si le fait d'entendre ce nom et de l'utiliser te renvoie à l'endroit où tu ne veux pas être. Ou est-ce que ça te fait te sentir bien par rapport à la personne que tu es devenue malgré tous leurs efforts pour t'empêcher de grandir et de changer ?

Elle dut réfléchir à cette question pendant une minute.

— Je me sens bien la plupart du temps, mais parfois, quand je suis en colère, j'ai l'impression que j'aimerais pouvoir tout effacer.

— Et quel nom utiliserais-tu si tu pouvais tout effacer ?

— Je ne sais pas. Tout ce que je sais, c'est que je ne veux pas que la première impression que l'on ait de moi soit celle de la fille qui s'est échappée d'une secte. Ou la fille qui a été kidnappée. Je veux qu'on me voie pour moi-même et je ne veux pas utiliser le nom de Casey. Mais j'ai peur de blesser ma famille, et plus particulièrement Jordan, si je change légalement de nom.

Colleen acquiesça.

— Je comprends que tu puisses penser que cela la blesserait, mais ses sentiments ne *sont pas* plus importants que les tiens. Je sais que c'est difficile à accepter et que cela peut être source de culpabilité, mais c'est un pas de plus pour prendre soin de toi.

Sully déglutit difficilement, sachant qu'elle avait raison.

— As-tu parlé à Jordan de ce que tu ressens ?

— Non.

— Je pense que ce serait un bon début. D'après ce que tu m'as dit d'elle, elle semble soutenir tes décisions et vouloir ce qu'il y a de mieux pour toi.

— C'est vrai. Je vais essayer d'en parler avec elle *et* de ne pas me sentir trop coupable de le faire.

Colleen sourit à nouveau.

— C'est parfait. As-tu déjà essayé les techniques d'auto persuasion ?

— Je me suis donnée des discours d'encouragement et ça m'a aidée.

— Il peut en être de même pour ces techniques et c'est généralement un bon moyen de se préparer à des choses difficiles. Avant de parler à Jordan, tu pourrais te rappeler que tes sentiments sont importants et qu'il est normal de prendre soin de *toi*.

— J'ai l'impression de le faire souvent depuis que je suis ici.

— C'est une bonne chose, Sully. Il est important de se rappeler qu'il y a des zones grises dans toutes les situations, y compris celle-ci. Quel que soit le nom que tu décides de te donner, il n'est pas nécessaire que ce soit pour toujours. Tu peux changer ton nom en Sullivan Tate ou Sullivan Lawler. Si tu décides un mois plus tard que tu veux être Casey, tu peux t'appeler Casey. Si tu décides de garder Casey comme nom légal mais que tu te fais appeler Sully, ou n'importe quel autre nom, c'est *à toi* de prendre cette décision.

— Je n'ai pas l'impression d'être dépassée par les événements quand je parle avec toi.

— Tu as dû faire face à beaucoup de choses très rapidement. Il est compréhensible que tu sois submergée. Je suis heureuse que cela t'aide de parler avec moi. Comme nous en avons parlé, les sentiments peuvent aller et venir : bonheur, tristesse, chagrin pour les années que tu as manquées avec ta famille, colère, solitude, culpabilité. Mais si tu ralentis et que tu les dissocies, ils sont un peu plus faciles à gérer.

— Sauf la décision de rester ou de partir.

— Ça non plus, ce n'est pas gravé dans le marbre, ma belle. Tu peux faire un choix et si ça ne te convient pas, tu peux changer d'avis.

— Mais je perdrai Jordan ou Callahan.

— Tu penses vraiment que tu les perdrais ou tu contournes les zones grises ? Y a-t-il une chance que Jordan comprenne que tu veuilles poursuivre ta thérapie ici pendant un certain temps ?

Sully se rendit compte de son erreur.

— Probablement, mais je pense qu'elle serait blessée.

— Et comment penses-tu que Callahan réagirait si tu allais dans le Maryland ?

— De la même façon. Il a dit qu'il soutiendrait ma décision, quelle qu'elle soit, et je sais qu'il est sincère, mais je sais aussi qu'il sera blessé si je pars.

— J'espère que tu réalises ce que cela signifie vraiment, c'est-à-dire que tu es une personne très spéciale, et que tu as déjà eu un grand impact sur leur vie à tous les deux.

— Je pense que oui, dit Sully doucement.

— Voici la question la plus importante et elle est difficile. Si Callahan n'était pas dans ta vie, irais-tu avec Jordan ?

Sully sentit une douleur dans sa poitrine et elle se mit à pleurer.

— Je ne sais pas. Probablement. Il pense que je devrais y

aller, mais l'idée de le quitter me fait tellement mal.

Sa voix se brisa et ses larmes coulèrent. Elle saisit plusieurs mouchoirs pour s'essuyer les yeux.

— Je n'ai jamais eu ce que nous avons et je ne l'ai pas cherché. Je ne pensais pas que je voudrais un jour être *près* d'un autre homme, mais au fur et à mesure que nous avons appris à nous connaître, j'ai été tellement attirée par lui. Je n'ai jamais rien ressenti de tel. C'est… inéluctable, dans le bon sens du terme. Dans le bon sens. Je n'ai jamais connu quelqu'un comme lui. Il est ouvert, honnête et attentif à mes sentiments. Il est protecteur d'une manière qui me fait me sentir spéciale, *pas* possédée. Il m'a aidée de bien des façons. C'est *grâce* à lui que je me sens en sécurité. Il m'a mise sur la voie qui m'a permis de voir les gens sans crainte ni appréhension. Je peux être moi-même avec lui et le laisser voir *tout* ce que je suis. Ma douleur *et* ma joie. C'est quand je suis avec lui que je suis la plus heureuse et je me sens entière comme je ne l'ai jamais été.

— Je t'entends, ma chérie, et tout cela est important. Callahan est un homme *bon* et je ne doute pas que ses sentiments pour toi soient réels, mais comment peux-tu savoir que tu es la plus heureuse si tes seules comparaisons sont le complexe et les quelques semaines que tu as passées avec les Finch ?

Chapitre Vingt-Six

COWBOY SE RÉVEILLA SAMEDI avec le bourdonnement incessant de son téléphone portable sur sa table de nuit et le doux son de la respiration de Sully qui dormait à côté de lui. Il retira prudemment son bras de sous la tête de Sully et lut le message de son père. *Nous avons un sauvetage dans une résidence privée à l'extérieur de Lockwood. Quatre chevaux. Pas d'informations sur les blessés.* Il envoya un emoji de pouce levé, se passa la main sur le visage et jeta un dernier coup d'œil à Sully. Elle avait l'air si paisible.

Mais il savait que ce n'était pas le cas.

Elle se débattait avec la décision de partir ou non avec Jordan demain. Son certificat de naissance était arrivé hier, apportant son lot d'émotions, tout comme la randonnée avec sa famille, qui avait été une expérience formidable pour tout le monde. Sully était sur un petit nuage après la randonnée, mais cela s'est estompé lorsque son oncle et sa tante étaient venus la nuit dernière pour lui dire au revoir. Elle leur avait donné quelques croquis qu'elle avait faits lors de leurs visites, et les adieux avaient été douloureux pour tous les trois.

Ses émotions étaient à fleur de peau et tout son corps était noué depuis des jours. Il sortit du lit et se dirigea vers la salle de bains. Lorsqu'il entra dans la douche, il appuya son avant-bras sur le carrelage et laissa l'eau chaude couler sur son dos, espérant ainsi soulager sa tension.

Quelques minutes plus tard, la porte de la douche s'ouvrit et il leva les yeux, rencontrant le regard endormi de Sully.

— Je ne voulais pas te réveiller, chérie.

— Tu ne l'as pas fait. Pourquoi es-tu debout si tôt ? demanda-t-elle, son regard parcourant son corps.

— Nous avons reçu un appel de secours.

Ses sourcils se froncèrent et il fut surpris de la voir enlever sa chemise et ses sous-vêtements et entrer dans la douche avec lui. C'était une première et lorsqu'elle passa ses bras autour de sa taille, pressant sa joue contre sa poitrine, son cœur se serra. Il l'enlaça, tournant son corps pour qu'elle soit sous l'eau chaude, et passa sa main dans son dos.

— Tu vas bien ?

— Tu me manques, c'est tout.

Elle embrassa sa poitrine.

— Je suis là, ma chérie.

Après le départ de sa famille hier soir, ils s'étaient promenés, puis elle lui avait demandé de la prendre dans ses bras, comme elle l'avait fait la nuit où elle avait découvert la vérité sur son passé. Elle s'était endormie dans ses bras, toute habillée, et lorsqu'elle s'était réveillée quelques heures plus tard, elle avait enlevé son jean, s'était à nouveau blottie contre lui et s'était rendormie. Il était resté éveillé, cherchant des réponses qui n'étaient pas venues.

Il lui caressa les cheveux.

— Tu es contente d'aller chez le coiffeur aujourd'hui ?

Jordan et Sasha l'accompagnaient au salon de coiffure.

— Oui.

Elle embrassa à nouveau son torse et releva le visage.

— Tu penses que ça ira plus court ?

— Tu es magnifique. Tu le seras quoi que tu fasses à tes cheveux.

Il passa ses doigts dans sa chevelure et elle déposa un baiser sur son torse.

— C'est agréable, chérie.

Elle continua à embrasser sa poitrine, à passer ses mains le long de son torse et à frôler son corps doux contre lui. Elle passa sa langue sur son mamelon, envoyant une décharge de chaleur directement sur son sexe. Il serra les dents et elle referma sa bouche sur le mamelon, se pressant contre son érection.

— Attention, ma chérie, tu joues avec le feu.

— Je ne veux pas être prudente.

Elle déposa des baisers au centre de son corps, l'eau chaude pleuvant sur son cou et son dos.

— Je veux sentir tes flammes.

Elle leva les yeux vers les siens.

— Je veux te faire sentir aussi bien que tu me fais sentir.

Bon sang, elle était déjà tout pour lui. Elle avait exploré tout son corps mais elle n'avait pas encore posé sa bouche sur son sexe. Il ne savait pas ce que ce connard lui avait fait faire et il ne voulait pas qu'elle ait l'impression de lui devoir quoi que ce soit.

— Tu n'as pas besoin de faire ça. Je me sens toujours bien quand on est ensemble.

— J'en ai *envie*.

Elle enroula ses doigts autour de son sexe, le regardant avec l'expression la plus douce et la plus pleine d'espoir, et il réalisa qu'elle avait besoin de ce contrôle, de cette chance de lui rendre la pareille.

— Je ne suis peut-être pas très douée pour ça, dit-elle doucement. Je n'ai jamais eu le choix, alors je n'ai jamais *essayé* d'être bonne. Si je ne le suis pas, tu m'aideras ?

Cette phrase le toucha au plus profond de lui-même, les sentiments qu'il éprouvait pour elle étant encore plus fort.

— Je ferai tout ce que tu voudras, mais c'est *toi*, chérie. Tout ce que tu fais me fait du bien.

Elle embrassa à nouveau son ventre, resserrant son emprise, se penchant à la taille et léchant le gland. Il aspira de l'air en serrant les dents et elle leva les yeux vers les siens, innocente, curieuse, *lascive*. Il enfonça une main dans ses cheveux et caressa sa joue avec son pouce.

— Ça fait du bien, chérie.

Elle sourit et recommença, faisant le tour de la tête et remontant le long jusqu'à ce qu'elle palpite avec avidité.

— C'est tellement bon, chérie.

Elle le prit dans sa bouche chaude et humide, le caressant et le suçant, et son menton tomba sur sa poitrine.

— *Putain, c'est fantastique.*

Elle gardait ses yeux sur les siens. La voir l'aimer avec sa bouche et ses mains, le prendre profondément et l'extraire lentement dans un rythme endiablé qui mettait tout son corps en feu, c'était mieux que tous les fantasmes qu'il avait jamais eus. Il lutta contre l'envie de pousser ses hanches, d'enfouir son autre main dans ses cheveux et de prendre le contrôle, ses muscles se contractant avec retenue.

— Tellement sexy, chérie. J'aime avoir voir mon pénis dans ta bouche.

Ses yeux s'assombrirent et elle accéléra le rythme, serrant plus fort, suçant plus fort. Putain de merde, elle était incroyable.

Il guida son autre main vers ses testicules, lui montrant

comment les serrer, et c'était trop – la confiance dans ses yeux, la sensation de sa bouche, les émotions qui se répandaient entre eux, aussi chaudes et tangibles que la vapeur de la douche.

— J'y suis presque, ma puce, prévint-il en serrant les dents.

Elle se mit à caresser encore plus vite.

— *Sully*, l'avertit-il à nouveau, en enfonçant son autre main dans ses cheveux, mais en la laissant toujours mener la danse.

Il ferma les yeux, essayant de se retenir, mais elle suçait et caressait rapidement et fermement, avec une telle perfection qu'il se perdit dans le rythme. Dans un ultime effort pour l'avertir, il ouvrit les yeux, mais la voir le regarder, les yeux pleins de plaisir, tandis qu'elle pressait ses bourses, le fit monter en flèche. Ses hanches se dérobant et sa vision se brouillant, il s'écria :

— *Sully. Putain. Sully.*

Il lutta pour que son cerveau fonctionne et que ses yeux se concentrent et réalisa qu'elle restait avec lui malgré le sperme qui se déversait dans sa bouche.

— *Merde.*

Il se retira, le reste de son sperme coulant sur ses seins alors qu'il grommelait :

— Désolé, chérie.

Son corps frémit et trembla tandis qu'il la prenait dans ses bras, leurs cœurs s'entrechoquant.

— Désolée de ne pas avoir pu finir, dit-elle à bout de souffle.

— Bon sang, chérie. Tu m'as *fait perdre la tête.*

Ses sourcils se froncèrent.

— C'est bien ?

Mon Dieu, je t'aime. Il lui fallut tout ce qu'il avait pour retenir ce sentiment.

— Tu es *la meilleure*, chérie.

Il embrassa ses lèvres souriantes, se demandant si elle se rendait compte qu'elle l'avait détruit bien avant d'entrer dans la douche.

SULLY ÉTAIT ASSISE SUR la chaise du salon de coiffure, espérant ne pas faire d'erreur, et en même temps tellement excitée à l'idée de se faire couper les cheveux, qu'elle avait du mal à rester assise. Elle passa une demi-heure à éplucher des magazines de coiffure avec Jordan et Sasha et s'était finalement décidée pour de longues mèches qui dépasseraient un peu de ses épaules.

— Tu es sûre que cette coiffure va convenir ? demanda-t-elle à Becky, la rousse et fougueuse amie coiffeuse de Sasha.

— Ce sera fantastique, mais avec tes pommettes, tu peux réussir n'importe quelle coupe.

Becky commença à peigner les cheveux mouillés de Sully.

— C'est ce qu'on lui a dit, confirma Jordan et Sasha acquiesça.

Autour d'elles, les sèche-cheveux vrombissaient tandis que les stylistes complimentaient l'apparence de leurs clientes, et Sully réalisa qu'elle n'avait jamais scruté son apparence comme le faisaient les autres filles. Même dans la communauté, elle avait entendu des filles parler de leur apparence, mais Sully avait toujours eu des choses plus importantes à l'esprit. Elle pensait à la façon dont Callahan lui disait qu'elle était belle et magnifique, et même si elle savait qu'il la trouvait belle, elle avait toujours l'impression qu'il parlait d'autre chose que de son apparence, et elle aimait cela. Parfois, elle essayait de porter des vêtements qu'il trouvait mignons, comme elle l'avait fait aujourd'hui en choisissant la mini-robe que Birdie lui avait offerte et les bottes qu'il lui avait achetées. Il ne l'avait jamais vue en robe et elle voulait le surprendre avec sa coupe de cheveux et sa tenue lorsqu'il reviendrait après avoir sauvé les chevaux. Mais elle n'avait même pas pensé à son visage.

C'était une bonne chose parce qu'il l'aimait telle qu'elle était.

— Tu as de beaux cheveux, dit Becky, tirant Sully de ses pensées. Quand les as-tu coupés pour la dernière fois ?

Sully se retint de lui répondre « *Probablement quand j'avais quatre ans* ». Elle opta pour une réponse plus générique, comme Colleen l'avait suggéré.

— Il y a *longtemps*. Ils ont toujours été crépus.

— Ne t'inquiète pas pour ça. Une fois que nous nous serons débarrassés des pointes fourchues, tu perdras beaucoup de tes frisottis, et j'ai d'excellents produits anti-frisottis, la rassura Becky alors qu'elle finissait de peigner ses cheveux. Ok, je crois qu'on est prêtes.

Birdie franchit la porte du salon en courant vers elles.

— *Attendez !*

Elle s'arrêta presque en dérapant dans ses bottes à semelles compensées et son jean ample, ses cheveux noirs sauvages débordant sur les épaules de son pull jaune.

— Qu'est-ce que tu fais ici ? demanda Sasha. Je croyais que tu devais travailler.

— C'est le cas mais j'ai trouvé cette photo d'une coupe de cheveux qui irait très bien à Sully, et nous avons eu une matinée calme, ce qui est bizarre, mais peu importe. Quoi qu'il en soit, les plans de Quinn ont changé et elle a proposé de travailler pour que je puisse vous rejoindre. Alors me voilà, et regardez !

Elle tendit à Sully la photo d'une jolie fille aux cheveux mi-longs. Jordan, Sasha et Becky se penchèrent pour la regarder. La coupe était légèrement plus longue à l'avant qu'à l'arrière, avec une raie sur le côté et quelques longues mèches.

— Merci, Birdie. J'aime son aspect naturel et je pense que je préfère cette longueur à celle qui dépasse mes épaules. Mais on dirait qu'elle a des cheveux ondulés, alors que les miens sont plutôt raides. Tu penses que ça m'irait aussi bien qu'à elle ?

— Absolument, rétorqua Becky. Tes cheveux ne sont pas si lisses que ça. Ils sont alourdis par la longueur. Une fois que nous les aurons coupés, ils seront plus légers et auront l'air plus volumineux.

— Vraiment ?

L'excitation monta à l'intérieur de Sully.

— Alors faisons-le.

— Oui !

Birdie applaudit et sortit son téléphone.

— Prenons les photos d'*avant*.

Tout le monde se rapprocha de Sully.

Alors que Jordan se penchait à la gauche de Sully et que Sasha se penchait à sa droite, Becky dit :

— Je vais prendre la photo. Birdie, vas-y.

Birdie tendit son téléphone à Becky.

— *J'arrive !*

Elle grimpa sur les genoux de Sully et passa son bras autour de son cou, ce qui les fit toutes rire pour la photo.

— Maintenant, prenez-en une avec Jordan et Sully.

Après que Becky ait pris la photo, Birdie lui demanda d'en prendre d'autres de Sully et Sasha, puis d'elle-même avec Sully. Quand Becky lui rendit son téléphone, Birdie prit une photo de

Sully avec Becky, puis une de Sully seule.

— Celle-là est pour Cowboy.

Sully sourit en pensant au mot qu'il avait laissé sur le comptoir ce matin-là, avec beaucoup plus d'argent que la coupe de cheveux ne coûterait. *Chérie, passe un bon moment avec les filles. J'ai hâte de voir ta nouvelle coupe, même si je ne t'imagine pas plus belle que tu ne l'es déjà. Fais-toi plaisir en achetant tout ce que tu veux pendant que tu es dehors. C.*

— D'accord, Annie Leibovitz.

Sasha éloigna Birdie de la chaise.

— On peut laisser Sully se faire couper les cheveux maintenant ?

Après beaucoup de bavardages, de mots d'encouragement et de coups de ciseaux, Sully s'assit dos au miroir, plus nerveuse qu'à son arrivée, tandis que Becky finissait de sécher ses cheveux, les ébouriffait et les peignait aux doigts pour les mettre en place. Les filles semblaient sur le point d'exploser d'excitation. Birdie avait pris un million de photos supplémentaires, capturant chaque inquiétude et chaque rire nerveux.

Becky recula, souriant fièrement.

— Es-tu prête à rencontrer la nouvelle Sully ?

La nouvelle Sully. Elle adorait cette idée.

— Oui.

Becky tourna la chaise et Sully reconnut à peine la jolie femme dans le miroir. Ses cheveux étaient naturellement ondulés et les frisottis avaient disparu. La raie à droite donnait plus de volume au côté gauche, et Becky les avait coupés à la longueur parfaite, frôlant le haut de ses épaules. Elle n'avait pas réalisé à quel point sa peau était plus claire et plus éclatante depuis qu'elle avait quitté la secte. La coupe faisait ressortir la ligne de sa mâchoire, mettant en valeur son sourire, et elle se rendit compte que sa tante avait raison. Son sourire ressemblait beaucoup à celui de son père. Elle voyait davantage sa mère dans ses yeux et sa ligne de sourcils, et ses pommettes semblaient plus marquées, ce qui lui donnait un point commun avec Jordan.

Sa gorge se bloqua sous l'effet de l'émotion et elle lutta pour la retenir tandis que Birdie lança:

— Chérie, tu as ta place sur la couverture d'un magazine.

Elle prit d'autres photos.

— Cowboy va perdre la tête, dit Sasha.

Sully jeta un coup d'œil à Jordan dans le miroir, la regardant fixement, une main sur son cœur.

— Jordan, tu aimes ?

Jordan fondit en larmes et hocha la tête.

— Tu ressembles encore plus à papa et maman.

L'émotion dans la voix de Jordan fit couler les larmes de Sully.

— Oh non !

Becky prit des mouchoirs en papier et les tendit à Sully.

— Tu n'aimes pas ça ?

Sully secoua la tête en s'essuyant les yeux.

— J'adore ça. C'est juste que...

Laissant de côté la partie concernant son passé et ses parents, elle dit :

— Je n'avais jamais réalisé que je pouvais être aussi jolie.

Il y a eu un " *Oh* " collectif.

— Alors tu es la seule à ne pas l'avoir réalisé, déclara Jordan en se penchant pour la serrer dans ses bras. Tu étais magnifique quand tu es arrivée ici. Aujourd'hui, ta beauté n'est plus la même.

BIRDIE PRIT encore une douzaine de photos, et lorsqu'elles quittèrent le salon, Sully se sentait plus légère, plus confiante, et un peu plus comme une jeune femme ordinaire au lieu d'une évadée de secte. Ses longs cheveux la rattachaient à la secte et à tout ce qui s'y était passé, et c'était très agréable d'en être débarrassée.

Birdie se rapprocha d'elle.

— Regarde-toi dans cette robe ! Je savais que tu aurais l'air splendide dedans.

— Merci. Tu as beaucoup de goût. Peux-tu m'envoyer les photos que tu as prises ? Je veux en envoyer une à Callahan.

— Je l'ai déjà fait. Regarde ton téléphone.

Sully sortit son téléphone du joli sac que Birdie lui avait donné et regarda les photos. Elle n'arrivait toujours pas à croire que c'était elle la fille sur ces photos. Elle avait l'air sincèrement heureuse, et même si elle savait qu'elle *l'était*, le fait de voir la lumière dans ses propres yeux rendait la chose encore plus réelle.

— Il faut fêter ça, s'exclama Sasha. Allons déjeuner au *Roadhouse*.

— Excellente idée. J'ai envie d'un hamburger, dit Birdie.

— Est-ce que ça vous va, les filles ?

Sasha échangea un regard entre Jordan et Sully.

— C'est un bar de bikers mais pas un bar glauque. La famille de Billie en est propriétaire et elle y travaille. Il n'y a pas beaucoup de monde l'après-midi. On va s'amuser.

Sully ressentit un frémissement d'appréhension. Elle n'avait jamais mis les pieds dans un bar, mais elle savait à quoi ressemblait Rebel Joe lorsqu'il en revenait.

— Ils ont les meilleurs hamburgers de Hope Valley, ajouta Birdie.

Birdie et Sasha semblaient enthousiastes et Sully ne voulait pas gâcher leur plaisir. Elle se dit que ce n'était qu'un déjeuner et répondit :

— Bien sûr.

— Je suis d'accord aussi, mais le déjeuner est pour moi, proposa Jordan.

— Ça va. Tu n'as pas à payer pour moi. Callahan m'a donné de l'argent.

— C'est vraiment gentil de sa part. Et je sais que je ne suis pas obligée de le faire mais j'aimerais inviter ma sœur à déjeuner. Est-ce que c'est trop demander ?

Sully pensa au nombre de fois où elle avait dit qu'elle voulait faire quelque chose elle-même ces deux dernières semaines et comprit où Jordan voulait en venir.

— *Ok*, merci.

— Tu vois ? Ce n'était pas si difficile.

Jordan la serra dans ses bras et se tourna vers Sasha et Birdie.

— Vous êtes si gentilles avec Sully, vous inviter à déjeuner est le moins que je puisse faire.

— Hé, tu as eu ma voix pour le *déjeuner, c'est pour moi.*

Birdie sourit.

Sasha leva les yeux au ciel.

— Nous aimons Sully et tu peux payer le déjeuner, mais la prochaine fois, c'est nous qui l'offrirons.

Alors qu'ils se dirigeaient vers le parking, Sully envoya un message à Callahan. *Je l'ai fait !* Elle joignit l'une des photos d'elle après la coupe. *Nous allons déjeuner au Roadhouse.* En montant dans la voiture de Sasha, elle pensa à lui dire qu'elle était nerveuse à l'idée d'aller au bar mais il était probablement très occupé avec le sauvetage et elle ne voulait pas en rajouter. Au lieu de cela, elle tapa : *Comment s'est passé le sauvetage ? Les chevaux vont-ils bien ?* Elle ajouta un émoji cœur rose et envoya le message.

Chapitre Vingt-Sept

—SI SEULEMENT TOUS les sauvetages étaient aussi chanceux, dit Cowboy alors que Hyde, Kenny et lui conduisaient deux juments alezanes et une vieille jument palomino dans l'un des pâturages vides. La matinée avait été longue. Tiny et lui avaient fait deux heures de route pour récupérer quatre chevaux dont le propriétaire était décédé il y avait deux jours. Le voisin qui avait appelé les autorités les avait accueillis et leur avait expliqué à quel point le propriétaire aimait ses chevaux. Trois des chevaux allaient bien, mais l'une des juments avait un tendon arqué. Doc était avec elle à présent.

— Ce ne serait pas génial ?

Hyde secoua la tête.

— Dommage qu'il y ait tant d'enfoirés dans la nature.

— Je sais que ces chevaux ont de la chance parce qu'ils ont été bien soignés, mais je ne comprends toujours pas, dit Kenny. Tu as dit que le propriétaire avait quatre-vingt-cinq ans. Si tu es si vieux, tu ne prendrais pas des dispositions pour tes chevaux au cas où il t'arriverait quelque chose ?

— Personne n'aime penser à la mort.

Cowboy ouvrit la porte du pâturage.

— C'est logique, mais ce sont les chevaux qui en paient le prix, et ce n'est pas juste.

Kenny caressa la palomino en la conduisant dans le pâturage.

— Ce cheval blessé irait probablement bien s'il s'était arrangé pour que nous venions le chercher le jour où il est mort.

— Deux jours, ce n'est pas l'idéal, mais c'est mieux que beaucoup de situations, affirma Cowboy. Au moins, ils ne sont pas tombés entre de mauvaises mains.

Comme Sully. Enfonçant cette pensée au plus profond de son être, il prit la tête du cheval.

— Mais tu es en sécurité maintenant, hein, Spirit ?

— Tu crois que leur propriétaire leur manque ? demanda Kenny en conduisant le cheval à travers le portillon.

— Ils ont été bien soignés, alors j'imagine que oui, répondit Cowboy.

En reprenant la longe de son cheval, Kenny demanda :

— Vont-ils déprimer ?

— C'est normal, non ? Les chevaux sont sensibles, comme les gens.

Hyde libéra sa jument.

— Il leur faudra quelques jours pour s'installer, mais au moins, ils sont là l'un pour l'autre.

— Tu sais que les chevaux sont comme les humains, ajouta Cowboy. Ils ne pleureront pas seulement l'absence de leur propriétaire. Ils pleureront la perte du confort qu'il leur apportait. Ces chevaux étaient très aimés. Son contact, sa voix, tout leur manquera.

Il pensa à Sully à l'âge de quatre ans, effrayée et pleurant pour ses parents et punie pour cela. *Peux-tu me prendre dans tes bras ?* Si elle retournait dans le Maryland avec Jordan, qui la prendrait dans ses bras lorsqu'elle aurait peur ou se sentirait seule ? Demanderait-elle à Jordan de le faire ? Qui saurait, en la regardant dans les yeux, qu'elle avait besoin que quelqu'un lui tienne la main ou la distraie de ses pensées ? Sa gorge se serra.

— Mais nous les aiderons du mieux que nous pourrons, asséna Hyde alors qu'ils sortaient du pâturage.

— C'est pourquoi, nous les mettons au pâturage, en essayant de maintenir leur routine normale. Ils seront toilettés tous les jours pour les réconforter et nous les surveillerons pour déceler tout signe d'anxiété.

Cowboy verrouilla le portail et s'appuya sur la clôture, observant les chevaux pendant quelques minutes avant de retourner à l'étable. Le téléphone portable de Kenny sonna alors qu'ils traversaient le champ. Il le sortit pour vérifier le message et Hyde jeta un coup d'œil par-dessus son épaule.

Kenny couvrit son téléphone.

— Hé. Ne regarde pas.

— C'est quoi ça ? demanda Cowboy d'un ton sévère.

— Il a de jolies filles qui lui envoient des photos, répondit Hyde.

— A partir du cou, j'espère, lança Cowboy.

Kenny détourna le regard, un peu gêné.

— Les photos de la nuque sont les meilleures.

Hyde sourit.

Cowboy le regarda d'un air renfrogné.

— Kenny, qu'est-ce que je t'ai dit sur le respect des filles ?

— Hé, je n'ai pas demandé les photos, insista Kenny.

— Mais tu leur as donné ton numéro, n'est-ce pas ? demanda Cowboy.

Kenny haussa les épaules.

— *Et alors ?*

— Ne fais pas l'innocent avec moi. Nous savons tous les deux que tu ne voulais pas *étudier* avec elles. Qu'est-ce que Mariah pense de tes activités extrascolaires ?

Mariah était une amie proche de Kenny. Cowboy ne savait pas si elle était la petite amie de Kenny, mais il savait qu'elle voulait l'être.

— Ce ne sont que des photos. Ce n'est pas comme si je m'amusais avec elles. De plus, Mariah n'est pas ma petite amie. On ne fait que traîner ensemble.

Cowboy secoua la tête.

— Écoute, c'est ta vie, et à la fin de la journée, c'est toi qui dois te regarder dans le miroir et être d'accord avec la personne qui te regarde. Tu te sens bien à l'idée de prendre ces photos ?

Kenny rit.

— Oui, ça me fait du *bien*.

— Probablement plusieurs fois par nuit.

Hyde s'esclaffa.

Cowboy lança un regard noir à ce dernier et reporta son regard sérieux sur Kenny.

— Si tu caches ces photos à Mariah, alors il est temps de la laisser partir, petite amie ou pas, parce que cette fille est folle de toi et qu'elle ne mérite pas d'être blessée.

Kenny déglutit difficilement.

— Il n'a pas tort, mon garçon, confirma Hyde. Je veux bien qu'on s'amuse mais si un mec envoyait des photos de son sexe à Mariah, qu'est-ce que tu en penserais ?

— Je ne sais pas, marmonna Kenny alors qu'ils s'approchaient de la grange.

Cowboy souffla un bon coup.

— Écoute, mon pote. Je comprends que ça fait du bien d'être désiré. Mais n'oublie pas qu'il y a très peu de choses que tu peux contrôler dans la vie. La façon dont tu traites les autres est en tête de liste, et cela se répercute sur tout le reste, y compris sur ton amour-propre et ta réputation. Tu as travaillé dur pour arriver là où tu es. Je te suggère de faire un choix judicieux.

— Oui, j'ai compris, admit Kenny, les épaules affaissées.

Ils se dirigèrent vers l'étable et trouvèrent Dare en train de parler avec Doc près du box de la jument blessée.

— Comment va-t-elle ? demanda Cowboy.

— J'ai fait un bandage et je lui ai donné un analgésique, dit Doc. Cela va prendre un peu de temps mais elle devrait aller mieux.

— Heureux de l'entendre.

Le téléphone de Cowboy vibra dans sa poche. Il le sortit et lorsqu'il ouvrit le message de Sully, une photo de sa nouvelle coupe de cheveux apparut, lui arrachant l'air des poumons. Alors qu'il découvrait le nouveau look de sa belle, il lut le message qui l'accompagnait, et l'idée de la voir au *Roadhouse* lui donna la chair de poule. Malgré tout le chemin qu'elle avait parcouru, elle avait toujours été violée par ce connard ivre tous les jeudis soirs. Il avait le sentiment que cette laideur reviendrait la hanter à la minute où elle mettrait les pieds dans un bar.

— Qu'est-ce qui ne va pas chez toi ?

Hyde jeta un coup d'œil à son téléphone par-dessus son épaule.

— Putain de merde. C'est Sully ?

Cowboy plissa les yeux.

— Garde ta queue dans ton pantalon.

— Hé, pourquoi ça te va d'avoir des photos de nu alors que moi je ne peux pas ?

Kenny se plaignit.

Dare adressa au jeune homme un regard sévère.

— Tu as des photos de nus ? Il faut qu'on discute, toi et moi.

— Cowboy m'a déjà sermonné. Tu devrais *lui* parler. C'est un hypocrite.

Kenny regarda Cowboy.

— Bon sang, Kenny, ne fais pas de suppositions. Elle n'est *pas* nue.

Cowboy lui montra le téléphone.

— Elle s'est fait couper les cheveux.

— Waouh. Elle était trop sexy pour toi avant. Maintenant, elle est beaucoup trop sexy pour toi.

Kenny rit.

— Je m'occupe de lui, dit Hyde, qui saisit Kenny par le col et l'entraîna à l'écart.

— Allez, grande bouche, on y va. Tu as des corvées à faire.

— Laisse-moi voir ça.

Dare s'empara du téléphone de Cowboy.

— Nom de Dieu, mec. Elle a l'air incroyable. Regarde-la, Doc.

Il tourna le téléphone pour que ce dernier puisse la voir.

— J'ai bien peur que Kenny ait raison. Elle n'est pas de ton niveau, mon frère, la taquina Doc.

— Ferme ta gueule.

Cowboy saisit le téléphone des mains de Dare.

— Les filles l'emmènent déjeuner au *Roadhouse*. Je vais aller la surprendre.

— Je pense que tu veux t'assurer qu'aucun autre gars ne la drague, insista Doc.

La mâchoire de Cowboy se contracta à l'idée que quelqu'un puisse mettre Sully mal à l'aise.

— C'est juste un bonus. Tu veux venir ?

— Nan. J'ai des trucs à faire par ici.

— Je suis partant.

Dare donna une tape dans le dos de Cowboy.

— Billie finit bientôt et tu sais à quel point elle aime que je m'occupe d'elle pendant qu'elle travaille.

— Oui, acquiesça Cowboy en sortant de la grange. Autant qu'elle aime les hémorroïdes.

MÊME AVEC L'assurance renforcée d'une nouvelle coupe de cheveux et d'une jolie tenue, Sully se sentait comme un poisson hors de l'eau au bar local. C'était un endroit assez agréable, pas délabré ou miteux comme elle imaginait le *Nigel's*, mais elle avait toujours l'impression que les gens la dévisageaient. Un groupe d'hommes avait salué Sasha et Birdie à leur arrivée et Sasha avait expliqué qu'ils étaient des Dark Knights. Sully savait que ces hommes connaissaient sa véritable identité, ce qui ne facilitait pas les choses, mais il y avait une autre table d'hommes qui n'arrêtaient pas de la regarder, et quelques personnes près du bar aussi. Pouvaient-ils deviner qu'elle était Casey Lawler, ou était-elle paranoïaque ?

Elle jeta un coup d'œil par-dessus son menu à Jordan qui discutait avec Sasha et Birdie en regardant leurs menus, et à Billie qui servait la table de jeunes gens d'une vingtaine d'années qui n'arrêtaient pas de la regarder. Jordan, Sasha, Birdie et Billie étaient si à l'aise ici. Elle ressentit une pointe de jalousie. Colleen voulait qu'elle acquière de nouvelles expériences mais Sully se demandait si elle se sentirait ainsi à chaque nouvelle sortie. Si c'était le cas, elle devrait se forger une carapace plus épaisse. Mais elle n'avait pas ressenti cela lorsqu'elle était en ville avec Callahan. *Si seulement tu étais là maintenant.*

— Sully, sais-tu ce que tu vas commander ? demanda Jordan.

— Je ne sais pas. Il y a beaucoup de choix.

Elle était impatiente de choisir son repas mais ce n'était pas aussi facile qu'elle l'avait imaginé. Ils faisaient des hamburgers de cinq façons différentes et il y avait trois sortes de salades et une poignée d'autres choses sur le menu. En plus, tout était très cher. Quinze dollars pour un hamburger et des frites ? Elle aurait pu faire huit ou dix hamburgers pour cette somme.

— Qu'est-ce que vous prenez ?

— Je ne suis pas encore sûre non plus, dit Jordan.

— Je prends le Mustang Burger avec toutes les garnitures et des frites, décida Birdie.

— Salade de poulet à la Buffalo.

Sasha replaça ses cheveux derrière son oreille en posant son menu.

— Je le prends à chaque fois que je viens ici.

— Ça a l'air bon, dit Jordan. Je pense que je vais le prendre avec du poulet grillé au lieu du poulet frit.

— Ça a l'air bien, mais je ne suis pas encore sûre.

Sully parcourut à nouveau le menu.

— Qu'est-ce qui te fait envie ? demanda Birdie.

— Je ne sais pas. Je n'ai jamais eu autant de choix. C'est la première fois que je vais au restaurant.

Les yeux de Birdie s'écarquillèrent de surprise mais se transformèrent rapidement en compassion.

— Je n'y avais pas pensé.

— Si j'avais su que c'était ta première fois, j'aurais suggéré un endroit plus discret, regretta Sasha.

— Ce n'est pas grave. Il faudra bien que je m'y habitue un jour, répondit Sully, ne voulant pas que son passé devienne le centre de la conversation. C'est quoi les doigts de poulet ?

— Ce sont des lamelles de poulet frites. La plupart des endroits les appellent des tenders de poulet, expliqua Birdie. Ils ont des noms bizarres pour tout ici.

Elle posa son menu entre eux et passa en revue chaque article avec Sully.

Billie s'arrêta à leur table juste au moment où Birdie finissait de lui donner le menu. Quand elle avait apporté les menus et les verres d'eau à leur table, Billie avait complimenté Sully sur sa coupe de cheveux avec une telle exubérance que la jeune femme avait rougi à vue d'œil. A présent, Billie la regardait avec des yeux amusés.

— Cette table de gars là-bas veut savoir qui est la nouvelle bombe de la ville.

— Je pense qu'ils parlaient de Jordan, déclara Sully d'un air sceptique.

— Jordan porte un diamant assez gros pour être vu de l'espace, dit Billie. Ils posaient des questions sur la jolie fille en robe, et d'après les regards que tu as reçus des autres clients, je dirais qu'ils ne sont pas les seuls à te reluquer.

Elle était soulagée qu'ils n'aient pas fait le lien avec Casey Lawler, mais avant qu'elle n'ait pu comprendre leur intérêt, Callahan et Dare entrèrent à grands pas dans le bar. Les yeux de Callahan se posèrent sur elle et son pouls s'accéléra, le soulagement l'envahissant, envoyant ces papillons omniprésents en rafale tandis que ses jambes puissantes avalaient la distance qui les séparait.

Billie la poussa du coude.

— Cowboy t'a mis un mouchard ou quoi ?

Non. Il sait juste quand j'ai besoin de lui.

Callahan prit une chaise sur une table voisine et la posa à côté d'elle.

— Hé, chérie.

Il lui donna un baiser, son regard balayant son visage, l'appréciation brillant dans ses yeux.

— Je ne pensais pas qu'il était possible que tu sois encore plus belle, mais *bon sang*, ma chérie.

— Je suis contente que tu aimes ça.

Elle lui tendit la main, la serrant fort, incapable de croire qu'il était vraiment là.

— Qu'est-ce que tu fais là ?

— Tu ne peux pas m'envoyer une photo de la plus belle femme de Hope Valley et t'attendre à ce que je reste à l'écart.

Il toucha la pointe de ses cheveux.

— Je ne veux pas t'embarrasser mais tu pourrais mettre le feu à cet endroit.

Ses joues s'enflammèrent tandis que Jordan et les filles lui lançaient des regards approbateurs.

Callahan afficha un sourire arrogant en direction des gars qui avaient interrogé Billie à son sujet et baissa la voix pour que seuls Sully et les amis de leur table puissent l'entendre lorsqu'il dit :

— Dégagez les gars. Elle est avec moi.

Les filles rirent et il se rapprocha de Sully en lui murmurant à l'oreille :

— Je sais que c'est la première fois que tu vas dans un bar. Je voulais juste être là au cas où tu serais mal à l'aise. Mais si tu veux être seule avec les filles, tu n'as qu'à le dire.

Elle rougissait déjà sous l'effet de ses compliments, et maintenant son cœur avait l'impression de vouloir sortir de sa poitrine pour aller vers lui.

— Je suis content que tu sois là. Reste, s'il te plaît.

Il lui serra la main et lui adressa un simple signe de tête.

Dare glissa son bras autour de la taille de Billie.

— Que dirais-tu d'un peu de douceur, ma belle ?

— C'est censé être un moment entre filles.

Birdie jeta un regard noir à ses frères.

— Vous ne pouvez pas être ici.

— Bien sûr que si.

Callahan lâcha la main de Sully pour passer son bras autour de son épaule.

— Sully est ma copine et c'est un grand jour pour elle. Je ne voulais pas le rater.

— J'adore ça, s'exclama Jordan.

— D'accord, je peux *presque* y croire.

Birdie regarda Dare avec impatience.

— Quelle est ton excuse ?

Dare sourit.

— Ma copine me manquait. Je l'ai dans la peau.

— Il n'y a pas que dans la peau, rétorqua Billie avec de l'amour dans les yeux. Bobbie devrait bientôt arriver. Je pourrai alors partir.

— Je pense que tu veux dire, *nous* pourrons partir.

Dare fronça les sourcils.

— Je n'avais *pas* besoin d'entendre ça, dit Sasha.

— Sérieusement, acquiesça Birdie. Est-ce que ça vous dérangerait de ne pas nous mettre sous le nez votre amour dégoulinant ?

Les garçons rirent et Sully se mit à rire aussi, parce que le fait d'être avec Callahan rendait tout plus facile.

— Hé, Jordan, tu devrais demander à Jax de venir traîner avec nous, suggéra Callahan.

Jordan jeta un coup d'œil à Sasha et Birdie.

— Je n'ai pas besoin d'ajouter d'autres gars dans le lot.

— Non, il a raison, l'encourage Sasha. Jax devrait être ici avec Sully et toi.

Jordan regarda Birdie.

— Tu es d'accord ?

— Bien sûr, dit Birdie d'un ton jovial. Plus on est de fous, plus on rit. J'aime bien donner du fil à retordre à mes frères. Jax n'a pas de jolis amis célibataires dans le coin ?

— Je crois que la plupart de ses cousins ici sont mariés mais il a des amis célibataires chez lui, dit Jordan.

— Il est temps d'organiser un voyage pour aller voir notre cousine Dixie dans le Maryland, lança Birdie.

— Non, pas question, dirent Callahan et Dare à l'unisson.

— Je dois retourner au travail. Et si vous commandiez le déjeuner, et qu'ensuite, vos gardes du corps et vous puissiez discuter de vos voyages avec des filles sexy ?

Ils commandèrent et maintenant que les nerfs de Sully s'apaisaient, elle opta pour un sandwich au poulet grillé et des frites, ce qui s'avéra délicieux. Jax arriva et la conversation fut légère et amusante. Alors qu'ils finissaient de manger, Hyde, Ezra et Doc entrèrent dans le bar avec une jolie blonde.

— Regardez qui nous avons trouvé sur le parking, dit Hyde en passant un bras autour des épaules de la blonde.

— Comme si je ne travaillais pas ici, râla la blonde, mais elle avait l'air bien à l'aise sous son bras.

— Sully, voici Bobbie Mancini, la jeune sœur de Billie. Bobbie, voici Sully et sa sœur aînée, Jordan, et le fiancé de cette dernière, Jax, dit Sasha. Sully reste au ranch, et Jordan et Jax sont en visite depuis le Maryland.

Bobbie fit un petit signe de la main.

— Bonjour, ravie de vous rencontrer.

Sully, Jordan et Jax répondirent :

— De même.

— Je dois aller travailler pour que Billie puisse pointer, mais je vous rejoindrai dès que j'aurai une minute.

Bobbie se dégagea du bras de Hyde et se dirigea vers le bar mais celui-ci l'attrapa par la main.

— Ne t'éloigne pas trop, ma chérie. Il va nous falloir quelques verres.

Hyde lui adressa un clin d'œil.

— J'irai où je veux et j'apporterai les bouteilles quand je le pourrai.

Bobbie retira sa main mais Sully jura qu'elle avait vu une étincelle de flirt dans son sourire.

Dare et Callahan se levèrent et il y eut une cacophonie lorsqu'ils poussèrent une autre table jusqu'à la leur et que les gars prirent des chaises supplémentaires.

— Hé, Doc, je suis content que tu aies décidé de venir, dit Callahan.

— Essayez de dire non à ces gars-là.

Doc fit un signe de tête à Sully qui s'assit de l'autre côté de la table.

— Ta coupe de cheveux est superbe.

— Merci.

Elle en toucha les pointes.

— Plutôt sexy, dit Hyde, qui la fit rougir en s'installant sur une chaise entre Sasha et Birdie.

Ezra s'assit entre Jordan et Sasha.

— Oui, tu es superbe, Sully. C'est bon de te voir sortir et de te promener.

— Merci. Où est Gus ? demanda Sully.

— Il est avec sa mère.

Ezra n'avait pas l'air content, et Sasha et lui échangèrent un regard que Sully ne put déchiffrer.

— Commençons la fête, s'exclama Hyde, et tout le monde parla en même temps.

Une heure plus tard, Dare et Billie dansaient et s'embrassaient, Hyde et Doc discutaient avec une blonde près du bar, et tous les autres encourageaient Birdie qui montait le taureau mécanique.

— Elle n'a peur de rien ! cria Sully au milieu de la musique et des acclamations.

Callahan se tenait derrière elle, les bras autour de sa taille, son corps dur pressé contre son dos. Il lui embrassa la joue.

— Toi aussi, ma chérie.

— Elle doit être forte. N'est-ce pas qu'il faut beaucoup de force pour s'accrocher ? demanda Jax en montrant Birdie qui montait avec une main au-dessus de sa tête.

— Birdie est petite mais elle est féroce. Personne ne monte mieux qu'elle, sauf peut-être ton frère Zev, dit Callahan. La première fois que nous l'avons rencontré, il a chevauché cet engin et a fait toutes sortes d'acrobaties. Il nous a tous impressionnés.

— J'ai entendu cette histoire, dit Jax. Vous devriez faire venir mon frère Nick. C'est un entraîneur de chevaux pour le dressage et un showman, et il est deux fois plus doué que Zev.

— Peut-être qu'un jour nous l'emmènerons par ici. Et toi ? Tu veux essayer ? demanda Callahan.

— Bien sûr que non.

Jax rit.

Sully leva les yeux vers Callahan.

— Tu veux le faire ?

Il approcha sa bouche de son oreille et murmura :

— La seule chose que je veux faire, c'est avec toi, ma chérie.

Il la regarda avec une lueur diabolique dans les yeux.

Son corps se réchauffa lorsque les applaudissements et les sifflets fusèrent autour d'eux et que le taureau mécanique s'arrêta.

— Bravo, frangine ! applaudit Sasha.

— C'était incroyable, dit Jordan.

Birdie sauta à terre et pointa Sully du doigt.

— A toi de jouer !

— Oh non !

Sully agita les mains.

— Pas question.

— Jordan ? proposa Birdie.

— Je tomberais avant même d'être montée, dit Jordan, ce qui fit rire tout le monde.

— D'accord, *très bien*.

Birdie sortit du manège en se pavanant.

— Alors dansons. Allez, les filles !

Sully était nerveusement excitée.

— Je n'ai jamais dansé sur ce genre de musique. J'aimerais bien, mais je risque d'être nulle.

— Tu ne pourrais être nulle en rien, et c'est une chose de plus à rayer de ta liste.

Callahan lui fit un clin d'œil et se pencha pour l'embrasser.

— Amuse-toi bien, ma chérie.

— Je ne suis pas une grande danseuse, alors reste avec moi.

Jordan lui prit la main, l'entraînant vers la piste de danse derrière Sasha et Birdie.

Birdie virevolta sur la piste de danse et continua à tournoyer autour de Billie et Dare, qui étaient en train de danser de manière très sexy.

— Prenez une chambre, lança Sasha.

— Ça me paraît bien, dit Dare, ce qui fit rire Billie.

— Ils savent vraiment danser, dit Sully.

— S'ils dansent comme ça tout habillés, imagine…

Jordan prononça ces pour les oreilles de Sully seulement et elles rirent toutes les deux.

Elles rejoignirent Birdie et Sasha, et Sully fit de son mieux pour imiter leurs mouvements et suivre le rythme. À part la nuit où elle avait dansé avec Callahan au lac, elle n'avait jamais dansé avec personne.

— Sully, tu es une bonne danseuse, dit Sasha.

— Tu n'as vraiment jamais dansé avant ? demanda Jordan.

— Pas comme ça. J'avais l'habitude de danser dans le complexe pendant que je cuisinais, mais je n'avais pas de musique, alors j'inventais des airs dans ma tête. Je ne fais que copier tes mouvements.

— C'est comme ça qu'on apprend, dit Birdie. Mais tu devrais copier les miens. Je suis meilleure danseuse que Sasha.

Sasha leva les yeux au ciel et elles dansèrent sur quelques chansons. Sully sentait que Callahan la regardait mais elle n'était pas gênée. Elle savait au fond d'elle-même qu'il importait peu qu'elle soit bonne ou mauvaise danseuse, car à ses yeux, elle était parfaite telle qu'elle était, et c'était *tout*.

Birdie commença à faire des danses ridicules et Sully et les filles se joignirent à elle, riant et s'encourageant les unes les autres. Dare et Billie les rejoignirent. Sully chercha Callahan et le vit en train d'alimenter le juke-box. Lorsque la chanson changea, Birdie et Sasha poussèrent un cri et Callahan passa un bras autour de la taille de Sully.

— Il est temps d'apprendre à danser en ligne, chérie. Suis mes pas. Je pense que tu vas aimer ça.

— Je ne sais pas non plus danser en ligne, déclara Jordan.

— Je te tiens, chérie, la rassura Jax en les rejoignant. Je ne sais pas monter sur un taureau mais je sais danser en ligne, même avec les meilleurs d'entre eux.

Il embrassa Jordan.

Doc, Hyde et la femme avec qui ils discutaient au bar se précipitèrent, tout comme quelques autres clients, s'alignant sur trois rangs. Sully suivit l'exemple de Callahan pour apprendre les pas. Jordan et elle trébuchèrent quelques fois mais elles rirent entre elles et les autres les encouragèrent en leur donnant des conseils utiles. Après quelques chansons supplémentaires, elles suivaient les autres et se lançaient des regards joyeux. Sully ne se souvenait peut-être pas de son passé mais c'était un jour qu'elle n'oublierait jamais.

Lorsque la chanson "My Girl" retentit, Callahan l'attira dans ses bras, tandis que les autres s'éloignaient pour danser ou quittaient la piste de danse. Elle le regarda, le cœur en ébullition.

— Cette chanson.

Il la regarde dans les yeux.

— Je savais que tu voudrais l'entendre, et quel meilleur endroit que mes bras ?

Elle eut un pincement au cœur.

Il déposa un baiser sur ses lèvres.

— Regarde-toi dans cette robe, avec cette nouvelle coupe de cheveux sexy. Tu n'as jamais été aussi belle, mais je sais qu'il ne s'agit pas de cela. Qu'est-ce que tu ressens ?

— Ma coupe de cheveux ?

— Tout, bébé. La coupe de cheveux, passer la journée avec Jordan et tous les autres.

Il la serra plus fort.

— Sortir avec *moi*, comme ça.

Elle aurait voulu dire tant de choses mais alors qu'elle écoutait les paroles de la chanson qui parlait de tomber amoureuse d'un cow-boy et de sentir des chevaux sauvages dans sa poitrine, elle aperçut Jordan qui dansait avec Jax. Les yeux de Jordan rencontrèrent les siens, et un nouveau sourire y brilla, illuminant une nouvelle connexion qui leur était propre, ramenant les mots de Callahan à elle. *Être avec Jordan ajoutera quelque chose à ta vie que personne d'autre ne pourra jamais t'apporter.* Elle lutta contre la douleur dans sa poitrine, voulant s'accrocher à eux deux avec tout ce qu'elle avait. Alors qu'elle regardait l'homme extraordinaire qui lui avait montré ce que c'était que d'aimer et d'être aimée et chérie inconditionnellement chaque minute de chaque jour et qui l'avait patiemment aidée à apprendre à le chérir à son tour, elle ne put que dire :

— Comme si je ne voulais jamais que ça se termine.

Chapitre Vingt-Huit

QUAND ILS S'ARRÊTÈRENT au ranch, Tiny et Wynnie étaient en train de partir sur la moto de Tiny. Celui-ci se rangea à côté du camion et coupa le moteur. Sully remarqua sa main sur la jambe de Wynnie avant qu'ils ne descendent du camion et regarda les mains jointes de Callahan et d'elle, reposant sur sa jambe dans la cabine du véhicule. Wynnie prit la main de Tiny lorsqu'ils arrivèrent à la fenêtre de Callahan, rappelant à Sully à quel point ce geste l'avait marquée la nuit où elle les avait rencontrés. Elle avait eu si peur cette nuit-là, craignant qu'ils ne soient pas aussi honnêtes et bons que les Finch le prétendaient, et ils s'étaient révélés être bien plus que ce qu'elle n'aurait jamais pu espérer.

Tout comme Callahan.

La barbe de Tiny se souleva avec son sourire.

— Tu es terriblement jolie, ma chérie.

Les yeux de Wynnie s'illuminèrent.

— Tu t'es fait couper les cheveux ! C'est magnifique.

— Merci.

Elle tendit la main et toucha les pointes de ses cheveux, ne s'étant pas encore habituée à leur légèreté.

— Un nouveau look pour un nouveau départ, ajouta Wynnie.

La mâchoire de Callahan se resserra et il lui serra la main.

— Elle a fait tourner toutes les têtes au *Roadhouse* et Sully a même appris à danser en ligne.

— Le *Roadhouse*, vraiment ? dit Wynnie avec surprise. Ça t'a plu ?

— C'était amusant. Un peu angoissant au début, mais Callahan s'est pointé, et, bien, il rend tout plus facile.

— Merci, chérie.

Il déposa un baiser sur sa tempe.

— Ça te rappelle quelqu'un, Wyn ?

Tiny passa son bras autour d'elle et l'embrassa sur le côté de la tête, ce qui lui valut un doux sourire et un hochement de tête de la part de Wynnie.

— Hé, avant que j'oublie, Simone cherchait Sully tout à l'heure.

— C'est vrai. Merci. Où allez-vous ? demanda Callahan.

— J'emmène ma femme faire un tour, l'informa Tiny.

— Nous ne serons pas trop longs, dit Wynnie. Sully, Jordan part toujours demain ?

— Oui.

Sa gorge se noua.

— As-tu pris la décision d'aller avec elle ? demanda Wynnie.

— Je n'ai pas encore pris ma décision.

L'empathie dans les yeux de Wynnie était palpable.

— Je sais que ce n'est pas une décision facile mais je suis sûre que tu prendras la bonne pour toi.

J'aimerais en être sûre.

— Je ne t'envie pas en ce moment, dit Tiny. Ce n'est pas facile de tout recommencer, mais la famille est importante, et quelle que soit ta décision, tu auras toujours une place dans la nôtre, que tu sois au ranch, dans le Maryland ou ailleurs.

Sully eut l'impression qu'elle allait pleurer et s'efforça de ne pas le faire.

— Merci.

Alors qu'ils partaient chacun de leur côté, Callahan et elle roulèrent jusqu'à son chalet. En entrant, il montra quelque chose sur la table de la véranda.

— Qu'est-ce que c'est ?

Elle le ramassa.

— C'est un coupon deux pour un pour le centre de remise en forme où vont tes sœurs et un mot de Simone.

Elle lut le mot à haute voix.

— *J'ai pensé que ce coupon était un signe que nous devrions rejoindre Sasha et Birdie pour une journée au spa. Je me souviens combien il était difficile de joindre les deux bouts quand j'ai recommencé à zéro après ma désintoxication, alors la tienne peut être gratuite. Dis-moi quand tu veux y aller, et on pourra se mettre d'accord avec Sasha et Birdie.*

Des larmes perlèrent dans ses yeux.

Callahan l'attira dans ses bras.

— Qu'y a-t-il, ma chérie ? Tu n'as pas passé un bon moment avec Simone l'autre soir ?

— J'ai passé un bon moment avec elle, répondit-elle en tremblant. Mais je n'ai jamais eu d'amies comme Simone ou tes sœurs.

Elle se cramponna à lui et les émotions qu'elle avait retenues surgirent en même temps que ses larmes.

— Tout ce que je voulais, c'était être *libre*. Je n'aurais jamais pensé te trouver, et encore moins trouver deux familles…

Les sanglots couvrirent sa voix.

COWBOY LA SERRA plus fort, faisant tout ce qu'il pouvait pour se retenir.

— Ça va aller, ma chérie.

— Non, ça ne va *pas*, dit-elle entre deux sanglots. Rien ne va. Je dois prendre la décision la plus difficile de ma vie.

Elle le regarda avec des yeux rouges.

— Je ne veux pas te quitter et je ne veux pas faire de mal à Jordan. Elle aussi est restée seule pendant tout ce temps et tout le monde lui a dit que j'étais probablement morte.

Elle enfouit son visage dans sa poitrine, sanglotant, la voix étouffée.

— Comment puis-je m'éloigner à nouveau d'elle ?

Il avait l'impression que quelqu'un lui enfonçait un couteau dans la poitrine.

— Tu ne peux pas. Tu dois aller avec elle demain et continuer à construire cette relation.

— *Non.* Je ne *peux pas* te quitter.

Sa voix se brisa, et *putain*, ça faisait mal. Mais il ne s'agissait pas de lui. Luttant contre des émotions plus fortes que lui, il grogna :

— Chérie, regarde-moi.

Elle secoua la tête.

Il se força à lui relever le menton, pour qu'elle le regarde et entende ce qu'il avait à dire. La tristesse dans ses yeux s'enroulait autour de lui comme une couche d'ongles, chaque larme les enfonçant plus profondément en lui.

— Tu ne me quittes pas, chérie. Tu trouves une autre partie de toi-même. Tu fais ce qu'il faut.

Elle secoua violemment la tête, des larmes inondant ses joues.

— Tu *dois* le faire, chérie. Tu dois aller avec elle, sinon tu te demanderas toujours si tu as fait le bon choix.

Elle tremblait, sa lèvre inférieure tremblait.

— Mais je *t'aime*.

Luttant contre les larmes, il retint sa vérité et fit ce qu'il fallait.

— Non, tu ne m'aimes pas, chérie. Tu n'as pas encore vécu assez de choses pour savoir ce qu'est le véritable amour.

Sa mâchoire se décrocha tandis que des sanglots déchirants secouèrent tout son corps.

— Tu as *tort*.

Il la prit dans ses bras, levant les yeux au ciel tandis que les larmes piquaient ses foutus yeux.

— Je suis désolé, ma chérie. Je n'aurais pas dû nous laisser aller aussi loin.

Elle serra ses mains dans le dos de sa chemise, et un *Non, Callahan* sortit d'une façon très mince et tremblante, le vidant à nouveau de sa substance.

— Je suis désolé. Je suis vraiment désolé, putain.

Chapitre Vingt-Neuf

JAX RAMASSA le sac de Sully et Jordan attrapa la boîte d'art que Callahan lui avait donnée.

— C'est tout ? demanda Jordan.

Elle voulait dire non. Les sourires que Callahan avait volés aux autres et qu'il partageait si librement avec elle étaient aussi les siens. Sa vie ne se résumait pas à ce stupide sac. C'était regarder le soleil embrasser l'horizon en montant ou en descendant avec Callahan, danser au clair de lune près du lac et travailler avec les chevaux. Avaient-ils un sac supplémentaire assez grand pour contenir tout cela ? Qu'en est-il de leurs promenades nocturnes, de leurs conversations intimes et de ce silence confortable qui était devenu si spécial pour elle ? Sa vie se résumait à des repas bruyants et à des jeux stupides. C'était espérer que les filles l'inviteraient à passer le mardi soir avec elles et savoir qu'elle passerait ses nuits dans les bras aimants de Callahan.

Et elle laissait tout cela derrière elle.

— Oui, dit Sully, essayant de ne pas paraître maussade, mais comment ne pas l'être quand son cœur avait été brisé en un million de morceaux douloureux ?

— Et les choses sur la table ?

Jax désigna le dossier d'information du Rédemption Ranch et le téléphone portable.

— C'est à eux.

— D'accord. On va mettre tout ça dans la voiture, dit Jax.

Elle essaya d'ignorer la douleur sourde dans son corps alors qu'ils sortaient de la maison, et elle jeta un nouveau coup d'œil autour d'elle. *C'était temporaire*, se rappela-t-elle, comme elle l'avait fait toute la nuit après avoir appelé Jordan pour lui dire qu'elle partait avec eux ce matin et avoir envoyé un texto à Colleen pour la remercier de tout ce qu'elle avait fait. Elle avait passé la nuit à se le rappeler et à essayer de comprendre pourquoi l'homme qui n'avait rien fait d'autre que de l'encourager à ressentir, à parler et à être elle-même l'avait repoussée alors qu'elle l'avait fait.

Sa famille était dehors, près de la voiture de location de Jax et Jordan, attendant de lui dire au revoir, mais la dernière fois qu'elle avait vérifié, Callahan n'était pas là. Elle commençait à se demander s'il n'allait pas lui dire au revoir. Elle savait au fond d'elle-même ce qu'il ressentait pour elle, mais après la façon dont il avait rejeté ses sentiments et s'était éloigné si facilement... *Tu fais ce qu'il faut, chérie. Je vais te laisser faire tes valises.* Elle devait se demander si elle n'avait pas tort.

Elle déglutit difficilement, refusant d'être faible et de céder à ses émotions, mais c'était tellement plus difficile maintenant qu'elle n'avait plus ces murs d'acier autour de son cœur. *Maintenant que je sais ce que ça fait d'être aimée par Callahan.*

Essayant d'échapper à ses émotions, elle alla dans la chambre chercher la lettre qu'elle lui avait écrite. Alors qu'elle prenait l'enveloppe sur la commode, elle entendit quelqu'un entrer dans la cabine. L'espoir monta en elle et elle sortit de la chambre en courant.

— *Calla …*

Ses espoirs se dégonflèrent à la vue de sa sœur, ce qui provoqua une vague de culpabilité.

— Ce n'est que moi, s'excusa Jordan. Je ne l'ai pas encore vu dehors. Vous vous êtes disputés ou quoi ?

— Non.

Elle était encore en état de choc, incertaine *de ce qui* s'était passé.

— Tu vas bien ?

Sully acquiesça.

— Très bien.

Elle jeta un dernier coup d'œil autour d'elle, gagnant du temps, espérant que Callahan se montrerait, et fut frappée par un souvenir de la première fois qu'elle était entrée dans le chalet. Elle n'avait pas été capable de situer l'odeur étrangère qui s'en dégageait. Maintenant, elle savait que c'était l'odeur de la sécurité.

Jordan s'approcha d'elle.

— Tu n'as pas l'air bien. Tu es sûre de vouloir venir avec nous ?

— Oui. Tu as perdu assez de temps avec moi. Allons-y. Ça va aller.

Avant qu'elle n'ait pu y réfléchir trop longuement, elle releva le menton et passa la porte, et son cœur en prit un autre coup. Callahan n'était toujours pas là mais Colleen et Simone l'étaient.

— Tu es prête, ma chérie ? demanda Colleen.

Non. Sully acquiesça.

— Je n'arrive pas à croire que tu sois venue me dire au revoir. Merci pour tout.

— C'était un plaisir.

Colleen la prit dans ses bras.

— Je suis si fière de toi.

Alors qu'elle se dégageait de l'étreinte de Colleen, Wynnie l'attira dans ses bras.

— Nous sommes tous fiers de toi, chérie, et tu vas nous manquer.

Sully lutta contre les larmes.

— Tu vas me manquer aussi.

— Reviens nous voir, tu entends ? dit Tiny.

Comment pourrait-elle jamais revenir à l'endroit où elle avait trouvé – et perdu – son seul véritable amour ? Elle garda cela pour elle en le serrant dans ses bras.

— Merci de m'avoir protégée.

— Tout le plaisir est pour nous, chérie, dit Tiny. J'ai quelque chose pour toi.

Il lui tendit une carte de visite dorée sur laquelle on pouvait lire MEMBRE DE LA FAMILLE DU RANCH RÉDEMPTION au recto et SI PERDU, VEUILLEZ RETOURNER à l'adresse et le numéro de téléphone du ranch au verso. Les larmes coulèrent de ses yeux.

— Pas de larmes, dit Sasha en la serrant dans ses bras.

— Je n'ai pas pu dire au revoir à *Callahan et* à Beauty, débita Sully avec frénésie.

Pourquoi personne ne parlait de lui ? Leur avait-il dit de ne pas le faire ?

— Nous dirons au revoir pour toi.

Birdie les entoura tous les deux de ses bras.

— Je lui donnerai aussi un peu plus d'amour, dit Simone, les rejoignant pour un câlin collectif.

— Dare et moi aussi, promit Billie.

— Merci, souffla Sully en se retirant de leurs bras.

— Je t'enverrai par texto des nouvelles des chevaux, dit Sasha.

— Je n'ai pas de téléphone.

— On va t'en trouver un, dit Jordan, la voix tremblante.

Sully regarda Dare et Doc, se demandant si Callahan leur avait parlé de la nuit dernière. Mais elle ne s'autorisa pas à poser la question.

— Reviens pour que je t'apprenne à monter sur le guidon de ta moto, dit Dare en la serrant dans ses bras.

Pour une raison stupide, cela la fit pleurer davantage.

Doc lui fit signe de s'avancer dans ses bras ouverts, l'enlaçant chaleureusement, et murmura :

— Il est en chemin.

Son pouls s'accéléra et elle s'essuya les yeux, regardant Doc avec incrédulité. Il lui fit un signe par-dessus son épaule. Elle se retourna et son cœur bondit dans sa gorge. Callahan descendait la route sur Thunder, tenant la tête de Beauty. Il leva le menton et sourit, mais son sourire n'atteignit pas ses yeux.

Il descendit de cheval, passa les rênes de Thunder à Doc et conduisit Beauty vers Sully.

— Hé, chérie. J'ai pensé que tu voudrais dire au revoir à ta copine.

Il lui fallut toutes ses forces pour retenir ses larmes. Elle voulait lui dire à quel point il s'était trompé hier soir et combien il lui manquait déjà, mais il avait l'air de ne pas avoir dormi non plus, et elle ne savait pas comment combler le fossé gênant qui les séparait. Alors, elle mit l'enveloppe et la carte dans sa poche arrière et donna à Beauty tout l'amour qu'elle ne pouvait pas lui donner.

Le cheval posa sa tête sur l'épaule de Sully, qui la serra dans ses bras.

— Je t'aime, murmura-t-elle. Tu vas me manquer tous les jours, mais je sais que tu continueras à t'épanouir. Tu vas avoir une vie magnifique.

À peine les mots avaient-ils quitté ses lèvres qu'elle se souvint que Carol lui avait dit la même chose. À l'époque, elle n'avait pas été capable d'imaginer une telle chose, et encore moins de l'espérer. Mais maintenant, elle savait à quoi ressemblait une belle vie et ce qu'elle ressentait. Elle ne pouvait pas imaginer que le cheval souffre autant qu'elle et espérait silencieusement que Beauty aurait une vie bénie plutôt qu'une belle vie, parce qu'elle savait maintenant que les belles choses pouvaient lui briser le cœur.

Elle s'éloigna du cheval et regarda Callahan, essayant de garder la lèvre supérieure bien droite.

— Merci, j'en avais besoin.

Il acquiesça, la mâchoire serrée, ces yeux aimants hantés par quelque chose de sombre, de silencieux et de solitaire, qui lui brisa le cœur une nouvelle fois.

— J'ai quelque chose pour toi.

Il décrocha la chaîne de sa ceinture, sortit la boussole de son grand-père de sa poche et la plaça dans sa main.

— Pour que tu puisses toujours retrouver le chemin de la maison.

Stupéfaite, elle se demanda si un cœur pouvait se sentir à la fois plein et en train de se briser.

— Je ne peux pas accepter ça, dit-elle en tremblant, essayant de retenir les larmes qui montaient à ses yeux. C'est celle de ton grand-père.

Callahan ne prononça pas un mot. Il enroula ses doigts autour de l'objet et lui ouvrit les bras. Elle fut attirée par ses bras comme le métal par l'aimant. Refoulant ses larmes, elle inspira profondément, le respirant pour ce qu'elle savait être la dernière fois.

Il la serra plus fort, murmurant :

— Tu pourrais être à un million de kilomètres, ma chérie, et mon cœur t'appartiendra toujours.

Des larmes chaudes inondèrent ses yeux et elle les serra, essayant de se ressaisir avant de se dégager de son étreinte. Mais elle se sentait comme du verre brisé maintenu en place par sa forte charpente et craignait de s'effondrer dès qu'il la lâcherait. Elle n'aurait jamais cru vouloir se remémorer volontairement les horreurs qu'elle avait vécues, mais à ce moment-là, elle n'avait pas le choix. Elle se força à se souvenir de l'odeur infecte de la boîte métallique, de la douleur brûlante de la marque et de l'horreur d'être dans le lit de Rebel Joe. C'était *presque* suffisant pour remettre les murs en place, mais ils refusaient de monter jusqu'en haut, laissant à Callahan la possibilité de se faufiler à l'intérieur. Au moins, cela la fortifia suffisamment pour qu'elle recule et lui tende l'enveloppe.

Ces yeux hantés la transpercèrent.

— Qu'est-ce que c'est ?

— Un au revoir, réussit-elle à dire.

Il acquiesça sèchement, les muscles de sa mâchoire se contractant.

Elle imaginait ses doigts s'enrouler autour des murs à l'intérieur d'elle, les poussant vers le bas, refusant d'être enfermés à l'extérieur. Mais il ne se battait pas pour elle, et elle monta rapidement dans la voiture avec Jax et Jordan, respirant si fort qu'elle craignait de s'évanouir.

— Je sais que c'est difficile, dit Jordan. Mais je pense que tu vas adorer le Maryland. Notre maison est magnifique, nous avons une piscine et la propriété donne sur le vignoble de la famille de Jax…

Alors que Jordan continuait à parler de ce qui l'attendait, Jax commença à conduire, et Sully ressentit une douleur atroce, un besoin impérieux de faire demi-tour et de voir Callahan une dernière fois. *Ne te retourne pas, ne te retourne pas, ne regarde pas.* Pourquoi ne s'est-il pas battu pour elle ? *Tu dois le faire, chérie… ou tu te demanderas toujours si tu as fait le bon choix… Tu fais le bon choix, chérie… Je suis tellement désolé, putain.*

Elle se balança sur son siège, se disant qu'elle faisait ce qu'il fallait. Elle était avec sa sœur, là où elle devait être. Mais le besoin de le voir était trop fort, et elle se retourna, le regardant les regarder s'éloigner jusqu'à ce que les larmes brouillent sa vision et que la faible emprise qu'elle avait sur son contrôle se brise, et qu'elle s'effondre en larmes.

Chapitre Trente

COWBOY EUT L'IMPRESSION qu'on lui arrachait le cœur de la poitrine alors que Sully s'éloignait. Sa famille parlait. À lui, sur lui, ou entre eux, il n'en était pas sûr, et il s'en fichait. Leurs voix étaient noyées dans le malheur qui le rongeait. Il baissa les yeux sur l'enveloppe, *Un au revoir*, et l'ouvrit, découvrant plusieurs dessins de Sully. La plupart d'entre eux, il ne les avait jamais vus. Le premier le représentait debout dans le salon des Finch, la regardant assise sur le canapé. Il avait l'air plus grand que nature, et elle avait l'air vulnérable et effrayée. En haut de la feuille, elle avait écrit : *La première fois que je t'ai vu, j'ai pensé que tu étais l'homme le plus puissant et le plus beau que j'aie jamais vu. Cela me fait drôle d'écrire cela, mais c'est la vérité, et cela m'a fait peur à bien des égards.*

Sa poitrine se resserra lorsqu'il regarda l'esquisse suivante, qui le représentait à genoux devant elle, tenant son chapeau contre sa poitrine, et qu'il lut ce qu'elle avait écrit. *Dès que tu m'as parlé, je n'ai plus eu peur comme je l'avais toujours fait. J'ai été attirée par toi, connectée d'une manière que je ne comprenais pas.*

Il passa au dessin suivant, ses entrailles tremblant, et absorba l'image d'eux deux assis dans le champ, près du pâturage, regardant les étoiles. En bas de la page, elle avait écrit : *Quand j'ai appris à te connaître, j'ai compris que ta puissance ne venait pas de tous ces muscles, et que ta vraie beauté ne se voyait pas qu'avec les yeux.*

Il passa au dessin suivant, dans lequel il dormait sous son porche, et elle regardait par la fenêtre derrière un rideau, au-dessus duquel elle avait écrit : *Ton pouvoir est dans la façon dont tu fais en sorte que tout le monde se sente en sécurité, et ta beauté vient des choses que tu dis et que tu fais. Merci d'avoir partagé cela avec moi, mais tu as un défaut tragique, et c'est dans ta façon de penser.*

Il ne put tourner la page assez vite et fut accueilli par un dessin d'eux dansant au clair de lune, les pieds dans le lac. *Tu as dit que je ne sais pas ce qu'est l'amour parce que je n'ai pas assez expérimenté la vie mais tu as tort. J'ai vécu dans un monde obscur pendant vingt ans, et j'ai eu l'impression que c'était toute une vie. Mon cœur n'est peut-être pas aussi expérimenté que le tien, et il était certainement bien fermé, mais tu avais raison de dire que tout l'amour que mes parents m'ont témoigné vivait encore en moi.*

Passant au dessin suivant, il les trouva tous les deux allongés sur les couvertures près du feu de camp sur sa terrasse près du ruisseau. Il était sur le dos, un bras derrière la tête, et la regardait avec tant d'amour que cela sautait aux yeux. Elle était allongée à côté de lui, sa main sur sa poitrine, ses yeux aimants le regardant avec la même curiosité qu'il avait vue cette nuit-là. Son fichu cœur se brisa à la lecture de son mot. *Je me rends compte maintenant que c'est ton cœur qui a permis d'ouvrir le mien. Merci de m'avoir montré ce que c'est que d'aimer et d'être aimée.*

Les larmes lui brûlèrent les yeux lorsqu'il passa au dessin suivant, un cœur avec une fissure déchiquetée en son centre.

Elle avait dessiné Jordan d'un côté et lui de l'autre. Et dans cette fissure, Sully était assise, les genoux ramenés sur sa poitrine, la joue posée sur ses genoux, et ses yeux bleus tristes le fixaient. Les mots qu'elle avait écrits le touchèrent en plein cœur. *Je ne sais peut-être pas si je suis Casey ou Sully, mais dans mon cœur, je serai toujours ta chérie.*

Les mains de Cowboy tremblèrent. Il ne pouvait plus respirer lorsqu'il passa à la dernière page et vit sa liste, avec la plupart des éléments rayés, et à côté de chacun d'eux, elle avait écrit la date à laquelle ils l'avaient fait et ce qu'elle en pensait. À côté de ~~Être embrassée comme Josie Geller~~, elle avait écrit, *Callahan avait remporté ce baiser* et dessiné un cœur, vidant Cowboy à nouveau de sa substance. En bas de la liste, il y avait ~~Tomber amoureux~~. À côté, elle avait écrit : *Ce n'était pas sur ma liste, mais comme c'est la meilleure chose qui me soit jamais arrivée, ça aurait probablement dû l'être.*

— Mec, ça va ? demanda Dare. On dirait que tu vas tuer quelqu'un.

Il était dévasté et trop furieux contre lui-même pour parler. Il pensait faire ce qu'il fallait, et il avait blessé la seule personne pour laquelle il aurait tué pour la protéger. Il remit les dessins dans l'enveloppe et les glissa dans sa poche.

— Tu as fait ce qu'il fallait, chéri, lui dit sa mère.

— Non, je ne l'ai pas fait, putain. Mais je suis sur le point de le faire.

Il grimpa sur le dos de Thunder, lui serra les talons et cria *Hue* ! Thunder s'élança sur la pelouse. Cowboy trouva son équilibré grâce à ses genoux, tandis qu'ils grimpaient la colline. La voiture de Jax n'était nulle part en vue. Il poussa Thunder à aller plus vite – *Hue* ! – et alors qu'ils franchissaient la colline, il aperçut les feux arrière à l'entrée du ranch. Son cœur battait la chamade alors que le cheval filait à toute allure vers la voiture, et il se rendit compte qu'elle était arrêtée et que la porte arrière était grande ouverte. Il lui fallut une seconde pour trouver Sully qui courait sur la route.

— *Hue !*

Il se pencha en avant tandis que Thunder galopait vers elle. Sully les vit et courut à travers l'herbe. Elle criait mais il ne l'entendait pas à cause du sang qui lui montait aux oreilles. Il fit signe à Thunder de ralentir mais il était trop impatient pour attendre, alors il sauta, trébucha, retrouva ses marques et sprinta vers Sully.

— Tu m'as menti pour que je parte ! cria-t-elle.

Elle tremblait, son nez était rose, ses yeux étaient rouges et son visage était mouillé de larmes.

Il la prit dans ses bras.

— Je suis désolé, ma chérie. Je t'aime tellement. Je pensais que je faisais ce qu'il fallait pour Jordan et toi.

— Eh bien, tu avais *tort*, déclara-t-elle. Je n'arrivais plus à respirer quand nous sommes partis en voiture. J'ai cru que j'allais avoir une crise cardiaque. *Tu es* mon refuge, Callahan. *Toi*, pas le Maryland, pas le Colorado. *Toi*.

Le soulagement l'envahit.

— Je suis un idiot fini. Je suis vraiment désolé, chérie. Je ne ferai plus jamais rien d'aussi stupide. J'irai dans le Maryland avec toi et j'ouvrirai un ranch là-bas, pour que tu puisses être avec Jordan et travailler avec les chevaux, et nous te trouverons un excellent thérapeute.

Elle secoua la tête avec véhémence, toujours en criant.

— *Non !* C'est *ma* décision, et je veux être *ici*, avec ta famille et toi, et tous les gens qui m'ont aidée. Avec *ces* chevaux et *ces* pâturages.

Elle aspira de l'air et reprit d'un ton plus doux, plein d'espoir.

— C'est ici que tu as toujours été censé être, et je pense que c'est ici que je suis censée être aussi.

Ses larmes attisèrent les siennes.

— *Mon Dieu, ma chérie.* Je le veux plus que tout. Mais es-tu sûre ?

Il fouilla ses yeux lorsqu'elle hocha la tête, et tout était là, clair comme le jour – son obstination, sa certitude et son *amour* infini.

— *Oui.* Tu m'as dit un jour qu'il y avait quelque chose dans la façon dont Sunshine te regardait, comme si elle était censée faire partie de ta vie, et c'est ce que je ressens quand tu me regardes, et quand je regarde le ranch, je me sens tout aussi connectée à lui.

— Alors nous resterons ici et nous irons voir Jordan ensemble aussi souvent que tu le souhaites.

Elle acquiesça, des larmes coulant sur son visage et un doux sourire soulevant ses joues.

— C'est ce que je lui ai dit.

— Tu lui as déjà dit ?

Il suivit son regard jusqu'à Jax et Jordan, qui se tenaient la main à une vingtaine de mètres d'eux. Jax tenait les rênes de Thunder. Il n'avait même pas remarqué qu'ils avaient fait demi-tour.

— Nous savons ce que c'est que de tomber rapidement et brutalement amoureux, dit Jordan à travers ses larmes. J'ai retrouvé ma sœur et je sais qu'elle est en sécurité. Je veux qu'elle soit heureuse, et c'est avec toi qu'elle le sera le plus.

Le cœur de Cowboy était si gonflé qu'il avait du mal à trouver sa voix, mais lorsqu'il regarda les beaux yeux bleus de Sully, ses mots vinrent facilement.

— Je suppose que les souhaits se réalisent vraiment, chérie, parce que c'est avec toi que je suis le plus heureux.

Il posa ses lèvres sur les siennes dans un baiser plein d'espoir, d'amour et de tout ce qu'il y avait entre les deux.

Chapitre Trente-Et-Un

SULLY regarda la neige tomber par la fenêtre. Elle tombait depuis deux heures et avait déjà recouvert le ranch de plusieurs centimètres. Il était difficile de croire qu'il y avait moins d'un mois, il faisait assez chaud pour que Callahan et elle puissent regarder un film sur la pelouse avec les Scouts.

C'était incroyable de voir à quel point les choses avaient changé en trois mois, depuis qu'elle était venue au ranch. Elle avait emménagé avec Callahan le jour où elle avait décidé de rester, et leur maison était déjà remplie de photos d'eux deux, de sa famille comme de la sienne, et de Beauty, parce qu'elle était aussi de la famille. Callahan avait décidé de ne pas la placer dans un nouveau foyer, et maintenant Sully et elle avaient tous deux une maison dans le ranch avec des gens qui les aimaient. Callahan était aussi merveilleux maintenant qu'il l'avait toujours été. Il aimait tellement les dessins de Sully qu'il choisissait toujours ses préférés pour les encadrer et les accrocher à leurs murs. Elle pensait être à l'aise et heureuse avant de prendre la décision de rester, mais une fois qu'elle l'avait prise, un grand poids s'était envolé de ses épaules. Elle avait pu s'installer avec un sentiment d'appartenance plus permanent, sans que rien ne menace de l'éloigner de l'homme, et de la vie, qu'elle aimait.

— *Sullivan Lawler*, arrête de rêvasser au sujet de Cowboy, plaisanta Ansel, ramenant son attention sur son sourire de travers contagieux sur son nouvel iPhone.

L'argent de l'assurance de ses parents s'était avéré utile après tout. Elle avait légalement changé de nom, rendant hommage à sa famille sans se perdre elle-même, et avait pu engager un avocat pour faire sceller les documents légaux, afin de ne pas avoir à s'inquiéter que la presse en parle. Elle avait essayé de rembourser Callahan pour tout ce qu'il lui avait donné, et son généreux cow-boy s'était battu bec et ongles contre. Il avait fini par céder mais avait utilisé l'argent, et *plus encore*, pour lui acheter d'autres cadeaux, comme son nouvel iPhone, des outils de dessin électroniques et un ordinateur portable. Même si elle n'aimait pas avoir un téléphone avec elle, FaceTime était devenu l'une de ses activités préférées. Elle envoyait souvent des SMS et discutait par vidéo avec Ansel et Jordan. Elle adorait les outils de dessin et espérait commencer à postuler pour des postes de dessinatrice après le début de l'année.

—Je regardais la *neige*, je ne rêvais pas. Elle s'accumule vraiment dehors.

L'hiver ne les avait pas empêchés, Callahan et elle, de faire des promenades nocturnes, d'observer les étoiles ou les couchers et levers de soleil. Ils étaient simplement bien emmitouflés et se blottissaient plus près l'un de l'autre.

— Il y a de la neige chez vous ?

— Il ne neige pas en Californie. Je vais manger le repas de Thanksgiving en short, ce qui est plutôt cool.

Gaia avait divorcé de son mari après la dissolution de la secte et, peu après la condamnation, elle avait déménagé avec Ansel et sa sœur dans l'Ouest pour se rapprocher de sa famille.

Ils trouvaient leur voie et recevaient l'aide dont ils avaient besoin, tout comme les autres filles et femmes de l'enceinte. Sully avait été l'une des dizaines de victimes à témoigner contre Rebel Joe, de son vrai nom John Joseph Kilam. Il avait été condamné à cent vingt ans de prison pour viol, trafic sexuel, travail forcé et plusieurs autres chefs d'accusation. Sully avait *vraiment* été l'élue. Elle avait appris qu'il avait forcé certaines des autres filles à servir ses hommes de main, qui avaient également été condamnés à de lourdes peines. Le savoir avait renforcé sa culpabilité, mais avec l'aide de Colleen, de Callahan et de Jordan, elle apprenait à gérer cette situation.

— Pas moi. Je porterai *ça*.

Elle se trouvait dans l'une des salles de réunion de la maison principale, elle posa son téléphone sur la table et recula pour qu'il puisse voir sa magnifique mini-robe en velours. Elle était d'une riche couleur ambrée, avec une taille cintrée, une ceinture en cuir décorative et des broderies complexes autour de l'encolure.

— Jordan l'a faite pour moi.

Sa sœur lui avait également envoyé des collants en tricot et la tenue allait parfaitement avec les bottes que Callahan lui avait offertes.

— N'est-ce pas spectaculaire ?

Elle tournoya.

Jordan et Jax n'étaient pas partis le jour où Sully était censé rentrer chez eux. Ils étaient restés une semaine de plus et avaient passé tout leur temps avec Sully et Callahan. Ils s'étaient joints à eux pour les repas dans la maison principale avec l'équipe turbulente du Ranch Rédemption et avaient appris à connaître tout le monde, ce qui ravissait Sully au plus haut point. Jordan et elle eurent quelques séances avec Colleen, ce qui les aida d'une manière dont elles ne savaient même pas qu'elles en avaient besoin. Jordan apprit à connaître les chevaux en aidant Sully dans l'étable de rééducation, tandis que Jax s'essayait aux tâches du ranch avec Callahan. Mais il n'y avait pas que du travail et pas de loisirs. Ils firent des randonnées, jouèrent à des jeux dans la salle de détente et passèrent du temps dans la charmante petite ville de Hope Valley. Si ce n'était pas le nom parfait pour sa nouvelle ville natale, elle ne savait pas ce qui en était. Ils étaient même allés à la chocolaterie de Birdie, qui était charmante, et dans un esprit de groupe léger, Callahan, Jordan et Jax avaient appris à Sully à conduire. Elle était maintenant l'heureuse propriétaire d'un permis de conduire, d'une carte de bibliothèque et d'un certificat d'études secondaires, le tout sous un nom qui lui était familier, Sullivan Lawler.

— Tu es magnifique, mais encore une fois, comme toujours. Est-ce que ta famille est arrivée dans le Colorado avant la neige ?

Ansel écarta ses cheveux bruns ondulés de ses yeux mais ils retombèrent aussitôt.

— Oui, tout le monde est chez nous avec Callahan, mais ils devraient arriver d'une minute à l'autre.

— Où es-tu maintenant ? Au snack ?

Elle rit au dernier nom qu'il avait donné à la maison principale. Il l'appelait toujours d'une façon bizarre, comme *le manoir de la mixité* ou le *centre de la gastronomie*.

— Oui. J'ai aidé Dwight à préparer le dîner de Thanksgiving. Il est phénoménal en cuisine.

— Ne laisse pas Cowboy t'entendre dire ça.

Il ricana.

Elle leva les yeux au ciel et entendit une agitation dans le couloir.

— Je ferais mieux d'y aller. On dirait que tout le monde est là. Dis à ta mère et à ta sœur que je leur souhaite un joyeux Thanksgiving et qu'on se reverra la semaine prochaine.

— Je leur dirai. Pareil pour ta famille et dis à Cowboy que je viendrai lui rendre visite quand il ne fera pas aussi froid que ça, alors il ferait mieux de bien se comporter.

Il leva trois doigts.

— Je t'aime, Sully.

Elle agita trois doigts en retour.

— Je t'aime aussi.

Elle mit fin à l'appel et était en train d'admirer la photo de Callahan et d'elle sur son téléphone lorsqu'il apparut dans l'embrasure de la porte, grand et large et si délicieusement sexy que les palpitations qu'il provoqua ne se limitèrent pas à sa poitrine.

— Voilà ma belle. Qu'est-ce que tu fais, chérie ?

Sa voix était grave et séduisante tandis qu'il réduisait la distance entre eux et l'entourait de ses bras puissants.

— Tu me manques.

— Bonne réponse.

Il déposa un baiser sur ses lèvres.

— Je viens de raccrocher avec Ansel et je regardais cette photo de nous.

Elle lui montra la photo qu'ils avaient prise dans le Maryland lorsqu'ils avaient rendu visite à Jordan et Jax le mois dernier.

— C'était un beau voyage.

— C'est vrai. Je suis contente qu'on ait pu tout voir ensemble.

Elle avait apprécié de revoir la ville où elle avait vécu, même si elle ne lui avait pas rappelé un seul souvenir, et Pleasant Hill, où vivaient Jax et Jordan, leur convenait parfaitement. Ils étaient également allés à Peaceful Harbor et avaient fait une longue promenade sur la plage, rayant ainsi une chose de plus de sa liste.

— Tu penses toujours avoir pris la bonne décision ?

— Eh bien, dit-elle d'un ton taquin, leur maison *est* luxueuse, et la piscine et la vue sur le vignoble sont absolument époustouflantes.

Elle sentit ses muscles se tendre et ne put continuer la ruse.

— Mais rien n'est comparable au fait d'être aimée par toi dans la maison que nous bâtissons ensemble et au bonheur que nous partageons, ici même, au Ranch Rédemption.

— Tu m'as bien eu pendant une minute.

Il lui mordit la lèvre inférieure.

Elle s'esclaffa.

— Ne sois pas ridicule. Nous pourrions vivre dans une tente et je ne voudrais jamais te quitter. Et toi ? Tu penses toujours que tu as pris la bonne décision en me demandant d'emménager chez toi ?

— Chérie, je n'ai jamais été aussi certain de quelque chose de toute ma vie.

Il posa ses lèvres sur les siennes dans un baiser lent et sensuel.

— Je les ai trouvés !

Gus hurla, les faisant sursauter et en les séparant.

— Hé, petit homme. Qu'est-ce que tu fais là ?

Callahan le prit dans ses bras et tendit la main à Sully.

— Ma mère n'était pas à la maison, alors on fête Thanksgiving ici ! dit Gus en se dirigeant vers la salle à manger, où tout le monde était réuni autour de la table.

Sully avait appris à quel point la mère de Gus était volage et son cœur se brisait pour lui, même s'il n'avait pas l'air de se préoccuper de la disparition de sa mère.

— Vous voilà, renchérit Jordan.

— Ils s'embrassaient ! raconta Gus, et tout le monde se mit à rire.

Callahan souleva le rigolo qui se tortillait au-dessus de sa tête.

— Petit bonhomme, tu révèles tous nos secrets.

— Ce n'est pas un *secret*, dit Gus entre deux gloussements. Dare a dit que vous vous embrassiez et que la première personne à vous trouver aurait droit à une part de tarte supplémentaire pour le dessert ! Maintenant, j'ai *vraiment* une raison d'être reconnaissant.

Les rires retentirent autour d'eux.

— Mon Chou ! J'ai le droit de manger avec toi !

Gus cria, se dégagea des bras de Callahan et courut vers Sasha.

— J'ai de la chance !

Sasha le hissa dans ses bras et il la serra fort.

— Papa mange aussi avec nous, dit Gus. Tu ferais mieux de le surveiller ! Il adore manger ta tarte. Tu te souviens de l'année dernière ?

— Je parie que Sasha *adorerait* qu'Ezra mange sa *tarte*, plaisanta Birdie.

Ses trois frères lui lancèrent un regard noir et Sully ne put s'empêcher de rire.

— *Birdie*, l'avertit Tiny.

— Quoi ?

Birdie feignit l'innocence.

— C'est Thanksgiving. On mange toujours de la tarte à Thanksgiving.

— Elle est vraiment formidable, s'exclama sa tante Sheila en riant.

— *J'adore* Birdie, dit Jordan.

Callahan secoua la tête et attira Sully dans ses bras, ses yeux aimants la gardant captive.

— Tu veux revoir ta déclaration précédente sur le fait que tu ne regrettes pas ta décision de rester ?

Entourée de leurs deux familles et d'un certain nombre d'amis, elle savait que même des chevaux sauvages ne pourraient pas la chasser.

— Pas question, cow-boy. C'est peut-être mon premier rodéo avec ces rigolos, mais ce ne sera certainement pas le dernier.

Épilogue

COWBOY SE BALANÇAIT au clair de lune, tenant Sully dans ses bras, leurs corps se déplaçant en parfaite synchronisation. Des dizaines d'étoiles brillaient sur eux tandis qu'ils dansaient au bord du lac, leurs faibles sosies suivant les reflets des étoiles dans l'eau. Il n'y avait pas de musique, juste le son de leur connexion et la sensation de leurs cœurs battant l'un contre l'autre. Mais ils n'avaient pas besoin de musique. Leur amour avait son propre rythme.

C'était leur anniversaire, le dix-sept avril, sept mois après que Sully soit entrée dans la vie de Cowboy, et il était tombé plus amoureux d'elle à chaque nouveau défi qu'ils relevaient en naviguant dans les collines et les vallées de sa guérison et de leur couple. Jordan et elle étaient plus proches que jamais et elle continuait à travailler avec Colleen deux jours par semaine. En plus de sa première passion – aider Sasha avec les chevaux en rééducation – elle avait trouvé un autre amour dans l'illustration et s'était créé une belle niche. Elle avait illustré deux livres pour enfants et travaillait sur un troisième.

Il lui passa la main dans le dos et lui murmura à l'oreille :

— Tu veux toujours dormir dehors ce soir ?

C'était devenu l'une de leurs nombreuses activités favorites, avec les promenades nocturnes, les ébats au lever du soleil, les massages, les promenades à cheval et la thérapie. Tout ce qui concernait Sully était inattendu. En apparence, ils venaient d'endroits très différents, mais Cowboy croyait au pouvoir de l'amour et de la famille, et Sully était né dans les deux, tout comme lui. Il remerciait sa bonne étoile qu'ils se soient trouvés, et il passerait sa vie à s'assurer qu'elle ne soit plus jamais seule.

— Mm-hm.

Elle le regarda à travers ses longs cils noirs. Ses yeux brillaient d'une férocité différente de celle de la petite fille du flyer.

Une force qui disait qu'elle pouvait tout affronter et une beauté qui disait qu'elle voulait le faire avec lui.

C'est ce qu'il voulait, maintenant, toujours et pour toujours.

Ses nerfs se tendirent et sa copine, qui avait appris à lire chacune de ses respirations comme son livre préféré, fronça les sourcils.

— Qu'est-ce qui t'inquiète ?

— Rien, chérie. Je suis juste heureux.

Ce n'était pas vraiment un mensonge. Il était heureux.

Elle lui faisait tellement confiance qu'elle sourit.

— Moi aussi.

Pour rien au monde il n'aurait rompu cette confiance, et là, sous les étoiles, à l'endroit où ils avaient ouvert leurs cœurs pour la première fois, il lui prit la main et posa un genou à terre.

L'incrédulité se lut dans ses yeux, et un *Callahan… ?* tremblant s'échappa de ses lèvres.

Un rire nerveux jaillit.

— Chérie, donne-moi une seconde. Mon cœur n'a jamais battu aussi vite.

Ils rirent tous les deux et des larmes coulèrent de ses yeux.

— Sully, mon doux amour, j'ai toujours pensé que j'avais une vie bien réglée, mais tu étais là, une petite fille qui me regardait à travers un dépliant, et tout a changé. Soudain, tout ce que je savais, c'est que tu étais là, et que nous étions liés d'une manière ou d'une autre, ou que nous étions censés l'être. Je ne connais pas le destin ou les signes universels, mais, chérie, dès que je t'ai vue assise sur ce canapé, j'ai su que mon cœur t'appartenait.

Les larmes coulèrent sur ses joues.

— Tu n'es pas seulement l'air que je respire. Tu es devenu la plus grande et la meilleure partie de moi. Tu es mon cœur et mon âme, et je veux passer ma vie à regarder le soleil se lever avec toi, à faire de longues promenades et à faire l'amour sous les étoiles. Je veux te regarder t'envoler dans la vie en illustrant et en aidant les chevaux à guérir et être là pour t'encourager dans toutes les passions que tu trouveras sur ton chemin. Et un jour, si tu veux que nous ayons notre propre famille, nous élèverons de petits cow-boys surprotecteurs et des cow-girls artistiques et nous leur apprendrons à aimer le plein air et à chérir chaque moment comme nous le faisons. Et si tu ne veux pas avoir d'enfants, je suis sûr que nous aurons plein de nièces et de neveux avec qui partager notre amour.

— J'en *veux* un jour, souffla-t-elle.

— Alors un jour. Chérie, tu m'as demandé un jour ce que c'était de savoir exactement qui j'étais et ce que je voulais faire de ma vie. J'ai essayé de trouver une réponse pour toi, mais le fait est que je savais peut-être qui j'étais avant notre rencontre, mais maintenant que je sais ce que c'est que de t'aimer, je ne sais honnêtement pas qui je serais sans toi à mes côtés, et je ne veux pas le découvrir un jour.

Il fouilla dans sa poche et en sortit la bague en diamant qu'il avait fait faire pour elle, avec un cercle de diamants canari de tailles alternées entourant un diamant blanc rond, créant un motif en étoile.

Sa lèvre inférieure tremblait, ses joues étaient inondées de larmes.

— Ma douce Sully, me feras-tu l'honneur de m'épouser et de me laisser être l'homme qui t'aimera et te chérira dans les bons et les mauvais moments pour le reste de notre vie ?

— *Oui*, Callahan, s'écria-t-elle à travers les larmes et les rires nerveux. Oui, je vais t'épouser !

Fixant ses yeux amoureux, il lui passa l'anneau au doigt.

— Cette étoile est pour la petite fille qui avait des étoiles peintes sur les ongles de ses pieds et pour la belle femme qui s'est battue pour la libérer et qui a donné un nouveau sens, et un véritable amour, à mes nuits étoilées.

Alors qu'il se levait, elle l'entoura de ses bras, le déséquilibrant. Elle cria, essayant de lui grimper dessus comme un arbre alors qu'il trébuchait en arrière dans l'eau jusqu'à la cheville, tous deux riant.

— Qu'est-ce qu'il y a entre toi et ce lac ? dit-il en la taquinant.

Elle lui sourit.

— Ce n'est pas le lac. C'est *toi*. Ça a toujours été toi.

— Mon Dieu, comme je t'aime.

Ils scellèrent leur vœu par un baiser et lorsque leurs lèvres se séparèrent, elle ajouta:

— Au moins, maintenant, tu as ta réponse.

— Quelle réponse ?

— Sur ce que tu serais sans moi. Tu serais *sec*.

— Chérie, je préférerais me promener trempé et frigorifié jusqu'aux os plutôt que de vivre un seul jour sans toi à mes côtés.

Envie de découvrir d'autres membres de la famille Whiskey ?

J'espère que vous avez apprécié l'histoire d'amour de Sully et Callahan. Veuillez noter que j'ai pris des libertés en écrivant leur histoire. Dans le monde réel, cela aurait pu prendre beaucoup plus de temps, mais je crois aux liens spirituels et au fait de savoir quand on a rencontré l'élu(e) de son cœur. Je suis convaincue qu'ensemble, Sully et Callahan surmonteront toutes les tempêtes qui se présenteront à eux, et vous pourrez en savoir plus sur eux dans le livre de Sasha Whiskey,

A TASTE OF WHISKEY. (Seulement en anglais)

Buy **A TASTE OF WHISKEY**

Découvrez la magie de l'écriture de Melissa Foster, auteure best-seller du New York Times, et comprenez pourquoi des millions de lecteurs sont tombés amoureux des Braden.

Il ne cherchait pas l'amour quand elle a déboulé dans sa vie, mais à présent, il ne peut plus l'oublier. Délicieusement sexy, fort en émotions et tellement romantique !

Treat Braden ne cherchait pas l'amour quand Max Armstrong a déboulé dans son complexe de Nassau, mais sous le masque d'efficacité et de professionnalisme qu'elle arbore comme un bouclier, il découvre une femme douce et sensuelle. Au cours d'une sublime nuit d'amour, les étincelles fusent et pour la première fois de sa vie, Treat rêve d'autre chose qu'une simple histoire sans lendemain. Mais Max doit le quitter et après des semaines de coups de fil sans réponse, de mélancolie et à rêver à la seule femme qu'il ne peut pas avoir, Treat retourne au ranch familial pour essayer de tourner la page.

Quand Treat et Max se retrouvent par hasard, ils cèdent à une nouvelle nuit de passion intense et se livrent l'un à l'autre. Max lui révèle son secret : un passé douloureux et Treat jure alors de faire son possible pour gagner le cœur de sa belle – y compris l'aider à affronter ses démons.

Achetez **AU CŒUR DE L'AMOUR**

Remerciements

J'ai attendu dix ans après avoir commencé l'histoire de Sully pour lui donner enfin le bonheur qu'elle méritait, et j'espère que vous avez apprécié l'histoire d'amour entre Callahan et elle autant que j'ai pris plaisir à l'écrire. Veuillez noter que j'ai pris des libertés en écrivant cette histoire. Dans le monde réel, cela aurait pu prendre beaucoup plus de temps, mais je crois aux liens spirituels et au fait de savoir quand on a rencontré l'élu(e) de son cœur. Je suis persuadée qu'ensemble, Sully et Callahan surmonteront toutes les tempêtes qui se présenteront à eux, et j'ai hâte de vous offrir de nombreuses autres histoires d'amour de la famille Whiskey.

Une fois de plus, j'aimerais remercier Aeryn Havens, l'auteur de SPIRIT CALLED, pour sa patience lorsqu'elle répondait à mes nombreuses questions sur les chevaux, ainsi que Lisa Filipe, qui parvient toujours à me sortir de l'embarras dans les moments où je m'arrache les cheveux.

Je suis inspirée au quotidien par mes fans et mes amis, dont beaucoup font partie de mon groupe sur Facebook. Si vous n'avez pas encore rejoint mon groupe, n'hésitez pas à le faire. Nous passons de bons moments à discuter des héros sexy et des héroïnes impertinentes d'*Amour Sublime*. On ne sait jamais quand on peut s'inspirer d'une histoire ou d'un personnage et se

retrouver dans l'un de mes livres, comme l'ont déjà découvert plusieurs membres de ce groupe.
www.Facebook.com/groups/MelissaFosterFans

Pour rester au courant de ce qui se passe dans les mondes et les ventes de nos petits amis fictifs, aimez et suivez ma page sur Facebook.
www.Facebook.com/MelissaFosterAuthor

Inscrivez-vous à ma newsletter pour être tenu au courant des nouvelles parutions, des promotions et événements spéciaux et pour recevoir une nouvelle exclusive mettant en scène Jack Remington et Savannah Braden.
www.MelissaFoster.com/Newsletter

Et n'oubliez pas de télécharger vos Goodies gratuits ! Pour obtenir des ebooks gratuits, des arbres généalogiques, des calendriers de publication, des listes récapitulatives des séries, et bien d'autres choses encore, rendez-vous sur la page spéciale "Goodies" que j'ai créée pour vous !
www.MelissaFoster.com/Reader-Goodies

Comme toujours, je tiens à exprimer toute ma gratitude à mon incroyable équipe d'éditeurs et de relecteurs : Kristen Weber, Penina Lopez, Elaini Caruso, Juliette Hill, Lynn Mullan, Justinn Harrison, Lessa Owen, ainsi que ma dernière relectrice, Lee Fisher ; et pour la traduction française à Judy Leeta.

Je suis éternellement reconnaissante à ma famille, mes assistants et mes amis qui sont devenus ma famille : Lisa Filipe, Sharon Martin et Missy Dehaven, pour leur soutien et leur amitié sans fin, et Terren Hoeksema pour avoir sauté sur l'occasion et m'avoir aidée à mettre de l'ordre dans la vie de mes personnages. Merci d'avoir toujours assuré mes arrières, même lorsque je suis en plein deadlines et que je suis probablement insupportable et énervante.

***Amour sublime*, une collection romantique et familiale**

Les Braden de Weston
Au cœur de l'amour
Un amour interdit
Notre amitié brûlante
Un océan d'amour
Un amour si puissant
L'amour décidera

Les Whiskey : Les Dark Knights de Peaceful Harbor
Sous l'armure de ton cœur
Comme une étincelle
Fou de désir
En toi, un refuge
Du bonheur à volonté
Amours rebelles
Aime-moi dans mes ténèbres
À nos horizons
À l'état brut

Les Whiskey : Les Dark Knights du Rédemption Ranch
Aime-moi si tu l'oses
Libérer Sully : le préquel de Pour l'amour d'un Whiskey
Pour l'amour d'un Whiskey

Retrouvez Melissa

www.MelissaFoster.com

Melissa Foster est une auteure primée, dont les best-sellers figurent aux classements du *New York Times* et de *USA Today*. Ses livres sont recommandés par le blog littéraire de *USA Today*, le magazine *Hagerstown, The Patriot* et de nombreuses autres revues.

Retrouvez Melissa sur son site web ou discutez avec elle sur les réseaux sociaux. Melissa aime parler de ses livres avec les clubs de lecture et les groupes de lecteurs. N'hésitez pas à l'inviter à vos événements. Les livres de Melissa sont disponibles dans la majeure partie des boutiques en ligne, en version papier et numérique.

Melissa écrit également des romances douces (sans scènes explicites) sous le nom de plume Addison Cole.

Goodies gratuits : www.MelissaFoster.com/Reader-Goodies